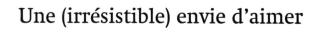

Une (irrésistible) envie d'aimer

Meg Cabot

Une (irrésistible) envie d'aimer

Traduit de l'anglais (américain)
par Florence Schneider

wiz
Albin Michel

Meg Cabot est née à Bloomington, dans l'Indiana (États-Unis). Elle est l'auteur des romans *Embrouilles à Manhattan*, *Melissa et son voisin*, entre autres, et de la série *Journal d'une princesse*. Elle vit avec son mari entre New York et la Floride.

Titre original :
SIZE 14 IS NOT FAT EITHER
(Première publication : Avon Trade,
an imprint of HarperCollins Publishers Inc. New York, 2006)
© Meg Cabot, 2006
Tous droits réservés, y compris droits de reproduction totale ou partielle,
sous toutes ses formes.

Pour la traduction française :
© Éditions Albin Michel, 2008

1

Joli-Serveur
Aux yeux ravageurs
Tu peux pas m'dire « Viens donc qu'on s'aime »
Au lieu d'me dire « T'as un problème ? »

« Joli-Serveur »
Écrit par Heather Wells

Derrière le bar, le gars qui prépare et sert le café me détaille des pieds à la tête. Si, si, je vous assure.

Il est sexy, il y a pas à dire. Enfin, sexy comme peut l'être un serveur de vingt ans. Je parie qu'il joue de la guitare. Qu'il passe, comme moi, la moitié de la nuit à pincer sa gratte. Je le vois aux légers cernes sous ses yeux verts aux longs cils, et à ses cheveux hérissés, qui ont eu du mal à quitter l'oreiller ! Il n'a pas eu le temps de prendre sa douche ce matin, ayant veillé très tard pour travailler son instrument. Exactement comme moi.

– Qu'est-ce que je vous sers ? demande-t-il.

En me regardant. De façon insistante.

Je suis certaine que c'est moi qu'il zieute, vu qu'il n'y a personne derrière.

Et puis, pourquoi ne me reluquerait-il pas ? Je suis jolie. Du moins, ce qui dépasse de ma volumineuse tenue d'hiver. Je n'ai pas manqué, ce matin, d'appliquer une bonne couche de mascara *et* de fond de teint (contrairement à Joli-Serveur, je tiens à dissimuler mes cernes). Et avec ma parka, impossible de remarquer les deux... euh, les cinq kilos que j'ai pris pendant les vacances d'hiver. Mais qui compte les calories à Noël ? Ou au Nouvel An ? Ou juste après le Nouvel An, quand toutes les friandises des fêtes sont en promo ? On a encore tout le temps de maigrir pour rentrer dans son maillot avant l'été !

D'accord, il y a cinq ou six ans que j'y pense sans jamais avoir essayé – de maigrir pour être belle sur la plage, je veux dire. Qui sait ? Cette année sera peut-être la bonne ! On me doit deux jours de congé – c'est tout ce que j'ai réussi à cumuler depuis mon embauche en octobre, à la fin de ma période d'essai. Je pourrais aller à Cancún. D'accord, juste pour le week-end. C'est déjà ça.

Alors, quelle importance que j'aie cinq, voire huit ans de plus que Joli-Serveur ? J'ai encore tout ce qu'il faut. Du moins, il me semble.

– Un grand café viennois ! je demande.

En général, ce n'est pas mon truc, les boissons à base de café et de chantilly. Mais c'est le premier jour officiel du semestre de printemps (de printemps, parfaitement !), il fait un froid de canard, un blizzard est annoncé, Cooper est parti ce matin (pour une destination secrète, comme d'habitude) sans avoir mis la cafetière en marche, et ma chienne Lucy a refusé de sortir parce qu'il faisait trop froid – je suis donc presque assurée d'avoir en rentrant une mauvaise surprise... Voilà pourquoi j'ai VRAIMENT besoin d'un remontant, histoire d'arrêter de m'apitoyer sur mon sort.

Et puis vous comprenez, tant qu'à mettre cinq dollars dans un café, autant que ce soit le top du top.

– Et un grand café viennois ! annonce Joli-Serveur, en balançant habilement ma tasse comme les serveurs aiment le faire.

Vous savez, en la faisant tournoyer comme si c'était un pistolet, et lui un truand dans un western-spaghetti.

Ouais... Il joue de la guitare, c'est sûr. Je me demande si, comme moi, il passe son temps à composer des chansons qu'il n'a pas le cran d'interpréter sur scène. Et si, comme moi, il passe son temps à douter de son talent.

Non. Il ne craint pas de faire face à la foule avec sa guitare et ses paroles à lui. C'est clair, il suffit de le regarder.

– Lait de soja ou lait écrémé ?

Mon Dieu ! Du lait écrémé pour affronter le premier jour du semestre ? Ou de soja ? De *soja* ?

– Lait entier, je vous prie !

Je ferai attention plus tard. Pour déjeuner, je me contenterai de poulet *parmigiana* accompagné de salade – et peut-être d'une cuillerée de yaourt glacé.

Mmm... À moins que Magda n'ait reçu ses fameuses barres glacées chocolat-vanille...

– En fait, me dit Joli-Serveur en encaissant, j'ai vraiment l'impression qu'on se connaît.

– Oh !

J'en rougis de plaisir. Il se souvient de moi ! Il doit voir chaque jour des centaines, voire des milliers de New-Yorkais accros à la caféine, et il se souvient de MOI ! Par chance, il fait si froid dehors, et si chaud ici, que mes joues rouges peuvent facilement laisser croire que je transpire dans ma parka, et non que je me pâme parce qu'il ne m'a pas oubliée.

– Eh bien, je vis et je travaille dans le quartier, dis-je. Je passe beaucoup de temps ici.

9

Ce qui n'est pas tout à fait vrai, mon budget des plus réduits (du fait de mon salaire de misère) n'incluant pas les boissons chaudes à la crème fouettée. D'autant que des cafés, j'en bois autant que je veux gratis à la cafétéria.

Sauf qu'ils ne sont pas surmontés de crème fouettée. On a bien essayé d'en stocker des bombes, mais les étudiants les chouraient pour organiser des combats de chantilly.

– Non, dit Joli-Serveur en secouant sa tête voluptueusement ébouriffée. C'est pas ça... Dites-moi, on vous a jamais fait remarquer que vous ressembliez beaucoup à Heather Wells ?

Je prends la boisson qu'il me tend. Ce moment-là est toujours le plus délicat. Que suis-je censée dire ? « En fait, oui... étant donné que c'est moi ! » Mais il risque alors de me demander de sortir avec lui dans le seul espoir que j'aie conservé des contacts dans l'industrie musicale (ce qui n'est pas le cas ; voir plus haut : peur d'être huée par le public, etc.).

Ou dois-je me contenter de rire avec un : « Ah non, celle-là, on me l'avait jamais faite ! » Mais que se passera-t-il ensuite, quand nous aurons commencé à sortir ensemble et qu'il réalisera que je suis effectivement Heather Wells ? Parce que, enfin, même si j'arrive à lui cacher quelque temps mon véritable nom, il finira bien par le découvrir. À la douane, par exemple, quand on reviendra de Cancún. Ou au moment de signer le certificat de mariage.

C'est pourquoi j'opte pour un simple :

– Ah oui, vous trouvez ?

– Oui. Enfin, si vous étiez plus mince, dit Joli-Serveur avec un sourire. Votre monnaie... Régalez-vous !

Je n'en reviens pas de voir que, même si la ville se prépare de pied ferme à affronter la tempête de neige annoncée – des camions chargés de sable et de sel dévalent lourdement la Dixième Rue en arrachant des branches d'arbres sur leur passage, les supermarchés ont épuisé leurs stocks de lait et de pain, et la télévision diffuse en boucle des flashs d'information sur la progression de la tempête –, les dealers n'en sont pas moins nombreux et actifs autour de Washington Square.

Ils sont là, plantés sur les trottoirs dans leurs parkas, savourant eux aussi des cafés viennois. Une quantité assez considérable (du moins pour New York) de neige étant, ce matin-là, censée tomber d'un instant à l'autre, les passants sont rares. Ceux-ci se voient néanmoins proposer de l'herbe par des vendeurs pleins d'entrain.

Leurs propositions ont beau être systématiquement rejetées, les dealers me dressent tout de même l'inventaire de leur marchandise lorsque je passe à proximité d'eux en traînant les pieds.

J'en rirais si je n'étais pas encore en boule à cause de Joli-Serveur. Impossible de sortir de chez moi sans me faire aborder par ces gars. Le fait que je ne leur aie jamais acheté quoi que ce soit ne semble pas les troubler. Ils se contentent de hausser les épaules comme si je mentais en leur confiant que, ces derniers temps, le stimulant le plus fort que je consomme est le café. Hélas.

C'est pourtant la vérité. Et parfois aussi une petite bière. C'est à ça que se bornent mes extravagances.

Light, la bière, bien entendu. Hé ! Une fille doit surveiller sa ligne.

Un gentil dealer nommé Reggie s'écarte du groupe de ses comparses et me demande avec bienveillance :

– Tu en penses quoi, de ces machins blancs censés tomber du ciel, Heather ?

– Plus de bien que de ces machins blancs dont toi et ta bande faites le trafic, Reggie !

Je suis choquée de m'entendre lui parler sur ce ton. Nom de Dieu ! Qu'est-ce qui me prend ? En temps normal, je suis archipolie avec Reggie et ses collègues. Il est souhaitable d'être en bons termes avec les dealers de son quartier.

Mais en temps normal, je ne viens pas de me faire traiter de grosse par mon serveur favori.

– Ohé, chérie ! proteste Reggie, visiblement vexé. T'es pas obligée d'être blessante.

Il a cent fois raison. Ce n'est pas bien de traiter Reggie et ses copains comme de la racaille, et de voir dans les industriels du tabac des messieurs respectables.

– Je suis désolée, Reggie, dis-je d'une voix sincère. J'ai eu tort. C'est juste qu'il y a neuf mois que tu essaies de me fourguer ta came devant ma porte, et neuf mois que je te réponds « non » ! Qu'est-ce que tu t'imagines ? Que je vais devenir accro à la coke du jour au lendemain ? Lâche-moi un peu !

– Heather, soupire Reggie, levant les yeux vers les gros nuages gris au-dessus de nous. Je suis un commerçant. Quel genre de commerçant je serais si je laissais une jeune femme comme toi traverser une période très éprouvante de sa vie sans chercher à l'intéresser à ma marchandise, alors qu'un petit remontant lui ferait sans doute le plus grand bien ?

Et, comme pour illustrer ses paroles, Reggie brandit l'exemplaire du *New York Post* qu'il tenait sous le bras. En première

page, la manchette hurle en caractères de cinq centimètres :
« C'EST REPARTI ! » au-dessus d'un cliché en noir et blanc de
mon ex-fiancé main dans la main avec sa fiancée par intermit-
tence, la princesse pop Tania Trace.

– Reggie... je commence, après m'être revigorée avec une
gorgée de mon café viennois.

Cela seulement à cause du froid. En fait, je n'en veux plus,
de ce café – Joli-Serveur m'en a dégoûtée. Enfin, peut-être pas
de la crème fouettée. C'est bon pour la santé après tout, c'est
un produit laitier. Et sans produit laitier, pas de petit déjeuner équilibré !

– Reggie... Tu crois que je passe mes journées à rêver de res-
sortir avec mon ex ? Parce que rien ne pourrait être plus éloigné de la réalité.

La vérité, c'est que je passe mes journées à rêver de sortir
avec le frère de mon ex – lequel demeure obstinément insen-
sible à mes charmes.

Mais inutile de raconter ça au dealer du quartier.

– Je suis désolé, Heather, insiste Reggie en repliant le journal. J'ai pensé qu'il valait mieux que tu saches. Ce matin, sur
New York Première, ils ont dit que le mariage aurait lieu
samedi prochain à la cathédrale Saint-Patrick, comme prévu.
Et la réception au Plaza.

Je le fixe avec stupéfaction.

– Tu regardes New York Première, Reggie ?

Il paraît quelque peu offensé.

– Je regarde la météo, comme n'importe quel New-Yorkais,
avant de sortir bosser.

Waouh. C'est-y pas mignon ? Il regarde la météo avant de
sortir vendre sa came au coin de ma rue !

13

– Reggie, dis-je, impressionnée. Pardonne-moi, veux-tu ? J'admire ton zèle. Non seulement tu refuses de laisser les éléments te détourner de ton travail, mais tu te tiens au courant des potins locaux. Continue comme ça, je t'en prie, et ne renonce jamais à essayer de me vendre tes drogues !

Reggie sourit en montrant les dents, dont la plupart sont en or (ce qui donne à son sourire un air de fête).

– Merci, chérie, réplique-t-il, comme si je venais de lui faire un très grand honneur.

Je lui rends son sourire et reprends ma pénible marche jusqu'à mon bureau. Le mot « pénible » est un peu exagéré car il est à deux pas de chez moi – une bonne chose, vu le mal que j'ai à me lever le matin. Si j'habitais Park Slope, l'Upper West Side ou un endroit comme ça, et que je devais prendre le métro tous les jours pour aller bosser, je ne m'en tirerais pas. J'ai vraiment du bol, en un sens. D'accord, c'est à peine si je peux me payer un café viennois et, après toutes les soirées auxquelles j'ai assisté pendant les vacances, je ne rentre plus dans mon pantalon en velours stretch taille quarante-six, sauf à porter une gaine.

Certes, mon ex est sur le point d'épouser l'une des « cinquante plus belles personnes de l'année » (*dixit* le magazine *People*). Je n'ai pas de voiture. Ni de maison.

Mais au moins, je vis dans un appartement du feu de Dieu, pour lequel je ne paie aucun loyer, au dernier étage d'une maison en grès brun située à deux pas de mon boulot, dans la ville la plus chouette du monde.

Bien sûr, j'ai accepté ce job de directrice adjointe d'un dortoir de l'université de New York dans le but d'être dispensée d'avoir à payer des droits d'inscription, et de pouvoir obtenir pour de bon la licence que je prétends avoir sur mon CV.

D'accord, j'ai du mal à entrer à la fac d'art et de sciences humaines à cause de mes résultats à l'équivalence du bac, si faibles que la doyenne refuse de m'y admettre avant que j'aie suivi (et validé) un cours de rattrapage en maths – bien que je lui aie expliqué que je me chargeais, en échange du loyer, de la comptabilité d'un très séduisant détective privé et que je n'avais jamais fait une seule erreur de calcul, du moins à ma connaissance.

Mais peut-on attendre d'une bureaucratie sans âme – même si elle vous emploie – qu'elle vous traite comme un être humain ?

Me voilà donc, à vingt-neuf ans, contrainte de faire de l'algèbre pour la première fois de ma vie (et laissez-moi vous dire que j'ai beau me creuser la tête, je ne vois pas à quoi ça pourra bien me servir).

Et puis je compose des chansons jusque tard dans la nuit, même si je n'ai pas le cran de les chanter devant qui que ce soit.

Mais tout de même... Deux minutes suffisent pour me rendre au boulot et je peux de temps à autre admirer mon patron et proprio – dont je suis raide dingue – avec juste une serviette nouée autour de la taille, lorsqu'il se précipite de la salle de bains à la buanderie, à la recherche d'un jean propre.

Tout ne va donc pas si mal, malgré Joli-Serveur.

Cependant, habiter si près de son lieu de travail a aussi ses inconvénients. Par exemple, les gens n'hésitent pas à m'appeler chez moi pour des problèmes anodins du style toilettes bouchées ou nuisances sonores. Comme si, parce que je n'habite qu'à deux pâtés de maisons, je devais débouler à n'importe quelle heure à la résidence pour y régler les problèmes dont mon patron (le directeur, qui y possède un logement de fonction) est censé se charger.

Mais au fond, j'aime mon boulot. Et même mon nouveau chef, Tom Snelling.

C'est pourquoi, lorsque je réalise, une fois franchies les portes de Fischer Hall par cette matinée polaire, que Tom n'est pas arrivé, ça me fiche en rogne, et pas uniquement parce que personne n'est là pour apprécier le fait que je sois arrivée avant neuf heures et demie. Personne, à part Pete, l'agent de sécurité. Il est au téléphone et cherche à joindre la surveillante générale d'un de ses nombreux enfants pour savoir pourquoi celui-ci a été collé.

Il y a aussi l'étudiante de service à l'accueil. Or elle ne lève même pas les yeux quand je passe, trop absorbée par le numéro de *Us Weekly* qu'elle a piqué dans la corbeille du courrier (Jessica Simpson est en couverture. Une fois de plus. Elle et Tania Trace sont au coude à coude pour le prix de la dinde « people » de l'année).

C'est après avoir tourné un angle et dépassé les ascenseurs que je vois la file des étudiants de premier cycle qui poireautent devant le bureau du directeur. Je me rappelle alors, un peu tard, que le premier jour du semestre de printemps est aussi le jour où un tas de gamins reviennent de leurs vacances d'hiver. Ceux qui ne sont pas restés au dortoir (euh... à la résidence universitaire) pour faire la fête jusqu'à la reprise des cours. C'est-à-dire jusqu'à aujourd'hui, lendemain de la journée Martin Luther King.

Lorsque Cheryl Haeblig – une sémillante pom-pom girl en première année de DEUG qui veut à tout prix changer de chambre vu qu'elle cohabite avec une gothique qui méprise toutes les manifestations de l'esprit étudiant et possède en outre un boa constrictor – bondit du canapé bleu placé devant mon bureau en criant « Heather ! », je comprends que la matinée ne sera pas une franche partie de rigolade. Heureusement que j'ai mon café viennois grand modèle pour m'aider à tenir le coup !

Les autres étudiants (je reconnais chacun d'entre eux, car tous sont déjà venus me voir pour se plaindre de leurs camarades de chambre) se lèvent précipitamment du sol de marbre où ils étaient assis, le canapé ne comportant que deux places. Je sais pourquoi ils attendent.

Je sais ce qu'ils veulent. Et ça ne va pas être joli-joli.

– Écoutez, les jeunes ! dis-je en sortant avec difficulté de ma veste les clés de mon bureau. Je vous avais prévenus. Pas de changement de chambre avant que tous les étudiants transférés soient installés. On verra ce qui restera après.

– C'est pas juste ! s'exclame un type maigre avec des disques de plastique insérés dans le lobe des oreilles. Pourquoi un abruti d'étudiant transféré serait-il favorisé ? On était là les premiers !

– Je suis désolée, dis-je. (Sans mentir : si seulement je pouvais les changer de chambre, je n'aurais plus à supporter leurs jérémiades.) Mais vous allez devoir attendre qu'ils soient tous arrivés. Là, s'il nous reste des places, on vous les donnera. Il faut patienter jusqu'à lundi prochain... On saura alors qui est arrivé et qui ne s'est pas présenté.

Je suis interrompue par un concert de protestations.

17

– Lundi prochain, je serai mort ! affirme un résident à un autre.

– C'est mon camarade de chambre qui sera mort, répond son interlocuteur. Parce que je l'aurai tué !

– Pas question de tuer votre camarade de chambre, dis-je, une fois la porte de mon bureau ouverte et les lumières allumées. Ou de vous tuer. Allez, les jeunes ! Une semaine, c'est vite passé.

La plupart s'éloignent en râlant. Seule Cheryl reste là. Visiblement excitée, elle me suit dans le bureau, traînant dans son sillage une fille effacée.

– Salut, Heather ! Dites, vous vous rappelez m'avoir dit que je pourrais changer de chambre si je trouvais une fille prête à prendre ma place ? Eh bien, je l'ai trouvée. Voici Ann, la camarade de chambre de mon amie Lindsay. Elle dit qu'elle veut bien qu'on échange.

J'ai retiré ma veste et l'ai pendue à un crochet. Puis je me laisse tomber sur une chaise et regarde Ann, qui semble être enrhumée, à voir la façon dont elle se mouche dans un Kleenex qui ne ressemble plus à rien. Je lui tends la boîte de mouchoirs que j'ai toujours sous la main – au cas où je renverserais du Coca light.

– Tu veux changer de chambre avec Cheryl, Ann ? je lui demande.

J'aime mieux m'en assurer. Je ne vois pas pourquoi quiconque voudrait vivre avec une personne ayant peint sa moitié de chambre en noir.

Certes, ça a dû être tout aussi douloureux pour la camarade de chambre de Cheryl de voir celle-ci décorer son côté d'une profusion de coquelicots (le symbole de l'équipe de basket de la fac).

– Mouais, répond la pâlichonne Ann.

– Elle veut changer ! affirme Cheryl d'une voix guillerette. Pas vrai, Ann ?

– Mouais, répète Ann en haussant les épaules.

Je commence à avoir l'impression qu'Ann a été poussée, un peu malgré elle, à accepter ce changement de chambre.

– Ann, dis-je. As-tu rencontré la camarade de chambre de Cheryl ? Tu sais qu'elle... euh... qu'elle aime le noir ?

– Oh... ouais, c'est une gothique. Je sais. Ça me dérange pas.

– Et... (J'hésite à mentionner ça, parce que... beurk !) Le serpent non plus ?

– Ça ou autre chose... (Elle regarde Cheryl.) Parce que, enfin... ne le prends pas mal... mais je préfère vivre avec un serpent qu'avec une pom-pom girl.

Loin d'être offusquée, cette dernière tourne vers moi un visage radieux.

– Qu'est-ce que je vous disais ? On peut remplir les formulaires à présent ? Parce que mon père est venu exprès du New Jersey pour m'aider à déménager. Il veut rentrer avant que n'éclate cette grosse tempête de neige.

En sortant les documents, je me surprends à hausser les épaules, comme Ann. Serait-ce contagieux ?

– OK, dis-je.

Je leur tends les feuilles à remplir en vue de l'échange. Lorsque c'est chose faite, elles repartent – Cheryl excitée comme une puce, Ann décidément plus calme. Puis je passe en revue les comptes rendus de la veille au soir. À Fischer Hall, le personnel se relaie vingt-quatre heures sur vingt-quatre : agent de sécurité, étudiants de service au bureau d'accueil des étudiants, RE (les responsables étudiants qui,

19

en contrepartie du gîte et du couvert, servent en quelque sorte de chaperons aux résidents de chacun des vingt étages). Tous doivent rédiger un rapport à la fin de leur service. Mon boulot à moi, c'est de les lire et de prendre les mesures qui s'imposent. Grâce à quoi, je ne m'ennuie jamais le matin.

Les faits relatés vont de l'absurde au banal. Hier soir, par exemple, six bouteilles de bière, balancées depuis la fenêtre de l'un des étages supérieurs, ont atterri sur le toit d'un taxi qui passait dans la rue. Une dizaine de flics du Central 6 ont déboulé, et monté et descendu les escaliers à plusieurs reprises, tentant en vain de découvrir qui pouvait bien être le lanceur.

Dans un tout autre genre, l'accueil a visiblement égaré un CD promotionnel des grands tubes du mois, ce qui aurait plongé sa propriétaire dans le désarroi. Et l'un des RE rapporte gravement qu'une résidente a claqué sa porte quatre ou cinq fois de suite en hurlant : « Je supporte plus cet endroit ! » Le RE souhaite qu'on oriente celle-ci vers le service de soutien psychologique.

Un autre rapport mentionne qu'une dispute a éclaté lorsqu'une employée de la cafétéria a grondé un étudiant qui avait voulu se servir du grille-pain pour cuire des mini-pizzas.

Quand mon téléphone émet un cliquetis, je décroche, contente d'avoir quelque chose à faire. J'adore mon boulot, franchement. Mais pour ce qui est de la stimulation intellectuelle, j'avoue qu'il y a mieux.

– Fischer Hall, ici Heather. En quoi puis-je vous être utile ?

Rachel Walcott, ma chef précédente, était très exigeante quant à ma façon de répondre au téléphone. Même si elle n'est plus là, on ne se débarrasse pas aisément des vieilles habitudes.

– Heather ?

À l'autre bout du fil, je distingue, en arrière-fond, un bruit d'ambulance.

– Heather, c'est Tom.

– Salut, Tom.

Je consulte ma montre. Neuf heures vingt. Victoire ! J'étais là quand il a appelé. Peut-être pas pile à l'heure, mais au moins avant dix heures !

– Tu es où ? je demande.

– À l'hôpital Saint-Vincent.

À sa voix, je sens Tom épuisé. Pas facile d'être le directeur d'un dortoir de l'université de New York. Il faut veiller sur environ sept cents étudiants de premier cycle qui, à l'exception des séjours en colonie de vacances ou d'un éventuel bref passage en pension, n'ont jamais passé de longues périodes loin de chez eux, et encore moins partagé une salle de bains avec un autre être humain. Les résidents viennent voir Tom avec tous les problèmes possibles et imaginables : conflits avec leur camarade de chambre, soucis liés à leurs études, difficultés financières, crises d'identité sexuelle... Il a droit à tout.

Et si un étudiant se blesse ou tombe malade, c'est au directeur de la résidence de veiller à son rétablissement. Inutile de préciser que Tom est très souvent aux urgences – surtout le week-end, car c'est alors que les mineurs enfreignent l'interdiction de consommer de l'alcool.

Tout cela vingt-quatre heures sur vingt-quatre et trois cent quarante-trois jours par an (les cadres supérieurs de l'université de New York n'ont droit qu'à vingt-deux jours de congé par an) pour un salaire à peine plus élevé que le mien (mais avec le gîte et le couvert en plus).

Faut-il s'étonner que ma chef précédente n'ait tenu que quelques mois ?

Tom m'a l'air plutôt équilibré, cela dit. Du moins, autant que peut l'être un ancien seconde ligne de l'équipe de foot de l'université du Texas d'un mètre quatre-vingt-dix pour quatre-vingt-dix kilos, dont le film préféré est *Les Quatre Filles du docteur March*. C'est dans le but de faire (enfin) son coming out que Tom est venu à New York.

– Écoute, Heather, dit-il d'une voix lasse. Je suis coincé ici pour quelques heures encore. On a eu un anniversaire de vingt et un ans, hier soir.

– Oh là là...

Les anniversaires de vingt et un ans sont les pires. Le malheureux ou la malheureuse qui le fête est systématiquement contraint(e) par ses invités à boire cul sec vingt et une mesures d'alcool. L'organisme n'étant pas capable d'en intégrer autant en aussi peu de temps, le résident se retrouve généralement à fêter son anniversaire aux urgences. Sympa, non ?

– Ouais, dit Tom. Désolé d'avoir à te demander ça, mais tu pourrais jeter un coup d'œil à mon planning et reporter tous mes entretiens de médiation de ce matin ? J'ignore si le gosse va être accepté aux urgences, et il refuse qu'on prévienne ses parents.

– Ne t'inquiète pas. Tu es là-bas depuis quand ?

– Sept verres lui ont suffi pour s'écrouler. Je dois être ici depuis environ minuit. J'ai perdu la notion du temps.

– Je viens te relayer, si tu veux.

Quand un étudiant attend aux urgences sans y avoir encore été admis, le règlement exige que l'un des représentants de la fac reste avec lui en permanence. Vous n'êtes pas autorisé à rentrer chez vous ne serait-ce que pour prendre une douche tant qu'il n'y a pas quelqu'un pour vous remplacer à son chevet. L'université de New York ne laisse pas ses étudiants seuls aux urgences. Même s'il est fréquent que ceux-ci s'en aillent sans se donner la peine de vous avertir, si bien que vous restez une heure assis à regarder des *telenovelas* avant de réaliser que le gamin n'est plus là.

– Comme ça, tu pourras au moins prendre un petit déj'.

– Tu sais, Heather, je crois que je vais accepter, si tu es sûre que ça ne te dérange pas.

Je lui promets que non et, avant même d'avoir raccroché, je prends dans la cagnotte de quoi payer le trajet en taxi. J'adore la cagnotte ! C'est comme avoir sa propre banque, là, dans le bureau. Par malheur, Justine (la fille qui m'a précédée à ce poste) partageait mon sentiment et en avait dépensé la totalité pour acheter des radiateurs céramique à ses amis et à sa famille. Depuis lors, la comptabilité détaille scrupuleusement nos factures chaque fois que je les leur apporte, même si toutes sont à cent pour cent justifiées.

Par ailleurs, je n'ai toujours pas compris ce qu'est un radiateur céramique.

Je finis de reporter tous les rendez-vous de Tom et engloutis ce qui me reste de café viennois. *Si tu étais plus mince...* Eh bien, tu sais quoi, Joli-Serveur ? Avec ces ongles trop longs que tu te refuses à couper parce que tu n'as pas de quoi te payer un onglet, tu ressembles à une fille ! Ouais, t'as bien entendu. À une fille ! Qu'est-ce que tu dis de ça, Joli-Serveur ?

Un petit arrêt à la cafétéria pour me prendre un bagel que je mangerai pendant le trajet jusqu'à l'hôpital, et je serai prête à partir. Parce que, après tout, c'est bien bon, le café viennois, mais ça n'apporte pas d'énergie sur la durée... contrairement au bagel. Surtout quand ce dernier est tartiné de fromage frais (produit laitier) auquel on a ajouté plusieurs couches de bacon (protéines).

Je saisis mon manteau et me lève pour aller chercher mon bagel lorsque j'aperçois Magda, ma meilleure copine de boulot et caissière de la cafétéria, plantée devant la porte de mon bureau, visiblement bouleversée.

– Bonjour, Magda, dis-je. Tu ne devineras jamais ce que m'a sorti Joli-Serveur.

Mais Magda, habituellement très curieuse (et par ailleurs grande fan de Joli-Serveur), ne paraît pas intéressée.

– Heather, j'ai quelque chose à te montrer.

– Si c'est la première page du *Post*, Reggie t'a coiffée au poteau. Et à vrai dire, Mags, tout va bien. Crois-moi. J'en reviens pas qu'elle l'ait repris après cette sale histoire avec Paris Hilton, au concert des Pussycat Dolls ! Mais après tout, c'est le père de Jordan qui produit les disques de Tania. Elle n'a pas vraiment le choix, non ?

Magda secoue la tête.

– Non, dit-elle. C'est pas le *Post*. Viens avec moi !

Intriguée – plus parce qu'elle n'a pas encore souri une seule fois que parce que je m'attends à quelque chose de réellement stupéfiant –, je suis Magda dans le hall. Nous dépassons le bureau des délégués étudiants, encore fermé si tôt dans la matinée, et le bureau du chef de Magda, étrangement vide. En général, il est plein d'employés

24

mécontents et de fumée. Car Gerald Eckhardt, le directeur de la cafétéria, est un fumeur invétéré. Il n'est pas censé fumer à l'intérieur, mais je le surprends tout le temps en train de cloper assis à son bureau. Il évacue la fumée par la fenêtre ouverte, comme s'il pensait que personne ne remarque son petit manège.

Mais pas aujourd'hui. Aujourd'hui, le bureau est désert et non enfumé.

– Magda, dis-je, tandis que sa tunique rose disparaît derrière les portes battantes de la cuisine de la cafétéria. Qu'est-ce qui se passe ?

Magda ne répond pas. Mais se fige devant une énorme cuisinière industrielle, sur laquelle mijote une cocotte. Gerald, lui aussi planté là, ne semble guère à sa place, son complet-veston détonnant parmi les uniformes roses de ses employés. Avec son allure massive (pour avoir trop souvent testé sur lui-même sa recette de poulet *parmigiana*), il les fait tous paraître malingres.

Gerald a l'air – n'ayons pas peur des mots – terrifié. Idem pour Sandra, la serveuse du bar à salades, et pour Jimmy, chargé des plats chauds. Quant à Magda, elle est livide sous son maquillage criard. Et Pete – qu'est-ce que *Pete* vient fiche ici ? – semble prêt à bondir.

– OK, les amis, dis-je.

Je suis persuadée que quelqu'un s'est amusé à faire une farce de mauvais goût. Il faut savoir que, travaillant dans la restauration, Gerald a toujours aimé les grosses blagues, du genre rat en caoutchouc dans les tiroirs ou araignée en plastique dans la soupe.

– Qu'est-ce qui se passe ? Pour les poissons d'avril, vous avez trois mois d'avance. Pete, qu'est-ce que tu fais là ?

25

C'est alors que Pete, qui porte Dieu sait pourquoi un gant de cuisine, tend la main et soulève le couvercle de la cocotte dont le contenu bout allégrement. Et que je jette un coup d'œil à l'intérieur.

2

Cette culotte, qu'est-ce qu'elle fait ici
Au beau milieu de notre lit ?
Pas besoin d'y regarder à deux fois :
Je vois bien qu'elle est pas à moi !

Tu n'verras jamais mes fesses
Dans un mini-string taille « S »
Alors qui a eu qui
Là, pendant toute la nuit ?

« Le chant du string »
Écrit par Heather Wells

La cafétéria de Fischer Hall est bondée – mais pas d'étudiants. Nous avons dit aux résidents qu'il y avait une fuite de gaz. Pas suffisamment importante pour qu'on évacue tout le bâtiment, mais assez pour justifier la fermeture de la cafèt'.

Le pire, c'est qu'ils ont tellement fait la fête, hier soir, qu'ils ont paru gober notre explication. En tout cas, personne n'a protesté, du moins pas après que j'ai commencé à leur distribuer des tickets-repas pour le resto U.

Au lieu de gamins de dix-huit ans affamés, la cafétéria est pleine d'employés, de doyens, d'administrateurs, d'agents de police et d'inspecteurs de la brigade criminelle.

Pourtant, la salle est étrangement peu bruyante, à tel point que les ampoules à basse consommation des luminaires suspendus au-dessus de nos têtes semblent émettre un bourdonnement plus fort qu'à l'ordinaire. Par-dessus, je distingue les sanglots de Magda. Elle est assise à un bout de la cafétéria en compagnie de ses collègues – les femmes ont toutes un uniforme rose, les cheveux recouverts d'un filet et les ongles manucurés. Un agent de police s'adresse à eux d'une voix douce :

– Vous serez libres de rentrer chez vous dès que nous aurons pris vos empreintes, dit-il.

– Pourquoi avez-vous besoin de nos empreintes ? demande Magda, le menton frémissant de peur ou d'indignation. Aucun d'entre nous n'a tué cette fille !

Les autres employés émettent un murmure d'approbation. Aucun d'entre eux n'a tué cette fille non plus !

L'agent de police garde un ton calme :

– Si nous avons besoin de vos empreintes, madame, c'est pour déterminer lesquelles sont les vôtres et lesquelles sont celles du tueur. À supposer qu'il en ait laissé.

– Déterminez tout ce que vous voudrez ! s'écrie Gerald, prenant la défense de son personnel. Mais je vous le dis tout de suite : il n'y a pas d'assassin parmi mes employés. Hein, les amis ?

Tout ce qui porte un uniforme rose hoche la tête. N'empêche que leurs yeux brillent – et pas forcément parce qu'ils ont pleuré. Serait-ce d'excitation ? Il y aurait de quoi : pour commencer, ils trouvent la victime d'un meurtre dans leur cuisine, parmi les hot-dogs et les barres beurre de cacahouètes-confiture. Ensuite, en tant que témoins de premier plan, on ne les traite plus comme de simples employés de la cafétéria (des intouchables, du point de vue des étudiants qu'ils servent) mais comme des êtres humains.

Pour certains d'entre eux, c'est sans doute une première.

Je repère le docteur Jessup, directeur du service du logement, attablé avec plusieurs autres administrateurs. Tous ont l'air hébété. La découverte d'une tête sur le campus aura donné l'occasion à toute l'administration de se mettre au travail avant dix heures du matin, en dépit du blizzard qui s'annonce. Même Phillip Allington, le président de l'université, est là, assis à côté du nouvel entraîneur en chef de l'équipe de basket, Steven Andrews. Celui-ci affiche une mine inquiète. On le comprend : l'équipe universitaire au complet – pour ne pas mentionner le groupe des pom-pom girls – est logée à Fischer Hall, du fait de la proximité de la résidence avec Winer Complex, le centre sportif de l'université.

Après la mort de deux étudiantes au cours du premier semestre (qui a valu à Fischer Hall le surnom de « Dortoir de la mort »), tous ceux qui y travaillent, entraîneurs sportifs compris, sont un peu nerveux. Surtout le président Allington. Conserver son poste n'a pas été chose aisée. Nul n'est mieux placé que moi, directrice adjointe du Dortoir de la mort, pour le savoir.

Or on dirait bien que la situation a considérablement empiré, pas seulement pour le président, mais aussi pour le boss de mon boss, le docteur Jessup. Ce dernier accuse le coup. La pochette qui dépasse de sa poche de poitrine est froissée, comme si quelqu'un – faisant appel à ma remarquable faculté de déduction, je présume que ce quelqu'un n'est autre que lui-même – s'en était servi. Le fait qu'il soit vautré depuis une demi-heure sur une chaise devant une table poisseuse n'a pas non plus arrangé la tenue de son costume.

– Heather, me dit-il d'une voix exagérément posée, alors que je me dirige vers lui, l'inspecteur Canavan souhaite s'entretenir avec vous. Vous n'avez pas oublié l'inspecteur Canavan du Central 6, n'est-ce pas ?

Ça ne risque pas !

– Inspecteur, dis-je en tendant la main droite à un monsieur d'âge mûr à l'allure légèrement chiffonnée et à la moustache grisonnante, qui se tient devant moi, un pied posé sur une des chaises de la cafèt'.

L'inspecteur Canavan lève la tête de sa tasse de café. Il a les yeux couleur ardoise et, tout autour, la peau ridée à force d'avoir été exposée aux éléments. Être inspecteur de la Criminelle à New York, c'est pas du gâteau. Du coup, hélas, ils ne ressemblent pas tous à Chris Noth dans *New York Section criminelle*. Aucun ne lui ressemble, à vrai dire, à ce que j'ai pu observer.

– Enchanté de vous revoir, Heather, dit l'inspecteur. (Sa poignée de main est toujours aussi énergique.) J'ai cru comprendre que vous l'aviez vue... Alors, une petite idée ?

Mon regard passe de l'inspecteur au grand manitou de mon service. Puis se fixe à nouveau sur Canavan.

Je ne saisis pas trop la situation. Une minute ! Le docteur Jessup et l'inspecteur Canavan veulent que je les aide à élucider ce crime abominable ? Parce que la dernière fois, me voir me mêler de l'enquête ne les avait pas mis en joie...

– Euh... sur l'endroit où se trouve le reste du corps ?

– Ce n'est pas ce que voulait dire l'inspecteur Canavan, Heather, réplique le docteur Jessup avec un sourire forcé. L'inspecteur voulait savoir si vous... si vous l'aviez reconnue.

Carol Ann Evans, la conseillère pédagogique – ouais, celle qui refuse de m'admettre dans sa fac tant que je ne suis pas capable de multiplier les fractions –, se trouve être assise non loin de là. Elle est prise d'un haut-le-cœur et se couvre la bouche d'un mouchoir roulé en boule en entendant l'allusion à la chose.

Je suis pourtant certaine qu'elle n'a pas jeté un seul coup d'œil au contenu de la cocotte.

Oh. Ils n'ont donc pas besoin de moi. Du moins, pas de cette façon-là.

– Eh bien, c'est difficile à dire, je bredouille.

Pas question que j'annonce, devant tous ces gens, que Lindsay Combs, reine du bal de la promo et ex-future camarade de chambre de sa meilleure amie, Cheryl Haebig, a selon toute apparence été décapitée par une ou plusieurs personnes dont on ignore l'identité, et sa tête placée dans une cocotte sur la cuisinière de la cafétéria de Fischer Hall.

Je sais... Beurk !

– Allons, Heather, insiste le docteur Jessup avec un sourire pas franchement hilare.

Avant de lancer à l'adresse de l'inspecteur Canavan, suffisamment fort pour que toute la cafèt' l'entende (visiblement dans l'intention d'impressionner le président Allington, lequel serait incapable de mettre un nom sur mon visage, quoique son épouse et moi ayons failli, il y a peu, être assassinées par la même personne) :

– Heather ici présente est capable d'identifier chacun des sept cents résidents de Fischer Hall. Pas vrai, Heather ?

– Eh bien, en général, dis-je, mal à l'aise. Mais pas quand ils ont mijoté plusieurs heures.

Vous trouvez ma réponse un peu légère ? Sans doute... Carol Ann Evans a un nouveau haut-le-cœur. Je ne voulais pas faire de l'humour noir. C'est juste que... allez !

J'espère que la conseillère pédagogique ne va pas retenir ça contre moi. Vous savez, rapport à mon admission à la faculté d'art et de sciences humaines...

– Alors, c'est qui, la fille ? (L'inspecteur ne semble pas conscient du fait que tous, dans la cafétéria, espionnent notre conversation.) Ce serait bien qu'on sache comment elle s'appelle.

Mon estomac se retourne, comme tout à l'heure dans la cuisine, quand Pete a soulevé le couvercle et que je me suis retrouvée à fixer des yeux sans vie...

Je respire un grand coup. L'air de la cafétéria charrie les odeurs habituelles. Des odeurs de petit déjeuner : œufs, saucisses et sirop d'érable. On ne distingue pas la sienne à elle.

Du moins, il ne me semble pas.

Je suis quand même soulagée, après coup, de ne pas avoir eu le temps de manger mon habituel bagel fromage frais-bacon. Le café viennois me suffit amplement, du moins pour le moment. Le sol de la cafèt' tangue sous mes pieds.

Je m'éclaircis la gorge. Ça y est. Ça va déjà mieux.

– Lindsay Combs, dis-je. Elle sort... enfin... sortait avec le meneur de jeu des Coquelicots.

Les Coquelicots, c'est le nom (malheureux) de l'équipe de basket de troisième division de l'université de New York. Ils ont dû abandonner leur nom d'origine, les Pumas, dans les années 1980, après avoir été surpris en train de tricher. Ils sont depuis lors, pour leur plus grande honte et à la grande joie des équipes adverses, affublés du nom de « Coquelicots ».

Dans la salle, tous retiennent leur souffle. Le président Allington – vêtu comme à son habitude selon son idée de ce que pourrait porter l'un de ses étudiants, si l'on était en 1955 :

32

une veste marquée de l'insigne de l'université de New York et un pantalon de velours côtelé gris – s'écrie :

– Non !

À côté de lui, l'entraîneur en chef Andrews blêmit, comme c'était à prévoir.

– Mon Dieu ! s'exclame-t-il.

C'est un gars robuste, qui doit avoir mon âge, aux cheveux noirs hérissés et aux yeux d'un bleu désarmant. Un de ces ténébreux Irlandais... Il serait craquant, s'il n'était pas aussi obsédé par le sport. Oh, et s'il daignait réaliser que j'existe.

Non qu'il en sortirait quoi que ce soit si c'était le cas, vu que mon cœur appartient à un autre.

– Pas Lindsay ! dit-il dans un gémissement.

Je compatis. Pour de bon. Cheryl Haebig n'était pas la seule personne à aimer Lindsay. Nous l'aimions tous. Enfin, tous à l'exception de Sarah, étudiante et assistante de mon chef. Lindsay, capitaine de l'équipe des pom-pom girls de l'université, était incroyablement populaire, avec ses cheveux couleur de miel lui tombant jusqu'à la taille et ses seins gros comme des pamplemousses – et faux, d'après Sarah. Même si son attachement excessif à la culture étudiante et son allégresse finissaient parfois par agacer – moi, du moins –, son style contrastait agréablement avec celui des étudiants défilant dans nos bureaux, ces gosses gâtés et insatisfaits qui menaçaient d'appeler l'avocat de leur papa si nous ne leur obtenions pas une chambre individuelle ou un lit extra-long.

– Doux Jésus !

Le docteur Jessup ne m'a pas crue quand je l'ai appelé pour lui dire qu'il devait venir dès que possible à Fischer Hall car une étudiante y avait, littéralement, perdu la tête. On dirait qu'il commence tout juste à réaliser.

– Tu en es sûre, Heather ?

– Ouais, j'en suis sûre. C'est Lindsay Combs, tête d'équipe des pom-pom girls. (Je déglutis.) Désolée... je voulais pas faire de mauvais jeu de mots.

L'inspecteur Canavan a sorti un carnet de notes de sa ceinture, mais il n'y note rien. Au lieu de ça, il en feuillette lentement les pages et demande, sans lever les yeux :

– À quoi la reconnaissez-vous ?

Je fais mon possible pour ne pas me remémorer ces yeux morts, qui me regardaient sans me voir.

– Lindsay portait des lentilles de contact teintées. Vertes.

Une nuance de vert si peu naturelle que Sarah demandait toujours, à peine Lindsay sortie du bureau : « Qui croit-elle bluffer ? Cette couleur n'existe pas dans la réalité ! »

– C'est tout ? demande l'inspecteur Canavan. Des lentilles teintées ?

– Et les boucles d'oreilles. Trois d'un côté et deux de l'autre. Elle passait souvent dans mon bureau, dis-je, histoire d'expliquer pourquoi ses piercings me sont si familiers.

– Une enquiquineuse ? demande l'inspecteur Canavan.

– Non.

La plupart des étudiants qui atterrissent dans le bureau du directeur de la résidence ou de ses acolytes y viennent soit parce qu'ils ont des ennuis, soit parce qu'ils ont un problème avec leur camarade de chambre. Ou, comme c'était le cas pour Lindsay, parce qu'ils veulent les contraceptifs gratuits que je conserve dans un bocal sur mon bureau au lieu de Quality Street (c'est moins calorique).

– Elle venait pour les préservatifs.

L'inspecteur Canavan écarquille les yeux.

– Je vous demande pardon ?

– Lindsay venait souvent chercher des capotes, dis-je. Elle et son petit copain étaient des chauds lapins.

– Le nom du garçon ?

Je réalise, un peu tard, que j'ai réussi à compromettre l'un des résidents. Andrews s'en rend compte lui aussi.

– Oh, voyons, inspecteur, Mark ne ferait pas de mal à une...

– Mark comment ?

L'entraîneur en chef est visiblement affolé. Le président Allington vole au secours de son employé favori. Enfin, si l'on peut dire.

– Les Coquelicots disputent demain soir un match très important, commence le président d'une voix inquiète. Contre les Diables du New Jersey. On se bat pour prendre la tête de notre division, vous comprenez.

Ce à quoi l'entraîneur en chef ajoute, sur la défensive :

– Et aucun de mes gars n'a rien à voir avec ce qui est arrivé à Lindsay. Je ne veux pas qu'ils soient mêlés à cette histoire.

– Je comprends votre dilemme, monsieur l'entraîneur, dit l'inspecteur Canavan d'un ton sincère (alors qu'il s'en contre-fiche). Le vôtre aussi, monsieur Allington. Mais il se trouve que j'ai un boulot à faire. À présent...

– J'ignore ce que vous comprenez, inspecteur, l'interrompt Phillip Allington. Mais le match sera retransmis demain sur New York Première. Des millions de dollars d'espace publicitaire sont en jeu.

Bouche bée, je fixe le président. Et remarque que Carol Ann Evans fait de même. Nos regards se croisent et il est clair que nous pensons la même chose. *Waouh... Il a vraiment osé dire ça ?* On pourrait croire, étant donné qu'on est sur la même longueur d'onde, qu'elle saura se montrer plus compréhensive pour ce qui est des cours de maths de rattrapage. Mais j'en doute.

– C'est vous qui ne comprenez pas, monsieur le président.

L'inspecteur Canavan a dit cela d'une voix ferme, et assez fort pour que Magda et ses collègues cessent de pleurer et lèvent la tête.

– Si vos employés ne me donnent pas le nom du petit copain de la fille, vous renverrez d'autres filles chez elles dans des sacs à cadavre avant la fin du trimestre. Parce que je vous garantis que le salopard dégénéré qui a fait ça à Mlle Combs recommencera bientôt.

Phillip Allington dévisage l'inspecteur, qui soutient son regard sans broncher.

– Mark Shepelsky, dis-je rapidement. Son petit copain s'appelle Mark Shepelsky. Il occupe la chambre 212.

Andrews se laisse tomber sur la table, enfouissant la tête dans ses bras. Phillip Allington pousse un gémissement en pinçant l'arête de son nez entre le pouce et l'index, comme soudain atteint de sinusite. Le docteur Jessup se contente de fixer le plafond pendant que le docteur Flynn, le psychologue du service du logement, me sourit tristement, depuis la table où il est assis en compagnie des autres administrateurs.

Lorsqu'il ouvre son carnet de notes et y griffonne le nom, l'inspecteur Canavan paraît s'être un peu calmé.

– Eh bien, dit-il. Ce n'était pas trop douloureux, n'est-ce pas ?

– Mais... (À peine ai-je prononcé ce « mais » que Canavan soupire. Je l'ignore.) Il est impensable que le petit copain de Lindsay soit mêlé à ça.

L'inspecteur Canavan tourne vers moi son regard implacable.

– Et comment le savez-vous, au juste ?

– Eh bien... celui qui l'a tuée avait forcément accès à la clé de la cafétéria. Sans clé, impossible pour Mark d'y entrer en douce, d'y découper sa copine, de faire le ménage et de sortir avant l'arrivée du personnel. Or, comment se serait-il procuré une clé ? Au fond, quand on y songe, ce sont les employés de Fischer Hall qui devraient être vos principaux suspects.

– Heather... (Les yeux de fouine de Canavan rapetissent encore lorsqu'il les plisse.) Que ce soit bien clair : n'allez pas vous mettre en tête de mener votre enquête perso sur le meurtre de cette fille ! C'est l'œuvre d'un cerveau pervers et dérangé, et il serait préférable pour tout le monde, et surtout pour vous, que vous laissiez le travail d'investigation à des professionnels. Croyez-moi, nous maîtrisons la situation.

Je détourne les yeux. L'inspecteur Canavan peut impressionner, quand il veut. Je vois que les administrateurs sont effrayés. Et que l'entraîneur lui-même paraît terrorisé, alors qu'il a une tête et vingt bons kilos de muscles de plus que l'inspecteur.

Je meurs d'envie de faire remarquer à celui-ci que je n'aurais pas eu à mener l'enquête sur les meurtres du précédent semestre s'il avait bien voulu croire, comme je le lui répétais depuis le début, qu'il s'agissait *effectivement* de meurtres.

Mais il est clair qu'il n'a, cette fois-ci, pas le moindre doute.

Je devrais lui assurer que je n'ai pas la moindre intention d'être mêlée à cette affaire-là. C'est une chose de balancer des filles dans une cage d'ascenseur, une autre de leur couper la tête ! Pour rien au monde, je n'irais m'occuper de ça ! Mes genoux tremblent encore, après ce que j'ai vu dans la cocotte. Cette fois-ci, l'inspecteur n'a pas à redouter de me voir jouer les détectives. Les pros sont les bienvenus.

– Vous m'écoutez, Wells ? demande Canavan. J'ai dit qu'il n'était pas question que vous remettiez ça.

Je l'interromps aussitôt :

– Pigé !

Je m'étendrais volontiers sur le thème « les pom-pom girls décapitées, c'est vraiment pas ma tasse de thé ». Mais je décide qu'il est plus sage d'en rester là.

– Je peux repartir ?

C'est avant tout au docteur Jessup que je m'adresse, vu que c'est lui mon chef. Enfin, mon chef direct c'est Tom, mais comme celui-ci est en train de chercher à voir s'il manque des clés de la cafétéria (une tâche dont il s'acquitte avec joie, vu que ça lui permet de se tenir à distance du truc qu'ils ont trouvé sur la cuisinière), Stan Jessup est ce qui s'en rapproche le plus. En outre, le fait qu'on ait chargé Tom d'une telle vérification confirme les propos de l'inspecteur Canavan... Le département de police de New York maîtrise la situation.

Or Stan a les yeux rivés sur son chef à lui, le président Allington, lequel tente d'attirer l'attention de l'inspecteur Canavan. Ce qui me soulage en quelque sorte, car en ce qui concerne l'attention de Canavan, j'ai eu ma dose. Ce gars peut être flippant.

– D'après ce que vous laissez entendre, inspecteur, cette malheureuse affaire ne sera pas résolue d'ici l'heure du déjeuner ? commence le docteur Allington, son prudent tour de phrase dénotant une formation couronnée par l'obtention d'un doctorat. Or il se trouve que mon bureau devait justement organiser, cet après-midi, une cérémonie destinée à rendre hommage à la persévérance de nos joueurs. Il serait regrettable d'avoir à la reporter.

L'inspecteur jette au président de l'université un regard propre à refroidir un volcan.

– Président Allington, il n'est pas question ici d'un gamin qui a vomi son petit déjeuner dans les vestiaires après le cours de gym.

– J'en suis conscient, inspecteur, dit Phillip Allington. J'avais néanmoins espéré que...

– Bon sang, Phil, l'interrompt le docteur Jessup. (Il craque enfin.) Quelqu'un fait du ragoût d'étudiante, et tu as envie de rouvrir le bar à salades ?

– Tout ce que je disais, c'est que l'expérience m'a appris qu'il vaudrait mieux ne pas laisser cet incident troubler les habitudes des étudiants, réplique le président Allington, visiblement indigné. Souvenez-vous de ce qui s'est passé il y a quelques années, quand l'université a subi cette vague de suicides. C'est la publicité qu'on leur a faite qui a donné le mauvais exemple...

Face à cet argument, l'inspecteur Canavan ne peut se retenir d'écarquiller les yeux.

– Vous craignez qu'une demi-douzaine de résidents ne se précipitent chez eux pour se décapiter ?

– Je tiens juste à dire, insiste Phillip Allington d'un ton hautain, que si le déjeuner est annulé, sans parler du match de demain soir, il nous sera impossible de cacher aux étudiants la vérité sur ce qui est arrivé. Nous ne pourrons pas garder ça longtemps pour nous. Je ne fais pas allusion au *Post* ou à la chaîne d'infos locale. Je parle du *New York Times*, voire de CNN. Si vos hommes ne se hâtent pas de retrouver le corps de cette fille, nous risquons d'attirer tous les médias du pays. Et cela pourrait terriblement nuire à la réputation de l'université...

– Tête sans corps retrouvée dans la cafétéria du dortoir, lance Carol Ann Evans, à la grande surprise de tous.

Tous les regards se tournent vers elle, et elle ajoute, d'une voix étranglée :

– Ce soir dans le JT de vingt heures.

L'inspecteur Canavan retire son pied de la chaise et se redresse.

– Président Allington, commence-t-il. Dans cinq minutes environ, mes hommes vont poser des scellés et interdire l'accès au lieu du crime à tout le monde, y compris à vos employés. Nous allons déployer tous les moyens possibles pour résoudre cette affaire. Nous vous prions de vous montrer coopératif. Vous pourrez l'être en quittant les lieux et en faisant en sorte que vos employés se retirent, eux aussi, dès que nous aurons fini de les interroger. Ensuite, je demanderai que la cafétéria soit fermée et le demeure jusqu'à ce que sa réouverture ne me semble plus présenter aucun risque. À moins que je ne me trompe (le ton de l'inspecteur laisse entendre que c'est très improbable), l'un de vos étudiants a été assassiné sur le campus dans la matinée, et le meurtrier court toujours. Peut-être n'a-t-il pas quitté les bâtiments universitaires. Peut-être même se trouve-t-il

40

dans cette pièce. Je ne vois pas ce qui pourrait nuire davantage à la réputation de la faculté. Je ne pense pas que le fait de reporter un déjeuner, voire un match de basket, soit comparable, n'est-ce pas ?

On ne peut en vouloir à Carol Ann Evans de partir d'un fou rire nerveux. La suggestion que l'équipe administrative de la résidence universitaire compte un tueur dans ses rangs suffirait à susciter un accès d'hilarité hystérique chez l'individu le plus sérieux. Il n'existe pas, au monde, un groupe de gens plus barbants. Gerald Eckhardt, avec sa manie de fumer en douce et son épingle à cravate en forme de croix, brandissant un couperet de boucher ? L'entraîneur Andrews, en pantalon de jogging et gilet aux couleurs de la fac, découpant une pauvre fille en morceaux ? Et le docteur Flynn, ce gringalet, démembrant une pom-pom girl à l'aide d'une scie circulaire ?

Ça dépasse l'imagination !

Et pourtant...

Et pourtant Carol Ann Evans elle-même doit avoir compris, à l'heure qu'il est, que l'assassin de Lindsay avait libre accès à la cafétéria. Seule une personne travaillant à Fischer Hall – ou au département Vie étudiante – a pu se procurer la clé.

En d'autres termes, il y a peut-être un tueur dans le personnel de la résidence.

Le plus triste, c'est que ça ne me surprend guère.

Faut croire que je suis vraiment une New-Yorkaise blasée.

3

T'as beau toucher une grosse prime
On s'ra jamais tes esclaves
T'as beau t'payer des trucs sublimes
Dans l'immeuble de la vie, ta place est à la cave !

« Petit banquier »
Écrit par Heather Wells

– Tu as une tonne de messages, m'annonce Sarah, la jeune diplômée qui nous sert d'assistante, quand j'entre dans le bureau de la direction.

Chaque résidence a droit à son ED (employé diplômé) qui, en échange du gîte et du couvert, nous aide à en gérer les aspects administratifs.

– Les téléphones sonnent non-stop, poursuit-elle. Tout le monde veut savoir pourquoi la cafétéria est fermée. J'ai continué à prétexter une fuite de gaz, mais je ne sais pas combien de temps les gens vont nous croire, avec tous ces flics qui vont et viennent. Ça y est, ils ont trouvé le reste de la fille ?

– Chut ! dis-je, jetant un coup d'œil alentour, comme pour m'assurer qu'aucun étudiant n'est tapi dans un coin du bureau.

Mais nous sommes seules dans la pièce, encore ornée de couronnes de houx, d'une menora et de calebasses kwanzaa, du fait de mon goût frénétique pour les décorations de Noël, et de mon altruisme excessif. Seules à l'exception de Tom qui, de retour dans son bureau – séparé du nôtre par une grille d'aération métallique – chuchote au téléphone.

– T'inquiète pas ! dit Sarah, levant les yeux au ciel. (Elle est en maîtrise de psycho ; l'esprit humain et ses mécanismes n'ont donc pas de secrets pour elle. Du moins, c'est ce qu'elle s'imagine.) La moitié des résidents de ce bâtiment ne sont pas encore levés. Et si c'est le cas, ils ont déjà filé en cours. Alors, dis-moi... Tu crois qu'ils vont annuler le match de demain soir ? Pas à cause de cette prétendue tempête de neige, mais à cause de... tu me comprends... d'elle ?

– Mmm, dis-je en me faufilant derrière mon bureau.

Ça fait du bien de s'asseoir. Je n'avais pas réalisé à quel point mes genoux tremblaient.

Bien sûr, c'est pas tous les jours qu'on voit la tête d'une pom-pom girl dans une cocotte. Qui plus est, d'une pom-pom girl qu'on connaissait. Il y a de quoi avoir les genoux qui tremblent ! D'autant plus que, à part le café viennois, je n'ai pas pris de petit déjeuner.

Non que j'aie faim. Du moins, très faim.

– Je ne sais pas, dis-je. Ils souhaitent interroger Mark.

Sarah semble irritée.

– Il n'y est pour rien ! déclare-t-elle avec mépris. Il n'est pas assez malin. À moins qu'on ne l'ait aidé.

Elle a raison. Les critères d'admission à l'université de New York sont parmi les plus sévères du pays... sauf pour les sportifs. En bref, tout joueur de basket passable y est admis, vu que notre équipe est en troisième division, et que les meilleurs joueurs choisissent les facs dotées d'équipes de première ou de deuxième division. Le président Allington n'en est pas moins déterminé à rester dans l'histoire de la fac comme l'homme qui aura permis à son équipe de regagner ses galons dans le monde du basket universitaire. Son but suprême serait de faire revenir les Coquelicots en première division.

Bien que cette probabilité soit très mince, surtout à la lumière des récents événements.

– Je ne m'en remets pas ! soupire Sarah. Où le corps peut-il bien être ?

– Là où finissent tous les cadavres à New York, dis-je en consultant mes messages. Quelque part au fond du fleuve. Personne ne le trouvera avant le printemps, quand la température aura suffisamment monté pour que le corps flotte.

Certes, je ne suis pas experte en médecine légale. Je n'ai même pas pu m'inscrire à des UV de droit à cause des cours de maths auxquels il faut que j'assiste avant.

Mais j'ai beaucoup regardé *New York Section criminelle* et *Les Experts*.

Et puis je vis avec un détective privé. Ou je devrais plutôt dire que lui et moi vivons « sous le même toit ». « Vivre avec » donne l'impression que nous partageons plus que cela, ce qui n'est pas le cas. Hélas.

Sarah frissonne de façon théâtrale, quoiqu'il fasse chaud dans le bureau et qu'elle porte l'un de ses épais pulls à rayures tricotés pour elle par une camarade du kibboutz où elle a passé l'été de sa première année de DEUG. Drôlement seyant, sur sa salopette...

– Tout ça ne rime à rien, dit-elle. Comment un autre meurtre a-t-il pu être commis dans le bâtiment ? On est vraiment en train de devenir le Dortoir de la mort.

Je consulte mes messages. Ma meilleure amie Patty – sans aucun doute a-t-elle vu la une du *Post* de ce matin et s'inquiète-t-elle autant que Reggie de la manière dont ça a pu m'affecter ? Quelqu'un qui ne dit pas son nom et ajoute qu'il rappellera plus tard... Un créditeur, probablement. J'ai quelque peu abusé de mes découverts autorisés dans ma folie acheteuse d'avant Noël. Si j'arrive à les faire patienter jusqu'au mois de mars, je les rembourserai tous avec mon trop-perçu des impôts. Et...

Je tends à Sarah la liste des appels.

– C'est sérieux ? Il a vraiment appelé ? Ou tu me fais marcher ?

Sarah paraît surprise.

– Franchement, Heather. Tu crois que j'ai la tête à faire des blagues, par une journée pareille ? Oui, Jordan Cartwright a appelé. Du moins, quelqu'un qui a affirmé être Jordan Cartwright. Il veut que tu le rappelles tout de suite. Il a dit que c'était d'une importance vitale. En insistant sur le mot « vitale ».

Eh bien... ça ressemble au Jordan que je connais. Aux yeux de Jordan, tout est d'une importance vitale. Surtout quand il s'agit de m'humilier d'une façon ou d'une autre.

– Et si le cadavre de Sarah n'était pas dans le fleuve ? Et s'il était encore dans le bâtiment ? Et si... mon Dieu... s'il était encore dans la chambre de Lindsay ?

– Dans ce cas, on le saurait déjà par Cheryl, dis-je. Vu qu'elle et la camarade de chambre de Lindsay ont changé de chambre tôt dans la matinée.

– Oh...

Sarah est visiblement déçue. Puis son visage s'illumine :

– Il est peut-être ailleurs dans le bâtiment ! Dans la chambre de quelqu'un d'autre, par exemple ? Imagine... Tu rentres chez toi après les cours et tu trouves un corps sans tête sur ta chaise pivotante, devant ton bureau !

J'en ai la nausée. Le café viennois m'est resté sur l'estomac.

– Ce n'est pas drôle, Sarah ! Tais-toi !

– Oh, mon Dieu ! Et si on le trouvait dans la salle de jeux, appuyé contre le baby-foot ?

– Sarah !

Je la foudroie du regard.

– Oh, ne te laisse pas abattre, Heather ! lance-t-elle dans un éclat de rire. Tu ne comprends pas que si je fais de l'humour noir, c'est pour casser le lien entre un stimulus épouvantable et une réaction émotionnelle non désirée du type frayeur ou répulsion – laquelle ne serait, étant donné la situation, ni utile ni professionnelle.

– Je me contenterai de la répulsion, dis-je. Je ne vois pas comment on peut rester professionnel face à une pom-pom girl décapitée.

C'est l'instant que choisit Tom pour apparaître dans l'embrasure de la porte.

– Pourriez-vous ne plus prononcer ce mot ? demande-t-il d'une voix nauséeuse.

– Lequel ? rétorque Sarah en rejetant une partie de sa chevelure bouclée derrière son épaule. « Pom-pom girl » ?

– Non, dit Tom. « Décapitée ». Nous avons la tête. C'est le reste qui manque. Oh, mon Dieu ! J'en reviens pas, d'avoir dit une chose pareille...

Il me jette un regard piteux. Autour de ses yeux injectés de sang, des cernes violacés dus à sa nuit passée aux urgences.

Ses cheveux blonds sont plaqués sur le front de manière très inesthétique, faute de gel. En temps normal, Tom aimerait mieux mourir que présenter un aspect aussi négligé. Il passe plus de temps que moi à s'occuper de ses cheveux.

– Tu devrais aller te coucher, lui dis-je. On se charge de tout, Sarah et moi.

– Comment ça, aller me coucher ? (Tom a l'air choqué.) On vient de retrouver une fille morte dans ma résidence ! Vous imaginez comment Jessup et les autres prendraient la chose ? Si je... si j'allais me coucher ? Je suis encore en période d'essai, vous savez. Ils pourraient décider que je ne suis pas à la hauteur... (Il déglutit.) Euh... je veux dire : « à la hauteur ».

– Retourne dans ton bureau, claque la porte et ferme les yeux un petit moment ! j'insiste. Je te couvre.

– Impossible, dit Tom. Chaque fois que je ferme les yeux, je vois... je *la* vois.

Pas besoin de lui demander de quoi il parle. Je ne le sais que trop bien. Il m'arrive la même chose à moi.

– Hé !

Un ado en gilet à capuche, aux narines piercées d'une minuscule paire d'haltères en argent passe la tête dans le bureau.

– Pourquoi la cafétéria est-elle fermée ?

Sarah, Tom et moi répondons comme un seul homme :

– Fuite de gaz !

– Nom de Dieu ! s'exclame le gamin avec une grimace. Je vais devoir traverser tout le campus pour prendre mon petit déj' ?

– Va au resto U, rétorque Sarah en lui tendant un ticket-repas. Cadeau de la maison.

Le gosse le regarde.

– Super !

Grâce au ticket, le repas ne sera pas déduit de son quota journalier. Il pourra déjeuner DEUX FOIS si ça lui chante. Il s'éloigne gaiement en traînant les pieds.

– Pourquoi ne pas simplement leur dire la vérité ? demande Sarah, dès qu'il est parti. Ils finiront bien par la découvrir.

– Certes, réplique Tom. Mais nous ne voulons pas semer la panique, vois-tu, en révélant qu'un tueur psychopathe se balade dans le bâtiment.

– Et puis, j'ajoute d'une voix prudente, nous ne voudrions pas que les gens découvrent l'identité de la victime avant qu'on ait pu prévenir les parents de Lindsay.

– Ouais, dit Tom. Bien parlé.

C'est bizarre, d'avoir un chef qui ne sait pas trop ce qu'il fait. Enfin, Tom est génial, comprenez-moi bien.

Mais on est loin de Rachel Walcott.

Ce qui, tout bien considéré, est plutôt une bonne chose...

– Ohé, les amis ! Qu'est-ce qu'on demande, en priorité, à une pom-pom girl ? questionne Sarah.

Tom et moi nous fixons, hébétés.

– Je ne sais pas, dis-je.

– D'avoir la tête sur les épaules. Ha, ha, ha !

Voyant que nous ne trouvons pas ça drôle, Sarah nous regarde avec réprobation.

– C'est juste de l'humour noir, les amis. Pour nous aider à tenir le coup.

Je me tourne vers Tom.

– Qui est avec le gosse qui a fêté son anniversaire ? Celui qui est à l'hosto ? Puisque nous sommes ici, toi et moi...

49

– Oh, merde ! s'exclame Tom en blêmissant. Ça m'était sorti de la tête. J'ai eu ce coup de fil et...

– ... et tu l'as laissé seul ?

Sarah lève les yeux au ciel. Elle méprise notre nouveau chef et ne cherche pas à s'en cacher. Elle pense que le docteur Jessup aurait dû lui demander, à elle, de prendre la succession de Rachel – bien qu'elle soit étudiante à plein temps. Une étudiante à plein temps dont le dada consiste à analyser les problèmes de tous ceux qu'elle croise. Je souffre par exemple à ses yeux d'un complexe d'abandon du fait que ma mère s'est tirée en Argentine avec mon manager... et tout mon argent.

Et parce que je n'ai pas contre-attaqué en portant l'affaire devant les tribunaux, je souffre également de passivité, ainsi que d'un manque d'amour-propre. Du moins, d'après Sarah.

Or j'ai le sentiment d'avoir le choix (pas vraiment, en réalité : je n'ai de toute façon pas assez d'argent pour engager un procès). Je peux soit passer le temps à en vouloir à ma mère de ce qu'elle a fait, soit tourner la page et vivre ma vie.

Ai-je eu tort de choisir cette seconde option ?

C'est ce que Sarah semble penser. Elle ne me parle que de ça, quand elle ne m'accuse pas de souffrir d'une sorte de complexe de Superwoman, qui me pousserait à vouloir préserver de tous les maux les résidents de Fischer Hall.

Je n'ai pas de peine à comprendre pourquoi Tom a obtenu le boulot, et pas Sarah. Quand Tom m'adresse la parole, c'est pour me dire qu'il adore mes chaussures ou me demander si j'ai regardé la « Nouvelle Star » de la veille, ce genre de trucs, quoi. Il est beaucoup plus facile de s'entendre avec Tom qu'avec Sarah.

– Eh bien, je pense qu'un assassinat prévaut sur une intoxication due à l'alcool, dis-je, prenant la défense de Tom. Mais il

50

faut tout de même envoyer quelqu'un aux urgences, surtout pour le cas où le résident n'y serait pas admis.

Si jamais Stan apprend que nous avons un résident aux urgences sans personne pour veiller sur lui, il va péter un câble. Et je ne voudrais pas avoir à me passer de mon nouveau chef alors que je commence à m'attacher à lui.

– Sarah...

– J'ai cours, rétorque-t-elle sans même lever les yeux des formulaires qu'elle rassemble afin de les photocopier, pour permettre à la police de vérifier si Lindsay avait reçu, la veille, des invités susceptibles de la remercier de son hospitalité en la décapitant.

Sauf que ce n'était bien entendu pas le cas. Nous avions passé deux fois de suite les formulaires en revue. En vain.

– Mais...

– Je ne peux pas le louper ! proteste Sarah. C'est le premier du second semestre !

– J'y vais, moi, alors.

– Non ! me lance Tom, visiblement affolé.

J'ignore si c'est qu'il veut m'épargner d'avoir à poireauter dans la salle d'attente des urgences d'un hôpital new-yorkais après ce que j'ai déjà subi ce matin, ou s'il craint simplement que je le laisse seul dans le bureau, lui qui a encore si peu d'expérience du métier...

– Je vais y envoyer l'un des RE.

– Ils ont tous cours, comme Sarah, dis-je.

Je suis déjà debout, tendant la main vers mon manteau. En vérité, je ne suis pas du genre à me sacrifier de bon cœur. C'est juste que je suis soulagée de pouvoir sortir d'ici. Bien que je m'efforce de le dissimuler.

51

– Ça me dérange pas, je t'assure. Et puis, ils ne vont pas tarder à l'admettre, non ? Ou à l'autoriser à repartir ? Je n'en ai pas pour longtemps. C'est bien d'un garçon qu'il s'agit ?

– Quelle fille serait assez bête pour boire vingt et une mesures d'alcool ? demande Sarah, levant les yeux au ciel.

– Oui, c'est un garçon, confirme Tom.

Il me tend un bout de papier avec le nom et le numéro de sécu du résident. Je le fourre dans ma poche.

– Il ne m'a pas ébloui par sa conversation. Mais bon, il est vrai qu'il n'avait toujours pas repris connaissance quand je suis parti. Peut-être s'est-il réveillé depuis ? Tu as besoin de monnaie pour le taxi ?

Je lui explique que j'ai toujours l'argent prélevé un peu plus tôt dans la cagnotte, alors que je m'apprêtais à prendre la relève aux urgences... avant que nous n'apprenions ce qui était arrivé à Lindsay.

– Dis-moi, me demande Tom d'une voix douce tandis que je me dirige vers la porte, tu as déjà eu à gérer ce genre de situation. (Nous savons tous deux à quoi il fait allusion.) Qu'est-ce que... euh... qu'est-ce que je suis censé faire ?

Il a vraiment l'air angoissé. Son expression, ainsi que ses cheveux en bataille, le font paraître plus jeune que son âge... bien qu'à vingt-six ans, il soit tout de même plus jeune que moi. Et à peine plus vieux que Joli-Serveur.

– Tiens bon ! dis-je en lui posant la main sur l'épaule. (Il porte un pull Lacoste.) Et quoi que tu fasses, ne tente surtout pas de résoudre le crime par tes propres moyens. Je t'en prie !

Il déglutit.

– Ne t'inquiète pas. Tu crois que j'ai envie qu'on retrouve *ma* tête dans une cocotte ? Non merci.

Je lui tapote l'épaule pour le rassurer.

– Tu peux me joindre sur mon portable.

Je m'empresse de gagner le hall, où je tombe sur Julio, le chef du service d'entretien, et son neveu Manuel, qui vient à peine d'être embauché. (À l'université de New York, le népotisme se porte aussi bien qu'ailleurs.) Manuel dispose sur le sol des carrés de moquette pour empêcher que le marbre ne soit abîmé par le sel que les résidents traîneront sur leurs semelles quand ce fichu blizzard aura enfin éclaté.

– Heather, me demande Julio d'une voix inquiète, comme nous nous croisons. C'est vrai ce qu'on raconte ? Au sujet de...

Il dirige son noir regard vers l'entrée, autour de laquelle policiers et administrateurs grouillent toujours, telles des *fashionistas* à des soldes privées.

Je m'arrête pour le lui confirmer, à voix basse.

– Oui, Julio. On a trouvé un... (Je m'apprête à dire un « cadavre », mais ce n'est pas le mot juste.) Une... fille morte dans la cafétéria, dis-je, histoire de terminer ma phrase.

– C'est qui ?

Manuel Suarez paraît soucieux. C'est un type sublimement beau, sur lequel j'ai entendu soupirer pas mal d'étudiantes, voire d'étudiants, employés par la résidence (je ne me sens pas concernée vu que l'amour au bureau, c'est pas mon truc, et qu'il n'a jamais prêté attention à moi et ne risque guère de le faire, avec la quantité de jeunes filles de dix-neuf ans exhibant alentour leur ventre plat sous des tee-shirts ultra-courts. Je n'ai pas, quant à moi, dénudé mon ventre depuis que... qu'un gros bourrelet a commencé à se former au-dessus de la ceinture de mon jean).

– C'était qui, la fille ? demande-t-il.

– Je ne peux rien dire pour le moment, je réponds.

On est censés attendre que la famille du défunt ait été informée, avant de communiquer son nom.

La vérité, c'est que si ç'avait été n'importe qui d'autre que Lindsay, je le leur aurais dit aussi sec. Mais tout le monde appréciait Lindsay, y compris le personnel, lequel se contente d'habitude de tolérer tout au plus les étudiants, aux parents de qui nous devons nos fiches de paie.

Alors, pas question d'être celle qui leur annoncera ce qui est arrivé.

C'est pour cette raison, entre autres, que je suis soulagée de pouvoir quitter le bâtiment.

Jetant à son neveu un regard contrarié, Julio marmonne quelque chose en espagnol. C'est qu'il sait aussi bien que moi que je n'ai pas le droit de donner de nom. Manuel rougit et prend un air sombre, mais reste silencieux. De même que Tom, il vient d'être embauché et n'a pas fini sa période d'essai. Et son oncle le soumet à la plus sévère des surveillances. Je ne voudrais pas avoir Julio comme chef. J'ai vu dans quel état ça le mettait de surprendre les résidents en train de faire du roller sur ses sols fraîchement cirés.

– Faut que j'aille voir un autre gosse à l'hôpital, lui dis-je. Avec un peu de chance, je serai vite de retour. Veille sur Tom, tu veux bien ? Il n'est pas habitué à ce genre de choses.

Julio hoche gravement la tête. Je sais qu'il va faire ce que je lui demande. Même s'il lui faut, pour cela, renverser une canette de soda devant la porte du bureau de Tom, pour pouvoir passer une demi-heure à la nettoyer.

Je parviens à me frayer un chemin parmi la foule assemblée dans le hall, et à retrouver la fraîcheur de l'extérieur sans être à nouveau interceptée. Miracle : un taxi attend devant Fischer

Hall. Mais je ne le prends pas. Au lieu de ça, je me hâte de tourner au coin de la rue et de regagner la maison que j'ai quittée à peine deux heures plus tôt. S'il faut que je passe la journée à poireauter à l'hôpital, je vais devoir emporter deux ou trois trucs, comme mon manuel de maths de rattrapage (afin d'être préparée pour mon premier cours, s'il n'est pas annulé pour cause de blizzard) et peut-être aussi ma Game Boy avec Tetris. Qui crois-je leurrer ? Entre mes révisions et Tetris, il y a fort à parier que je vais passer la matinée à essayer de battre mon record sur la Game Boy. Cela dit, je pourrais peut-être convaincre Lucy de sortir et de faire la grosse commission maintenant, histoire de ne pas avoir à craindre de mauvaise surprise plus tard dans la journée.

Au-dessus de nous, les nuages sont encore sombres et lourds d'humidité. Mais ce n'est pas ça, je le sais, qui a fait fuir Reggie et ses compagnons. Ce qui les a dispersés, c'est la présence de très nombreux policiers à deux pas d'ici, à Fischer Hall. Sans doute sont-ils allés faire une pause-café au fast-food de Washington Square ? Un meurtre, ça a des répercussions négatives sur tout, y compris sur le commerce de la drogue.

Hébétée de me voir rentrer aussi tôt, Lucy en oublie de protester quand je l'entraîne dans le jardinet glacial du grand-père de Cooper. Lorsque je redescends, après avoir ramassé manuel de mathématiques et Game Boy, elle est assise devant la porte, à quelques mètres de sa commission fumante. Je n'ai plus à m'inquiéter de ce que je vais trouver au retour. Je la laisse rentrer et nettoie rapidement ses saletés. Alors que je m'apprête à quitter la maison, je remarque que le voyant du répondeur clignote, sur le téléphone de l'entrée – la ligne commune, Cooper possédant aussi une ligne professionnelle privée. J'appuie sur la touche « marche » et la voix du frère de Cooper retentit dans le vestibule.

– Euh, salut ! commence mon ex-fiancé. C'est un message pour Heather... Heather, j'ai essayé de te joindre sur ton mobile et au bureau, mais j'arrête pas de te louper, on dirait. Pourrais-tu me rappeler dès que tu auras eu ce message ? Il faut que je te parle de quelque chose de vraiment important !

Waouh... Ce doit l'être, s'il m'appelle sur la ligne que je partage avec Cooper. La famille de celui-ci ne lui adresse plus la parole depuis des années – depuis qu'ils ont appris qu'Arthur Cartwright, le patriarche du clan et fondateur des Disques Cartwright, avait légué à sa brebis galeuse de petit-fils sa maison en grès brun de West Village – un produit de tout premier choix sur le marché de l'immobilier new-yorkais ; coût estimé : huit millions de dollars. Avant ça, les relations n'étaient déjà pas très chaleureuses, Cooper ayant refusé d'intégrer l'entreprise familiale et, plus précisément, d'être le bassiste d'Easy Street, le boys band que son père était en train de monter.

En fait, sans moi, ma meilleure amie Patty et son mari, Frank, Cooper aurait passé seul Noël et le Nouvel An (non que cette perspective eût l'air de beaucoup le déranger), au lieu de profiter de la chaleureuse intimité d'une famille... de la famille de Patty, tout du moins, la mienne moisissant en prison (papa) ou s'étant fait la belle avec mon argent (maman). Au fond, il vaut sans doute mieux que je sois enfant unique.

J'ai pris conscience, pendant les années où je suis sortie avec le frère de Cooper, que ce qui était important pour Jordan l'était rarement à mes yeux. Je ne m'empresse donc pas de le rappeler. Je préfère écouter les autres messages. Mais les gens, des télévendeurs à coup sûr, ont raccroché sans en laisser. Je ressors et, affrontant le froid, me dirige vers l'hôpital Saint-Vincent. À présent que je cherche un taxi, je n'en trouve évidemment pas. Il me faut donc parcourir à pied les cinq ou six blocs (je parle des blocs d'une avenue, pas de petits pâtés de maisons !) qui me séparent de l'hôpital. Ça me va très bien. À en croire le gouvernement, on devrait s'imposer une demi-heure de sport par jour. Ou bien une heure ? Quoi qu'il en soit, cinq blocs par ce froid glacial, ça suffit amplement. Lorsque j'arrive à l'hôpital, je ne sens plus mon nez ni mes joues.

Au moins, il fait bon dans la salle d'attente, même si c'est la pagaille. Moins que d'habitude, cela dit. Les bulletins météo ont visiblement dissuadé la plupart des hypocondriaques de sortir de chez eux, et je parviens sans mal à trouver où m'asseoir. Une infirmière attentionnée a réglé la télévision, diffusant en général des *telenovelas* en boucle, sur New York Première. Ainsi, tous peuvent suivre la progression de la tempête. Pour être à l'aise, il ne me manque qu'un chocolat chaud : j'y remédie sans peine, en glissant quelques pièces dans la fente du distributeur de boissons chaudes. Et un petit déjeuner.

Il est plus difficile de se procurer de quoi manger, aux urgences de Saint-Vincent, à moins d'être prêt à se satisfaire des chips ou des friandises du distributeur. En temps normal, ce serait le cas.

Mais les événements de ce matin m'ont pas mal retourné l'estomac, et je doute qu'il soit en mesure d'assimiler aussi aisément qu'à l'ordinaire un soudain apport de sel ou de caramel.

Et puis il est l'heure passée de cinq minutes. Le moment où les gardiens ouvrent la porte des urgences et autorisent les patients à recevoir la visite de leurs proches – mon étudiant devra se contenter de la mienne.

Au moment voulu, je ne retrouve évidemment pas le bout de papier que m'a donné Tom, celui où il a griffonné le nom et le numéro de sécu du résident. Une fois dans la salle, il va me falloir improviser. Avec un peu de chance, il n'y aura pas trop de gosses qui viennent d'avoir vingt et un ans et cuvent leur cuite de la veille. Les infirmières sauront me donner un coup de main, j'imagine...

Mais il s'avère que je n'ai pas besoin d'aide. À la seconde où je pose les yeux sur lui, je reconnais mon étudiant, étendu sur un brancard et recouvert d'un drap blanc.

– Gavin !

Il gémit et enfouit sa tête dans l'oreiller.

– Gavin.

Plantée devant le brancard, je le foudroie du regard. J'aurais dû m'en douter. Gavin McGoren, étudiant en licence de cinéma et roi des emmerdeurs de Fischer Hall. Qui d'autre, pour contraindre mon chef à passer une nuit blanche ?

– Je sais que tu ne dors pas, Gavin, dis-je d'un ton sévère. Ouvre les yeux !

Gavin s'exécute.

– Nom de Dieu, frangine ! s'exclame-t-il. Tu vois pas que je suis malade ?

Il désigne l'intraveineuse plantée dans son bras.

– Oh, je t'en prie, je rétorque avec dégoût. Tu n'es pas malade. Tu es juste une grosse tache. Vingt et un verres en une seule fois, Gavin ?

Il replie son bras libre, afin de protéger ses yeux de l'éclat des néons, au-dessus de lui.

– De toute façon, marmonne-t-il, j'étais avec ma bande de potes. Je savais que rien de grave ne pourrait m'arriver.

– Parlons-en, de tes potes ! dis-je, méprisante. C'est sûr, ils se sont bien occupés de toi !

– Eh ! (Gavin grimace comme si le son de sa propre voix lui faisait mal, ce qui est probablement le cas.) Ils m'ont amené ici, non ?

Je rectifie :

– Ils t'ont largué ici. Et ils se sont tirés ! Je n'en vois plus un seul alentour, et toi ?

– Ils avaient cours ! proteste Gavin d'une voix vaseuse. D'abord, qu'est-ce que tu en sais ? T'étais pas là. C'était l'autre glandu de la direction. Il est passé où, d'ailleurs ?

– Si c'est à Tom, le directeur de la résidence, que tu fais allusion, il lui a fallu s'occuper d'une autre affaire urgente. Tu n'es pas l'unique résident de Fischer Hall, figure-toi, Gavin.

– Pourquoi tu me prends la tête ? C'est mon anniversaire !

– Drôle de manière de le fêter !

– Qui plus est... je filmais... un projet, pour la fac.

– Tu passes le temps à te filmer en train de faire des conneries pour tes travaux de fac. Tu te souviens, quand tu as voulu reconstituer cette scène de *Hannibal*... celle avec la cervelle de vache ?

Il relève le bras et me jette un regard noir.

– Comment je pouvais savoir que j'étais allergique aux fèves ?

– Gavin, tu seras peut-être étonné d'apprendre, dis-je tandis que mon portable vibre dans la poche de ma veste, que Tom et moi avons mieux à faire que te tenir la main chaque fois que tes petites expériences te conduisent aux urgences.

59

– Quoi, par exemple ? grogne Gavin. Permettre à ces fayots de RE de vous lécher les bottes plus longtemps ?

Je dois faire un gros effort pour ne pas lui parler de Lindsay. Le voir étendu là, à se lamenter sur son sort, alors que c'est l'invraisemblable stupidité de ses actes qui lui vaut de se retrouver dans cette situation quand, à la résidence, une fille est morte sans qu'on puisse mettre la main sur son corps !

– Écoute, tu veux pas essayer de savoir quand je vais pouvoir me tirer d'ici ? demande Gavin, dans un gémissement. Et, pour une fois, m'épargner tes sermons ?

– J'y vais, dis-je, bénissant cette occasion de m'éloigner de lui. (À vrai dire, il ne sent pas la rose...) Tu veux que j'appelle tes parents ?

– Mon Dieu, non... glapit-il. Pourquoi je le voudrais ?

– Peut-être pour leur raconter comment tu as fêté ton anniversaire. Je suis sûre qu'ils seraient très fiers de...

Gavin se met l'oreiller sur la tête. Je souris et me dirige vers l'une des infirmières pour m'informer de son éventuelle sortie. Elle me dit qu'elle s'en remettra à la décision du médecin. Je la remercie et, tout en regagnant la salle d'attente, je sors mon portable pour voir qui a appelé...

... et frémis d'excitation en voyant s'afficher sur l'écran *Cartwright, Cooper*.

Frémissement qui redouble lorsque, une seconde plus tard, j'entends une voix s'exclamer :

– Heather !

Et que, levant les yeux, je croise le regard de l'homme en question.

4

Je me souviens du temps béni
Où ce qui m'faisait envie coûtait pas un radis
À présent je dois bien l'admettre
Si ça vient pas d'chez Gap, j'ai pas envie de le mettre !

Sans titre
Écrit par Heather Wells

Oh, et puis zut ! D'accord, je suis folle de lui alors qu'il ne m'a jamais laissé entendre qu'il partageait mes sentiments. Et puis ? On a bien le droit de rêver, non ?

Et au moins, l'objet de mes fantasmes a l'âge qui convient. Cooper ayant dépassé la trentaine, il a une dizaine d'années de plus que Joli-Serveur.

Et il n'est pas du genre à trimer derrière un bar pour un salaire de misère. Non, il dirige sa propre affaire.

Bon, d'accord, il refuse de me dire à quoi il passe ses journées, histoire de ne pas heurter ma sensibilité.

Mais c'est bien la preuve qu'il se soucie de moi, non ?

De toute façon, je sais qu'il se soucie de moi. Sinon, pourquoi m'aurait-il proposé d'emménager chez lui (au dernier étage de sa maison, du moins...) après que Jordan m'a larguée ? (Jordan a toujours nié ce point. Selon lui, c'est moi qui l'ai quitté. Or, je suis désolée, mais c'est lui qui a laissé Tania plonger tête baissée sur ses parties intimes, dans notre appartement qui plus est ! Qui

61

n'interpréterait pas ça comme une invitation à faire ses valises ?)

Mais Cooper est on ne peut plus clair : il m'aime comme une amie, rien de plus. Il ne m'a en tout cas jamais draguée.

Certes, il m'a un jour confié – alors que, suite à une tentative de meurtre, j'étais en état de choc et à moitié inconsciente – qu'il trouvait que j'étais une gentille fille.

Dois-je y voir un signe encourageant ? Une « gentille fille » ? Les gars ne tombent jamais amoureux des gentilles filles. Ils craquent pour des filles comme Tania Trace qui, dans le clip de son dernier single, « Coup de chienne », se trémousse, le corps huilé et simplement vêtu d'une culotte en cuir et d'un débardeur.

Je jurerais qu'on ne fabrique pas de culottes en cuir à ma taille.

Et puis, ce n'est peut-être pas son truc, à Cooper, les culottes en cuir. Après tout, il a déjà prouvé, par sa bienveillance à mon égard, qu'il n'avait rien à voir avec le reste de la famille. Tout n'est peut-être pas perdu. Qui sait s'il n'est pas venu m'annoncer qu'il ne peut vivre une seconde de plus sans mon amour, et que sa voiture attend devant l'hôpital, prête à nous conduire à l'aéroport, direction Las Vegas pour le mariage, et Hawaii pour la lune de miel ?

– Ohé, lance Cooper en me tendant un sac en papier. Je me suis dit que tu n'avais pas eu le temps de déjeuner. Je t'ai pris un sandwich chez Joe.

Adieu le mariage à Las Vegas et la lune de miel à Hawaii !

Mais le sandwich vient de chez Joe le Laitier, ma fromagerie préférée ! Et s'il vous est arrivé de goûter sa mozzarella fumée, vous savez qu'elle vaut toutes les lunes de miel à Hawaii.

– Comment tu as su que j'étais ici ? je demande en prenant le sac.

– C'est Sarah qui me l'a dit. J'ai appelé ton bureau quand j'ai appris ce qui s'était passé. J'ai entendu ça sur la fréquence de la police.

– Oh.

Bien sûr. Cooper écoute la fréquence de la police quand il est sur une filature. Ça, ou du jazz. Il est raide dingue d'Ella Fitzgerald. Si Ella n'était pas morte, je serais jalouse d'elle.

– Tes clients ne vont pas se demander où tu es passé ?

Je n'en reviens pas, qu'il laisse en plan une affaire à cause de moi.

– C'est bon, répond Cooper. Le mari de ma cliente est occupé pour le moment.

Je ne me donne pas la peine de lui demander ce que ça signifie, certaine qu'il ne me le dira pas.

– J'étais sur le point d'aller déjeuner, de toute façon. Et j'ai pensé que tu n'avais pas mangé, ajoute-t-il.

Mon estomac gargouille d'impatience à la mention du mot « déjeuner ».

– Je meurs de faim. Tu me sauves la vie !

– Alors... commence Cooper, en m'entraînant vers la rangée de sièges en plastique orange de la salle d'attente, pourquoi le gosse a-t-il été amené ici ?

Je jette un coup d'œil en direction de la porte des urgences.

– Qui ça, Gavin ? Pour imbécillité chronique.

– Ah, c'est encore Gavin ?

Cooper tire deux petites briques de lait chocolaté de la poche de sa parka et m'en tend une. Mon cœur se dilate. Du lait chocolaté ! Mon Dieu, ce que j'aime cet homme ! Qui pourrait lui résister ?

– Je serais surpris que ce gosse vive assez longtemps pour obtenir son diplôme de fin d'études. Sinon, ça se passe comment pour vous, là-bas ? Avec la fille qui a été tuée, je veux dire.

J'ai mordu dans la baguette croustillante – remplie de mozzarella fumée, de poivrons grillés à l'ail et de tomates séchées au soleil. Impossible, après ça, d'articuler un mot – l'intérieur de ma bouche est en train de vivre un orgasme.

– À vrai dire, j'ai passé un coup de fil à un ami qui bosse au bureau du coroner, poursuit Cooper en voyant que j'ai la bouche pleine (bien qu'inconscient, du moins je l'espère, de l'explosion en cours). Ils sont arrivés là-bas très vite, étant donné que les affaires tournent au ralenti à cause de cette tempête censée éclater. Toujours est-il qu'ils sont quasiment sûrs que la fille a été tuée bien avant d'être... tu vois ce que je veux dire.

Décapitée. Je hoche la tête, sans cesser de mâcher.

– J'ai pensé que tu serais soulagée de l'apprendre, poursuit Cooper, en retirant son sandwich (au jambon cru, me semble-t-il) de son emballage. Qu'elle n'a pas souffert, je veux dire... Ils sont presque certains qu'elle a été étranglée.

Je déglutis.

– Comment peuvent-ils le savoir ? je demande. Vu que... enfin... qu'il n'y a pas de cou ?

Cooper vient tout juste de prendre une bouchée de son sandwich. Elle lui reste coincée en travers de la gorge, mais finit par passer.

– La décoloration, réplique-t-il dans un toussotement. Autour des yeux. Cela signifie qu'elle a cessé de respirer avant que la mort ne survienne par strangulation. On appelle ça l'inhibition vagale.

– Oh, je suis désolée. (Parce qu'à cause de moi, il a failli s'étouffer.)

Il boit de grandes gorgées de lait chocolaté, ce qui me donne l'occasion de l'observer sans qu'il s'en rende compte. Il ne s'est pas rasé ce matin... non que ce soit gênant. Il reste l'un des gars les plus sexy que j'aie jamais vus. Sa barbe de trois jours, ou plutôt d'un jour, ne donne que plus de force à ses traits anguleux, mettant en valeur les pommettes hautes et la finesse du bas du visage. Certaines personnes, comme son père, Grant Cartwright, jugeraient que Cooper a besoin d'une bonne coupe de cheveux.

Mais moi, j'aime pouvoir passer les doigts dans les cheveux d'un homme.

À condition qu'il me laisse faire, s'entend.

Cependant, même si ses cheveux légèrement trop longs lui donnent, à mes yeux, l'apparence d'un gentil chien de berger, son allure impressionne visiblement les autres. Preuve en est donnée quand un SDF portant sa bouteille dans un sac en papier, entré dans l'hôpital pour échapper quelques instants au froid, repère une chaise vide à côté de moi et se dirige vers elle...

... avant de changer d'avis à la vue des larges épaules de Cooper, rendu encore plus impressionnant que d'habitude par son anorak volumineux et ses grosses Timberland.

Celui-ci ne se rend compte de rien.

– Ils pensent qu'elle était là depuis un bon moment, dit-il après être parvenu à avaler ce qui le faisait tousser. Sur la cuisinière, je veux dire. Depuis avant l'aube, au moins.

– Doux Jésus !

Je n'ai pourtant aucun mal à finir mon sandwich, alors qu'au dortoir (euh... à la résidence), la seule pensée de ce qui était arrivé à Lindsay me donnait envie de vomir. Il faut croire que j'ai très faim.

Ou bien la présence réconfortante de Cooper y est pour quelque chose... L'amour fait des miracles, dit-on.

Quand on parle d'amour...

Mon portable grésille. Le sortant de ma poche, je constate que Jordan m'appelle. Une fois de plus. Je m'empresse de replonger le téléphone dans les profondeurs de ma veste.

Pas assez vite, néanmoins.

– Faut croire qu'il a vraiment besoin de te parler. Il a laissé un message à la maison, aussi.

– Je sais, dis-je d'un ton penaud. Je l'ai écouté.

– Je vois.

Cooper paraît amusé par quelque chose, à en croire la façon dont le coin de ses lèvres rebique.

– Et tu ne le rappelles pas parce que... ?

– Aucune importance.

Je suis agacée. Pas à cause de Cooper. C'est à son frère que j'en veux, de ne pas réaliser que, quand on rompt avec quelqu'un, on rompt pour de bon. On ne passe pas le temps à appeler son ex, surtout quand on est fiancé à quelqu'un d'autre, après avoir rompu. Enfin... c'est la base du savoir-vivre !

Certes, ça n'a pas arrangé les choses que je continue à coucher avec lui. Avec Jordan, je veux dire.

Mais en fait, ça n'a eu lieu qu'une fois, sur le tapis du vestibule de Cooper, dans un moment de faiblesse totale. Aucune chance que ça se reproduise.

Du moins, ça m'étonnerait...

Je l'avoue, je m'en veux aussi un peu à moi-même.

– Alors, tu la connaissais ? demande Cooper, ayant la délicatesse de parler d'autre chose lorsqu'il constate que Jordan n'est pas mon sujet de conversation favori.

– Qui ça, la morte ? (J'avale une gorgée de lait chocolaté.) Ouais. Comme tout le monde. Elle avait des tas d'amis. C'était une pom-pom girl.

Cooper paraît stupéfait.

– Il y a des pom-pom girls à la fac ?

– Bien sûr. L'équipe de basket est parvenue en finale, l'année dernière.

– En finale de quoi ?

– Aucune idée ! Ce qui est sûr, c'est qu'ils en sont fiers. Lindsay – c'est le prénom de la morte – l'était tout particulièrement. Elle étudiait la comptabilité. La vie étudiante, c'était vraiment son truc. Elle...

Je m'interromps. Même une gorgée de lait chocolaté ne m'est d'aucun secours cette fois-ci.

– Cooper... Qui aurait l'idée d'infliger ça à quelqu'un ? Et *pourquoi* ?

– Eh bien... que sais-tu, au juste, sur cette fille ? Je veux dire, à part qu'elle était pom-pom girl et faisait des études de compta ?

Je me penche sur la question, puis :

– Elle sortait avec l'un des joueurs de l'équipe de basket. En fait, j'ai l'impression qu'on le soupçonne. L'inspecteur Canavan, du moins. Mais Mark n'y est pour rien. J'en suis certaine. C'est un garçon bien. Il ne ferait pas de mal à une mouche. Et encore moins à sa petite amie. Et pas de cette manière-là.

– C'est justement la manière qui me frappe comme... (Cooper hausse les épaules sous son anorak.) J'ai presque envie de dire que le tueur en a trop fait, poursuit-il. À croire que cette mise en scène est une sorte d'avertissement.

– Adressé à qui ? À Jimmy, le cuisinier de la cafèt' ?

– Si on le savait, ça nous aiderait à découvrir l'identité de l'assassin, non ? Et son mobile. Canavan a raison de commencer par le petit copain. Il est bon ? En tant que joueur de basket, je veux dire.

Je le regarde d'un air hébété.

– Cooper... On est en troisième division. Il ne peut pas être *très* bon.

– Mais les Coquelicots ont beaucoup progressé depuis l'arrivée du nouvel entraîneur, cet Andrews, réplique Cooper avec un petit sourire, suscité, j'imagine, par mon ignorance en matière de sport. Désormais, leurs matchs sont même retransmis à la télévision. Sur les chaînes locales, d'accord. Mais tout de même... Je suppose que le match de demain va être annulé, avec tout ça ?

Je pousse un grognement.

– Tu rigoles ? On affronte, à domicile, les Diables de l'université du New Jersey. On se bat pour la tête de division, figure-toi !

Cooper sourit plus largement. Mais son ton a quelque chose de glacé :

– Le match de demain est maintenu alors qu'on vient de trouver la tête d'une pom-pom girl dans la cafétéria du dortoir ?

Je rectifie :

– De la résidence universitaire.

Une doctoresse sort de la salle des urgences, tenant une écritoire à pince.

– Heather Wells ?

– Excuse-moi ! je lance à Cooper.

Je me précipite vers le médecin des urgences, qui m'annonce que Gavin se remet bien, et qu'elle le laissera sortir dès qu'il aura signé les documents réglementaires. Je remercie la doctoresse et m'en retourne auprès de Cooper. Déjà debout, il rassemble les restes de notre pique-nique et les jette dans une poubelle proche.

– Gavin peut repartir, dis-je.

– Je m'en doutais.

Cooper remet ses gants, s'apprêtant à se replonger dans le climat polaire.

– Je vous dépose à la résidence ? demande Cooper.

– Je crains que Gavin ne soit pas en mesure de marcher. Mais on va choper un taxi. Je ne tiens pas à ce qu'il gerbe dans ta voiture.

– Et je t'en suis reconnaissant, répond Cooper d'un ton grave. Bon, on se voit à la maison. Eh, Heather, pour ce qui est de Lindsay...

– Ne t'inquiète pas. Je n'ai pas la moindre intention de fourrer mon nez dans l'enquête. J'ai plus que retenu la leçon du semestre dernier. Cette fois-ci, le département de police de New York devra se débrouiller sans moi.

Cooper garde une expression sérieuse.

– Ce n'est pas ce que j'allais dire. Que tu puisses ne serait-ce qu'envisager de te mêler de ce qui est arrivé aujourd'hui à Fischer Hall ne m'a pas effleuré. Surtout après ce qui s'est passé la dernière fois.

69

Je sais que c'est ridicule, mais ça me vexe.

– Tu veux parler de la fois où j'ai démasqué l'assassin avant tout le monde ? Avant que quiconque ait réalisé que ces filles étaient victimes de meurtres et non de leur prétendue intrépidité ?

– Ohé, relax, Max. Je voulais juste...

– Parce que tu réalises que la personne qui a fait ça à Lindsay avait forcément accès aux clés de la cafèt', c'est ça ?

Je me fiche que ce soit MOI, à présent, que le SDF regarde d'un œil apeuré. Je ne suis pas aussi large d'épaules que Cooper, mais je compense par mon tour de hanches. Oh, et par ma voix perçante.

– ... car il n'y avait pas le moindre signe d'effraction. La personne qui y a laissé la tête de Lindsay devait disposer d'un passe. Il y a trois ou quatre serrures. Personne n'aurait pu, en une seule nuit, en crocheter un si grand nombre sans se faire remarquer. Le coupable travaille donc nécessairement pour la résidence. Il a accès aux clés. Et c'est sans doute quelqu'un que je connais.

– OK.

Cooper dit ça d'un ton rassurant : le ton qu'il utilise avec ses clientes, ces épouses hystériques convaincues que leur mari les trompe et qui l'embauchent pour le prouver ; ce, afin de récupérer la maison en bord de mer, dans les Hamptons.

– Du calme. L'inspecteur Canavan est sur le coup, n'est-ce pas ?

– Oui, dis-je.

Je me garde de préciser que les talents d'enquêteur de l'inspecteur Canavan m'inspirent une confiance limitée. Après tout, ils ont bien failli me coûter la vie.

70

– Oh, ne te fais pas de souci, dit Cooper. (Il a posé une main sur mon épaule. Dommage que je sois trop vêtue – veste molletonnée, pull, maillot de corps et soutien-gorge – pour la sentir.) Canavan va arrêter celui qui a fait ça. Rien à voir avec la dernière fois. Personne, à part toi, n'aurait juré qu'il s'agissait de meurtres. Aujourd'hui... eh bien, ça ne fait pas de doute. La police va s'en occuper, Heather.

Ses doigts se resserrent sur mon épaule. Il me fixe. J'ai l'impression que je pourrais plonger dans le bleu de ses yeux et nager à n'en plus finir, sans jamais atteindre la ligne d'horizon.

– Ohé, Wells !

Évidemment, Gavin McGoren n'aurait pas pu mieux choisir son moment pour sortir des urgences en boitillant.

– Ce gars t'importune, Wells ? demande Gavin, en pointant les trois poils de son bouc vers Cooper.

Je réprime, avec peine, mon envie de le frapper. Le personnel n'a pas le droit de battre les résidents, si tentant que cela puisse être parfois. Chose étonnante, nous ne sommes pas autorisés non plus à les embrasser. Non que j'aie jamais eu à le regretter, du moins pas dans le cas de Gavin.

– Non. Il ne m'*importune* pas, dis-je. C'est mon ami Cooper. Cooper, je te présente Gavin.

– Salut, lance Cooper en tendant sa main.

Que Gavin ignore.

– Ce mec est ton *petit ami* ? me demande-t-il, carrément lourdingue.

– Gavin, dis-je, affligée. (Je n'ose pas regarder dans la direction de Cooper.) Non. Tu sais très bien que ce n'est pas mon petit ami.

71

Gavin semble se détendre un peu.

– Ah oui, c'est vrai. T'aimes les gars propres sur eux. Comme Jordan Cartwright. Mr Easy Street.

Cooper a laissé retomber sa main. Il fixe Gavin d'un œil mi-amusé, mi-moqueur.

– Eh bien, Heather, dit-il. Ravi d'avoir fait la connaissance d'un des bambins dont tu as la charge, mais je crois que je vais y aller.

– Eh ! proteste Gavin, visiblement offensé. C'est moi que tu traites de bambin ?

Cooper prête à peine attention à Gavin.

– On se retrouve à la maison, me dit-il avec un clin d'œil, pivotant sur ses talons.

– « On se retrouve à la maison » ? (Gavin fusille des yeux le dos de Cooper.) Vous vivez ensemble, lui et toi ? Je croyais que t'avais dit que c'était pas ton petit ami !

– C'est mon propriétaire. Et il a raison. Tu es un bambin. C'est bon, on peut rentrer à la résidence ? Ou tu veux faire un détour chez le caviste, histoire de t'acheter une bouteille de gin pour te finir en beauté ?

– Ohé, frangine, dit Gavin en secouant la tête. C'est quoi, ton problème ? Pourquoi t'es toujours à me chercher ?

Je lève les yeux au ciel.

– Gavin... je te jure, j'appelle tes parents.

Aussitôt, il oublie son rôle de dur à cuire.

– Non ! Ma mère me tuerait !

Je lui prends le bras en soupirant.

– Allez, viens ! On va te ramener chez toi avant qu'il ne se mette à neiger. Tu as demandé au médecin de te faire un mot pour justifier ton absence au cours ?

72

Il hausse les épaules.

– Ils refusent d'en faire dans les cas d'intoxication due à l'alcool.

– Pauvre bébé ! dis-je d'un ton joyeux. Ça va peut-être te servir de leçon.

– Ohé, frangine ! s'écrie Gavin, à nouveau remonté. J'ai pas besoin que tu me dises comment je dois me comporter !

Et nous sortons dans le froid glacial, nous chamaillant comme frère et sœur. Du moins, c'est ma vision des choses.

Que ne partage pas du tout Gavin, ce dont je suis encore loin de me douter.

5

La journée semble s'écouler au ralenti. Étonnant, à vrai dire, comme le temps peut paraître long quand on n'a qu'une seule idée en tête : rentrer chez soi.

Au moins, lorsque je regagne Fischer Hall au retour de l'hôpital, c'est chose faite : les parents de Lindsay ont été avertis de sa mort. Ce qui signifie que nous sommes libres d'annoncer au personnel et aux résidents du bâtiment ce qui lui est arrivé.

Comme je l'avais prévu, cela ne nous facilite pas la tâche pour autant. La réaction des gens, en apprenant que la cafétéria est fermée parce qu'on y a trouvé la tête tranchée d'une pom-pom girl et non du fait d'une simple fuite de gaz, va de l'hébétude au gloussement nerveux, en passant par les sanglots et les haut-le-cœur.

Impossible, cependant, de leur cacher la vérité. Surtout quand l'information est retransmise par New York Première, la chaîne d'infos locale. À peine en prend-elle connaissance sur le poste de télé du hall que Tina, l'étudiante qui tient l'accueil, se précipite pour nous en informer, pleine de zèle. Puis monte le son au maximum lorsque nous nous joignons à elle.

« Le campus de l'université de New York est sous le choc, suite à la macabre découverte faite à Fischer Hall, l'une de ses résidences étudiantes », annonce le présentateur d'un ton dramatique, tandis qu'apparaît à l'arrière-plan une vue de la façade de Fischer Hall, les étendards de l'université de New York claquant au vent au-dessus de l'entrée principale (devant laquelle on a renforcé la garde, pour tenir à distance la presse et les curieux qui se sont rassemblés de l'autre côté de la rue, dans le carré des joueurs d'échecs – au grand dam de ceux d'entre eux qui ont bravé le froid pour venir jouer dehors).

« Certains se souviendront que ce même dortoir a été, à l'automne dernier, le théâtre du meurtre de deux jeunes femmes, poursuit le journaliste. Cette tragédie avait valu à la résidence, sur le campus, le surnom de Dortoir de la mort. »

À ces mots, je jette un coup d'œil à Tom. Il pince les lèvres, mais rien n'en sort. Le malheureux ! À peine son diplôme obtenu, il dégote son premier poste, et il faut que ce soit au Dortoir de la mort !

« Ce matin, le personnel de la cafétéria de Fischer Hall a fait une autre découverte macabre : une tête humaine dans une cocotte, sur la cuisinière de la cafétéria. »

À ces paroles, Tina et la plupart des étudiants (ainsi que quelques administrateurs) réunis dans le hall pour regarder les infos poussent un « beurk » collectif. Quant à Tom, il gémit et plonge le visage dans ses mains. Pete, l'agent de sécurité, n'en mène pas large, lui non plus.

« La tête a été formellement identifiée par la famille de la victime comme étant celle de Lindsay Combs, étudiante en DEUG et pom-pom girl de l'équipe de basket de l'université de New York », poursuit le reporter tandis qu'une photo de Lindsay s'affiche sur l'écran. Elle a été prise le soir où elle avait été couronnée reine du bal de sa promo. Elle arbore un sourire aussi étincelant que la tiare ornant ses cheveux d'un blond doré. Vêtue de satin blanc, elle serre entre ses bras une douzaine de roses rouges. Quelqu'un, resté hors cadre, lui passe un bras sur l'épaule et la tiare retombe de travers sur l'un de ses yeux d'un vert si peu naturel. Je ne comprends vraiment pas ce qu'elle leur trouvait, à ses lentilles de couleur.

« Selon des témoins, Lindsay aurait été vue hier soir pour la dernière fois. Elle aurait quitté sa chambre aux environs de dix-neuf heures, précisant à sa camarade de chambre qu'elle se rendait à une soirée. Elle n'est jamais revenue. »

Tout ça, nous le savions déjà. Cheryl était passée au bureau un peu plus tôt, en larmes, accablée par ce qui était arrivé à son amie et future camarade de chambre... Avec laquelle elle n'avait même pas eu le temps de partager des fous rires nocturnes et un bon petit bourbon par-ci, par-là – puisque Lindsay avait été tuée avant que Cheryl ne s'installe avec elle.

Ann, la précédente camarade de chambre de Lindsay, avait pris la chose un peu plus calmement, et fourni aux policiers ce qui était pour le moment leur unique piste : celle qui concernait la soirée. Bien sûr, les rapports entre Lindsay et Ann n'étant pas franchement cordiaux, la jeune fille n'avait pu préciser à Canavan à QUELLE fête Lindsay était censée se rendre... Cheryl, à peine intelligible entre deux sanglots, ne s'était pas révélée plus utile. À vrai dire, Tom avait chargé l'un des RE d'accompagner Cheryl au service de soutien psychologique, où nous espérons tous qu'on saura lui donner la force de surmonter son chagrin... et la perspective de n'avoir personne avec qui partager sa chambre pendant ce qui reste de l'année universitaire.

Cheryl étant bien sûr la seule, sur le campus, à ne pas avoir envie d'une chambre individuelle !

« La question de savoir comment Lindsay s'est retrouvée dans la cuisine de la cafétéria de Fischer Hall intrigue les autorités », continue le journaliste. Apparaît à cet instant sur l'écran le président de l'université, Phillip Allington, juché sur une estrade dans le hall de la bibliothèque. Près de lui, l'inspecteur Canavan, débraillé et visiblement mécontent. Quant à Andrews, qui se tient Dieu sait pourquoi de l'autre côté du président, il parvient à garder l'air calme tout en paraissant un peu perdu. Mais c'est une expression courante chez les entraîneurs sportifs, comme je l'ai souvent remarqué chaque fois que je suis tombée sur la chaîne sportive au cours d'une séance de zapping.

Le présentateur poursuit :

« Un porte-parole du département de police de New York tient à souligner que, bien qu'il n'ait encore été procédé à aucune arrestation, la police a identifié plusieurs suspects et suit plus d'une dizaine de pistes. Comme l'a affirmé cet après-midi aux représentants de l'université le président Phillip Allington lors d'une conférence de presse, il n'y a pas de raison de paniquer. »

La chaîne diffuse alors un extrait de la conférence de presse :

« Nous voudrions profiter de cette occasion », dit le président Allington avec raideur (lisant manifestement ce qu'il a chargé quelqu'un de lui écrire), « pour assurer à nos étudiants, et au public en général, que les autorités judiciaires de cette ville auront recours à tous les moyens pour tenter de retrouver l'auteur de cet acte barbare. En même temps, nous recommandons fortement à nos étudiants de prendre des mesures de sécurité supplémentaires tant que le meurtrier de Lindsay n'aura pas été arrêté. Bien que nos résidences aient pour mission d'encourager l'esprit communautaire – c'est pour ça qu'on les appelle des *résidences* universitaires et non des dortoirs –, il importe que les étudiants songent à bien verrouiller leurs portes. Et qu'ils ne laissent pas pénétrer des inconnus dans leurs chambres ou tout autre bâtiment du campus. Même si, à ce stade de l'enquête, la police voit dans ce crime gratuit un acte isolé de violence aveugle, nous ne soulignerons jamais à quel point la prudence s'impose tant que le coupable n'aura pas été appréhendé... »

À peine le président a-t-il prononcé les mots « bien verrouiller leurs portes » que la moitié des étudiants présents se volatilisent, fonçant vers les ascenseurs avec des mines inquiètes. C'est l'usage pour des tas de gamins, dans des résidences comme Fischer Hall, de laisser leurs portes ouvertes pour accueillir les visiteurs éventuels.

Apparemment, ça va changer.

Cela dit, aucun ne semble prendre en compte que Lindsay n'a pas été tuée dans sa chambre. Et que la violence de l'acte qui lui a coûté la vie n'a rien d'aveugle. Son tueur la connaissait visiblement assez bien, ainsi que la cafétéria de Fischer Hall.

Or, si la population étudiante n'a pas encore saisi cela, les employés de la cafétéria ne peuvent l'ignorer. On les autorise tout juste à rentrer chez eux, au terme d'une épuisante journée d'interrogatoires. Je suis choquée de les voir sortir en masse de la cafétéria alors que le président Allington termine à peine sa conférence de presse, à cinq heures moins le quart... quand ceux de l'équipe du matin devraient être rentrés chez eux depuis une éternité. L'inspecteur Canavan et ses collègues les ont mis sur le gril – sans mauvais jeu de mots.

Pourtant, malgré sa fatigue, Magda parvient à sourire en se dirigeant vers moi. Elle s'est tartiné les mains de gel nettoyant et les essuie à l'aide d'un Kleenex. Lorsqu'elle s'approche, je comprends pourquoi : elle a les doigts couverts d'encre noire.

On a pris ses empreintes digitales.

– Oh, Magda, dis-je quand nous sommes tout près l'une de l'autre.

Je lui passe un bras sur l'épaule et l'entraîne à l'écart du hall, vers mon bureau, où nous serons plus au calme.

– Je suis vraiment désolée...

– Ça va, réplique Magda en reniflant. (Elle a les yeux rougis, son eye-liner et son mascara ont coulé.) Après tout, ils font leur boulot. Ils n'y sont pour rien, si une de mes petites stars de ciné...

Magda éclate en sanglots. Je la pousse dans nos bureaux, afin de lui permettre d'échapper aux regards inquisiteurs des résidents rassemblés devant les ascenseurs, rentrant chez eux après une première journée de cours, pour aussitôt découvrir qu'ils vont devoir aller dîner ailleurs. Magda se laisse tomber dans le canapé, devant mon bureau, et plonge la tête dans ses mains. Je m'empresse de refermer la porte, qui se verrouille automatiquement quand on la claque. Nous ayant entendu nous agiter, Tom sort de son bureau et reste planté là, à fixer Magda d'un air embarrassé, pendant que s'échappent des lèvres de celle-ci des mots aussi incohérents que « petite star de ciné » et « joli petit cœur ». (Je devrais plutôt dire qu'ils s'échappent de son giron, où elle a enfoui son visage.)

Tom me regarde :

– C'est quoi, déjà, cette histoire de stars de ciné ? demande-t-il dans un murmure.

– Je t'ai expliqué, je murmure à mon tour.

Tom est parfois vraiment largué, pour un homo.

– Ils ont filmé une scène du film *Les Tortues Ninja* ici, à Fischer Hall. Magda y travaillait déjà, à l'époque.

– Dis donc, s'étonne Tom, les yeux toujours rivés sur elle. Ça l'a marquée. Quand on pense que personne n'a jamais vu le film...

– Des gens l'ont vu, je proteste. Tu n'as rien à faire, dis ?

Il soupire.

– J'attends quelqu'un du service de soutien psychologique. Une permanence va être installée ici, dans les bureaux, de dix-sept à dix-neuf heures, pour aider les résidents à gérer ce qui est arrivé à Lindsay.

Je ne dis rien. Pas la peine. Il sait.

– Je leur ai dit que personne ne viendrait ! précise-t-il, visiblement sous pression. À part peut-être Cheryl Haebig et les RE. Mais l'ordre vient du président. L'administration veut donner l'impression que nous prenons les choses au sérieux.

Je désigne Magda, qui sanglote toujours, d'un geste de la tête.

– Eh bien, en voici une, qui a besoin de soutien psychologique.

À cette suggestion, Tom blêmit.

– C'est *ton* amie, dit-il d'un ton accusateur.

Je le fusille du regard.

– C'est toi qui as une maîtrise.

– En gestion du personnel étudiant ! Il faut que je t'avoue un truc, Heather. Tout ça, ça me dépasse. (Il est livide.) La vie était beaucoup plus simple au Texas.

– Oh non, dis-je. Tu ne vas pas me laisser tomber, Tom ! Pour un petit meurtre de rien du tout !

– « Petit » ? (Il n'a pas repris ses couleurs.) Là-bas, on ne coupe pas la tête des gens pour la mettre à mijoter dans une cocotte ! D'accord, il y a bien, chaque année, deux ou trois gosses qui meurent écrabouillés sous les grands bûchers qu'on dresse pour la fête de Guy Fawkes. Mais pas assassinés ! Sincèrement, Heather, au fond, chez moi, c'était pas si mal.

– Oh, d'accord, dis-je d'un ton sarcastique. Si la vie était tellement plus belle là-bas, pourquoi tu as attendu d'arriver ici pour faire ton coming out ?

Tom déglutit.

– Eh bien...

– On reparlera de tout ça plus tard, tu veux bien ? Pour le moment, j'ai d'autres soucis en tête.

Je me laisse tomber sur le canapé, à côté de Magda.

Tom lui jette un dernier coup d'œil paniqué.

– OK, je vais... je vais finir de m'occuper de la paperasse, lance-t-il avant de disparaître dans son bureau.

J'ai la main posée sur le dos de Magda, pendant qu'elle pleure. Je sais que c'est ce qu'il faut faire en tant qu'amie. Mais j'ignore si c'est ainsi que je dois me comporter en tant que professionnelle chargée d'aider les gens. *Comment le docteur Jessup a-t-il pu embaucher quelqu'un comme moi ?* Je me le demande. Certes, je suis la seule à avoir posé ma candidature, et tout le tralala... Mais je ne suis vraiment pas faite pour ce boulot. Je n'ai pas la moindre idée de l'attitude qui s'impose face à un chagrin comme celui de Magda. D'ailleurs, où est la psy censée gérer ça ?

– Magda, dis-je, lui tapotant le dos à travers l'uniforme rose de la cafétéria. Euh... écoute, je suis sûre qu'ils ne te soupçonnent pas pour de bon. Enfin... tous ceux qui te connaissent savent que tu ne peux en aucune façon être mêlée à... à ce qui s'est passé. Tu n'as pas à t'inquiéter, je t'assure ! Personne ne te croit coupable. La police se contente de faire son boulot.

Magda lève un visage où larmes et mascara ont laissé des traces, et me fixe avec stupéfaction.

– C'est... ce n'est pas ça qui me chagrine, bredouille-t-elle en secouant ses boucles – striées de blond, cette semaine. Je sais bien qu'ils se contentent de faire leur boulot. C'est pas grave. Aucun d'entre nous n'est coupable. Aucun d'entre nous n'aurait *pu*.

– Je sais, dis-je avec empressement, lui tapotant toujours le dos. Mais tu comprends...

Magda poursuit comme si je n'avais rien dit :

– C'est juste que... j'ai entendu... j'ai entendu dire que c'était *Lindsay*. Mais c'est pas possible. Pas la petite Lindsay, avec les yeux... et les cheveux ? La pom-pom girl ?

Je tombe des nues ! Je n'en reviens pas qu'elle n'ait pas reconnu Lindsay, lorsqu'elle a regardé dans la cocotte. Il est vrai que je voyais plus fréquemment la jeune fille, du fait de son attachement à mon bocal à capotes. Il n'y a donc rien d'étonnant à ce que je l'aie identifiée. Ou bien...

Ou bien je suis douée pour ça ? Reconnaître le visage des morts qui ont mijoté pendant un bout de temps ? Quel genre de poste cela me permettra-t-il d'occuper ? Parce que, enfin, il ne doit pas y avoir une grosse demande pour cette sorte de talent... sauf peut-être dans les rares sociétés pratiquant encore le cannibalisme. Et en reste-t-il seulement ?

– Si, dis-je en réponse à la question de Magda. Je suis désolée. C'est bien Lindsay.

Son visage se décompose à nouveau.

– Oh non, gémit-elle. Heather, non !

– Magda, dis-je, alarmée par sa réaction.

Qui, à la réflexion, est plus naturelle que la mienne (quitter les lieux et me réfugier dans la chaleureuse atmosphère des urgences de Saint-Vincent) ou celle de Sarah (raconter des mauvaises blagues).

– Je suis vraiment désolée, Magda. Mais si ça peut te consoler, Cooper m'a dit que le coroner pense qu'elle a été étranglée avant... je veux dire qu'on ne l'a pas tuée en... pas tuée en lui coupant la tête. Ça a été fait après.

Comme c'était à prévoir, cette information ne la réconforte guère. Pour ce qui est du soutien psychologique, je peux repasser. Je devrais peut-être m'orienter vers la compta ?

– C'est seulement, sanglote Magda, que Lindsay était... c'était une si gentille fille ! Elle se plaisait tellement ici ! Elle mettait toujours son uniforme les jours de match. Elle n'a jamais fait de mal à personne. Elle ne méritait pas de mourir comme ça, Heather. Pas Lindsay !

– Oh, Magda.

Je lui tapote le bras. Que puis-je faire d'autre ? Je remarque que ses ongles sont vernis aux couleurs de l'université : blanc et or. Grande fan de l'équipe de basket universitaire, Magda ne loupe presque jamais un match.

– Tu as raison. Lindsay n'a rien fait pour mériter ça. D'après ce qu'on sait, du moins...

Oh, vous avez vu ? Ça recommence ! D'où me vient cet esprit cynique et blasé ? Quand même pas du fait que je suis une ex-chanteuse de variétés ruinée qui tente tant bien que mal de reconstruire sa vie, et s'entend dire qu'elle doit prendre des cours de maths de rattrapage !

Qui sait ?

– Les gens vont raconter des choses, explique Magda, me fixant droit dans les yeux. Tu sais comment ça se passe, Heather. Ils diront : « Eh bien, elle n'avait qu'à pas fréquenter autant de garçons ! » ou des trucs dans ce goût-là. Mais c'était pas sa faute si elle était si jolie et avait tant d'amis ! C'était pas sa faute si les garçons lui tournaient autour comme des abeilles autour d'un pot de miel !

Ou des mouches au-dessus d'une bouse de vache ?

Nom de Dieu, qu'est-ce qui cloche chez moi ? Pourquoi chercher à salir la victime ? Je suis sûre que Sarah pourrait me le dire, si elle était là. C'est pour prendre de la distance avec ce qu'a subi Lindsay, grâce à un raisonnement du genre : *Eh bien, ça ne risque pas de m'arriver à moi, vu qu'on ne peut pas dire que les garçons me tournent autour comme les abeilles autour d'un pot de miel. Ainsi, personne n'aura idée de m'étrangler et de me couper la tête...*

Ou bien n'ai-je pas tout à fait tort de supposer que la mort de Lindsay n'est pas simplement la conséquence d'un « acte de violence aveugle » ? La reine du bal de la promo cachait-elle quelque chose, derrière ses lentilles aux reflets changeants ?

Magda serre ma main au point de me faire mal. Ses yeux baignés de larmes brillent du même éclat que les strass qu'il lui arrive de coller sur ses ongles vernis. Ses lèvres au contour soigneusement dessiné au crayon frémissent.

– Écoute-moi, Heather. Il faut que tu démasques celui qui a fait ça ! Que tu le trouves, afin qu'il soit jugé !

Je me relève aussitôt. Tel un étau, la main de fer de Magda me retient.

– Magda. Honnêtement, je suis touchée de ta confiance en mes talents d'investigatrice. Tu ne dois cependant pas oublier que je ne suis que la directrice adjointe de la résidence.

– Mais tu étais la seule à penser que ces deux autres filles avaient été assassinées, le semestre dernier ! Et tu avais raison ! Si malin qu'il soit, l'inspecteur Canavan n'aurait pu arrêter le meurtrier, vu qu'il ne croyait même pas qu'elles avaient été tuées. Mais toi, Heather, toi, tu savais... Tu sais t'y prendre avec les gens.

Je lève les yeux au ciel.

– Ouais, c'est ça.

– Tu ne t'en rends peut-être pas compte, mais c'est le cas. C'est pour ça que tu es si forte... Parce que tu ne t'en rends pas compte ! Je te le redis, Heather, il n'y a que toi qui puisses coincer celui qui a fait ça à Lindsay... et prouver que c'était une fille bien. Je t'en supplie. Essaie, au moins !

– Magda... (Ma main commence à suer sous ses doigts crispés.) Je ne suis pas flic. Je n'ai pas à me mêler de ça. J'ai promis
de rester en dehors de l'enquête.

Elle est folle, ou quoi ? Elle n'a pas compris que ce gars ne
se contente pas de balancer des gens dans la cage d'ascenseur ? Il les étrangle et leur coupe la tête avant de dissimuler
le corps. Ça n'a rien à voir. C'est beaucoup plus glauque.

– Cette petite pom-pom girl mérite de reposer en paix,
insiste-t-elle. Et ce ne sera pas possible tant que son assassin
n'aura pas été démasqué et traîné en justice.

– Magda... dis-je, mal à l'aise. À ton avis, comment réagi-
rait un conseiller psychologique si l'un de ses patients lui
demandait de trouver le meurtrier de la victime qu'il est en
train de pleurer ? Je crois que tu regardes trop de séries poli-
cières.

Ce n'était visiblement pas la chose à répondre car, serrant
ma main encore plus fort, Magda demande :

– Tu y réfléchiras, dis, Heather ?

Un jour, elle m'a confié que, ex-reine de beauté dans sa jeunesse, elle avait concouru deux années de suite à l'élection de
Miss République dominicaine. Je n'ai aucun mal à le croire,
tandis qu'elle lève sur moi des yeux aussi éblouissants que des
phares. Il y a, sous sa couche de maquillage, ses sourcils redes-
sinés et ses cheveux dressés de quinze centimètres au-dessus
du front, une beauté délicate que tout le rayon cosmétique
d'un supermarché ne suffit pas à cacher.

Je pousse un soupir. Je n'ai jamais pu résister à une jolie fri-
mousse. Après tout, c'est pour ça que je me coltine Lucy.

– Je vais y penser, dis-je, soulagée de sentir la main de
Magda desserrer son étreinte. Mais je ne te promets rien. Parce

que enfin, Magda... je ne voudrais pas qu'on me coupe la tête à moi aussi.

– Merci, Heather ! s'exclame Magda avec un sourire béat (en dépit du rouge à lèvres qui bave). Merci. Je suis sûre que le fait de savoir qu'Heather Wells veille sur elle soulagera l'esprit de Lindsay.

Je lui donne une dernière tape sur l'épaule. Souriant toujours, elle se lève pour repartir. Elle franchit lentement le couloir pour gagner la salle du personnel, où les employés de la cafèt' accrochent leurs manteaux. Je la regarde s'éloigner, en proie à une drôle de sensation.

Peut-être parce que je n'ai rien mangé aujourd'hui, à part un sandwich à la mozzarella fumée – agrémenté de poivrons frits et de tomates séchées, lesquels comptent comme des légumes, non ? – et un grand café viennois.

Ou parce que je lui ai fait du bien sans comprendre comment. À dire vrai, je comprends comment... mais je n'arrive pas à y croire. S'imagine-t-elle réellement que je vais mener mon enquête sur la mort de Lindsay ? L'acétone de son dissolvant a dû lui monter au cerveau.

Qu'attend-elle de moi, au juste ? Que je recherche un gars qui a un couperet de boucher à la main et, dans son jardin, une tombe fraîchement creusée contenant un corps décapité ? Ouais, génial... Pour qu'il me coupe la tête à moi aussi ! C'est grotesque. L'inspecteur Canavan est loin d'être un crétin. Il ne va pas tarder à retrouver le tueur. Un corps sans tête ne se dissimule pas aisément. Tôt ou tard, il finira par ressurgir.

Et ce jour-là, j'espère que je serai loin. Le plus loin possible.

6

Toi et moi, dis-tu, on est à la colle
De moi tu es fou, de toi je suis folle
Mais tu me connais bien mal, crois-moi
Si tu me crois mordue à ce point-là.

« Mordue »
Écrit par Heather Wells

Il ne neige toujours pas lorsque je sors du bureau. Mais il fait nuit noire, bien qu'il soit à peine dix-sept heures. Les véhicules des équipes télé sont encore garés de l'autre côté de la rue, le long du parc de Washington Square. Il y en a plus qu'avant, à vrai dire. On voit même les camions des grandes chaînes nationales, y compris CNN, comme l'avait prédit le président Allington.

Leur présence ne décourage pas pour autant l'activité des trafiquants de drogue. En fait, à peine ai-je tourné à l'angle, au niveau de la maison de Cooper, que je tombe sur Reggie. Alors qu'il avait entonné « premier choix, premier choix », son visage s'assombrit quand il me reconnaît.

– Heather, j'ai été désolé d'apprendre qu'il y avait eu un drame dans ton bâtiment.

– Merci, Reggie.

Je l'observe. Dans la lueur rosée du réverbère, il paraît totalement inoffensif. Pourtant, d'après Cooper, Reggie porte, dans un holster de cheville, un calibre 22 qu'il a déjà eu l'occasion d'utiliser.

– Euh... tu n'aurais pas, par hasard, entendu raconter pourquoi la fille a été tuée ? Ou par qui ? Hein, dis ?

Reggie sourit jusqu'aux oreilles, visiblement aux anges.

– Heather, tu veux savoir ce qui se raconte dans la rue, c'est ça ?

– Euh... (J'hésite parce que tourné comme ça, ça fait vraiment ringard.) Ouais, en quelque sorte.

– Je n'ai rien entendu à ce sujet. Mais si ça devait se produire, tu en seras la première informée.

À la façon dont il a cessé de sourire et, plus encore, dont il soutient mon regard, je sens qu'il dit vrai.

– Merci, Reggie.

Je me remets en marche... et me fige quand il me rappelle.

– J'espère que tu n'as pas l'intention de fourrer ton nez dans les magouilles de cette jeune dame, Heather. (Il ne sourit plus du tout.) Parce qu'elle était mêlée à des trucs pas jolis-jolis, tu peux en être certaine. Et c'est pour ça qu'elle s'est fait tuer. Je voudrais pas que ça arrive à une gentille fille comme toi.

– Merci, Reggie.

Ce n'est pas ce que j'aurais voulu dire. J'aurais voulu répliquer un truc du genre : « J'aimerais que les gens aient un tant soit peu confiance en moi. Je ne suis pas gourde à ce point-là ! » Mais je sais qu'ils essaient juste d'être gentils. C'est pourquoi j'ajoute :

– T'inquiète ! Cette fois-ci, je laisse l'enquête aux professionnels. Tout ce que tu me diras avoir entendu, je le leur rapporterai aussi sec.

– Tant mieux.

Apercevant alors une bande de jeunes loups des start-up typique de West Village, il s'écarte rapidement et chuchote à leur adresse :

– Hasch ! Hasch ! Premier choix, premier choix !

Je souris. Le spectacle d'une véritable vocation fait toujours chaud au cœur.

Une fois déverrouillées toutes les serrures de la porte d'entrée, c'est à peine si je parviens à l'ouvrir, avec tout le courrier amassé sous la fente. Après avoir allumé la lumière – Cooper doit être sur l'une de ses filatures –, je ramasse l'énorme pile en grommelant à la vue des diverses offres promotionnelles et autres packs Internet. Je me demande pourquoi on ne reçoit jamais de *vrai* courrier, et non juste des factures et de la publicité, lorsque Lucy, qui m'a entendue rentrer, descend l'escalier, un catalogue de Victoria's Secret dans la gueule. Lequel ne ressemble plus à rien, Lucy ayant de toute évidence passé l'après-midi à le mâchouiller.

C'est un animal réellement remarquable ! Ne serait-ce que par sa capacité à identifier le seul catalogue susceptible de me donner des complexes, et à le détruire sans me laisser le temps de le feuilleter.

Je tente de le lui arracher pour éviter qu'elle ne disperse aux quatre coins de la maison des fragments de la poitrine d'Heidi Klum, quand le téléphone du vestibule sonne. Je décroche machinalement, sans regarder qui appelle.

– Allô, dis-je d'un ton distrait, les doigts encore pleins de bave.

– Heather ?

La voix de mon ex-fiancé, manifestement inquiet, me parvient aux oreilles.

– C'est moi, Heather. Mon Dieu, où étais-tu passée ? J'ai essayé de te joindre toute la journée. Il y a un truc... dont il faut que je te parle.

– C'est quoi, Jordan ? je demande d'une voix impatiente. Je suis très occupée.

Je ne précise pas à quoi. Il n'a pas besoin de savoir que je suis occupée à empêcher ma chienne de manger un catalogue de lingerie. Qu'il s'imagine donc que je suis occupée à faire des galipettes avec son frère !

Si seulement...

– Voilà. Tania m'a dit l'autre jour que tu avais renvoyé l'invitation au mariage en précisant que tu n'y assisterais pas.

Je commence à comprendre où il veut en venir.

– En effet. J'avais déjà quelque chose de prévu samedi.

– Heather ! s'exclame-t-il d'un ton blessé.

– Je t'assure. Il faut que je travaille ! C'est le jour où les étudiants transférés s'installent à la résidence.

Ce n'est qu'un demi-mensonge. Les nouveaux venus emménagent bien un samedi. Seulement, ce n'est pas ce samedi, mais ça, Jordan n'a aucun moyen de le savoir.

– Heather, le mariage est à dix-sept heures. Ne me dis pas que tu n'auras pas fini ta journée à dix-sept heures !

Et merde !

– Heather, je ne comprends pas que tu refuses d'y assister, poursuit-il. Certes, nos rapports ont été un peu houleux pendant un temps...

– Jordan, je t'ai surpris avec ta future épouse... alors qu'à l'époque, je croyais que c'était moi, ta future épouse ! Il me semble que mon indignation était légitime !

– J'en suis conscient. Et je me suis dit que c'était peut-être ça qui te retenait de venir... au mariage, je veux dire. C'est pourquoi je t'appelle, Heather. Pour que tu saches à quel point tu comptes à mes yeux. Et combien je tiens à ce que tu sois là. Tania aussi. Elle s'en veut toujours terriblement de ce qui est arrivé. Nous tenons réellement à te prouver...

– Jordan !

J'atteins la cuisine, les doigts crispés sur le téléphone sans fil et Lucy dans les jambes. Après avoir jeté le catalogue de lingerie, je tends la main vers la poignée du réfrigérateur.

– Je ne viendrai pas à ton mariage !

– Tu vois ! rétorque Jordan, mécontent. J'étais sûr que tu dirais ça. C'est pourquoi j'appelle. Faut pas prendre les choses ainsi, Heather. Je croyais qu'on avait dépassé ça. Mon mariage est un événement important de mon existence, et je souhaite à cette occasion être entouré de tous ceux que j'aime. J'ai bien dit *tous*...

– Jordan...

Que vois-je, là, derrière le lait ? (Je suis allée faire les courses hier, en apprenant qu'une tempête de neige s'annonçait, si bien que la brique est pleine et, chose exceptionnelle, loin d'être périmée.) Un carton de poulet frit du bar à vins. En d'autres termes : la merveille des merveilles !

– ... je ne viendrai pas à ton mariage.

– C'est parce que Cooper n'est pas invité, c'est ça ? demande Jordan. Parce que si c'est ça, et si ça compte tellement à tes yeux, je suis prêt à l'inviter lui aussi. Et zut ! Amène-le si ça te fait plaisir. Je ne comprends pas ce que tu lui trouves mais après tout, vous vivez ensemble. Si tu as tellement envie qu'il vienne...

– Je n'emmènerai pas ton frère à ton mariage, Jordan…

J'ai sorti du frigo la boîte blanche en carton, ainsi qu'un gros morceau de gouda, une pomme rouge et la brique de lait. Le téléphone coincé entre la joue et l'épaule, je referme la porte du réfrigérateur d'un coup de pied. Lucy, littéralement collée à moi, ne m'aide guère. Elle l'aime autant que moi, le poulet frit du bar à vins.

– … étant donné que je ne viendrai pas à ton mariage. Et cesse de répéter que tu veux m'y voir parce que tu m'aimes bien, Jordan. La vérité, je la connais : c'est ton agent qui a suggéré que je vienne, pour donner l'impression que j'ai pardonné ton infidélité et qu'on est à nouveau copains.

– Ce n'est pas… bredouille Jordan d'un ton offensé. Heather, comment oses-tu insinuer une chose pareille ? C'est vraiment absurde…

– Ah oui ?

Je laisse tomber tout ce que j'ai sorti du frigo sur le billot de boucher qui tient lieu de table, prends un verre et une assiette et m'assieds.

– Ton dernier album solo n'a-t-il pas fait un bide ? Et n'était-ce pas en partie parce que ton image de mec cool et sympa a été légèrement écornée par les gros titres des journaux, quand ils ont révélé que tu me trompais, moi, la princesse des centres commerciaux, avec la dernière découverte de ton père ?

– Heather ! m'interrompt Jordan d'un ton sec. Permets-moi de te dire que le public américain n'a pas si bonne mémoire. Lorsque nous avons rompu, toi et moi, tu n'avais pas sorti d'album depuis des années. S'il est vrai que tu as eu ton heure de gloire auprès d'un certain public, ce public est depuis longtemps passé à autre chose…

– Ouais, dis-je, vexée malgré moi. Et ne s'intéresse plus ni à toi ni à moi. Tu fais bien de te raccrocher à la gloire montante de Tania. Mais ne me demande pas de te regarder faire !

– Heather. Pourquoi le prends-tu ainsi ? Je croyais que tu m'avais pardonné ce qui s'est passé avec Tania. En tout cas, on aurait dit, ce fameux soir, dans le vestibule chez Cooper...

Je me sens blêmir. Je n'en reviens pas, qu'il ose remettre ça sur le tapis.

– Jordan ! Je croyais qu'on était d'accord pour ne jamais reparler de cette soirée.

Pour ne jamais en reparler et surtout faire en sorte que ça ne se reproduise pas.

– Bien sûr, dit Jordan d'une voix mielleuse. Mais tu ne peux pas me demander de me comporter comme si ce n'était jamais arrivé. Je sais que tu as encore des sentiments pour moi, Heather, de même que j'ai encore des sentiments pour toi. C'est pourquoi je tiens tellement à ce que tu...

– Je vais raccrocher, Jordan.

– Non, Heather ! Une minute ! Ce truc dont ils viennent de parler aux nouvelles, la tête de cette fille qu'ils ont retrouvée... c'était dans ton dortoir ? Bon sang, c'est quoi, cet endroit où tu bosses ? On se croirait dans un film d'horreur !

– Au revoir, Jordan.

Je raccroche.

Je repose le téléphone et tends la main vers le poulet. Près de moi, Lucy se met en position, guettant toute nourriture susceptible de rater son transfert de l'assiette à ma bouche et de retomber malencontreusement par terre ou sur mes genoux. Nous formons ainsi une sorte d'équipe.

Je sais que nombre de gens préfèrent consommer chaud leur poulet frit. Mais sans doute n'ont-ils jamais goûté celui du bar à vins situé au coin de notre rue. Le poulet frit du bar à vins n'est pas destiné à la consommation quotidienne. C'est un délice bien supérieur au poulet frit ordinaire, au Kentucky Fried Chicken ou au Chicken McNuggets... J'en avais acheté neuf morceaux la veille, consciente que j'allais passer une journée infernale, vu que c'était le premier jour du nouveau semestre.

Je n'avais pas prévu qu'elle le serait à ce point. Peut-être vais-je devoir manger les neuf morceaux à moi toute seule. Dommage pour Cooper. Un peu de sel et...

Oh. Oh oui ! Pas d'orgasme buccal, mais je n'en suis pas loin.

Je farfouille dans le carton et en extirpe un second pilon, tandis que Lucy gémit car je n'ai encore rien laissé tomber. Le téléphone sonne à nouveau. Je m'essuie les doigts avec une serviette en papier et réponds, en prenant soin, cette fois-ci, de jeter un coup d'œil au numéro. Je respire : c'est Patty, ma meilleure amie. Je décroche à la deuxième sonnerie.

– Je suis en train de m'envoyer le poulet frit du bar à vins, dis-je.

– À ta place, je ferais pareil. Vu la journée que tu as passée.

La voix de Patty a, comme toujours, la chaleur réconfortante du cachemire.

– Tu as regardé les actualités ? je lui demande.

– Les actualités *et* les journaux de ce matin. Tu ne devineras pas qui m'a appelée, il y a un instant.

– Oh, mon Dieu ! Il t'a appelée, toi aussi ?

Je suis abasourdie.

– Comment ça, « moi aussi » ? demande Patty. Il t'a appelée, toi ?

– Pour s'assurer que je viendrais. Alors que j'ai répondu « non » à l'invitation.

– Non !

– Si ! Il a même dit que je pouvais venir avec Cooper.

– Nom de Dieu ! C'est son agent qui a dû lui donner l'idée.

C'est ce que j'adore chez Patty : elle comprend toujours tout.

– Ou celui de Tania, dis-je, finissant le pilon et fourrant la main dans le carton pour en sortir une cuisse.

Je sais que je ferais mieux de manger la pomme. Mais désolée, la pomme ne va pas suffire. Pas après une journée comme celle-ci !

– Elle aurait l'air moins garce si j'assistais au mariage. Ça donnerait l'impression que je ne lui en veux pas d'avoir brisé mon couple.

– Ce qui est d'ailleurs le cas.

– De toute façon, on fonçait droit vers la rupture. Grâce à Tania, on est arrivés plus vite à destination. N'empêche que je n'irai pas. C'est bien gentil d'inviter son ex, histoire de montrer qu'on a enterré la hache de guerre et tout le tralala... Mais l'ex n'est pas censée y aller pour de bon !

– Je ne sais pas. C'est la mode, en ce moment. À en croire la page « Nouvelles tendances » du *Times*.

– Ça m'est égal, dis-je. Je ne suis plus à la mode depuis les années 1990. Pourquoi m'y remettre maintenant ? Tu ne vas pas y aller, toi ?

– Tu es dingue ? Bien sûr que non ! Je t'en prie, Heather, on pourrait parler de ce qui s'est passé aujourd'hui dans ton dortoir... enfin... dans ta résidence étudiante ? Tu la connaissais, cette pauvre fille ?

– Ouais, dis-je, en retirant d'entre mes dents un filandreux fragment de poulet. (Par chance, nous ne sommes pas en visiophonie !) Plus ou moins. Elle était gentille.

– Mon Dieu ! Qui a pu faire une chose pareille ? Et pourquoi ?

Je détache un morceau de viande de la cuisse et, après m'être assurée qu'il ne contient ni os ni cartilage, le donne à Lucy. Elle l'engloutit et me regarde tristement, comme pour dire : « Ben, où est-ce qu'il est passé ? »

– Je ne sais pas. C'est à la police de le découvrir.

– Une seconde ! rétorque Patty d'un ton incrédule. Tu peux répéter ?

– Tu m'as entendue. Je compte bien rester en dehors de tout ça.

– Tant mieux !

Patty éloigne sa bouche du téléphone et crie à quelqu'un :

– C'est bon. Elle n'a pas l'intention de s'en mêler.

– Dis bonsoir à Frank de ma part.

– Elle te dit bonsoir ! lance Patty à son mari.

– Ça se passe comment, avec la nouvelle nounou ?

Ils viennent d'engager une véritable nounou anglaise. Une dame d'âge mûr, Patty s'étant jurée de ne jamais vivre ce qu'a vécu Sienna Miller.

– Oh. Elle est très bien. Elle nous terrifie, Frank et moi. Mais Indy a l'air de l'adorer. Oh, et Frank me dit de te dire qu'il est très fier de toi. C'est bien, que tu laisses la police enquêter... Ça prouve que tu as gagné en maturité.

– Merci. Ce n'est pas ce que pense Magda.

– Comment ça ?

– Elle craint que les flics ne chargent la victime. En quoi elle n'a sans doute pas tort. Après tout, même Reggie a suggéré que ce qu'a subi Lindsay pourrait être une sorte de châtiment.

– Reggie ? Le dealer qui bosse dans ta rue ? demande Patty, stupéfaite.

– Ouais. Il va se renseigner pour moi. Chercher à savoir ce qui se raconte dans le quartier.

– Heather. Pardonne-moi, mais je ne te suis plus. Quand je t'entends parler comme ça, je n'ai pas du tout l'impression que tu comptes rester en dehors de l'enquête.

– Eh bien, détrompe-toi !

J'entends, en arrière-fond, marmonner une voix masculine. Puis Patty dire à Frank :

– Très bien, je vais lui demander. Mais tu sais ce qu'elle répondra.

– Me demander quoi ?

Ça m'intrigue.

– Frank donne un concert au Joe's Pub la semaine prochaine, répond Patty d'une voix anxieuse. Il veut savoir si tu aimerais venir.

– Un peu que j'irai ! je m'exclame, étonnée qu'elle y mette tellement les formes. J'adore cet endroit.

– Euh... pas pour assister au concert, précise-t-elle, toujours aussi nerveuse. Il voudrait que tu y participes.

Je manque de m'étouffer avec un morceau de poulet.

– Tu veux dire... que je *chante* ?

– Non, que tu fasses un strip-tease ! réplique Patty. Que tu chantes, évidemment.

Soudain, la voix de Frank succède à celle de Patty :

– Réfléchis avant de dire non, Heather. Je sais que tu bosses sur tes propres compositions.

– Comment tu sais ça ? je demande d'un ton enflammé.

C'est une question idiote. Patty est encore moins capable que moi de fermer sa bouche. Elle ne passe néanmoins pas le temps à y fourrer des esquimaux, ce qui explique qu'elle fasse du trente-huit alors que je fais du quarante-six... voire davantage.

– Ça n'a pas d'importance, répond Frank, toujours loyal envers sa femme. Il y a des années que tu n'es pas montée sur scène, Heather. Il faut t'y remettre.

– Frank. Je t'adore. Tu sais que je suis sincère. C'est pourquoi je refuse. Je ne veux pas gâcher ton concert.

– Heather, ne prends pas les choses comme ça. Tu as été lâchée par ce salopard de Cartwright... Je parle du père. Mais ne te fie pas à son opinion. Je suis sûr que tes compos sont géniales. Je meurs d'envie de les découvrir. Et les gars du groupe vont adorer les jouer. Allez ! On va se marrer !

– Non, merci, dis-je, m'efforçant de garder un ton décontracté pour qu'il ne sente pas ma panique. Je doute que mon style « rockeuse en colère » plaise aux fans de Frank Robillard.

– Hein ? C'est n'importe quoi ! Ils vont adorer. Allez, Heather ! Quand une occasion pareille se représentera-t-elle ? C'est l'endroit idéal pour une rockeuse en colère. Toi, avec juste un tabouret et un micro...

Par chance, il est interrompu par le bip du double appel.

– Oh. On cherche à me joindre. Il faut que je réponde. C'est peut-être Cooper.

– Écoute-moi, Heather ! Ne...

– Je te rappelle !

Je passe sur l'autre ligne, soulagée d'avoir ainsi pu m'en tirer.

– Allô ?

– Heather ? bafouille une voix masculine vaguement familière.

– Elle-même, dis-je, tout aussi hésitante.

C'est que je reçois très peu d'appels de types que je ne connais pas. Je ne donne jamais mon numéro personnel. En fait, personne ne me le demande jamais.

– Qui est-ce ?

– C'est moi, répond la voix d'un ton surpris. Ton papa.

7

J'en reste quelques secondes bouche bée.

Puis je m'exclame :

– Oh, papa ! Salut ! Je suis désolée, je t'ai pas reconnu tout de suite. J'ai eu une longue journée.

– C'est ce que j'ai cru comprendre.

À sa voix, il paraît fatigué. Vous le seriez sans doute aussi, si vous purgiez, pour fraude fiscale, dix à vingt ans dans une prison fédérale.

– C'est le dortoir où tu travailles, hein ? Celui où ils ont trouvé la tête de la fille ?

– Résidence, pas dortoir. (Je rectifie machinalement.) Ouais. Ça a été drôlement éprouvant !

Je tente frénétiquement de deviner la raison de son appel. Ce n'est pas mon anniversaire. Ni Noël. C'est peut-être son anniversaire à lui ? Non... C'est en décembre.

Alors, qu'est-ce qui me vaut ce coup de fil ? Mon père n'a jamais été du genre à décrocher son téléphone pour tailler une bavette. D'autant plus qu'il a beau effectuer sa peine à Camp Eglin, l'une des prisons les plus cool des États-Unis, il n'est autorisé à appeler qu'en PCV, et à des horaires...

Une seconde ! Ce n'est pas un appel en PCV ! Du moins, aucun opérateur ne m'a demandé si j'acceptais de le prendre.

– Euh... papa, dis-je. Tu m'appelles d'où ? Tu es toujours à Camp Eglin ?

Qu'est-ce que je raconte ? Évidemment qu'il y est toujours ! On m'aurait prévenue s'il avait été libéré, pas vrai ?

Oui, mais qui ? Ma mère ne lui parle plus et, depuis qu'elle vit à Buenos Aires, elle a quasiment coupé les ponts avec moi.

– C'est justement ça, ma chérie, dit papa. On m'a libéré, vois-tu.

– Ah oui ?

Je tente d'analyser ce que je ressens. Et je m'étonne de constater... que je ne ressens rien. Enfin, j'aime mon père et ainsi de suite. Mais il y a si longtemps que je ne l'ai pas vu... Maman ne m'emmenait jamais lui rendre visite, parce qu'elle lui en voulait à mort de s'être ruiné et de l'avoir contrainte à travailler – en tant qu'agent de sa fille.

Et lorsque j'ai eu l'âge d'aller lui rendre visite toute seule, j'étais trop fauchée pour me payer le voyage en Floride. Papa et moi n'avons jamais été très proches, de toute façon. Nous entretenons des rapports polis et distants... plutôt qu'une relation père-fille. Grâce à maman.

– Waouh, c'est formidable, papa ! Alors... tu m'appelles d'où ?

J'examine l'intérieur de la boîte pour voir combien il reste de morceaux foncés. Je suis bien décidée à laisser les blancs à Cooper – ce sont ses préférés.

– C'est marrant que tu poses la question. À vrai dire, j'appelle d'en bas de chez toi. Du fast-food de Washington Square. Je me demandais si tu accepterais de prendre un café.

Franchement, il y a un truc qui m'échappe. Il ne m'arrive rien d'extraordinaire pendant des mois. Mes journées, passées à promener Lucy, à travailler et à regarder des rediffusions de séries des années 1980, se ressemblent toutes. Et soudain, BOUM ! En l'espace de vingt-quatre heures, je trouve une tête qui mijote dans une cocotte ; on me propose d'interpréter mes chansons au Joe's Pub aux côtés de Frank Robillard, légende vivante du rock ; et mon père sort de prison, se pointe dans le fast-food au coin de ma rue et demande à me voir.

Pourquoi les événements ne se produisent-ils pas un par un ? Par exemple, un jour je trouve la tête. Un autre jour, Frank me demande de monter avec lui sur scène. Et encore un autre, mon père m'appelle pour m'annoncer qu'il est sorti de prison et qu'il vient de débarquer dans ma ville.

Mais j'imagine qu'on ne peut pas décider de ces choses-là.

Sinon, je n'aurais certainement pas mangé tout ce poulet avant d'aller voir mon père. Parce qu'à le voir, assis dans ce box (sans qu'il se sache observé, ce qui me permet de l'examiner librement), j'ai l'estomac tout retourné. Pas comme quand j'ai vu la tête de Lindsay dans la cocotte – ça, c'était l'horreur. Le spectacle de mon père m'attriste, voilà tout.

Peut-être parce que lui-même a l'air triste. Triste et amaigri. Il n'a plus rien du robuste joueur de golf d'il y a deux décennies que j'ai vu pour la dernière fois au centre d'accueil des

105

visiteurs de Camp Eglin. On dirait qu'il a été vidé de l'intérieur. Mince comme un fil, il a les cheveux grisonnants, une barbe et une moustache naissantes encore plus blanches.

Pourtant, son expression se modifie lorsque, jetant un coup d'œil dans ma direction, il finit par me voir, plantée devant la porte. Non que la joie paraisse le submerger. Il se contente de plaquer sur son visage un sourire qui n'atteint pas son regard triste et las, aussi bleu que le mien.

Que dire à un père perdu de vue depuis si longtemps, avec qui on a toujours eu une relation... inexistante, même du temps où l'on vivait ensemble ?

– Ohé, papa ! dis-je en me glissant sur la banquette en face de lui.

Qu'est-ce que vous voudriez que je dise d'autre ?

– Heather !

Il tend le bras au-dessus de la table et, une fois que j'ai retiré mes gants, prend ma main dans la sienne. Je sens la tiédeur de ses doigts sur ma peau. En souriant, je serre moi aussi sa main.

– Pour une surprise, c'est une surprise ! dis-je. Quand est-ce qu'on t'a laissé sortir ?

– La semaine dernière. J'ai songé à t'appeler à ce moment-là, mais... eh bien, je craignais que tu ne sois pas contente de me voir.

– Bien sûr que je suis contente de te voir, papa.

Ce n'est pas de mon père que j'ai lieu de me plaindre. Enfin, pas vraiment. D'accord, c'était pas très cool de sa part, de ne pas payer ses impôts pendant toutes ces années. Mais ce n'était pas MON argent qu'il détournait (ou avec lequel il s'est tiré, comme l'a fait maman).

– Quand es-tu arrivé ici ? À New York, je veux dire.

– Ce matin. J'ai pris le bus. C'est une jolie façon de voir du pays.

Comme il prononce ces mots, la serveuse s'avance vers nous. Il m'interroge du regard. Puis :

– Tu as dîné ?

– Oh oui. Je prendrai juste un chocolat chaud.

À l'adresse de la serveuse, je précise :

– Avec de la crème fouettée.

Papa commande une soupe de nouilles au poulet pour accompagner son café. La fille hoche la tête et s'éloigne. Elle a l'air distrait. Sans doute s'inquiète-t-elle du blizzard – imminent, assure un présentateur météo de New York Première, dans le poste suspendu au-dessus du comptoir.

– Alors, dis-je. Le bus...

Dieu sait pourquoi, je n'arrête pas de penser au trajet qu'effectue Morgan Freeman dans le film *Les Évadés*. Enfin, rien d'étonnant quand on y réfléchit : Morgan Freeman y joue un prisonnier.

– Ce n'est pas un cas de violation de probation ? Quitter l'État de Floride comme tu l'as fait ?

– Ne te fais pas de souci pour moi, mon petit, répond papa en me tapotant la main. Je contrôle la situation. Pour une fois.

– Bien. C'est super, papa.

– Alors... tu as des nouvelles de ta mère ? demande-t-il.

Je remarque qu'il évite de croiser mon regard en posant la question. Au lieu de ça, il s'affaire à rajouter une minidose de crème légère dans son café.

– Tu veux dire depuis qu'elle s'est tirée à Buenos Aires avec le contenu de mon compte en banque ? Pas des masses !

Papa pince les lèvres et secoue la tête.

– J'en suis navré, Heather. Tu ne peux pas savoir à quel point. Ça ressemble si peu à ta mère. Je ne comprends pas ce qui lui a pris.

– Vraiment ? Pour moi, c'est très clair, dis-je tandis que la serveuse revient avec sa soupe et mon chocolat chaud.

Papa s'attaque à sa soupe comme s'il n'avait pas mangé de la journée. Pour un gars aussi maigre, il a un sacré appétit.

– Oh ? Qu'est-ce qui est clair ?

– La maison de disques venait de résilier le contrat de son gagne-pain.

– Voyons, Heather, proteste papa en levant les yeux de sa soupe. Ne dis pas cela. Ta mère t'aime énormément. Elle a toujours été faible, c'est tout. Je suis sûr que ce n'est pas elle qui a eu l'idée... de partir avec ton argent, je veux dire. Je parie que c'est ce type, ce Ricardo, qui l'a poussée à faire ça.

Je jurerais quant à moi que c'est le contraire. Mais je le garde pour moi, car je ne tiens pas à me disputer avec papa à ce sujet. Je me contente donc de lui demander :

– Et toi ? Tu as eu des nouvelles ?

– Non, pas depuis un bail.

Il ouvre le sachet de biscuits salés servis avec la soupe.

– Évidemment, je l'ai tellement déçue, j'imagine que je n'en mérite pas.

– Je ne m'en voudrais pas trop si j'étais toi, papa, dis-je.

J'ai à nouveau une boule à l'estomac. Sauf qu'elle s'est déplacée vers le haut. À vrai dire, ce serait plutôt un pincement au cœur. À croire que j'ai pitié de lui.

– Elle-même n'a pas mérité le titre de « maman de l'année »

Papa secoue la tête.

– Pauvre Heather ! soupire-t-il. Quand il y a eu distribution de parents, là-haut dans le ciel, tu as dû tirer la paille la plus courte.

– Je ne sais pas, dis-je, bizarrement sur la défensive. Je trouve que je ne m'en sors pas si mal. Après tout, j'ai un boulot, je vis dans un bel endroit et... et je vais m'inscrire en licence.

Ça semble étonner papa... dans le bon sens.

– Bravo ! s'exclame-t-il. Où ça ? À l'université de New York ?

Je hoche la tête.

– Du fait que j'y bosse, je suis exemptée des frais d'inscription. Il va falloir que je prenne des cours de maths avant de pouvoir réellement suivre les cours, mais...

– Et tu vas étudier quoi ? La musique ? J'espère que tu vas étudier la musique. Tu as toujours été si douée !

Son enthousiasme me prend un peu au dépourvu.

– Euh... en fait, je pensais plutôt au droit pénal.

Papa paraît stupéfait.

– Grands dieux ! Pourquoi ? Tu veux être agent de police ?

– Je ne sais pas.

J'ai honte de dire la vérité... de lui avouer que j'espère que, grâce à ma licence, Cooper me prendra pour associée et que nous enquêterons ensemble sur des crimes. Comme dans *Pour l'amour du risque* ou *Les Enquêtes de Remington Steele*.

Il est regrettable que l'essentiel de mes fantasmes s'inspirent des séries des années 1980.

– Tu ferais mieux d'étudier la théorie musicale, réplique papa avec fermeté. Ça t'aiderait pour écrire tes chansons.

Je me sens rougir. J'avais oublié : une année, je lui ai envoyé, pour Noël, une cassette où je chantais mes propres compositions. Qu'est-ce qui m'était passé par la tête ?

– Je suis trop vieille pour faire une carrière d'auteur-compositeur-interprète. Enfin... tu as vu ces filles sur MTV ? Je ne peux plus porter de minijupes. J'ai trop de cellulite.

– N'importe quoi ! rétorque papa d'un ton péremptoire. Tu es très jolie. Et puis, tu n'as qu'à te mettre en pantalon si tu es complexée.

Il me tue ! Sérieusement...

– Ce serait un tel gâchis, continue papa. Un péché ! Laisser se perdre un don comme le tien.

– Justement, dis-je. Je me trouve pas si douée que ça. J'ai déjà tenté ma chance de ce côté-là. Peut-être le temps est-il venu, pour moi, de me découvrir un nouveau talent ?

– Le droit pénal ? demande papa. C'est un talent ?

– Au moins, je ne risque pas de me faire huer ! je lui fais remarquer.

– Qui oserait faire une chose pareille ? s'écrie papa. Tu chantes comme un ange ! Et tes chansons... elles valent tellement mieux que cette soupe qu'on entend à la radio. Cette fille qui déblatère sur ses plans ou sur ses implants... Et l'autre, cette Tracy Trace avec qui ton ex-petit ami se marie ce week-end. Elle est à moitié à poil dans son clip !

Je réprime un sourire. Et rectifie :

– Tania Trace. Et son clip est en tête du classement de MTV.

– N'empêche qu'il est nul, soutient papa d'un ton ferme.

– Et toi, papa ? (Je préfère changer de sujet avant qu'il ne se mette dans tous ses états.) Tu as quand même passé... mon

Dieu... presque vingt ans à Camp Eglin. Que vas-tu faire maintenant que tu es libre ?

– J'ai quelques pistes. Dont certaines sont prometteuses.

– Ouais ? Formidable. Ici, à New York ?

– Oui.

Je remarque que ses réponses se font plus hésitantes. Et qu'il évite de croiser mon regard.

Oh-oh.

– Papa... ?

J'ai à nouveau l'estomac noué. Or je n'éprouve ni horreur ni pitié. Juste une terrible appréhension.

– Tu m'as vraiment appelée parce que tu voulais me voir et rattraper le temps perdu ? Ou bien il y a autre chose ?

– Bien sûr que je voulais te voir ! Tu es ma grande fille, nom de Dieu !

– Bien, dis-je. Mais...

– Pourquoi y aurait-il forcément un « mais » ?

– Papa, je n'ai plus neuf ans. Je sais qu'il y a toujours un « mais ».

Il repose sa cuillère, puis respire un grand coup.

– OK, admet-il. Il y a un « mais ».

Alors, il lâche le morceau.

8

Tic-tac
Le réveil
Oublie de sonner
Tic-tac
J'ai sommeil
Mais gare à la panne d'oreiller !
Je voudrais tant me reposer
Il y a pas quelqu'un qui voudrait me tuer ?

« Chanson du matin »
Écrit par Heather Wells

Le lendemain matin, j'arrive au bureau avec un quart d'heure de retard. Personnellement, je trouve qu'un quart d'heure, c'est rien. Ça ne devrait même pas être considéré comme du retard... surtout quand on tient compte de ce qui m'est tombé dessus la veille au soir – le retour du père prodigue et tout le tralala.

Mais un quart d'heure, ça peut représenter une longue période dans le cycle vital d'une résidence universitaire. Assez longue, en fait, pour permettre à une représentante du service de soutien psychologique de trouver mon bureau et de s'y installer.

Et lorsque je me précipite dans la pièce, à bout de souffle, et lui demande « Puis-je vous aider ? », le quart d'heure qu'elle a passé sur ma chaise a suffi à lui donner l'impression d'être chez elle, au point de me répondre : « Non merci, sauf si vous aviez l'intention d'aller vous chercher un café, auquel cas j'en prendrais bien un, allongé et sans sucre. »

Je la regarde avec stupéfaction. Elle porte un élégant twin-set gris en cachemire – agrémenté d'un collier de perles, rien que ça ! – et me donne l'impression que je suis vraiment négligée, dans ma tenue de boulot constituée d'un jean et d'un pull en grosse laine à motif tressé. Elle n'est même pas décoiffée. Ses boucles châtaines sont attachées en un chignon impeccable. Comment diable a-t-elle pu traverser le parc (ou, comme je l'ai récemment surnommé, la « toundra gelée ») tête nue sans mourir de froid ?

C'est alors que je l'aperçois, dépassant du trench noir en laine qu'elle a pendu au crochet : un cache-oreilles ! Évidemment.

Rusée, la *fashionista* !

– Oh, Heather, te voilà ! lance Tom en sortant de son bureau.

Il a bien meilleure mine qu'hier, à présent qu'il a dormi, et lavé et coiffé ses cheveux blonds. Il porte même une cravate. D'accord, il la porte avec un jean et une chemise rose bonbon. Mais c'est tout de même un progrès.

– Voici le docteur Gillian Kilgore, du service de soutien psychologique, poursuit-il. Elle est là pour aider les étudiants qui en éprouveraient le besoin à surmonter leur douleur, suite aux événements d'hier.

J'adresse un rapide sourire au docteur Kilgore. Qu'est-ce que vous voudriez que je fasse ? Que je lui crache dessus ?

– Salut. Vous êtes assise à mon bureau.

– Oh. (Tom vient tout juste de s'en rendre compte, on dirait.) En effet. Ceci est le bureau d'Heather, docteur Kilgore. Je pensais que vous vous installeriez à celui de notre assistante...

114

– J'aime mieux celui-ci.

Le docteur Kilgore nous en bouche un coin (je vois que Tom est interloqué car son visage devient aussi rose que sa chemise) en ajoutant calmement :

– Et, bien entendu, monsieur Snelling, quand les étudiants viendront me consulter, je m'entretiendrai avec eux dans votre bureau. Pour plus d'intimité.

Tom ne s'attendait visiblement pas à ça. Il reste planté là à émettre une sorte de bêlement digne d'une brebis égarée (bêêêê, bêêêê... mais... mais...) tandis que la première victime... euh... le premier patient du docteur Kilgore entre à grands pas dans le bureau : Mark Shepelsky, deux mètres cinq, pivot de l'équipe des Coquelicots, et l'un des occupants actuels de la chambre 212. La 212 est l'une des plus convoitées du bâtiment, pour sa vue sur le parc et parce qu'elle est située au deuxième étage, ce qui permet à ses habitants d'emprunter l'escalier sans avoir à dépendre d'ascenseurs bondés, dans le meilleur des cas, ou hors service, les trois quarts du temps.

– Quelqu'un voulait me voir ? demande Mark.

Ça ressemble à des grognements plus qu'à des paroles. Mince, le teint terreux, Mark est beau gosse dans le genre sportif avec coupe en brosse.

Mais n'arrive pas à la cheville de Joli-Serveur, si vous voulez mon avis !

Non que Joli-Serveur me plaise. Plus maintenant.

– Vous devez être...

Le docteur Kilgore consulte le cahier de rendez-vous ouvert sur son bureau. Pardon... *mon* bureau.

– ... Mark, c'est ça ?

Mark s'approche en traînant des pieds chaussant du quarante-sept.

– Ouais. C'est pour quoi ?

– Eh bien, Mark, commence le docteur Kilgore. (Elle met une paire de lunettes afin, j'imagine, de paraître plus compréhensive. Ça ne marche pas.) Je suis le docteur Kilgore, du service de soutien psychologique. J'ai cru comprendre que vous étiez proche de Lindsay. Lindsay Combs ?

Loin d'éclater en sanglots en entendant prononcer le nom de sa dulcinée, Mark a l'air exaspéré.

– C'est nécessaire ? demande-t-il. J'ai déjà parlé aux flics toute la journée d'hier. J'ai un match ce soir. Faut que je m'entraîne !

– Je comprends, Mark, réplique Gillian Kilgore d'un ton réconfortant. Mais nous nous faisons du souci. Nous voulons nous assurer que vous allez bien. Après tout, Lindsay comptait beaucoup pour vous.

– Ben... elle était sexy, c'est sûr ! dit Mark, visiblement perdu. Mais on ne sortait même pas ensemble. On déconnait, c'est tout... vous voyez ce que je veux dire ?

– Vous aviez d'autres aventures, elle et toi ?

Tom et Gillian Kilgore se tournent tous deux vers moi. Le docteur Kilgore manifestement irritée ; Tom en écarquillant les yeux comme pour me demander : « Tu tiens vraiment à me causer des ennuis ? » J'ignore son regard.

– D'autres aventures ? demande Mark. Évidemment. Enfin... nous deux, c'était pas sérieux ! Je l'ai déjà dit à ce gars, à cet inspecteur. Ces derniers temps, on ne se croisait plus qu'aux matchs, et pendant les vacances on ne s'est quasiment pas vus.

– Eh bien, allons discuter de ça ! dit le docteur Kilgore, prenant Mark par le bras et tentant de l'entraîner vers le bureau de Tom, pour plus d'intimité.

Bonne chance, avec cette grille d'aération entre le bureau de Tom et le mien !

– Lindsay fréquentait-elle quelqu'un d'autre ? je demande, avant que Mark ne nous soit arraché.

Il hausse les épaules.

– Ouais, je suppose. Je sais pas. J'ai entendu dire qu'elle se faisait... euh, qu'elle sortait... avec un gars membre d'une fraternité.

Je me laisse tomber sur la chaise de mon bureau.

– Ah oui ? De quelle fraternité ?

Mark paraît déconcerté.

– J'en sais rien.

Il fait chaud dans mon bureau. J'entreprends de retirer ma parka.

– Tu en as parlé à l'inspecteur Canavan ?

– Il me l'a pas demandé.

– Mark ! lance Gillian Kilgore, d'une voix aussi glaçante que l'air du dehors. Suivez-moi, voulez-vous, afin que nous puissions...

Je suis interloquée.

– L'inspecteur Canavan ne t'a pas demandé si toi et ta petite amie aviez d'autres aventures ? Et tu ne lui as pas précisé que c'était le cas ?

Mark hausse une nouvelle fois les épaules. C'est un véritable tic chez lui.

– Non. Je pensais que c'était pas important.

– Mark ! (Le ton est carrément brusque.) *Venez avec moi, je vous prie !*

Surpris, Mark suit le docteur Kilgore dans le bureau de Tom. Elle claque presque la porte derrière eux, non sans m'avoir gratifiée d'un regard noir. Puis, à travers la grille, Tom et moi l'entendons dire :

– À présent, Mark, dites-moi ce que vous ressentez à propos de tout ça.

N'a-t-elle pas remarqué la grille ? Croit-elle réellement que nous ne distinguons pas ses paroles ?

Tom me dévisage, l'air abattu.

– Heather, dit-il. (Nous n'avons pas à craindre que le docteur Kilgore écoute aux portes. Elle-même jacasse si fort de l'autre côté de la grille.) Qu'est-ce que tu traficotes ?

Je me lève de mon bureau et vais pendre ma parka sur un crochet, à côté du manteau du docteur Kilgore.

– Rien. Il fait chaud ici, non ? Ou c'est juste une impression ?

– Il fait chaud, confirme Tom. J'ai éteint le radiateur, mais il... irradie toujours. Sérieusement, où est-ce que tu voulais en venir ?

– Nulle part, dis-je en haussant les épaules. (Ma parole, c'est contagieux !) Je me pose des questions, c'est tout. Ils ont rouvert la cafétéria ?

– Oui, pour le petit déjeuner. Heather, tu ne serais pas en train de...

– Super ! Tu as pris ton café ?

Tom fixe sombrement la porte de son bureau.

– Non. Elle était déjà là quand je suis arrivé.

– Elle est entrée comment ?

– Pete lui a ouvert avec son passe, soupire Tom. Tu me rapporterais un café ? Avec du lait et du sucre ?

– Tout de suite ! je réponds avec un sourire.

– Tu sais que, comme directrice adjointe de dortoir, il y en a pas deux comme toi ! Pour de bon ?

– Tom, Tom, Tom ! Tu veux sans doute dire comme directrice adjointe de RÉSIDENCE UNIVERSITAIRE ?

Parvenue à la cafétéria, je ne m'étonne guère de la trouver quasi déserte. Je suppose que la découverte d'une tête coupée dans la cuisine a de quoi dégoûter les âmes sensibles. À part moi, il n'y a que deux ou trois personnes éparpillées dans la salle. Je m'arrête à la caisse pour saluer Magda. Elle a une sale mine. Son eye-liner est estompé et son rouge à lèvres de traviole.

– Ohé ! je lui lance de ma voix la plus chaleureuse. Comment ça va, Mags ?

Elle n'esquisse même pas un sourire.

– Aucune de mes petites stars de ciné ne vient plus ici, dit-elle d'un ton lugubre. Elles mangent toutes à Wasser Hall.

Elle prononce ces mots comme s'ils étaient empoisonnés.

Wasser Hall, résidence universitaire récemment rénovée et équipée d'une piscine en sous-sol, est notre rivale la plus redoutable. Après que la presse et les étudiants ont commencé à surnommer Fischer Hall le Dortoir de la mort, j'ai reçu de nombreux coups de fil de parents demandant que leurs gosses soient transférés à Wasser Hall. Inutile de préciser qu'à cause de ça, leur directrice adjointe ne se sent plus !

J'ai néanmoins eu ma revanche, lors d'un exercice de mise en confiance, au cours d'un stage de formation du personnel. On était censées se jeter dans les bras l'une de l'autre et j'ai malencontreusement – mais volontairement ! – oublié de la rattraper au vol.

– C'est normal, dis-je, cherchant à la remonter. Ils ont peur. Ils reviendront une fois que la police aura trouvé l'assassin.

– À supposer qu'elle le trouve, réplique Magda d'une voix déprimée.

– T'inquiète pas pour ça !

Puis j'ajoute, histoire de lui changer les idées :

– Devine avec qui j'ai dîné hier soir.

Son visage s'illumine.

– Cooper ? Il t'a enfin invitée à sortir ?

À mon tour d'arborer une expression sinistre.

– Euh... non. Avec mon père. On l'a libéré. Il est ici, en ville.

– Ton père est sorti de prison ? demande Pete, qui entre à ce moment précis, sa tasse vide à la main, venu refaire le plein de café. Sans blague ?

– Sans blague !

Ça semble intriguer Pete qui, du coup, en oublie son café.

– Alors ? De quoi avez-vous discuté, tous les deux ?

Je hausse les épaules. Maudit Mark, qui m'a collé son tic !

– Je ne sais pas, dis-je. De lui. De moi. De maman. De tout et de rien.

Magda est tout aussi fascinée. Se penchant vers moi, elle glisse :

– Un jour, j'ai lu un livre où un type va en prison, et quand il ressort, il est... tu sais quoi. Comme Tom, ton chef ! Parce qu'il y a tellement longtemps qu'il n'a pas été avec une femme...

J'écarquille les yeux.

– Je suis quasiment certaine que mon père n'est pas homo, Magda. Si c'est ce que tu insinues.

Magda se redresse, visiblement déçue.

– Oh.

– Il veut quoi ? demande Pete.

Je le fixe.

– Comment ça, « il veut quoi » ? Il ne veut rien !

– Ce type vient te voir à peine sorti de prison, rétorque Pete, incrédule. Il prétend qu'il n'attend rien de toi... et tu le crois ? Il te manque une case, ou quoi ?

Je confie d'une voix hésitante :

– D'accord, il a bien dit qu'il avait besoin d'être hébergé quelques jours. Le temps de se requinquer.

Pete part d'un rire sonore, qui signifie : « Je te l'avais bien dit ! »

– Quoi ? je m'écrie. C'est mon père ! Il m'a élevée pendant les dix premières années de ma vie.

– Ouais. Et maintenant, il vient profiter de ta fortune et de ta célébrité, insiste Pete avec cynisme.

– Quelle fortune ? Il sait parfaitement que son ex-femme m'a volé tout mon argent.

Gloussant toujours, Pete se dirige vers la machine à café.

Je proteste :

– Pourquoi n'aurait-il pas simplement envie de renouer avec une fille qu'il connaît à peine ?

Pete rit de plus belle.

– Laisse tomber, mon chou ! murmure Magda en me tapotant la main. Ignore-le ! Moi, je trouve ça bien que ton papa soit revenu.

– Merci, dis-je, encore indignée. C'est vrai que c'est bien.

– Bien sûr. Et Cooper, il a dit quoi, quand tu lui as demandé si ton père pouvait s'installer chez vous ?

– Eh bien... (Soudain, j'évite de croiser le regard de Magda.) Cooper n'a rien dit. Vu que je ne le lui ai pas encore demandé.

– Oh !

– Non que je n'aie pas confiance en mon père, mais on ne s'est pas croisés depuis, Cooper et moi. Il est sur une affaire, en ce moment. Je lui demanderai dès que je le verrai. Je suis sûre qu'il sera d'accord. Étant donné que mon père compte réellement changer de vie.

– Bien sûr.

– Non, Magda. Je suis sérieuse.

– Je sais, mon chou.

Son sourire ne fait pas briller son regard. On dirait celui de papa.

Sans doute n'est-ce pas lié à ce que je viens de lui dire. Mais à ce qui est arrivé hier à Lindsay.

Quant à Pete, qu'il rie autant qu'il voudra ! Qu'est-ce qu'il connaît à ces choses-là ?

Certes, en tant que veuf et père de quatre enfants qu'il élève seul, il doit en connaître un rayon.

Merde !

Sourcils froncés, je pique vers le bar et fourre dans le grille-pain un bagel coupé dans le sens de la longueur. Ensuite, je vais à la machine à café. J'en prépare un pour Tom : au lait et sucré. Et un pour moi : moitié café, moitié chocolat chaud, et des tonnes de crème fouettée. Puis je reviens au bar lorsque le grille-pain éjecte mon bagel. Je tartine de fromage frais les deux moitiés, que je recolle après avoir ajouté du bacon. Voilà. Le petit déjeuner idéal !

Je dispose le bagel dans une assiette, et l'assiette sur un plateau, avec les deux cafés. Or, comme je m'apprête à quitter la cafétéria, un éclair blanc et or s'insinue dans mon champ de vision. Tournant la tête, j'aperçois Kimberly Watkins, l'une des pom-pom girls de l'équipe des Coquelicots – en uniforme car aujourd'hui, il y a match –, assise seule à l'une des tables, un grand manuel ouvert devant elle, à côté d'une assiette contenant ce qui ressemble à une omelette de blancs d'œufs et un demi-pamplemousse.

Sans avoir pris le temps de réfléchir à ce que je fais, je pose bruyamment mon plateau sur la table, en face d'elle.

– Salut, Kimberly !

9

Quelque chose qui me touche
Il y a toujours quelque chose qui me touche
Dans le métro, entre deux stations.

« Dans le métro »
Écrit par Heather Wells

– Euh... salut, fait Kimberly, levant vers moi un regard méfiant.

Elle ne sait visiblement pas bien qui je suis, ni pourquoi je me suis assise en face d'elle.

– Je m'appelle Heather, dis-je. La directrice adjointe de la résidence...

– Oh !

Lorsqu'elle me reconnaît, son expression change, devenant presque chaleureuse. Maintenant qu'il est clair que je ne suis pas là pour... (pour quoi, au juste ? Que s'imaginait-elle ? Que j'allais la draguer ? Tenter de la convertir à Dieu sait quoi ?), elle semble se détendre.

– Écoute, dis-je. Je voulais juste voir comment tu allais. Après ce qui est arrivé à Lindsay, je veux dire. J'ai appris que vous étiez amies...

Je n'ai rien appris de tel. Mais je suppose que deux filles faisant partie de la même équipe de pom-pom girls devaient être amies. Vous me suivez ?

– Oh ! s'exclame Kimberly sur un tout autre ton, ravalant soudain son sourire Colgate. Je sais... C'est horrible. Pauvre

Lindsay ! Je... je ne supporte même pas d'y penser. J'ai passé la moitié de la nuit à pleurer.

Pour une fille qui a passé la moitié de la nuit à pleurer, Kimberly a sacrément bonne mine. Elle a dû passer les vacances dans un endroit chaud car, bien qu'on soit en hiver, ses jambes nues sont bronzées. Visiblement, elle ne se soucie pas trop des températures extérieures ou de ce blizzard que New York Première s'obstine à annoncer comme imminent, alors qu'il est manifestement bloqué au-dessus de Washington.

Manger là où l'on a trouvé, vingt-quatre heures plus tôt, la tête d'une de ses bonnes amies n'a pas non plus l'air de la troubler !

– Waouh... dis-je. Tu dois être anéantie.

Elle croise sous la table ses longues jambes de gazelle et se met à triturer entre ses doigts une mèche de ses cheveux noirs, lissés bien entendu.

– Et comment ! dit-elle en écarquillant ses yeux de biche. Lindsay était... – comment dire ? – ma meilleure copine. Enfin, après Cheryl Haebig. Mais Cheryl n'aime plus trop sortir, vous comprenez, vu que maintenant elle passe les trois quarts de son temps avec Jeff. Jeff Turner.

Elle me fixe :

– Vous le connaissez, non ? C'est un des gars qui partagent la chambre 212 avec Mark.

– Bien sûr que je le connais.

Comme tous les joueurs de l'équipe de basket, souvent convoqués à mon bureau pour avoir enfreint le règlement. (En général parce qu'ils ont introduit de l'alcool, en principe interdit, à Fischer Hall.)

– Ces deux-là... c'est presque comme s'ils étaient mariés. Ils n'ont quasiment plus jamais envie de faire la fête.

Et à présent que Cheryl s'est installée dans la chambre de Lindsay et ne risque désormais guère de devoir la partager avec une autre fille, Jeff et elle vont pouvoir batifoler sans interruption.

Mais une seconde : on ne tue pas quelqu'un pour ça !

– Lindsay était donc ta meilleure amie après Cheryl. Mon Dieu, ce doit être terrible de perdre quelqu'un d'aussi proche. Ne le prends pas mal, mais je m'étonne que tu puisses... manger ici.

Mes paroles lui rappelant sa nourriture, Kimberly prend une grosse bouchée de son omelette de blancs d'œufs. Inspirée par ce geste, je mords dans mon bagel au bacon et au fromage frais. Mmmm. Quel régal !

– Ouais... En fait, je crois pas aux fantômes et à tous ces trucs. Quand on est mort, on est mort !

– Je vois que tu as le sens pratique, dis-je après avoir pris une gorgée de mon chocolat chaud arôme moka.

– Faut bien, réplique Kimberly en haussant les épaules. Je suis dans le merchandising de produits vestimentaires.

Elle me désigne l'imposant manuel posé devant elle : *Introduction à la comptabilité de gestion*.

– Oh. Puisque Lindsay et toi étiez si proches, tu n'aurais pas idée de qui pouvait avoir une dent contre elle ? Et désirer s'en débarrasser... au point de la tuer ?

Kimberly fait longuement tourner la mèche de cheveux autour d'un autre de ses doigts.

– Eh bien, répond-elle en prenant son temps. Beaucoup de gens la détestaient. Ils étaient jaloux, et ce genre de choses.

J'ai parlé d'Ann, sa camarade de chambre, au policier qui est venu hier soir.

– Ann détestait Lindsay ?

– C'est peut-être pas le mot. Mais elles ne s'entendaient pas. C'est pourquoi Lindsay était folle de joie en apprenant qu'Ann avait enfin accepté d'échanger sa chambre avec Cheryl. Même si Cheryl ne traîne plus trop avec nous, au moins Lindsay n'aurait plus à s'inquiéter des sales coups que lui faisait Ann.

– Quel genre de sales coups ? je demande en prenant une autre bouchée de mon bagel.

– Oh, des idioties. Comme effacer les messages que les gens laissaient pour Lindsay sur le tableau blanc de la porte ; dessiner des cornes de diable sur toutes les photos de Lindsay parues dans le journal de la fac avant de le lui donner ; ou utiliser tous les tampons de Lindsay sans jamais remplacer la boîte. Des trucs comme ça.

– Eh bien, Kimberly, Ann et Lindsay avaient de très mauvaises relations ! Mais tu ne crois tout de même pas qu'Ann l'a tuée, n'est-ce pas ? Elle n'avait aucune raison de le faire. Elle savait qu'elle allait changer de chambre, pas vrai ?

Kimberly paraît songeuse.

– Ouais, j'imagine. Quoi qu'il en soit, j'ai dit à cet inspecteur de vérifier son alibi. Parce qu'on sait jamais. Ça pourrait être une histoire du style *Jeune fille recherche appartement*.

Je suis certaine que l'inspecteur Canavan a dû sauter sur cette piste.

– Et les petits copains ? je demande.

Le changement de sujet est trop brutal pour que la jeune et tendre cervelle de Kimberly puisse suivre.

– Hein ? demande-t-elle en haussant les sourcils, visiblement perdue.

– Lindsay fréquentait-elle quelqu'un ? Enfin, je sais qu'elle sortait avec Mark Shepelsky...

– Oh... (Lindsay lève les yeux au ciel.) Mark. En fait, ils n'étaient quasiment plus ensemble. Mark est tellement... immature. Jeff – le petit ami de Cheryl, vous savez – et lui ne pensent qu'à boire des bières et à mater le sport à la télé. Ils n'emmenaient jamais Cheryl et Lindsay danser en boîte ou ce genre de choses. Ça ne dérange pas Cheryl, j'imagine. Mais Lindsay... il lui fallait une vie plus palpitante, plus sophistiquée, en quelque sorte.

– C'est pour ça qu'elle a commencé à fréquenter quelqu'un d'autre ?

Devant l'expression stupéfaite de Kimberly, j'explique :

– Mark est passé au bureau ce matin et a fait allusion à un type membre d'une fraternité.

Kimberly a une expression de mépris.

– C'est ce qu'a dit Mark ? Qu'il était membre d'une fraternité ? Il n'a pas précisé que c'était un *Winer* ?

– Un quoi ? (L'espace d'un instant, je crois qu'elle suggère que le nouveau petit ami de Lindsay est le contraire d'un *loser.*)

– Un Winer. W-I-N-E-R.

Comme je continue à la regarder sans comprendre, elle exprime son incrédulité en secouant ses longs cheveux.

– Mon Dieu, ça vous dit rien ? *Doug Winer.* La famille *Winer.* Les Constructions *Winer.* Le centre sportif *Winer.*

Ça y est. Je sais de quoi elle parle. Impossible, dans cette ville, de passer devant un bâtiment en construction (et il y en

129

a pas mal, bien que Manhattan soit une île dont on pourrait croire chaque centimètre carré déjà exploité) sans remarquer le nom WINER sur le blindage des bulldozers, les rouleaux de câble ou les échafaudages. Aucun bâtiment ne voit le jour, à New York, qui ne soit érigé par les Constructions Winer.

Et cela a visiblement rapporté un paquet d'argent à la famille Winer. S'ils sont encore loin des Kennedy ou des Rockefeller, ils s'en rapprochent sans doute de très près aux yeux d'une pom-pom girl de l'université de New York. Ils ont, en tout cas, versé beaucoup d'argent à la fac. Assez pour bâtir le centre sportif et tout le tralala.

– Doug Winer, je répète. Alors comme ça, ce Doug a une bonne situation ?

– Si vous appelez être plein aux as « avoir une bonne situation ».

– Je vois. Et Doug et Lindsay étaient... intimes ?

– Ils n'étaient pas fiancés ou quoi que ce soit, répond Kimberly. N'empêche que Lindsay pensait que Doug allait lui offrir un joli bracelet pour son anniversaire. En diamants. Elle l'avait vu dans un tiroir de sa commode.

Alors qu'elle prononce ces mots, le tragique de la mort de Lindsay frappe momentanément Kimberly. La voilà soudain moins pétulante...

– J'imagine qu'il va devoir le rapporter à la boutique. Dire que l'anniversaire de Lindsay était la semaine prochaine. Mon Dieu, ce que c'est triste !

Je compatis : quel dommage que Lindsay ait loupé le bracelet de si peu ! Puis je demande à Kimberly si elle avait eu vent de désaccords entre Doug et Lindsay (non) ; si elle sait où habite Doug (dans le bâtiment de sa fraternité, la Tau Phi Epsilon) ; et quand Doug et Lindsay se sont vus pour la dernière fois (ce week-end, mais elle ignore quand précisément).

Il s'avère bientôt que, bien que Kimberly ait affirmé être la meilleure amie de Lindsay, les deux filles ne devaient pas être si proches. Ou que Lindsay menait une vie terriblement barbante, étant donné que Kimberly ne peut rien me dire de plus sur sa dernière semaine ici-bas... Ou du moins, rien qui pourrait m'aider à retrouver son assassin.

Sauf que ce n'est pas ce que je prétends faire ! Il ne s'agit pas de fourrer mon nez dans l'enquête sur la mort de Lindsay ! Dieu m'en garde ! Je pose juste quelques questions. Ce n'est pas parce qu'on pose des questions sur un crime qu'on est en train d'enquêter, pas vrai ?

C'est ce que je me dis en regagnant le bureau de Tom, son café dans une main – je lui en ai repris un après que l'original a refroidi pendant mon entretien avec Kimberly – et un second chocolat-café-chantilly dans l'autre. Sarah arbore une mine sinistre aujourd'hui, ce qui ne m'étonne guère. Trois jours sur quatre, Sarah est malheureuse.

On dirait que sa mauvaise humeur est contagieuse. Tom et elle sont affalés devant leur bureau, ou plutôt, dans le cas de Tom, affalé devant *mon* bureau. Il semble souffrir le martyre. Jusqu'à ce qu'il m'aperçoive.

– Tu me sauves la vie ! s'exclame-t-il lorsque je pose le café devant lui. Pourquoi tu as mis tant de temps ?

– Oh, tu sais... dis-je en me laissant tomber sur le canapé à côté de mon bureau. Il a fallu que je réconforte Magda.

Je désigne d'un signe de tête la porte du bureau de Tom, toujours fermée. À travers la grille, des voix nous parviennent.

– Elle est toujours là-dedans avec Mark ? je demande.

– Non, rétorque Sarah avec une expression de dégoût. Elle est avec Cheryl Haebig.

– Qu'est-ce qui ne va pas ?

Sarah s'enfonce plus profondément dans sa chaise et ne daigne pas répondre à ma question.

– Apparemment, m'explique Tom d'une voix stoïque, le docteur Kilgore est l'un des professeurs de Sarah. Et pas sa préférée !

– C'est une freudienne ! explose Sarah, sans même chercher à baisser la voix. Elle croit réellement à ces foutaises sexistes selon lesquelles toutes les femmes sont amoureuses de leur père et rêvent secrètement d'avoir un pénis !

– Le docteur Kilgore a mis un « D » à l'un de ses devoirs le semestre dernier, m'informe Tom avec un sourire presque imperceptible.

– Elle est antiféministe ! affirme Sarah. Je suis allée me plaindre chez la doyenne, mais ça n'a servi à rien puisqu'elle en est, elle aussi ! (« En » se référant de toute évidence aux freudiens.) C'est une conspiration ! Je songe sérieusement à écrire à *La Gazette de l'enseignement supérieur* à ce sujet.

– Si la présence du docteur Kilgore la contrarie à ce point-là, dit Tom (gardant son sourire discret), j'ai suggéré à Sarah d'apporter à la compta toutes les factures correspondant à l'argent pris dans la cagnotte...

– Dehors, il doit faire moins quinze ! proteste Sarah.

Je me porte gentiment volontaire :

– J'y vais.

Tom et Sarah n'en croient pas leurs oreilles.

– Je ne plaisante pas, dis-je, posant ma boisson mi-café, mi-chocolat et me levant pour prendre mon manteau. De toute façon, impossible de faire ce que j'ai à faire quand tu occupes mon bureau. Et ça me fera du bien, un bon bol d'air frais !

– Dehors, il doit faire moins quinze ! répète Sarah.

J'enroule mon écharpe autour de mon cou.

– Et alors ? Je reviens tout de suite.

Je rassemble les factures qui traînent sur le bureau de Sarah et sors de la pièce. Dans le hall, Pete éclate de rire en me voyant. Pas seulement parce que je suis comique, avec toutes mes épaisseurs de vêtements, mais parce qu'il se rappelle ce que j'ai dit à propos de mon père.

Et alors ? Pourquoi un père n'aurait-il pas le désir de reconstruire une relation avec une fille qu'il connaît si peu ?

J'ignore Pete.

Franchement, qui a besoin d'ennemis avec des amis tels que lui ?

À peine sortie, je manque de faire demi-tour tant l'air est glacial. On dirait que la température a chuté depuis que je suis allée à pied au bureau, il y a de ça une heure. Le froid me coupe littéralement le souffle.

Mais je suis décidée. Trop tard pour faire machine arrière.

Baissant la tête pour me protéger du vent, j'entreprends de traverser le parc, sourde aux « shit, shit, premier choix, premier choix ! » des comparses de Reggie tandis que je me dirige vers l'autre extrémité du campus – à l'opposé du bâtiment où est située la compta, mais dans la direction d'où le vent souffle ses rafales polaires.

C'est pourquoi je ne me retourne pas aussitôt en entendant, derrière moi, quelqu'un m'appeler. Comme j'ai les oreilles gelées sous mon bonnet, je me dis que je dois entendre des voix. Mais alors je sens une main sur mon bras et fais volte-face, m'attendant à voir Reggie et son sourire plein de dents en or.

J'ai une nouvelle fois le souffle coupé, et pas à cause du vent, mais en me retrouvant face à Cooper Cartwright.

– Oh ! je m'exclame, le regardant avec des yeux ronds.

Il est aussi emmitouflé que moi. À part les écureuils et les dealers, nous sommes les deux seules créatures assez bêtes ou désespérées pour errer dans le parc par cette matinée glaciale.

– Cooper, dis-je malgré mes lèvres gercées. Qu'est-ce que tu fais ici ?

– Je suis passé te voir.

Il est un peu essoufflé. Visiblement, il a couru pour me rattraper. Couru... Par ce temps ! Et avec tous ces vêtements ! À sa place, je ne serais plus qu'une masse gélatineuse sur le sol givré. Mais vu que c'est Cooper, il respire juste un peu plus fort que d'habitude.

– Et Sarah et Tom m'ont dit que tu allais à la compta. (Il désigne du pouce un point derrière son épaule.) Mais ce ne serait pas plutôt par là ?

Oups ! Faut vite que je trouve quelque chose !

– Oh, ouais... mais j'ai voulu faire d'une pierre deux coups et passer voir un gars au sujet d'un truc. C'est important, ce dont tu voulais discuter ?

Par pitié. Faites qu'il n'ait pas parlé à mon père avant que j'aie eu l'occasion de lui en parler, de mon père !

– Ouais, répond Cooper.

Ce matin non plus, il ne s'est pas rasé. Sa peau doit être voluptueusement râpeuse...

– Ça concerne mon frère. Il m'a laissé un message où il dit vouloir me parler de toi. Tu ne saurais pas à quel propos ?

– Oh ! (Mon soulagement est tel que j'en ai la nausée ; à moins que ce ne soit à cause de toute cette crème fouettée !) Ouais, il veut que j'aille à son mariage. Tu sais, pour montrer qu'on a enterré la hache de guerre...

– ... devant les photographes de *People*, conclut Cooper. Pigé. J'aurais dû me douter que ce n'était pas important. Alors, ajoute-t-il en braquant sur moi, tels deux rayons laser, ses yeux bleu clair. Tu passes voir un gars au sujet de *quel* truc ?

Flûte ! Rien ne lui échappe ! Jamais !

– Eh bien, dis-je lentement, il s'avère que Lindsay avait commencé à fréquenter un autre mec avant sa mort. Un Winer.

– Un quoi ?

– Tu sais. (Je lui épelle le nom.) Comme dans les « Constructions Winer ».

– Heather, rétorque-t-il, plissant les yeux. Je me trompe, ou tu es en train d'enquêter sur la mort de cette fille ?

– Tu ne te trompes pas.

Il s'apprête, après avoir respiré un grand coup, à me faire un sermon. Je lève mes mains gantées pour l'en empêcher.

– Cooper ! Songes-y ! Les Constructions Winer ! Le centre sportif Winer ! Ils doivent avoir des doubles des clés qui ouvrent toutes les serrures de la ville. Doug aurait parfaitement pu accéder à la cafété...

– Il a été inscrit sur le registre des visiteurs ce soir-là ? demande Cooper.

Mince ! Il connaît le règlement de Fischer Hall presque aussi bien que moi.

— Ben non. Mais il a pu entrer dans le bâtiment de mille manières possibles. Les livreurs des restaurants chinois le font tout le temps pour glisser des menus sous la porte des résidents.

— Non.

Il n'en dit pas plus. Et accompagne le mot d'un unique hochement de tête.

— Écoute-moi, Cooper, dis-je (même si je sais que c'est inutile). L'inspecteur Canavan ne pose pas les bonnes questions. Il ne sait pas s'y prendre pour faire parler les gamins. Moi, si. Je jure que je ne fais rien d'autre. Je rassemble des informations. Que je compte lui transmettre intégralement.

— Tu t'attends réellement à ce que je gobe ça, Heather ?

Il me fusille du regard. Le vent qui me gifle le visage et me pique les yeux n'a pas l'air de le déranger, lui. Peut-être sa barbe de trois jours le protège-t-elle ?

— C'est très stressant, tu sais, de bosser dans un endroit que les gens surnomment le Dortoir de la mort, dis-je. Tom vient tout juste d'être embauché, et il a déjà envie de démissionner. Sarah est infernale. Je veux faire en sorte qu'on ait de nouveau plaisir à travailler à Fischer Hall. Faire mon boulot, en somme.

— S'occuper d'une étudiante qui a mis de la crème dépilatoire dans le flacon de shampooing de sa camarade de chambre (Cooper se réfère à une torture hélas trop fréquente dans les résidences de l'université de New York) et trouver la personne qui a fait bouillir la tête d'une pom-pom girl sur une cuisinière sont deux choses très différentes ! La première relève de tes attributions. Pas la seconde.

136

– Je veux juste m'entretenir avec le jeune Winer. Parler n'a jamais fait de mal à personne.

Cooper s'obstine à me fixer, pendant que le vent continue à souffler.

– Ne fais pas ça, je t'en prie, chuchote-t-il, si bas que je ne jurerais pas qu'il l'ait vraiment dit.

Sauf que j'ai vu ses lèvres bouger. Ces lèvres étonnamment pulpeuses (pour un garçon) qui m'évoquent parfois des coussinets, sur lesquels j'aimerais presser mes...

– Accompagne-moi si tu veux ! je propose gaiement. Viens avec moi et tu verras que je ne fais que parler. Et que je n'enquête pas... mais alors, pas du tout !

– Tu es dingue ! rétorque Cooper, non sans dégoût. Sérieusement, Heather. Sarah a raison. Tu as un genre de complexe de Superwoman.

– Allez, on est partis ! dis-je en le prenant par le bras. Alors ? Tu viens ou pas ?

– J'ai le choix ?

Je me penche sur la question.

– Non !

10

J'ouvre la porte d'entrée
C'est pas le poulet curry que j'attendais
C'est pas le livreur indien
Mais juste toi, espèce de bon à rien !

« Livraison à domicile »
Écrit par Heather Wells

Également connu sous le nom de Waverly Hall, Fraternity Row est une immense bâtisse située à l'autre bout de Washington Square, en face de Fischer Hall. En retrait de la rue, elle est protégée par un mur de briques enserrant une cour où l'on pénètre par un passage voûté. Son style parisien la distingue des autres édifices érigés autour de la place. Sans doute est-ce pour cela que les administrateurs ont décidé qu'elle abriterait les fraternités grecques de l'université, alors que les sororités, moins nombreuses, occupent un immeuble plus moderne sur la Troisième Avenue.

Il y a une fraternité par étage.

N'ayant, comme vous vous en doutez, jamais appris le grec, je suis incapable de déchiffrer la plupart des signes sur les sonnettes, à côté de la porte d'entrée.

Je n'ai aucun mal, en revanche, à reconnaître celle qui correspond à la Tau Phi Epsilon car, sur le porte-étiquette, on peut lire TAU PHI EPSILON non en caractères grecs, mais dans notre alphabet.

Contrairement au trottoir bien entretenu devant Fischer Hall, la cour de Waverly Hall, jonchée de bouteilles de bière, est cradingue. De part et d'autre de l'entrée, des arbustes en pots portent comme décorations, au lieu de guirlandes de Noël, des sous-vêtements féminins aux couleurs, tailles et styles variés. Cela va du string en dentelle noire au slip blanc Calvin Klein, en passant par la culotte à pois.

– Voilà ce qui s'appelle gâcher de la jolie lingerie ! dis-je.

Cette semi-boutade n'arrache pas un sourire à Cooper, qui garde un air furieux. Il ouvre la porte d'un geste sec, attend que j'aie franchi le seuil, puis entre à son tour.

À l'intérieur, il fait si chaud que je sens aussitôt dégeler mon nez. Nous pénétrons dans un hall à peu près propre, surveillé par un agent de sécurité de l'université de New York aux cheveux grisonnants et au visage si couperosé qu'il est clair qu'il abuse du whisky en dehors, du moins espérons-le, des heures de service. Lorsque je lui montre ma carte de membre du personnel et annonce que nous sommes venus voir Doug Winer, de la fraternité Tau Phi Epsilon, il ne se donne même pas la peine de décrocher son téléphone pour vérifier si Doug est là, se contentant de nous désigner l'ascenseur d'un geste du bras. Quand nous passons devant son poste, je comprends pourquoi : il est occupé à regarder des *soap operas* sur l'un de ses écrans de surveillance.

Je rejoins Cooper dans le minuscule ascenseur pour trois personnes maximum. Dans la cabine tressautante, je demeure silencieuse... jusqu'à ce qu'elle s'arrête brusquement au cinquième étage et que les portes s'ouvrent sur un long couloir assez miteux, sur lequel quelqu'un a tagué, en lettres fluo de près d'un mètre : « DEHORS, LES GROSSES ! »

140

Je fixe avec stupéfaction l'inscription, qui m'arrive au niveau des hanches et recouvre aussi bien les portes que les murs. Les Tau Phi Epsilon vont avoir, à la fin de l'année, à payer une note salée pour dégradation des locaux.

– Eh bien, dis-je, les yeux rivés sur le mur.

– C'est pour ça, *précisément*, que je trouve que tu ne devrais pas fourrer ton nez dans cette affaire, explose Cooper.

– Parce que je suis une grosse et que ma place est dehors ? je demande, piquée au vif.

L'expression de Cooper se fait encore plus sombre, chose que j'aurais crue impossible.

– Non. Parce que... parce que... ce style de gars... ce sont des *bêtes* !

– Féroces au point de couper la tête d'une pom-pom girl et de la mettre à mijoter sur la cuisinière de la cafétéria du dortoir ? je lui demande d'un ton cassant.

L'indignation lui coupe visiblement le sifflet. Je frappe donc à la porte la plus proche de l'ascenseur sur laquelle on lit TAU PHI EPSILON.

Le battant s'ouvre et une femme de service brune, vêtue d'un uniforme traditionnel à manches longues et jupe au-dessous du genou (et non d'une de ces coquines tenues de femmes de ménage vendues sur Bleecker Street), nous regarde avec étonnement. Plutôt jeune – la quarantaine –, elle tient un chiffon. Dieu merci, elle ne porte pas de coiffe en dentelle.

– Oui ? dit-elle, avec un très fort accent espagnol.

Je lui montre ma carte de membre du personnel.

– Salut. Je suis Heather Wells. Et voici mon ami Cooper Cartwright. Je travaille au service du logement. Je voulais simplement...

– Allez-y, réplique la femme d'un ton indifférent.

Elle s'écarte pour nous laisser entrer, avant de refermer la porte derrière nous. Nous nous retrouvons dans des combles spacieux et bien éclairés, des combles d'autrefois, avec haut plafond, moulures et parquet.

Elle nous désigne une porte à deux battants, à notre droite.

– Ils sont là-dedans.

– Euh... en fait, nous cherchons quelqu'un de précis, dis-je. Doug Winer. Savez-vous quelle chambre il...

– Écoutez, répond la femme sans aucune trace d'hostilité. Je fais le ménage, ici, c'est tout. Je ne connais pas leurs noms.

– Merci de nous avoir accordé de votre temps, lui glisse poliment Cooper.

Me prenant par le bras, il m'entraîne vers la porte fermée en marmonnant des paroles que j'ai peine à distinguer... peut-être parce qu'à la seconde où sa main m'agrippe, le battement de mon cœur s'intensifie au point de couvrir tous les autres sons. Même à travers sept couches de vêtements, Cooper me fait un effet du tonnerre.

Je sais. Je ne suis qu'une pauvre fille.

En tapant à petits coups sur l'un des panneaux de verre de la porte à deux battants, Cooper s'écrie :

– Ohé, là-dedans !

Une voix, de l'autre côté, braille une réponse incompréhensible. Cooper m'interroge du regard. Je hausse les épaules. Il ouvre la porte toute grande. À travers un écran de fumée de cannabis, je discerne le feutre vert d'une table de billard et, tout au fond, une télévision à écran large retransmettant un match de foot. La pièce est éclairée par une rangée de fenêtres laissant entrer la grisaille du dehors ; et par la chaude lumière d'un lustre coloré suspendu au-dessus du billard. Plus loin, dans un coin, se dispute une joyeuse partie de hockey pneumatique. Tout près de moi, sur la gauche, quelqu'un ouvre un minibar et en sort une bière.

Il me vient alors à l'esprit que Cooper et moi sommes morts – sans doute dans ce vieil ascenseur branlant – et qu'on m'a envoyée, par erreur, au paradis des garçons.

– Eh ! lance un blondinet qui, penché sur le billard, s'apprête à jouer un coup difficile. Une seconde !

Il tient, coincé entre les lèvres, un joint allumé. Et porte, de façon invraisemblable, une veste de smoking en satin rouge et un jean Levi's.

Il ramène la queue de billard vers l'arrière, puis vise. Le cliquetis des boules se perd dans la soudaine clameur des fans de foot acclamant l'un de leurs joueurs favoris. Le jeune homme se redresse, retire le joint de sa bouche et, derrière une longue mèche de cheveux blonds, nous examine, Cooper et moi.

– Que désirez-vous ? demande-t-il.

Je fixe avec nostalgie la bière qu'il saisit et engloutit en attendant notre réponse. Jetant un coup d'œil à Cooper, je réalise que lui aussi se souvient du temps béni où il était normal, et même bien vu, de boire de la bière avant le déjeuner. Bon, d'accord, je n'ai pas vécu ça, vu que je ne suis pas allée à la fac !

– Euh... dis-je. On cherche Doug Winer. Il est ici ?

Le gosse éclate de rire.

– Ohé, Brett ! crie-t-il par-dessus le satin rouge de son épaule. Cette poupée veut savoir si Doug est là.

À la table de hockey pneumatique, Brett pouffe.

143

– Serions-nous en train de savourer ce sublime cannabis si le Doug n'était pas là ? demande-t-il (en levant sa bière, comme ce personnage qui, dans une pièce de théâtre, brandit un crâne en déclarant qu'il l'avait bien connu de son vivant). Bien sûr que le Doug est là. Le Doug est toujours là où on le cherche !

Cooper, qui regarde d'un œil nostalgique la télé à écran large, n'a pas tiqué en m'entendant appeler « poupée » – terme qui, bien que sexiste, constitue un accueil beaucoup plus chaleureux que ce qu'aurait pu me laisser craindre l'inscription du couloir.

Mon partenaire étant visiblement en état de transe, je sens que c'est à moi d'orienter la conversation dans une direction plus fructueuse :

– Eh bien, pourriez-vous me dire où, exactement, je peux trouver M. Winer ?

L'un des gars qui suivent le match à la télé se retourne brusquement en aboyant :

– Nom de Dieu, Scott ! Ce sont des flics !

Tous les joints de la pièce, ainsi qu'une impressionnante quantité de canettes de bière, disparaissent en une fraction de seconde, les uns écrasés sous les semelles, les autres planquées derrière les coussins des canapés.

Scott, le joueur de billard, balance son joint d'un air dégoûté.

– Des flics ! Vous n'êtes pas censés vous présenter en tant que tels ? Vous ne pouvez pas me coincer ! Vous ne vous êtes pas annoncés !

– On n'est pas des flics, dis-je en levant mes deux mains gantées. Du calme ! On vient juste voir Doug.

– Ah ouais ? ricane Scott. Dans ce cas, vous venez sûrement acheter. Parce que sapés comme vous l'êtes, il est clair que vous vendez pas.

Des rires moqueurs approuvent ses paroles.

Je jette un coup d'œil à mon jean, puis à l'anorak de Cooper dont la fermeture éclair est ouverte sur un pull en shetland où l'on voit s'élancer, sur un fond géométrique où prédomine le rose, un renne vert. Je sais qu'il lui a été offert par une grand-tante attentionnée. Cooper est très apprécié des membres les plus âgés de sa famille.

– Euh... dis-je, réagissant au quart de tour. C'est ça, ouais.

Scott lève les yeux au ciel et sort sa bière de l'endroit où tombent les boules, où il l'avait planquée.

– Vous ressortez, vous longez le couloir, et ce sera la première porte sur la gauche. N'oubliez pas de frapper, hein ? Le Winer est rarement seul.

J'acquiesce et Cooper et moi revenons sur nos pas, jusqu'au mur hurlant « DEHORS, LES GROSSES ! ». La femme de ménage n'est plus dans les parages. Cooper est dans tous ses états.

– Tu as remarqué l'odeur ? souffle-t-il.

– Ouais. Dieu sait pourquoi, j'ai comme l'impression qu'ils ont un meilleur fournisseur que Reggie.

– Ce bâtiment ne dépend-il pas du service du logement ? demande Cooper. Ils n'ont pas de RE ?

– Non, un ED, comme Sarah. Mais un pour la résidence entière, pas un par étage. Il ne peut pas être partout à la fois.

– Surtout quand il est clair que les Tau Phi Epsilon le paient pour regarder ailleurs.

J'ignore ce qui lui fait soupçonner ça, mais je parie qu'il a raison. Après tout, les ED sont aussi des étudiants – endettés, pour la plupart.

La première porte à gauche est tapissée du poster grandeur nature d'une pin-up en bikini. Je frappe poliment sur son sein gauche. Un « quoi ? » étouffé me parvient en réponse. Je tourne la poignée et entre.

La chambre de Doug Winer est plongée dans la pénombre, mais la lumière grise du dehors, filtrant par le store, suffit à révéler un très grand lit à eau et deux silhouettes allongées au milieu d'une quantité de canettes. Toute la déco de la pièce est en rapport avec la bière : bouteilles et canettes s'entassent aux quatre coins de la chambre, jonchée d'emballages de bière. Sur les murs, des affiches pour des marques de bière et, sur les étagères, des piles et des totems à base de canettes. Je n'ai rien contre la bière – ce serait plutôt le contraire, à vrai dire. Pourtant, j'ai honte pour Doug.

Boire de la bière est une chose, s'en servir pour décorer sa chambre en est une autre.

– Euh... Doug ? dis-je. Désolée de te réveiller, mais il y a deux ou trois trucs dont il faut qu'on discute.

Sur le lit à eau, l'une des silhouettes remue.

– Il est quelle heure ? demande une voix masculine.

Je consulte la montre de Cooper (je n'en ai pas moi-même), après qu'il a allumé l'écran en appuyant sur un petit bouton.

– Onze heures.

– Merde !

Doug s'étire, puis semble réaliser qu'il n'est pas seul dans le lit.

146

– Merde ! répète-t-il sur un tout autre ton, avant de donner des coups de coude, assez violents, à la personne couchée près de lui. Ohé ! s'écrie Doug. Lève-toi !

Avec un gémissement plaintif, la fille se détourne de lui. Mais comme Doug insiste, la fille finit par se redresser, clignant ses yeux noircis de mascara et serrant le drap marron contre sa poitrine.

– Où est-ce que je suis ? demande-t-elle.

– À Xanadu, répond Doug. Maintenant, tire-toi !

Elle le fixe, hébétée.

– Tu es qui, toi ?

– Le comte Dracula. Ramasse tes sapes et fiche-moi le camp ! La salle de bains est juste là. Et ne balance pas de protections féminines dans les chiottes, ça les bouche !

La fille nous voit, Cooper et moi, plantés sur le seuil.

– C'est qui, eux ?

– Qu'est-ce que tu veux que j'en sache, bordel ? rétorque Doug, exaspéré. Allez, dégage ! J'ai des trucs à faire !

– Très bien, monsieur le râleur.

La fille se glisse hors du lit et nous offre, à Cooper et moi, une généreuse vue de son ravissant derrière tandis qu'elle enfile une culotte qui ne finira pas sur les arbustes de l'entrée. Pressant sur sa poitrine une robe pailletée, elle minaude et se trémousse en passant devant Cooper pour se rendre à la salle de bains, et me regarde de travers.

Je fais de même.

– Vous êtes qui, bordel ? demande Doug, se penchant et relevant le store juste assez pour que je constate qu'il est bâti comme un lutteur poids léger – petit mais baraqué. Il a cette bizarre coupe de cheveux qui fait fureur sur le campus,

147

ces derniers temps : crâne rasé de toutes parts, sauf sur le haut, où les cheveux sont en brosse. Il porte une médaille de saint Christophe et, selon toute apparence, pas grand-chose d'autre.

– Bonjour, Doug, dis-je, surprise de l'hostilité qui perce dans ma voix.

Je n'ai pas apprécié la façon dont Doug a traité la fille, mais j'espérais pouvoir mieux le dissimuler. Oh, et puis flûte...

– Je m'appelle Heather Wells. Voici Cooper Cartwright. Nous sommes ici pour te poser quelques questions.

Doug farfouille sur la table de nuit, cherchant ses cigarettes. Ses doigts courts et épais se referment sur un paquet de Marlboro.

Alors Cooper s'avance de deux grands pas et saisit violemment le gosse par le poignet. Doug pousse un gémissement et tourne son regard bleu et chargé de colère vers cet agresseur plus robuste.

– Qu'est-ce qui vous prend, bordel ?

– Fumer nuit à la croissance ! rétorque Cooper, lui arrachant le paquet des mains avant de le fourrer dans sa poche.

Tandis que Doug tente de dégager son poignet, la main de Cooper se resserre tel un étau.

– Tu as déjà vu la photo des poumons d'un fumeur ? insiste-t-il.

– Putain, vous vous prenez pour qui ? demande Doug Winer.

Je suis tentée de lui répondre un truc comme « ton pire cauchemar ». Or, jetant un coup d'œil à Cooper, je prends conscience de ce que nous sommes réellement : la directrice adjointe d'un dortoir, que son indice de masse corporelle classe parmi les personnes en surpoids, et un détective privé portant un pull en shetland – n'ayant jamais appartenu, ni l'un ni l'autre, à une fraternité.

Cooper peut néanmoins être intimidant, ne serait-ce que par sa stature. C'est visiblement la tactique qu'il choisit d'adopter en se dressant, menaçant, au-dessus de Doug.

– Peu importe pour qui nous nous prenons, dit Cooper de sa voix la plus impressionnante. (Je réalise, à cet instant, que lui non plus n'a pas apprécié la manière dont Doug a traité la fille.) Il se trouve que je suis enquêteur, et j'ai quelques questions à te poser, au sujet de la nature de tes relations avec Lindsay Combs.

Doug Winer écarquille les yeux.

– Rien ne me force à causer aux flics ! glapit-il. C'est l'avocat de mon père qui me l'a dit.

Cooper se penche sur le matelas, qui se met à tanguer.

– Eh bien, il se trompe, Douglas. Si tu refuses de causer aux flics, on t'arrêtera pour entrave au bon fonctionnement de la justice. Et je ne crois pas que ton père et son avocat apprécieront.

J'admets que Cooper a fait fort : il a fichu au gamin une frousse de tous les diables et, pour ça, n'a même pas eu besoin de lui mentir. Il est effectivement enquêteur... et la police est en droit d'inculper Doug pour entrave au fonctionnement de la justice. Cooper néglige juste de préciser qu'en tant que détective *privé*, ce n'est pas lui qui pourrait procéder à l'arrestation.

Voyant l'expression agressive du jeune homme se dissiper sous l'effet de la peur, Cooper lui lâche le poignet. Il recule d'un pas, croise les bras, et le toise d'un air menaçant comme s'il était à deux doigts de lui arranger le portrait – ce qu'il pourrait bien faire, en cas de provocation.

Doug se masse le poignet que Cooper a serré, le foudroyant du regard.

– T'étais pas obligé de faire ça, mec. C'est ma chambre. J'ai le droit de fumer si j'en ai envie.

– En fait... dit Cooper – avec ce ton mielleux qui laisse croire à ses clients les plus désagréables qu'il est de leur côté –, c'est à l'association de la Tau Phi Epsilon qu'appartient cette chambre, et non à toi. Et il me semble que ça pourrait les intéresser d'apprendre que l'un de leurs membres gère un commerce lucratif de substances illicites dans l'une de leurs propriétés.

– Hein ?

Le visage de Doug se décompose. Je remarque, dans la lumière grise, qu'il a le menton couvert d'acné.

– Qu'est-ce que t'insinues, mec ?

Cooper ricane.

– Pour le moment, laissons ça de côté, tu veux bien ? Quel âge as-tu, Douglas ? Dis-moi la vérité, fiston !

À ma grande surprise, Doug ne rétorque pas : « Je ne suis pas ton fiston ! » comme je ne m'en serais pas privée à sa place. Au lieu de ça, il répond, redressant son menton boutonneux :

– Vingt ans.

– Vingt ans, répète Cooper en balayant la pièce du regard. Et toutes ces canettes de bière sont à toi, Doug ?

Ce dernier n'est pas aussi bête qu'il en a l'air. Son visage se décompose. Il a flairé le piège.

– Non !

– Non ? Oh, je te prie de m'excuser. Je suppose que tes fran-
gins de la Tau Phi Epsilon, du moins ceux qui ont plus de
vingt et un ans (l'âge à partir duquel on est autorisé, dans cet
État, à consommer de l'alcool), ont bu toutes ces bières et les
ont déposées dans ta chambre pour te faire une blague. Dis-
moi si je me trompe, mais les boissons alcoolisées sont inter-
dites sur le campus, non ? Pas vrai, Heather ? demande-t-il,
alors qu'il connaît parfaitement la réponse.

– Il semblerait que oui, Cooper, dis-je, comprenant son petit
jeu et lui donnant la réplique. Il y a pourtant, dans la chambre
de ce jeune homme, une grande quantité de bouteilles et de
canettes vides. Tu sais quoi, Cooper ?

Il prend l'air intrigué.

– Non, Heather. Quoi ?

– J'ai l'impression que la Tau Phi Epsilon enfreint le règlement de l'université. Je pense que votre chambre devrait
beaucoup intéresser l'association des fraternités grecques,
monsieur Winer.

Doug s'appuie sur ses coudes. Son torse nu et imberbe se
soulève lorsqu'il pousse un gros soupir.

– Écoutez, je ne l'ai pas tuée, c'est clair ? Je ne vous dirai
rien d'autre. Et vous feriez mieux de cesser de me harceler !

11

Le « non » d'annonciation
Le « mince ! » d'émincer
Le « rat » d'aberration
Le « con » de contrariété.

« La chanson du non »
Écrit par Heather Wells

Cooper et moi échangeons un regard médusé. Cette fois-ci, notre stupéfaction n'est pas feinte.

– On t'a accusé d'avoir tué quelqu'un, Douglas ? demande Cooper.

– Ouais, dis-je en secouant la tête. On accusait juste ta fraternité d'avoir fourni de l'alcool à un frère qui n'a pas l'âge légal.

Doug fronce les sourcils.

– Laissez ma fraternité en dehors de ça, OK ?

– On le fera peut-être, dit Cooper en caressant d'un air songeur son menton hérissé de poils. Si tu te montres plus coopératif quand mon amie te pose des questions.

Winer me jette un coup d'œil.

Puis il soupire, s'enfonce dans les coussins de son lit et joint les mains derrière la tête, ce qui nous laisse le loisir de contempler ses aisselles. Beurk !

– OK. Qu'est-ce que vous voulez savoir ?

Ignorant les aisselles, je réponds :

153

– Je veux savoir depuis combien de temps vous étiez ensemble, Lindsay et toi.

– Ensemble.. répète Doug, les yeux rivés au plafond, un sourire suffisant aux lèvres. Voyons... Elle s'est pointée à une soirée improvisée en septembre. C'est là que je l'ai rencontrée. Elle était avec la fille que fréquente Jeff. Cheryl quelque chose.

– Jeff est un Tau Phi Epsilon ? je demande.

– Il voudrait. Vu qu'il est parrainé, il y arrivera sans doute, s'il réussit son initiation. Enfin, bref... je l'ai trouvée mignonne. Lindsay, je veux dire. Je lui ai servi à boire. Je savais pas qu'elle avait moins de vingt et un ans, ajoute-t-il, sur la défensive. Voilà... tout est parti de là.

– Qu'est-ce qui est parti de là ?

– Vous imaginez...

Doug Winer hausse les épaules et adresse à Cooper un sourire d'une telle arrogance que j'ai du mal à ne pas me jeter sur lui, faire un trou dans son matelas, et lui plonger la tête dedans jusqu'à ce qu'il s'y noie.

Bien sûr, je me garderais bien de faire une chose pareille... Je ne tiens pas à ce qu'on me vire.

– Non, je n'imagine pas, dis-je en serrant les dents. Mais vous allez m'expliquer.

– Elle s'occupait de moi, OK ? (Winer ricane.) Tu parles d'une reine du bal ! Et c'était une pro, croyez-moi ! Aucune fille ne m'a jamais aussi bien...

– C'est bon, l'interrompt Cooper. On a compris.

Lorsque je me sens rougir, je me maudis intérieurement. Pourquoi me faut-il réagir comme une oie blanche ? Surtout devant Cooper, déjà convaincu que je suis une « gentille fille ».

En piquant des fards continuellement, je ne fais que renforcer son opinion.

C'est pourquoi je prétends avoir trop chaud. Car il fait chaud, dans la chambre de Doug. Surtout depuis que sa petite copine (ou quel que soit son statut) est sous la douche, comme l'indique le bruit qui nous parvient de la salle de bains. J'entreprends de retirer mon écharpe.

– T'inquiète ! je lance à Cooper, pour lui montrer que je ne suis pas gênée du tout. Et à Doug : Vas-y, continue !

Toujours aussi fier de lui, Douglas reprend :

– Alors j'ai pensé que ce serait une bonne idée de la garder sous la main, vous comprenez ? En cas d'urgence !

Sa froideur me prend tellement au dépourvu que je ne trouve rien à dire. C'est donc Cooper qui demande, en examinant calmement les petites peaux autour de ses ongles :

– Qu'est-ce que tu veux dire par « la garder sous la main » ?

– Vous savez... garder son numéro à disposition. Pour les jours de pluie... À chaque coup de cafard, j'appelais cette bonne vieille Lindsay et elle venait me requinquer.

Je ne me souviens pas avoir jamais été si près de tuer quelqu'un. Puis ça me revient : il y a une heure à peine, mon désir de rouer Gillian Kilgore de coups était aussi fort que mon envie présente d'étrangler Doug Winer.

Et si Sarah avait raison ? Si je me prenais pour Superwoman ?

Cooper me regarde et sent que j'ai du mal à me retenir. Il baisse à nouveau les yeux sur ses ongles et demande à Doug, d'un ton désinvolte :

– Et Lindsay ne se plaignait pas de la nature de vos relations ?

– Putain, non ! s'esclaffe Doug. Si elle s'était plainte, elle aurait eu à le regretter !

Cooper tourne aussitôt la tête :

– Ah oui ? Comment ça ?

Doug semble réaliser son erreur. Il retire les mains de derrière sa tête et se redresse un peu. Je constate que son ventre est parfaitement plat, sauf aux endroits où les muscles saillent. Un jour, j'ai eu les abdos aussi bien dessinés... quand j'avais onze ans.

– Eh, pas comme ça, mec ! Pas comme ça ! J'aurais arrêté de l'appeler, c'est tout.

– Seriez-vous en train de nous dire (ça y est, j'ai retrouvé ma voix) que Lindsay Combs était disposée, chaque fois que vous l'appeliez, à venir... euh... vous faire du bien ?

Doug Winer me fixe.

– Oui, pourquoi ?

– En général, les filles ne pratiquent pas ce genre de rapports sans contrepartie. (Du moins, pas celles que je connais.) C'était quoi, son intérêt ?

– Comment ça, « c'était quoi, son intérêt » ? C'était *moi*, son intérêt !

À mon tour de me marrer :

– *Toi* ?

– Ouais. Vous savez pas qui je suis ?

Comme si nous nous étions donné le mot, Cooper et moi échangeons un regard perplexe. Le gosse reprend, d'une voix insistante :

– Je suis un Winer.

Face à notre incompréhension, Doug nous souffle, comme s'il nous prenait pour deux faibles d'esprit :

– Les Constructions Winer, le centre sportif Winer ? Vous n'en avez pas entendu parler ? Ohé, les copains, cette ville nous appartient, bordel ! On a quasiment construit cette putain de fac ! Du moins les nouveaux bâtiments. Et moi, je suis un Winer. Un *Winer* !

C'est pour cette raison que Lindsay Combs lui avait si généreusement « fait du bien » ? Impossible ! Ce n'était pas le genre de Lindsay.

Enfin, je ne crois pas.

– Et je lui filais des merdouilles, admet Doug à contrecœur.

On arrivait enfin quelque part...

Cooper écarquille les yeux.

– Des quoi ?

– Des merdouilles.

Devant la mine de Cooper, Doug me jette un coup d'œil nerveux et précise :

– Des trucs, quoi... Je lui offrais des trucs. Le style de babioles qui plaît aux filles. Des bijoux, des fleurs...

Ça, c'était le genre de Lindsay ! Ça collait avec ce que je savais d'elle, en tout cas.

– Je comptais même lui offrir ce bracelet pour son anniversaire...

Le jeune homme bondit soudain du lit, nous offrant le spectacle, dont je me serais bien passée, de son derrière moulé dans un slip Calvin Klein. Il se dirige vers la commode et sort d'un tiroir un petit écrin de velours noir. Se retournant, il me le lance. Je parviens, quoique maladroitement, à le rattraper au vol.

– Je ne sais pas ce que je vais en faire à présent, dit-il.

Je soulève le couvercle de l'écrin et ouvre – je l'avoue – des yeux ronds comme des soucoupes à la vue du fin rang de diamants couché sur la soie bleu royal qui en tapisse l'intérieur. Si c'est à ce type d'avantages qu'avait droit Lindsay en échange de ses services, je comprends mieux ses motivations.

Réprimant le désir de siffler, je montre le contenu de l'écrin à Cooper, qui hausse ses sourcils sombres.

– Jolie babiole ! commente-t-il sobrement. Tu dois avoir pas mal d'argent de poche.

– Ouais. (Doug hausse les épaules.) Le fric, ça ne compte pas.

– L'argent, il te vient de ton papa, demande Cooper, ou bien il est à toi ?

Depuis un petit moment, Doug farfouille sur le dessus de la commode, cherchant quelque chose. Il pousse un soupir lorsque sa main se referme autour d'un flacon d'aspirine.

– C'est quoi, la différence ? Mon argent, l'argent de mon père, l'argent de mon grand-père ? C'est la même chose.

– Vraiment, Doug ? Ton père et ton grand-père ont fait fortune dans le bâtiment. D'après ce que j'ai cru comprendre, ton commerce à toi est d'une tout autre nature.

Le gosse le regarde avec stupéfaction.

– De quoi tu parles, mec ?

Cooper a un sourire affable.

– Les garçons au bout du couloir ont insinué que tu savais toujours où t'approvisionner, en matière de substances illicites...

– Je me fiche de ce qu'ils ont insinué ! déclare Doug. Je deale pas, et si vous m'accusez ne serait-ce que de vendre un seul de ces cachets (il secoue le flacon d'aspirine) à qui que ce soit,

158

mon père va vous pourrir la vie. Il est ami avec le président, vous savez. Le président de cette université...

– Arrête, dis-je. J'ai peur !

– Tu sais quoi ? Tu ferais mieux de...

Doug s'avance vers moi. Mais à peine a-t-il fait un pas que Cooper – impressionnant mélange de muscles, d'anorak et de barbe de trois jours – lui barre la route.

– Tu fais quoi, là ? demande Cooper.

Comme Cooper s'y attendait (ces jeunes gars sont si prévisibles), Doug tente de lui décocher un coup de poing. Cooper se baisse pour esquiver et sourit de plus belle. À présent, il a toute licence pour coller une dérouillée au gamin, comme il en rêve sans doute depuis un bon moment.

– Coop ! dis-je, soudain consciente que la situation m'échappe. Arrête !

C'est inutile. Il fait un pas en avant à l'instant où Winer lève une nouvelle fois le poing – que Cooper saisit au vol. Alors, par la seule force de ses doigts, il le contraint à mettre genou à terre.

– Où étais-tu, avant-hier soir ? grogne-t-il, le visage à quelques centimètres de celui du gosse.

– Hein ? rétorque celui-ci, le souffle court. Tu me fais mal, mec !

– Où étais-tu, avant-hier soir ? insiste Cooper, resserrant l'étau autour de la main de Winer.

– Ici, mec ! Je suis pas sorti de la soirée. T'as qu'à demander aux autres gars ! On a fait une soirée fumette. Tu vas me casser la main, nom de Dieu !

– Cooper, dis-je, le cœur battant à tout rompre.

Si je laisse Cooper blesser un étudiant, je suis sûre d'avoir des ennuis, voire d'être virée. Et puis, malgré le peu de sympathie que Doug m'inspire, je supporte mal de le voir se faire torturer sous mes yeux, même s'il l'a bien mérité.

– Lâche-le !

Cooper m'ignore.

– Tu n'es pas sorti ? répète-t-il. Tu étais à la soirée fumette jusque tard ? À quelle heure elle a commencé ?

– À neuf heures, mec. Lâche-moi !

– Cooper !

Je n'en reviens pas. C'est un aspect de lui que je ne connaissais pas.

Et que je ne tiens pas à connaître. C'est peut-être pour ça qu'il refuse de me dire à quoi il occupe ses journées. Parce qu'il les occupe à ce genre de choses...

Cooper desserre enfin son étreinte. Le gamin se laisse tomber sur le sol en position fœtale.

– Tu vas le regretter, mec ! gémit-il en retenant ses larmes. Je te jure que tu vas le regretter !

Cooper cligne des yeux, comme s'il revenait brusquement à lui. Il me jette un coup d'œil et, voyant mon expression, dit d'un ton penaud :

– Je me suis servi d'une seule main.

Cette explication, si c'en est une, me laisse bouche bée.

Une tête blonde ébouriffée émerge de la salle de bains. La fille du lit à eau a réussi à enfiler sa robe de soirée orange vif, mais elle est pieds nus. Elle a les yeux rivés sur Doug, couché face contre terre.

Elle ne s'enquiert pas de ce qui s'est passé.

160

– Personne n'a vu mes chaussures ? demande-t-elle à la cantonade.

Je me baisse pour ramasser des escarpins orange à hauts talons.

– C'est ça ?

– Oh oui ! s'exclame la fille, reconnaissante. Merci beaucoup.

Contournant soigneusement son hôte, elle vient les prendre.

Elle met les chaussures et glisse à Doug :

– Enchantée de t'avoir rencontré, ducon !

Doug se contente de gémir, serrant toujours sa main endolorie. La fille écarte les mèches qui lui retombent sur les yeux et se penche, révélant un décolleté généreux.

– Appelle-moi quand tu veux, à la résidence Kappa Alpha Thêta. Je m'appelle Dana. OK ?

Doug acquiesce en silence. Dana se redresse, saisit son sac à main et son manteau sur un tas d'affaires à même le sol, et agite les doigts à notre intention.

– Au revoir, alors ! lance-t-elle, avant de s'éloigner d'un pas provocant.

– Vous aussi, vous sortez ! nous dit Doug. Si vous ne vous cassez pas, je... j'appelle les flics.

La menace semble intriguer Cooper.

– Vraiment ? À vrai dire, je pense qu'il serait bon qu'ils apprennent deux ou trois trucs à ton sujet. Alors, vas-y, je t'en prie. Appelle-les !

Doug se remet à geindre, tenant toujours sa main.

– Allez, on y va ! dis-je à Cooper.

Il hoche la tête et nous quittons la chambre, fermant la porte derrière nous. De retour dans l'antichambre de la Tau Phi Epsilon – où flotte la puissante odeur du cannabis et s'entendent les bruits du match de foot provenant de la salle commune –, je contemple une dernière fois le slogan peint à la bombe, que la femme de ménage en uniforme tente de faire disparaître à l'aide d'un chiffon et de décapant. À peine a-t-elle commencé à frotter le « D » de « DEHORS ». Il y a encore du boulot !

– Je ne crois pas un mot de ce que nous a raconté le gosse, déclare Cooper en remontant la fermeture de son anorak. Et toi ?

– Non. On devrait vérifier son alibi.

La femme de ménage nous regarde.

– Quoi qu'il affirme, les autres gars le soutiendront, vous savez, déclare-t-elle. Ils sont obligés... Ils font partie de la même fraternité.

Cooper et moi échangeons un regard.

– Elle n'a pas tort, dis-je. Enfin, s'il n'a pas voulu parler quand tu lui as fait le coup de la main de fer ou Dieu sait quoi...

Cooper hoche la tête.

– Les fraternités sont vraiment une institution remarquable, fait remarquer Cooper.

– Oui, approuve la femme de ménage d'un ton tout aussi grave.

Puis elle éclate de rire et se remet à frotter le « D » de « DEHORS ».

– À propos de ce qui s'est passé là-dedans, commence Cooper, tandis que nous attendons l'ascenseur. Ce mec... il m'a... La façon dont il a traité cette fille... J'ai juste...

162

– Qui c'est, à présent, qui a le complexe de Superman ? je demande.

Cooper sourit.

Et je réalise que je l'aime plus que jamais. Sans doute devrais-je le lui dire, que nous en discutions franchement au lieu de tourner autour du pot. (Bon, d'accord, lui ne tourne peut-être pas autour du pot ; mais moi, en revanche... !) Ainsi, je saurais, une bonne fois pour toutes, si j'ai des raisons d'espérer.

J'ouvre la bouche, décidée à lui avouer mes sentiments... et remarque que lui aussi a ouvert la bouche. Mon cœur bat à tout rompre – et s'il allait, *lui*, me déclarer son amour ? On a vu des choses plus étranges...

Il m'a bien proposé de m'installer chez lui, de but en blanc. Certes, c'est peut-être parce qu'il me plaignait d'avoir surpris mon ex-fiancé, par ailleurs son propre frère, avec une autre femme ?

Mais tout de même... Ne serait-ce pas parce qu'il a toujours été secrètement amoureux de moi ?

Il a cessé de sourire. Ça y est ! Il va me le dire !

– Tu devrais appeler au bureau pour les prévenir que tu vas être en retard.

– Pourquoi ? je demande d'une voix haletante en espérant, contre toute attente, qu'il va répondre : « Parce que j'ai l'intention de te ramener chez moi et de passer la journée à profiter de ton corps ! »

– Parce que je t'emmène au Central 6 pour que tu racontes à l'inspecteur Canavan tout ce que tu sais sur cette affaire.

Les portes de l'ascenseur s'ouvrent et Cooper me pousse sans ménagement dans la cabine.

– Et ensuite, tu resteras en dehors de tout ça, comme je te l'ai demandé.

– Oh !

Bon, d'accord... Ce n'est pas une déclaration d'amour, mais au moins, ça prouve qu'il se soucie de moi.

12

Le « nou » de « nourriture »
Le « ment » d'« éternellement »
Le « fin » de « raffinement »
Le « pou » de « pourriture »

« La chanson du non »
Écrit par Heather Wells

– Comment ça, il *faut* qu'on assiste au match de ce soir ?

– Note de service ! dit Tom en la posant sur mon bureau.

Je devrais peut-être dire *son* bureau, puisqu'il le considère comme tel, tant que Gillian Kilgore est parmi nous.

– Présence obligatoire. En signe de soutien aux Coquelicots, précise-t-il.

– Je ne soutiens pas les Coquelicots !

– Eh bien, change d'état d'esprit ! D'autant plus qu'avant on doit dîner ici, à la cafétéria, avec le président Allington et Andrews, l'entraîneur.

Je n'en reviens pas.

– HEIN ?

– Il pense que ça s'impose pour prouver au public que la cafétéria de Fischer Hall est un endroit où l'on peut manger et vivre en paix. Ça l'affecte beaucoup que tout le monde appelle la résidence le Dortoir de la mort.

Tom a dit cela d'un ton enjoué, que je sais uniquement destiné au docteur Kilgore, derrière la grille d'aération séparant les deux bureaux.

165

Je le fixe.

– Moi aussi, ça m'affecte, Tom. Mais je ne vois pas en quoi manger du bœuf Strogonoff réchauffé et assister à un match de basket va arranger les choses.

– Moi non plus, concède Tom en baissant la voix. C'est pourquoi j'apporte une petite flasque de schnaps à la menthe. On pourra la partager, si ça te dit.

Si généreuse que soit sa proposition, la soirée ne m'en paraît pas plus aguichante. J'avais de grands projets pour ce soir : préparer à Cooper son plat favori, du steak mariné, accompagné d'une salade et de pommes rôties. Cela afin de le mettre dans de bonnes dispositions, et de pouvoir lui demander s'il serait prêt à héberger mon père quelque temps.

Dieu sait qu'il va falloir que je le caresse dans le sens du poil, si je veux qu'il cesse de m'en vouloir, pour Doug Winer. Après s'être remis d'avoir malmené Doug – ou plutôt, du fait que je l'avais vu faire –, Cooper n'a pas manqué d'exprimer haut et fort sa réprobation quant à mon implication dans l'enquête. Je crois même, au milieu de notre entretien avec l'inspecteur Canavan, l'avoir entendu prononcer les mots « franchement débile ».

Voilà qui ne présage rien de bon ! Et moi qui avais l'intention d'être un jour la mère de ses enfants. Et, auparavant, de lui demander si mon père pouvait s'installer chez lui...

Hélas, l'inspecteur Canavan n'avait manifesté aucun intérêt, ou alors très bien caché, pour les informations que j'étais venue lui fournir sur la vie amoureuse mouvementée de Lindsay. Pendant tout mon topo, il était resté assis à son bureau, le visage exprimant un profond ennui. À la fin, il s'était contenté de dire :

– Mademoiselle Wells, laissez le fils Winer tranquille. Avez-vous la moindre idée de ce que son père pourrait vous faire ?

— Me couper en petits morceaux et les couler dans une dalle de ciment, sous les fondations d'un de ses immeubles ?

L'inspecteur Canavan avait levé les yeux au ciel.

— Non. Vous poursuivre pour harcèlement. Ce gars a plus d'avocats que Donald Trump.

— Oh. (Je suis déçue.)

— Le fils Winer a-t-il été inscrit sur le registre des visiteurs le soir où Lindsay a été tuée ? avait demandé le détective, alors qu'il connaissait très bien la réponse (il désirait juste l'entendre de ma bouche). Pas forcément par Lindsay, mais par quelqu'un... par n'importe qui d'autre ?

— Non, avais-je admis à contrecœur. Mais comme j'ai dit à Cooper, les gens trouvent plein de façons de s'introduire dans le bâtiment s'ils le veulent vraiment.

— Vous pensez que l'assassin a agi seul ? Ou bien que lui et ses complices sont parvenus à entrer sans être remarqués par le gardien payé pour les en empêcher ?

— Peut-être a-t-il des complices parmi les résidents ? Ça expliquerait comment ils ont eu la clé...

L'inspecteur m'avait fusillée du regard. Avant de m'informer que lui et ses collègues étaient déjà au courant de la liaison entre Doug Winer et la victime, et qu'il valait mieux que j'arrête de leur casser les couilles (même s'il avait utilisé un langage plus châtié). Sentiment dont un Cooper encore furax s'était fait l'écho pendant le trajet de retour.

J'avais tenté de lui expliquer la requête de Magda : empêcher que Lindsay ne soit, pendant l'enquête, massacrée une seconde fois. Tout ce que Cooper avait trouvé à répliquer, c'est que les belles filles aux mœurs légères, ce qu'était visiblement Lindsay, finissent souvent mal.

Ce qui prouve que Magda a raison de s'inquiéter !

– Maintenant, de toute façon, ça lui fait une belle jambe ! avait fait remarquer Cooper, ce à quoi j'avais rétorqué :

– Encore faudrait-il qu'on la retrouve, sa jambe !

L'atmosphère n'était donc pas franchement cordiale quand nous nous sommes séparés devant Fischer Hall. D'où la nécessité du steak mariné, avant d'aborder la question de mon père.

– Je dois rentrer sortir le chien, dis-je à mon chef, tentant une dernière fois d'échapper à ce qui promet d'être une soirée pleine de rires et de joie.

Je blague.

– Très bien, réplique-t-il. Mais sois de retour à six heures ! Eh, pas la peine de me regarder comme ça ! Ce matin, tu as passé plus de deux heures à la « compta ». (À ce mot, il fait le geste d'ouvrir et de fermer des guillemets.) Je ne te l'ai pas reproché, pas vrai ?

Je grimace, mais renonce à protester davantage. Il n'a pas tort. Il aurait pu me coincer pour mon numéro d'auto-escamotage, et ne l'a pas fait. C'est probablement le boss le plus cool du monde. Sauf quand il veut démissionner et retourner chez lui, au Texas, où l'on ne décapite apparemment pas les étudiantes dans les cafétérias de leurs résidences.

L'obligation d'assister à ce dîner contrarie sérieusement mes plans. Mais, rentrant à la maison pour promener Lucy, je constate que Cooper n'est pas là, de toute manière. Le voyant du répondeur clignote. J'appuie sur la touche lecture. La voix irritée de Jordan retentit et, en l'écoutant, je comprends pourquoi Cooper préfère éviter la maison : « Ne crois pas te débarrasser de moi en me raccrochant au nez, Cooper ! Je n'en resterai pas là. Je t'offre l'occasion de prouver à la famille que tu peux être un gars solide et généreux. Ne la laisse pas passer ! »

« Un gars solide et généreux. » Pas étonnant que Cooper lui ait raccroché au nez !

Pauvre Cooper... M'avoir recueillie chez lui quand il avait décidé de rompre les ponts avec les siens ne lui a pas facilité la tâche. Car Jordan ne supporte pas que j'habite avec lui. Si bien qu'au lieu d'ignorer sa brebis galeuse de frère, ce qu'il ferait sans doute si je n'étais pas là, il passe un temps fou à se demander ce qu'il y a entre Cooper et moi.

Alors qu'il n'y a rien, hélas...

Non que ça me gêne que Jordan puisse penser le contraire. Ce qui m'embête, en revanche, c'est que si son frère le bassine constamment à mon propos, Cooper ne risque pas de tomber amoureux de moi. Cela, et ma fâcheuse tendance à attirer les assassins, aurait de quoi le décourager. Sans parler du fait qu'il m'a vue en survêtement...

Il n'y a pas d'autres messages. Pas même de mon père, alors qu'il était censé appeler. Je jette un rapide coup d'œil à New York Première, où le présentateur de la météo parle encore du blizzard qui nous menace. Celui-ci planerait quelque part au-dessus de la Pennsylvanie. Je lace mes bottes de neige, persuadée qu'elles n'auront pas croisé le moindre flocon lorsque je les retirerai, en fin de soirée. Et mes pauvres pieds qui vont transpirer à grosses gouttes, dans une salle de sport étouffante et bondée...

Une fois ressortie, je m'apprête à tourner en direction de Fischer Hall quand j'aperçois Reggie, en pleine transaction avec le conducteur d'un coupé. J'attends poliment qu'il ait fini, puis lui souris. Il s'avance vers moi.

– Les affaires marchent, non ? dis-je.

– Tant que la tempête qu'ils annoncent se tient à carreau... Avec un peu de bol, on va y échapper.

– Que le dieu du climat puisse t'entendre !

Puis, mettant ma – très relative – mauvaise conscience de côté, je fais quelque chose que Cooper et Canavan désapprouveraient tous les deux. Mais si l'un ou l'autre avait témoigné d'un minimum de respect pour la victime, je ne m'y sentirais pas obligée. Car enfin, comment se fait-il qu'on considère les mecs qui se tapent plein de filles comme des séducteurs, et les filles qui se tapent plein de mecs comme des putes ?

– Écoute, Reggie. Que sais-tu au sujet d'un certain Doug Winer ?

Reggie garde un visage impassible.

– Jamais entendu parler. Je devrais ?

– Je ne sais pas. Il a l'air d'être le caïd du campus. Il vit dans l'une des fraternités.

– Ah, réplique Reggie d'un ton averti. Un fêtard.

– C'est comme ça qu'on les appelle, maintenant ?

– C'est comme ça que je les appelle, moi, rectifie Reggie, l'air vaguement amusé. Cela dit, les fêtards et moi, on ne fréquente pas vraiment le même monde.

Je revois le brouillard de cannabis flottant au-dessus de la table de billard de la Tau Phi Epsilon.

– Peut-être plus que tu ne l'imagines. Tu veux bien essayer de te renseigner sur lui ?

– Pour toi, Heather, répond Reggie en s'inclinant, je ferais n'importe quoi. Tu crois que ce gars a quelque chose à voir avec la jeune dame qui a perdu la tête ?

– Possible, dis-je avec prudence, me rappelant l'avertissement de Canavan, quant au goût prononcé du père de Doug pour les procès.

Il fronce les sourcils.

– Je verrai ce que je peux faire. Tu vas où ? Tu retournes bosser ? Ils vous imposent de sacrés emplois du temps, cette semaine...

– Je t'en prie ! dis-je, levant les yeux au ciel. Tu ne vas pas recommencer !

– En tout cas, si tu as besoin d'un remontant...

Je le fusille du regard.

– Reggie !

– Tant pis, lance-t-il en s'éloignant.

À Fischer Hall, la perspective de dîner et d'assister à un match de basket avec le président suscite, chez le personnel, une excitation manifeste. Je blague. En fait, c'est tout le contraire. La plupart des employés, rassemblés dans le hall, paraissent très mécontents. Ceux qui travaillent à la cafétéria – l'équipe de jour – protestent plus bruyamment que les autres. Si cette soirée est obligatoire, soutiennent-ils, ils devraient toucher des heures sup. Gerald, leur chef, leur rétorque qu'ils auront droit à un dîner gratuit et feraient donc mieux de se taire. Or, de façon prévisible, ses employés n'ont pas l'air de penser que le fait de manger la nourriture qu'ils ont contribué à préparer, dans la cafétéria qu'ils contribuent à entretenir, constitue un quelconque privilège...

Ça me fait bizarre, de voir les employés porter autre chose que leurs uniformes. C'est tout juste si je reconnais Carl, le responsable des machines, en jean et blouson noir (plus une quantité de chaînes en or autour du cou). Julio, le chef du service d'entretien, et son neveu Manuel sont comme métamorphosés, avec leurs cravates et leurs vestes chic. Apparemment, ils sont passés chez eux se changer.

Et Pete, sans son uniforme, ressemble à n'importe quel père de quatre enfants... stressé, débraillé et s'inquiétant de ce que ses gamins sont en train de traficoter à la maison. L'oreille collée au portable, il braille :

– Mais non, il faut d'abord les sortir de la boîte de conserve ! Tu ne peux pas les faire réchauffer au micro-ondes avec la boîte. Non, il faut pas... ! Tu vois ! Qu'est-ce que je t'avais dit ? Pourquoi tu ne veux pas écouter papa ?

– Cette soirée craint, je fais remarquer en m'approchant de Magda, comme toujours resplendissante dans son jean blanc moulant et son pull lamé or (les couleurs de la fac).

Mais ses joues sont de nouveau rouges... sans rien devoir au maquillage.

– N'empêche que je vois beaucoup plus de stars de ciné que dans la journée ! s'exclame-t-elle, tout excitée.

Il est vrai que le dîner est, à Fischer Hall, le repas qui attire le plus de monde. Et il semblerait que le fait que le président donne l'exemple, en se risquant à apporter son plateau sur le rail de la section plats chauds et à choisir la dinde sauce chasseur, porte ses fruits : les résidents affluent, ne craignant plus de manger dans le Dortoir de la mort !

Ou peut-être ont-ils juste envie de voir la tête de Phillip Allington, quand il prendra une bouchée du fameux (et infâme) gratin de pommes de terre ?

Tom s'avance vers moi, arborant une expression sinistre. Je comprends vite pourquoi : Gillian Kilgore le suit, étrangement guillerette.

– Vous voyez que c'était une bonne idée ? demande-t-elle en regardant les gens qui se bousculent autour du chariot à plateaux, tentant de saisir couteaux et fourchettes. Ça prouve à quel point les gens travaillant ici sont solidaires les uns des autres. À présent, le travail de deuil peut commencer.

– Apparemment, personne ne lui a dit qu'on était obligés de venir, me chuchote Tom en se plaçant derrière moi dans la file d'attente.

– Tu rigoles ? je murmure à mon tour. C'est elle qui a eu l'idée, c'est sûr. Tu crois que le président aurait trouvé ça tout seul ?

Tom jette un coup d'œil au docteur Kilgore par-dessus son épaule. Elle est devant le bar à salades, où il lui faut faire un choix difficile entre laitue nature et... laitue nature.

– Génial ! dit Tom avec un frisson.

Nous sommes aussitôt rejoints par une Sarah à bout de souffle.

– Merci de m'avoir prévenue ! lance-t-elle à Tom d'un ton acerbe, en posant son plateau vide sur le rail.

– Sarah ! rétorque-t-il. Cette soirée est destinée au personnel à plein temps, non aux étudiants employés par la résidence.

– Ah, je vois. Nous sommes des citoyens de seconde zone ! Nous n'avons pas le droit de profiter des bienfaits thérapeutiques de la douleur partagée ? C'est l'idée de Kilgore, hein ? D'exclure les employés diplômés ? Bon sang, c'est vraiment un truc de freudienne frus...

– Tais-toi ! l'interrompt Tom. Et mange !

Nous trouvons une table aussi éloignée que possible de celle du président et sommes sur le point de nous y installer quand celui-ci nous remarque.

– Ohé ! s'écrie-t-il en faisant signe à Tom. Venez vous asseoir avec nous, Scott !

– Tom, rectifie celui-ci d'une voix nerveuse. Je m'appelle... Tom. Tom Snelling, monsieur.

– C'est ça, c'est ça, réplique le président.

À côté de lui, le docteur Jessup – qui, jugeant opportun de soutenir l'initiative du président Allington, assiste au dîner et au match en compagnie du personnel de la résidence – précise :

– Tom est le directeur de Fischer Hall, Phillip.

C'est inutile. Le président n'écoute pas.

– Et vous êtes Mary, n'est-ce pas ? me demande Allington.

– Heather, dis-je en regrettant de ne pas pouvoir m'enfoncer sous terre. Vous ne vous souvenez pas de moi ? Vous vous rappelez... ce qui s'est passé dans l'appartement terrasse où vous avez vécu ?

Ses yeux se perdent dans le vide. Le président Allington n'aime pas qu'on lui rappelle cette journée. Sa femme non plus. D'ailleurs, elle ne quitte quasiment plus leur résidence secondaire des Hamptons pour venir en ville.

– C'est ça, c'est ça ! dit le président Allington tandis que le docteur Kilgore nous rejoint avec son plateau, apparemment sans se rendre compte qu'elle est suivie par une Sarah au visage furibard. Eh bien, je crois que nous nous connaissons tous...

– Vous permettez, président Allington ?

Cinq pom-pom girls se tiennent devant notre table, les yeux rivés sur lui.

– Euh... fait-il.

Il jette au docteur Kilgore un coup d'œil inquiet, comme pour l'appeler à la rescousse. Puis, se rappelant qu'il est censé être proche de ses étudiants, il s'efforce de sourire.

– Bonsoir, jeunes filles ! Que puis-je pour vous ?

Sur le siège voisin, l'entraîneur pousse un soupir et pose sa fourchette.

– Écoutez, les filles, commence-t-il avec lenteur, reprenant une discussion qui a visiblement commencé ailleurs. On en a déjà parlé. Et je vous ai répondu que...

– Ce n'est pas à vous qu'on parle ! rétorque Cheryl Haebig. (Le rouge lui monte aux joues, mais elle ne se laisse pas démonter pour autant.) C'est au président Allington que nous nous adressons !

Le regard du président passe des filles à l'entraîneur.

– Qu'est-ce que c'est que cette histoire, Steve ? demande-t-il à Andrews.

– Elles veulent que le maillot de pom-pom girl de Lindsay soit retiré, explique Andrews, d'une voix embarrassée.

Le président Allington semble perdu.

– Elles veulent *quoi* ?

– Laissez-moi m'en occuper, insiste l'entraîneur.

Puis, s'adressant aux jeunes filles :

– Mesdemoiselles, je ressens la même chose que vous au sujet de Lindsay. Croyez-moi. Mais à vrai dire, je pense qu'une véritable cérémonie funéraire, à laquelle les membres de sa famille...

– Ils sont tous là ce soir, lui annonce sèchement Megan McGarretty – chambre 1410.

Pour une créature aussi menue, elle est drôlement intimidante, avec ses bras croisés sur le grand « C » qu'elle a sur la poitrine, et son déhanchement menaçant.

– Et ils ne veulent pas de cérémonie funéraire. Ils s'attendent à ce qu'on parle d'elle, ce soir, au match.

Le président Allington écarquille les yeux.

– Oh, je crains que ce ne soit pas très convenable.

– Vous ne pouvez pas faire comme si rien ne s'était passé, déclare Hailey Nichols – chambre 1714.

– Ouais, reprend Cheryl Haebig, les yeux brillants de larmes. Nous ne permettrons pas que les gens l'oublient. Elle faisait autant partie de l'équipe que les garçons.

– Je crois que nous en sommes tous conscients, dit le docteur Kilgore, volant au secours du président. Néanmoins...

– Si l'un des joueurs était mort, glisse Tiffany Parmenter (la camarade de chambre de Megan), vous retireriez son numéro. Vous l'accrocheriez au plafond, avec les bannières de championnat.

– Euh... bafouille Gillian Kilgore, un peu perplexe. Vous avez sans doute raison, les filles. Mais les joueurs de basket sont des sportifs et...

– Voulez-vous insinuer que les pom-pom girls ne sont pas des sportives, docteur Kilgore ? lance Sarah d'une voix glaciale.

– Bbbb... bien sûr que non, bredouille celle-ci. Juste que...

– Alors pourquoi ne pouvez-vous pas retirer le pull de Lindsay ? demande Hailey, le balancement de sa blonde queue de cheval soulignant ses paroles. Hein, pourquoi ?

J'observe Kimberly Watkins pour voir si elle va joindre sa voix à celles de ses camarades. Or elle demeure étrangement silencieuse. Les cinq filles sont en tenue de pom-pom girls : petits pulls blancs arborant la lettre C et minijupes plissées blanches ou dorées. Toutes portent, sous leurs jupettes, des collants chair

176

et des socquettes blanches ornées à l'arrière de pompons dorés. Elles ont des Reebok aux pieds et des mèches blondes. À l'exception de Kimberly, qui a les cheveux noir corbeau.

– Écoutez... explique l'entraîneur, qui semble épuisé, à voir ses cernes. Ce ne sont pas vraiment les maillots que nous retirons quand un joueur meurt. C'est le numéro sous lequel il a joué. Or Lindsay n'avait pas de numéro. Nous ne pouvons pas retirer un simple vêtement.

– Pourquoi pas ?

Tous les regards se tournent vers Manuel, assis à une table en compagnie de son oncle et d'autres membres de l'équipe d'entretien.

– Pourquoi pas ? répète-t-il tandis que son oncle Julio, sur le siège voisin du sien, est à deux doigts de mourir de honte.

Passant la table en revue, j'aperçois Magda tout au bout. Elle fixe les pom-pom girls, visiblement troublée. Sans avoir à le demander, je sais ce qu'elle pense. Car je pense comme elle. Et voilà que je m'entends dire :

– Je suis d'accord avec Manuel.

Évidemment, toutes les têtes se tournent vers moi. Ce qui soulage sans doute Manuel. Mais m'embarrasse, moi, au plus haut point.

Je n'en maintiens pas moins ma position :

– Je trouve que ce serait un joli geste. S'il est fait avec goût.

– Oh, ce sera le cas, assure Cheryl. On a déjà demandé à la fanfare de jouer l'hymne de l'université très, très lentement. On s'est cotisées pour acheter une couronne de roses blanches et dorées. Et j'ai le pull de Lindsay, lavé et repassé.

Je remarque que tous, y compris le docteur Jessup, chef du service du logement, ont les yeux rivés sur moi.

Ohé, où est le problème ? C'est juste un match de basket à la noix ! Qui se soucie qu'on... – comment on dit, déjà ? – qu'on retire son maillot à une pom-pom girl ? M'adressant au président Allington, j'insiste donc :

– Je crois que ça constituera un hommage touchant à une fille qui a su, mieux que quiconque, incarner l'esprit Coquelicot.

L'inquiétude se lit sur son visage.

– Mais... le match va être retransmis à la télévision... en direct. Toute la région va nous voir retirer le pull de pom-pom girl de Lindsay Combs !

– Nous serons la risée du basket-ball universitaire ! marmonne l'entraîneur.

– Vous ne l'êtes pas déjà ? je lui demande, sincèrement curieuse. Avec un nom comme les Coquelicots ?

Son expression s'assombrit.

– C'est vrai, concède-t-il.

Je parie que quand il s'est mis en quête d'un poste d'entraîneur, il n'imaginait pas se retrouver dans une équipe de troisième division ayant une fleur pour symbole.

Il soupire, levant les yeux au ciel.

– Si le président est d'accord, dit-il, c'est bon pour moi.

Le président paraît suffoqué. Sans doute parce qu'il vient de prendre une bouchée de gratin de pommes de terre et, qu'à voir sa tête, elle devait contenir un gros grumeau.

Après avoir englouti un demi-verre d'eau, il dit :

– Très bien. Faites comme vous voudrez.

Il a été vaincu par cinq pom-pom girls et un grumeau.

Cheryl Haebig cesse aussitôt de pleurer.

– C'est vrai ? demande-t-elle, ravie. C'est vrai, monsieur le président ?

– Oui.

Cheryl et ses amies poussent des cris, assez perçants pour que le docteur Kilgore porte les mains à ses oreilles, dans un geste machinal.

– Ils ne retransmettent pas les animations de la mi-temps, de toute manière, lance alors Andrews, haussant suffisamment la voix pour être entendu au milieu de tout ce vacarme.

Le président est soulagé.

– Bien, dit-il avant d'engouffrer une pleine fourchette de dinde.

Au soulagement succède le dégoût.

– Bien, répète-t-il sur un tout autre ton.

Il s'empresse de tendre une nouvelle fois la main vers son verre, signifiant à tous, par ce geste, que c'est le dernier repas qu'il prendra à la cafétéria.

13

Le « ver » de perversion
Le « aïe ! » de dérailler
Le « nul » d'annulation
Et voilà ton portrait !

« La chanson du non »
Écrit par Heather Wells

OK, je le reconnais : je n'ai encore jamais assisté à un match de basket. Ni lors d'une compétition professionnelle (Jordan passait pourtant le temps à essayer de me traîner aux matchs des Knicks ; par chance, je parvenais toujours à trouver une bonne excuse : qu'il fallait que je me lave les cheveux, par exemple), ni au lycée (j'ai laissé tomber l'école suite au succès de mon premier album), et encore moins à la fac (jusqu'à présent, j'ai toujours trouvé mieux à faire).

J'ignore à quoi je m'attendais. En tout cas, pas au spectacle auquel nous avons eu droit en franchissant les portes du gymnase : des centaines de supporters impatients (les matchs de troisième division n'en attirent évidemment pas des milliers, même quand ils ont lieu dans une métropole) tapant des pieds dans les gradins, leur visage peint aux couleurs de leur équipe ou recouvert de ballons coupés en deux fendus au niveau des yeux, tels des masques.

Magda, en supportrice endurcie – ses trois frères jouaient au lycée –, prend les choses en main, en nous conduisant,

181

moi, Tom (« Ne me laissez pas tout seul ! »), Sarah (« C'est vraiment un sport sexiste ! ») et Pete (« Je t'avais prévenu ! Il ne fallait pas y mettre le hamster de ton frère ! ») vers des places libres, dans les gradins. Ni trop hautes, car nous ne voudrions pas avoir trop de chemin à faire pour atteindre les toilettes (*dixit* Magda), ni trop bas, pour éviter de se prendre des ballons en pleine poire.

Les autres représentants de Fischer Hall – y compris le président Allington qui, soulagé d'être enfin débarrassé de la lie de la résidence, se dirige vers une tribune qui leur est réservée, à lui, à Kilgore, à Jessup et aux autres administrateurs – se ruent vers les gradins et, pris par l'enthousiasme général, se mettent eux aussi à taper des pieds, jusqu'à en faire vibrer les chevrons d'acier, à une trentaine de mètres au-dessus de nous.

Ce n'est que lorsque la fanfare joue les premières notes de l'hymne national que la foule se tait, avant d'en entonner joyeusement les paroles en même temps qu'une jolie étudiante blonde, mention « Arts du spectacle », qui y met visiblement toute son âme. Sans doute s'imagine-t-elle qu'il y a, dans le public, un représentant d'une maison de disques qui va l'engager et lui faire signer un gros contrat ? Ou un producteur de Broadway qui, quand elle aura fini de chanter, viendra lui susurrer des trucs du genre : « Vous avez été sensass ! Vous ne voudriez pas être la star de *Pacifique Sud*, ma prochaine comédie musicale ? »

Ouais... Bonne chance, ma cocotte !

Puis, lorsque les ultimes paroles du refrain retentissent pour la dernière fois, la fanfare enchaîne avec l'hymne de la faculté. Cheryl et ses sœurs pom-pom apparaissent alors, traversant le terrain avec force roues et flips. Elles sont réellement impressionnantes. Jamais je n'ai vu une telle souplesse – en dehors d'un clip de Tania Trace, s'entend.

Aux pom-pom girls succèdent les grands dadais de l'équipe des Coquelicots, dans leurs maillots blanc et or. Sur le terrain, ils ressemblent moins à des étudiants en DEUG malheureux et davantage... eh bien, à des sportifs. Et au fond, c'est ce qu'ils sont ! En s'avançant, ils tapent dans la main de chacun des membres de l'équipe adverse – les Diables du New Jersey qui portent, eux, des maillots rouge et or. Je suis impressionnée par leur fair-play, même si je sais qu'ils se contentent de faire ce qu'on leur a dit de faire. Les caméras de télé suivent Andrews, l'entraîneur, au moment où lui et plusieurs autres hommes, probablement des entraîneurs adjoints, gagnent leurs places sur la ligne de côté et échangent une poignée de main avec l'entraîneur de l'équipe adverse. Enfin a lieu ce qui s'appelle l'« entre-deux », comme nous l'explique Magda.

Bien que dehors le thermomètre soit descendu au-dessous de zéro, on étouffe dans le gymnase, avec tous ces gens, leurs cris et leurs gros manteaux. On sent le public irritable. Sarah, en particulier, est d'humeur geignarde et ne cesse d'exprimer des opinions tranchées sur des sujets variés... Elle trouve par exemple que l'université de New York devrait, au lieu de dépenser tant d'argent pour le sport, investir davantage dans les laboratoires de psychologie. Et que le pop-corn a un sale goût ! À côté d'elle, Tom sirote tranquillement le contenu de sa flasque – pour ses vertus médicinales, précise-t-il à Sarah.

– Ouais, rétorque celle-ci d'un ton sarcastique. C'est ça !

– Je prendrais bien un peu de ton médicament, annonce Pete, qui a enfin lâché son mobile après avoir réglé avec succès l'épisode du hamster.

– Je t'en prie, répond Tom en lui passant la flasque.

Pete en boit une gorgée, fait la grimace et la rend à Pete.

– Ça a un goût de dentifrice, dit-il d'une voix rauque.

– Je t'avais dit que c'était médicinal, réplique joyeusement Tom, en levant à nouveau le coude.

Pendant cet échange, Sarah a commencé à s'intéresser au match...

– Pourquoi ce gars a-t-il été sanctionné ? demande-t-elle.

– Parce qu'il a commis un passage en force, explique patiemment Magda. Celui qui a le ballon n'a pas le droit de bousculer les autres joueurs s'ils sont en position de défense.

– Oh ! s'écrie Sarah en saisissant le poignet de Magda avec suffisamment de force pour faire gicler son soda. Regarde ! Andrews est en train de crier sur l'un des juges-arbitres ! Qu'est-ce qui lui prend ?

Magda essuie son pantalon blanc avec une serviette en papier.

– Ce sont des arbitres, pas des juges-arbitres.

– Oh ! Qu'est-ce qu'il raconte, celui-là ? (Sarah, sous l'effet de l'excitation, ne cesse de bondir sur le banc des gradins.) Pourquoi est-ce qu'il a l'air tellement en colère ?

Magda lui lance un regard agacé. Sa patience, que je croyais illimitée, a donc des limites !

– J'en sais rien ! rétorque-t-elle. Tu ne veux pas arrêter de t'agiter comme ça ? À cause de toi, j'ai renversé mon soda !

– Pourquoi ce gars lance-t-il directement le ballon ? Qu'est-ce qui lui en donne le droit ?

– Le fait qu'Andrews a traité l'arbitre de fils de... (Magda s'interrompt, levant les yeux au ciel.) Nom de Dieu !

Sarah balaie frénétiquement le terrain des yeux :

– Ohé ! C'est quoi, ça ? Un passing-shot ?

– Non. Dis, Heather, ce serait pas Cooper, là ?

Mon estomac se noue quand j'entends prononcer ce nom.

– Cooper ? Impossible ! Qu'est-ce qu'il viendrait faire ici ?

– Aucune idée, dit Magda. Mais je jurerais que c'est lui, là-bas, avec un homme plus âgé...

À ces mots, mon cœur cesse de battre. Parce qu'il n'y a qu'un seul *homme plus âgé* avec qui Cooper pourrait être – à l'exception de l'inspecteur Canavan, bien sûr.

Je les repère alors, non loin du banc des Coquelicots. Cooper passe la foule en revue, cherchant sans doute à m'apercevoir. Quant à papa, il... eh bien, papa a l'air d'apprécier le match.

– Nom de Dieu ! je m'exclame en plongeant ma tête vers mes genoux.

Magda me pose une main dans le dos.

– Quoi ? Qu'est-ce qu'il y a, mon chou ?

– Mon père... dis-je à mes genoux.

– Ton *quoi* ?

– Mon père.

Je relève la tête. Ça n'a pas marché. Il est toujours là. J'espérais, en fermant les yeux, pouvoir le faire disparaître. Ç'aurait été trop beau.

– C'est lui, ton père ? (Pete tend le cou pour mieux voir.) Le taulard ?

– Ton père a fait de la prison ? demande Tom.

Quand j'étais célèbre, lui n'avait pas encore fait son coming out. Il ne connaît donc rien de mon passé. Il ne m'admirait même pas en secret – ce qui est étrange, si l'on considère que mes fans les plus fervents étaient tous homos.

– Il a été condamné pour quoi ?

– Vous voulez bien vous rasseoir normalement ? se plaint Sarah. Je voudrais pouvoir regarder le match.

– Je reviens tout de suite, dis-je, parce que Cooper a fini par me débusquer dans la foule et se dirige vers moi d'un pas déterminé, talonné par mon père – qui marche plus lentement, sans quitter le match des yeux.

Que mes amis assistent à une scène qui promet d'être pénible est bien la dernière chose dont j'aie besoin !

Le cœur battant, je m'empresse de rejoindre Cooper avant qu'il n'ait pu atteindre notre groupe. Son expression est indéchiffrable. Mais je vois qu'il a pris le temps de se raser. Ce qui n'est pas forcément mauvais signe...

– Heather ! lance-t-il sèchement.

Oh là là... ça s'annonce mal.

– Regarde qui a sonné chez nous il y a un petit moment, poursuit-il.

Mon cœur bondit dans ma poitrine en l'entendant dire les mots « chez nous », même si je sais qu'ils n'évoquent guère, pour lui, des images de bonheur domestique.

– Quand comptais-tu m'annoncer que ton père était en ville ?

– Euh...

Je jette un coup d'œil derrière moi pour voir si les autres écoutent. Ce qu'ils font tous, à l'exception de Sarah, manifestement envoûtée par le match.

– J'attendais juste le bon moment. (Alors même que je la formule, je trouve mon explication minable.) Enfin... en fait, je...

– Laisse tomber ! rétorque Cooper.

186

Il se rend compte aussi bien que moi que tous boivent nos paroles, du moins ce qu'ils peuvent en distinguer par-dessus les cris et le vacarme de la fanfare.

– On en reparlera plus tard, à la maison.

Soulagée, je bafouille :

– Super. Mon père... laisse-le ici. Je vais m'en occuper.

– Il est d'une compagnie plutôt agréable, à vrai dire, fait remarquer Cooper en se tournant vers mon père qui, demeuré planté au milieu des gradins, regarde le match sans paraître réaliser qu'il gêne tout le monde autour de lui.

Sans doute n'a-t-il pas assisté à un événement sportif depuis une éternité ? Et le match est assez palpitant, apparemment, du moins pour qui s'intéresse à ce genre de distractions. On est à égalité à vingt et un points.

– Eh, c'est du pop-corn ?

Sarah nous surprend tous (moi, en tout cas) en montrant qu'elle n'a cessé de nous prêter attention lorsque, sans quitter le match des yeux, elle ajoute :

– Il n'y en a presque plus. Qu'Heather aille en rechercher !

– Pour moi ce sera un soda, dit Pete.

– Moi, je serais pas contre un paquet de chips, ajoute Tom.

– Non ! s'écrie Magda, réagissant selon toute apparence à un coup de sifflet de l'arbitre. C'est *vraiment* un fils de...

– Quoi ? demande Cooper en se glissant à la place que j'ai laissée libre. Pourquoi il a sifflé ?

– Faute offensive, répond Magda. Alors qu'il a à peine frôlé le gars !

Secouant la tête en signe de dégoût, je pivote sur mes talons et commence à descendre les gradins pour rejoindre mon père, toujours captivé par le match.

– Papa, dis-je en parvenant à son niveau.

Il garde l'œil rivé sur les joueurs, ne prononce pas une parole. Le tableau du score, au-dessus du terrain, décompte le temps qu'il reste à jouer – neuf secondes. Et les Coquelicots ont le ballon.

– Papa, je répète.

Au fond, rien d'étonnant à ce qu'il ne m'entende pas. Il y a des années que personne ne l'a appelé « papa ».

C'est Mark Shepelsky qui a le ballon. Il lui fait franchir le terrain en dribblant furieusement. Je ne lui ai jamais vu une expression aussi concentrée... pas même quand il remplit un formulaire de réclamation parce que l'un des distributeurs a avalé sa monnaie.

– Papa, dis-je pour la troisième et dernière fois, en criant.

Mon père sursaute et me regarde.

À l'instant précis où Mark s'arrête, se retourne et lance le ballon, qui franchit l'arceau du panier de l'équipe adverse – juste avant que ne retentisse le signal de la mi-temps. Aussitôt, la foule se déchaîne.

– Quoi ? demande papa. Qu'est-ce qui s'est passé ?

Mais pas à moi. C'est aux supporters qui l'entourent qu'il pose la question.

– Shepelsky vient de marquer un panier ! glapit une âme charitable.

– J'ai loupé ça ! Mince alors !

Papa paraît réellement déçu.

– Papa... pourquoi es-tu venu à la maison ? Tu avais promis d'appeler avant. Pourquoi tu ne l'as pas fait ?

– J'ai appelé, réplique-t-il en regardant les Coquelicots quitter le terrain au pas de course, en se tapant dans la main, le visage radieux. Personne n'a répondu. J'ai craint que tu ne cherches à m'éviter.

– L'idée t'a-t-elle traversé l'esprit que je n'étais peut-être pas encore rentrée, tout simplement ?

Mon père réalise, sans doute au ton de ma voix, que je ne suis pas contente. Et puis, l'activité sur le terrain étant momentanément interrompue, il daigne m'accorder quelques secondes d'attention.

– Que se passe-t-il, ma chérie ? demande-t-il. J'ai merdé ?

– C'est juste que... (Je m'en veux de réagir comme ça, mais c'est plus fort que moi.) Avec Cooper, mon propriétaire, la situation est... – comment dire ? – tendue. Et le fait que tu débarques comme ça, sans prévenir...

– Ça m'a l'air d'être un brave garçon, dit papa, jetant un coup d'œil en direction de Cooper. Intelligent. Drôle. Tu as l'approbation de ton paternel.

Je sens quelque chose se rompre en moi. Un anévrisme, peut-être...

– Je n'ai pas besoin de ton approbation, papa. Il y a vingt ans que je me débrouille sans !

Papa est stupéfait. Je ne devrais pas lui en vouloir. Après tout, ce n'est pas sa faute si les choses ne sont pas, entre Cooper et moi, telles qu'il les imagine.

D'une voix douce et repentante, je reprends :

– Ce que je veux dire, c'est que tu te trompes. Au sujet de Cooper et moi. On est amis, rien de plus. Je tiens sa compta.

Papa semble déconcerté.

– Je sais. Il me l'a dit.

À mon tour d'être perdue.

– Dans ce cas, pourquoi m'avoir dit que j'avais ton approbation ? Comme si tu pensais qu'on sortait ensemble.

– Eh bien... tu es amoureuse de lui, n'est-ce pas ? Ça se lit sur ton visage. Tu arrives peut-être à le lui cacher, mais tu ne peux pas tromper ton vieux papa. Tu avais exactement la même expression à l'âge de neuf ans quand cet acteur, ce Scott Baio, passait à la télévision.

Je le fixe bouche bée. Littéralement. Je m'oblige à la refermer, avec un claquement sec que je suis sans doute seule à entendre au milieu du vacarme de la salle de sport. Puis je dis :

– Papa... pourquoi tu n'irais pas t'asseoir avec Cooper ? Je reviens tout de suite.

– Tu vas où ? demande papa.

– Chercher des chips, je réponds.

Et je m'éloigne d'un pas vacillant.

14

J'ai vu la maison où on a habité
Je me suis souvenue de toi, et de tout ce qu'on y faisait
Je te trouvais beau comme un demi-dieu
Mais crois-moi, t'étais nul au pieu !

« La ballade des ex »
Écrit par Heather Wells

La configuration du centre sportif Winer ne m'est pas totalement étrangère. Je m'étais inscrite à un programme d'aérobic à vingt-cinq dollars le semestre à l'automne dernier, après la fin de ma période d'essai, et j'avais même assisté à un cours.

À mes dépens, j'avais vite appris que seules les filles très minces suivent les cours d'aérobic de l'université de New York et que les jeunes femmes plus opulentes, comme moi, sont tenues de rester au fond de la salle, pour ne pas obstruer la vue du professeur aux sylphides. Du coup, c'est nous qui ne voyons plus rien, hormis des bras squelettiques qui font des moulinets.

J'ai laissé tomber après un seul cours. Et ils n'ont même pas voulu me rembourser mes vingt-cinq dollars.

Cette unique séance aura au moins eu le mérite de me faire connaître les lieux. Ce qui me permet de trouver dans les entrailles du bâtiment, pendant la mi-temps, des toilettes pour femmes devant lesquelles il n'y a pas un kilomètre de queue.

Je me lave les mains au lavabo et observe mon reflet dans le miroir, en me demandant si je ne devrais pas laisser la nature reprendre ses droits et redevenir brune, quand retentit le bruit d'une chasse d'eau. Kimberly Watkins sort d'une des cabines, en jupette plissée dorée et pull blanc. Elle m'aperçoit et écarquille ses yeux rougis – oui, rougis, et je jurerais qu'elle a pleuré.

– Oh ! s'exclame-t-elle en se figeant. Vous... ?

– Salut, Kimberly, dis-je.

Je suis moi aussi très étonnée de la voir. J'aurais pensé que les pom-pom girls disposaient de toilettes à elles.

Peut-être est-ce le cas, mais Kimberly a-t-elle préféré s'isoler ici pour donner libre cours à son chagrin ?

Néanmoins, elle semble vite se ressaisir, et se lave les mains au lavabo voisin du mien.

– Le match vous plaît ? demande-t-elle.

Elle n'a pas l'air de réaliser que, vu l'état de son mascara, je devine qu'elle a pleuré.

– Bien sûr.

– Je savais pas que vous étiez fan de basket.

– Je ne le suis pas vraiment. On nous a obligés à assister au match. Pour montrer au monde que Fischer Hall n'est pas le Dortoir de la mort.

– Oh !

Elle referme le robinet et tend le bras, au même moment que moi, vers le distributeur d'essuie-mains.

– Je vous en prie, fait-elle.

Je prends un essuie-mains.

– Écoute, Kimberly, dis-je en me séchant les doigts. Je suis passée rendre visite à Doug, aujourd'hui.

Elle ouvre des yeux ronds comme des soucoupes.

– Vous avez fait ça ?

– Oui.

– Pourquoi ? (Sa voix se brise.) Je vous l'ai pourtant dit. C'est sa tarée de camarade de chambre qui l'a tuée ! Sa camarade de chambre, pas Doug !

– Ouais, je rétorque en balançant l'essuie-mains usagé à la poubelle. C'est ce que tu m'as dit. Mais ça ne rime à rien. Ann n'est pas une meurtrière. Pourquoi prétendre le contraire ? Peut-être pour empêcher la police de remonter jusqu'au véritable assassin ?

Manifestement affectée par mes paroles, elle évite mon regard et porte toute son attention sur ses mains mouillées. Prend une serviette dans le distributeur mural.

– Je ne sais pas de quoi vous voulez parler.

– Ah oui ? je demande. Alors tu prétends que tu ignorais que Doug dealait ?

Pinçant ses lèvres impeccablement maquillées, Kimberly fixe son reflet.

– Ouais, c'est ça. Enfin, je sais qu'il a tout le temps de la coke sur lui. Et de l'ecstasy.

– Oh, rien que ça ? dis-je sur un ton sarcastique. Pourquoi ne pas l'avoir mentionné avant, Kimberly ? Pourquoi avoir essayé de me faire croire qu'Ann était coupable, quand tu étais au courant de tout ça, pour Doug ?

– Bon sang ! s'écrie Kimberly, s'arrachant à la contemplation de son reflet pour me regarder. C'est pas parce qu'un gars deale que c'est forcément un assassin ! Enfin... il y a un tas de gens qui dealent !

– La distribution de substances illicites est punie par la loi, tu sais, Kimberly. Pareil pour la possession. On peut l'envoyer en prison. Ou le renvoyer de la fac.

Kimberly a un rire bref, semblable à un hoquet.

– Mais Doug Winer ne fera jamais de prison et ne sera jamais renvoyé.

– Ah oui. Et pourquoi ?

– C'est un *Winer*, rétorque Kimberly, comme si j'étais la dernière des imbéciles.

– Lindsay se droguait-elle, Kimberly ?

Elle lève les yeux au ciel.

– C'est quoi, votre problème, bon Dieu ? Pourquoi ça vous intéresse tellement ? Au fond, vous n'êtes qu'une ex-chanteuse de variétés frustrée, en fait. Personne n'écoute plus votre musique. Et maintenant, vous faites la bouffonne derrière un bureau dans une fac de troisième zone. Franchement... une guenon pourrait le faire, votre job ! À votre place, je laisserais tomber.

– *Lindsay se droguait-elle ?*

Je répète ça si fort, et d'une voix si glaçante, que Kimberly sursaute, stupéfaite.

– Je ne sais pas ! répond-elle en criant elle aussi. Lindsay faisait des tas de trucs... et se faisait des tas de types.

– Qu'est-ce que tu insinues ? je demande en la scrutant. Ça veut dire quoi, des « tas de types » ?

Kimberly me gratifie d'un regard très narquois.

– À votre avis ? Ils sont tous en train de faire croire que Lindsay avait une auréole au-dessus de la tête. Cheryl et ces gars, et cette idée débile de retirer son pull de pom-pom girl ! Ce n'était pas... une sainte. C'était juste... Lindsay.

– C'était qui, les types qu'elle se faisait, Kimberly ? Mark, Doug et... qui d'autre ?

194

Avec un haussement d'épaules, Kimberly se tourne à nouveau vers son reflet et tamponne ses lèvres recouvertes de gloss.

– Demandez à Andrews, l'entraîneur... si ça vous passionne tant que ça.

Je regarde son reflet.

– L'entraîneur ? Pourquoi serait-il au courant ?

À cela, Kimberly répond par un petit sourire suffisant.

Je n'en reviens pas !

– C'est pas possible, dis-je. Lindsay et l'entraîneur ? Tu parles sérieusement ?

C'est alors que s'ouvre la porte des toilettes pour femmes et que Megan McGarretty passe la tête par l'embrasure.

– Dieu merci, te voilà ! lance-t-elle à Kimberly. On te cherche partout ! Dépêche-toi, on est sur le point de retirer le pull de Lindsay.

Kimberly m'adresse un coup d'œil entendu, pivote sur ses talons et se dirige vers la porte, sa jupette plissée froufroutant derrière elle.

– Kimberly, attends !

Je voudrais savoir ce qu'elle sous-entend, au sujet de Lindsay et de l'entraîneur. Ça ne peut pas être ce à quoi je pense... Ou bien si ? Mais franchement ! L'entraîneur ? Il a l'air tellement... – comment dire ? – simplet.

Mais Kimberly quitte la pièce en se dandinant. Sans même un « au revoir », ce qui ne m'étonne guère.

Je reste plantée là, à fixer la porte par laquelle les deux filles viennent de disparaître. Lindsay et Andrews ?

Or, même à supposer que ce soit vrai et qu'Andrews fasse partie des suspects, je ne vois pas quel intérêt il aurait à assassiner

Lindsay. Elle était majeure. Certes, la fac condamne les aventures entre étudiants et personnel universitaire. Mais l'entraîneur ne se ferait jamais virer pour ce genre de délit. C'est le protégé du président Allington, l'homme censé permettre à l'université de New York de reconquérir les honneurs de la première division. Il pourrait coucher avec la totalité des étudiantes sans que les administrateurs ne bronchent, du moment que les Coquelicots continuent à remporter les matchs.

Alors, pourquoi aurait-il tué Lindsay ?

Comment cette sale gosse m'avait-elle appelée, déjà ? Une « bouffonne » ? Je suis bien plus que cela. Sans moi, Fischer Hall sombrerait dans le chaos. D'ailleurs, pourquoi croit-elle que je pose tellement de questions au sujet de Lindsay ? Parce que je me soucie de cet endroit et des gens qui y vivent. Sans moi, combien d'autres filles seraient mortes le semestre dernier ? Sans moi, personne ne récupérerait la monnaie avalée par le distributeur. Alors, Kimberly Watkins supporterait-elle seulement d'habiter Fischer Hall ?

Je sors des toilettes pour femmes en écumant de rage. Dans le couloir règne un silence de mort. Je réalise que c'est parce que les filles ont commencé l'hommage à Lindsay et que les spectateurs ont regagné leurs sièges pour y assister. J'entends les accents lointains de l'hymne de la fac, joué au ralenti par la fanfare, comme le désiraient les filles. J'ai plutôt envie d'y assister, moi aussi.

Mais je n'ai pas encore acheté les chips de Tom et le soda de Pete, sans parler du pop-corn de Cooper. C'est le bon moment, tout le monde étant occupé à regarder hisser le pull de Lindsay sur les chevrons. Sans doute n'y aura-t-il pas de file d'attente à la buvette ?

Je tourne le coin, dépassant plusieurs courts de squash déserts. Si Sarah jetait un sérieux coup d'œil au centre sportif, elle aurait encore plus de raisons de se plaindre du traitement réservé au département de psychologie. Entre vingt et trente millions des dollars de la famille Winer ont dû être employés à la construction de ce seul bâtiment. Tout y est flambant neuf. Pour y entrer, il faut franchir des grilles avec des cartes à puce spéciales. Même les distributeurs de boissons fraîches ont des scanners intégrés, permettant de payer son Coca avec sa carte de la cafétéria...

Sauf que pour des machines aussi perfectionnées, elles font vraiment un drôle de bruit. Pas le bourdonnement électronique habituel (si réconfortant, reconnaissons-le, pour l'amateur de soda), mais une espèce de martèlement sourd.

Pas du tout un bruit de distributeur...

Je prends conscience, alors, de n'être pas seule dans le couloir. Arrivée au bout de la rangée de distributeurs automatiques, je constate que le bruit provient du manche d'un couteau de cuisine heurtant de façon répétée la cage thoracique d'un homme en veste et cravate. L'homme gît affalé contre le mur, en face de la rangée de machines. Autour de lui se tiennent trois hommes accroupis, le visage couvert d'une moitié de ballon de basket, où de petites fentes ont été pratiquées au niveau des yeux.

Quand ils m'entendent crier (impossible de ne pas crier en tombant sur un spectacle pareil), ils tournent vers moi leurs trois têtes – trois demi-ballons de basket, avec deux fentes pour les yeux.

Évidemment, je me remets à hurler. Parce que, pardonnez-moi, c'est archi-flippant !

Puis l'un des hommes retire le couteau du corps étendu sur le sol, dans un écœurant bruit de succion. La lame fraîchement extirpée est sombre et luisante de sang. À sa vue, j'ai un haut-le-cœur.

Ce n'est que lorsque l'homme au couteau s'écrie « Tirez-vous ! » à ses compagnons que je réalise ce qui vient de m'arriver : j'ai assisté à un crime.

Ils n'ont cependant pas l'air de vouloir me tuer. Bien au contraire, ils semblent pressés de me fuir, comme paraît l'indiquer le couinement de la semelle de leurs baskets sur le sol poli, tandis qu'ils prennent la fuite.

Comme retentit faiblement, en arrière-fond, l'hymne des supporters de l'équipe (*Vive l'université de New York/Aux couleurs blanc et or/Que nous sommes venus acclamer/Mordez-les, les Pumas, mordez-les !* – les paroles n'ont pas changé après que l'équipe a été rétrogradée et privée de son symbole), je m'agenouille auprès du blessé en tentant de me rappeler les grandes lignes du cours de secourisme d'à peine une heure, donné par le docteur Jessup pendant les vacances d'hiver. Je me souviens qu'il convient, en premier lieu, d'appeler à l'aide, exploit que j'accomplis en sortant mon mobile et en composant le numéro de Cooper, car c'est le premier qui me vienne à l'esprit.

Il laisse passer trois sonneries avant de répondre. J'imagine que l'hommage à Lindsay doit être particulièrement prenant.

– Quelqu'un a été frappé à coups de couteau près des courts de squash, dis-je. (Il importe de rester calme en cas d'urgence. J'ai appris ça pendant ma formation de directrice adjointe.) Appelle une ambulance et alerte les flics ! Les coupables portent des ballons de basket en guise de masque. Qu'on empêche de sortir toute personne ainsi masquée ! Apporte une trousse de premier secours. Et viens tout de suite !

– Heather ? demande Cooper. Heather... Quoi ? Où es-tu ?

Je lui répète tout ce que je viens de dire. Au même moment, baissant les yeux sur la victime, je constate avec horreur que je le connais.

C'est Manuel, le neveu de Julio.

– Dépêche-toi ! je hurle au téléphone.

Puis je raccroche, parce que le sang de Manuel commence à former une flaque autour de mes genoux.

Je retire mon pull en cinq sec et le fourre dans la plaie béante, au niveau de l'estomac. Je ne vois pas ce que je peux faire d'autre. Notre cours de secourisme express n'abordait pas la question des plaies multiples par arme blanche dans la région du ventre.

– Tu vas t'en sortir, dis-je à Manuel, qui me fixe de ses yeux mi-clos.

Autour de lui, un sang visqueux et presque noir commence à imprégner mon jean. Je maintiens plus fermement le pull contre la plaie la plus importante, en faisant pression avec mes doigts.

– Manuel, ça va aller. Tiens bon, OK ? Les secours seront là d'une minute à l'autre.

– H... Heather, bredouille Manuel d'une voix rauque.

Le sang jaillit de sa bouche ce qui, je le sais, n'est pas bon signe.

– Tu vas t'en sortir, dis-je en m'efforçant moi-même d'y croire. Tu m'entends, Manuel ? Tu vas t'en sortir.

– Heather, souffle Manuel d'une voix à peine audible. C'est moi... c'est moi qui la lui ai donnée.

Je comprime toujours la plaie – le sang a imbibé mon pull et s'est insinué sous mes ongles.

– Ne dis plus rien, Manuel. Les secours vont arriver.

– Elle me l'a demandée et je la lui ai donnée, reprend Manuel. Je savais que c'était pas bien, mais elle pleurait. J'ai pas pu refuser. Elle était si... elle était si...

– Tu veux bien te taire, Manuel ! dis-je, alarmée par la quantité de sang qui s'écoule d'entre ses lèvres. Je t'en prie... ne parle plus, je t'en prie.

– Elle pleurait, répète inlassablement Manuel. *(Où est donc Cooper ?)* Comment j'aurais pu refuser alors qu'elle pleurait ? Mais je savais pas... je savais pas ce qu'ils allaient lui faire.

– Manuel... (J'espère qu'il ne distingue pas le tremblement dans ma voix.) Il faut que tu cesses de parler. Tu perds trop de sang !

– Mais ils ont su, reprend-il. Ils ont su où elle l'avait eue...

À cet instant, Cooper apparaît, talonné par Tom et Pete. En m'apercevant, ce dernier sort son talkie-walkie d'agent de sécurité et se met à brailler dedans qu'on m'a retrouvée et qu'il faut, le plus vite possible, apporter un brancard au niveau des courts de squash.

Cooper s'agenouille à côté de moi et – miracle ! – révèle une trousse de secours dégotée Dieu sait où.

– L'ambulance est en route, dit-il pendant que, sous mes doigts trempés de sang, Manuel ressasse les mêmes phrases, d'une voix affaiblie :

– Je la lui ai donnée, tu comprends, Heather ? C'était moi. Et ils ont su que c'était moi.

– Qui lui a fait ça ? demande Cooper en sortant un rouleau de gaze de la trousse de secours. Tu as pu voir son visage ?

– Ils avaient le visage recouvert d'un ballon de basket.

Je lui arrache le rouleau des mains, retire mon pull, dévide le pansement et l'enfonce dans la plus large des plaies.

– Un demi-ballon qu'ils portaient comme un masque, avec des petits trous pour les...

– Mon Dieu ! (Tom blêmit et nous regarde, stupéfait.) Est-ce que c'est... est-ce que c'est *Manuel* ?

– Oui, dis-je, tandis que Cooper se penche pour soulever l'une des paupières de Manuel.

– Il entre en état de choc, annonce Cooper, d'une voix très calme, si vous voulez mon avis. Vous le connaissez ?

– Il travaille à Fischer Hall. Il s'appelle Manuel Juarez.

Julio, je le sais, va s'effondrer en voyant ça. Je prie pour qu'il ne s'inquiète pas de l'absence de son neveu et ne vienne pas le chercher ici.

– C'est un avertissement qu'ils m'ont donné, reprend Manuel. Pour pas que je dise que c'est moi qui la lui avais donnée.

– Donné quoi à qui, Manuel ? lui demande Cooper – alors que je fais signe au jeune homme de se taire pour ne pas épuiser ses forces vitales.

– La clé, répond Manuel. Je sais que j'aurais pas dû, mais je lui ai donné ma clé.

– À qui ?

Je n'en reviens pas. Il interroge un homme à l'agonie. Je proteste :

– Cooper !

Il m'ignore.

– Manuel, à qui as-tu donné ta clé ?

– À Lindsay. (Manuel secoue la tête.) J'ai donné la clé à Lindsay. Elle pleurait... Elle disait qu'elle avait laissé quelque chose dans la cafétéria, quelque chose qu'il lui fallait récupérer. La nuit, après la fermeture...

Ses yeux se ferment.

– Merde ! s'exclame Cooper.

Mais ça y est, les secours sont là. Les ambulanciers nous poussent pour accéder au blessé. Soulagée, je me dis que tout va s'arranger.

Ce qui ne prouve qu'une chose : à quel point je suis larguée.

15

J'ai arrangé la vérité
Inutile de vouloir nier
À vrai dire
Je ne cherche même plus à bien te mentir.

« Mensonge »
Écrit par Heather Wells

Savez-vous ce qui se passe quand quelqu'un manque d'être assassiné au cours d'un match de basket de troisième division retransmis en direct sur New York Première ?

La partie continue !

Eh oui...

Certes, des flics ont été postés près de toutes les sorties. Après le match, que les Coquelicots ont perdu par vingt-quatre à quarante – ils n'ont cessé, après la mi-temps, de perdre du terrain... et pas parce qu'ils auraient appris ce qui est arrivé à Manuel, puisque personne ne leur en a parlé, ils ont juste joué comme des pieds –, les flics en quête d'armes ou de traces de sang ont contraint tous les spectateurs quittant la salle à s'arrêter pour leur montrer leurs mains, leurs pieds et le contenu de leurs sacs.

Sans préciser ce qu'ils cherchaient, bien évidemment.

Mais ils n'ont rien trouvé de compromettant. Et n'ont même pas pu maintenir en garde à vue, afin de les interroger, les individus masqués de demi-ballons de basket, puisque la quasi-totalité du public masculin en portait.

Ça ne faisait aucun doute, du moins à mes yeux : les types qui avaient poignardé Manuel s'étaient éclipsés depuis long-temps. Ils n'étaient évidemment pas restés là, à regarder la fin du match, jugeant préférable de s'esquiver avant l'arrivée de la police.

Ils n'ont donc pas assisté à l'humiliante défaite des Coqueli-cots.

Moi non plus. À peine Manuel a-t-il été chargé sur son brancard dans l'ambulance, son oncle désespéré à ses côtés (bien qu'il ait perdu beaucoup de sang et souffre de blessures internes, les ambulanciers pensent qu'il devrait s'en tirer, aucun organe vital n'ayant été touché), qu'on m'embarque au Central 6 pour me montrer des photos d'identité judiciaires avec l'inspecteur Canavan. Je lui ai pourtant bien expliqué que je n'avais pas vu leurs visages à cause des masques.

– Et leurs vêtements ? demande-t-il.

Je répète, pour la trentième fois ou plus :

– Je vous l'ai déjà dit. Ils portaient des vêtements ordinaires, des vêtements de tous les jours. Des jeans, des chemises en coton. Rien de spécial, quoi.

– Et vous ne les avez pas entendus dire quoi que ce soit à la victime ?

Ça me tape sur le système, que l'inspecteur Canavan s'obs-tine à désigner Manuel en tant que « la victime », alors qu'il sait parfaitement qu'il a un prénom, et quel est ce prénom.

Mais c'est peut-être, comme l'humour noir de Sarah, un moyen de mettre à distance l'horreur que peuvent susciter de tels actes de violence.

J'aimerais pouvoir faire de même, moi aussi. Chaque fois que je ferme les yeux, je revois le sang. Pas ce sang rouge qu'on voit à la télévision. Mais un sang brun foncé. La couleur qu'a prise mon jean au niveau des genoux.

– Ils n'ont rien dit du tout, je réponds. Ils lui donnaient juste des coups de couteau.

– Qu'est-ce qu'il faisait là ? demande l'inspecteur. Près des distributeurs de boissons fraîches ?

Je hausse les épaules.

– Qu'est-ce que vous voulez que j'en sache ? Il avait peut-être soif.

– Et *vous*, qu'est-ce que vous faisiez là ?

– Je vous l'ai dit. J'avais besoin d'aller au petit coin, et trop de gens attendaient devant les autres toilettes.

Quand Canavan était arrivé au centre sportif – car nous l'avions bien sûr appelé pour lui faire part des révélations de Manuel au sujet de la clé donnée à Lindsay – j'avais suggéré qu'il ordonne l'arrêt du match et interroge toutes les personnes présentes. Andrews, en particulier, que j'avais désormais des raisons de croire plus impliqué que je ne l'aurais pensé.

Mais le président Allington, que nous avions malheureusement été tenus d'informer de nos décisions vu le nombre de flics rôdant dans le bâtiment, avait rechigné, arguant que New York Première sauterait aussitôt sur le scoop, et que l'université s'était attiré assez de publicité négative en une semaine. La dernière chose dont elle avait besoin, d'après lui, c'était d'une armée de reporters sillonnant le campus et questionnant les gens au sujet d'une agression qui, pour autant qu'on sache, n'avait peut-être rien à voir avec la mort de Lindsay. J'avais pourtant informé tout le monde des propos de Manuel.

Le président Allington avait poursuivi en nous expliquant que New York Première serait par-dessus le marché en droit d'engager des poursuites, sous prétexte que l'interruption du match l'aurait privée d'un million de dollars de revenus publicitaires.

Personnellement, je n'aurais jamais pensé que des pubs pour du matériel de fitness puissent rapporter autant d'argent. Il faut croire que les matchs de troisième division sont suivis avec ferveur par les personnes les plus susceptibles d'acheter des bancs de musculation ou des vélos d'appartement.

– Il y a un point sur lequel je tiens à éviter tout malentendu, avait continué Allington à l'attention de l'inspecteur – parlant à voix basse pour qu'aucun reporter aux aguets ne surprenne ses paroles, mais tout de même assez fort pour que je puisse les distinguer. C'est que l'université n'est en rien responsable de la mort de cette jeune fille ou de l'agression subie ce soir par M. Juarez. S'il a procuré à la malheureuse une clé lui permettant d'avoir accès à la cafétéria, nous n'y sommes pour rien. Légalement, ça tient de l'effraction.

Ce qui avait poussé Canavan à observer :

– En somme, monsieur Allington, vous insinuez que, puisqu'elle s'est servie de la clé de Manuel pour accéder à la cafétéria, Lindsay méritait de se faire couper la tête !

Le président s'était offusqué de cette remarque (on le comprend), et l'un de ses loufiats avait volé à son secours :

– Ce n'est pas du tout ce que suggérait le président ! Il voulait juste dire que l'on ne peut pas tenir l'université pour responsable du fait que l'un de ses employés a donné les clés de certains de ses locaux à une étudiante qui, plus tard, a été assassinée...

L'inspecteur tourne les talons, peu désireux d'en entendre davantage. À mon grand soulagement, il m'emmène avec lui.

Soulagement de courte durée... Certes, cela me permet de remettre à plus tard l'explication que je dois avoir avec Cooper, au sujet de mon père.

Mais, au lieu de ça, c'est avec l'inspecteur Canavan qu'il va falloir que je parle.

– C'est tout, alors ? Vous ne vous rappelez rien d'autre ? Des jeans, des chemises en coton, des demi-ballons de basket sur le visage... Et leurs chaussures ? Ils portaient des tennis ? Des mocassins ?

– Des baskets, dis-je en me souvenant du couinement de leurs semelles sur le sol poli.

Il me fixe en plissant les yeux.

Il est tard, et il a dû passer la journée au commissariat. La quantité de tasses en mousse de polystyrène jonchant le sol autour de son bureau indique comment il maintient son niveau d'énergie.

– Eh bien... ça va nous permettre d'avancer !

– Je suis désolée. Que voulez-vous que je vous dise ? Ils portaient des...

– Des ballons sur la tête. Oui. Vous l'avez précisé.

– C'est fini ? je demande.

– Oui, c'est fini. Il ne me reste qu'à réitérer mon avertissement.

– Quel avertissement ?

– Ne vous avisez pas d'enquêter sur la mort de Lindsay Combs !

– C'est ça, dis-je. (Si je veux, je peux être aussi sarcastique que lui.) Parce que j'ai fait exprès de débouler quand le pauvre

Manuel était en train de se faire poignarder par les tueurs de Lindsay !

– Nous ignorons si l'agression est liée au meurtre, objecte Canavan.

Me voyant écarquiller les yeux, il précise :

– Pour le moment.

– Si vous le dites... Je peux y aller ?

Il hoche la tête et je quitte la pièce à toute berzingue. Je suis épuisée et je n'ai qu'une envie : rentrer chez moi. Et retirer mon pantalon empesé par le sang séché.

Je retourne dans l'entrée du Central 6, certaine de voir Cooper assis sur son siège habituel, celui qu'il occupe toujours en attendant que s'achève l'une ou l'autre de mes visites à l'inspecteur. (Aujourd'hui, j'ai battu un record : deux en moins de douze heures !)

Or le siège est vide. L'entrée aussi, d'ailleurs.

C'est alors que je remarque qu'il tombe beaucoup de neige, au-dehors. Vraiment beaucoup. C'est à peine si je distingue les contours de la Range Rover garée devant le commissariat. Mais lorsque je sors et jette un coup d'œil du côté conducteur, je reconnais Frank, le mari de Patty. Il sursaute quand je tapote sur la vitre, et la baisse.

– Heather ! s'exclame Patty, se penchant vers moi depuis le siège passager. Te voilà enfin ! On ne t'avait pas vue, désolée ! On écoutait *J'élève mon bébé*, un livre-cassette recommandé par la nounou.

– Celle qui vous terrorise ?

– Oui, précisément. Oh, mon Dieu ! Tu aurais vu sa tête quand on lui a dit qu'on venait ici... Elle a failli... Enfin, c'est sans importance. Entre vite, tu dois être frigorifiée !

Je m'engouffre sur la banquette arrière. Il fait chaud dans la voiture, où flotte une légère odeur de nourriture indienne. Frank et Patty ont mangé des samoussas en m'attendant.

– Comment saviez-vous que j'étais là ? je leur demande alors qu'ils m'en passent un, gorgé de sauce au tamarin. Miam !

– Cooper a appelé, explique Frank. Il devait filer et nous a priés de venir te chercher. Il est sur une de ses affaires, j'imagine. Elle consiste en quoi, au juste ?

– Qu'est-ce que j'en sais ? je rétorque, la bouche pleine. Comme s'il allait me le dire...

– C'est vrai que tu as vu quelqu'un se faire poignarder ? demande Patty, pivotant sur son siège. Tu n'as pas eu peur ? C'est quoi, sur ton jean ?

– J'ai pas eu le temps d'avoir peur, dis-je tout en mâchant. Et c'est du sang.

Patty se retourne aussitôt vers le pare-brise.

– Oh, mon Dieu ! Heather !

– C'est bon, c'est bon. J'en achèterai un autre.

D'ailleurs, avec ma chance, j'ai sans doute pris une taille pendant les fêtes.

Faire du quarante-huit, ça reste correct pour une Américaine. Mais renouveler sa garde-robe pour l'adapter à sa nouvelle taille, c'est dur pour le portefeuille. Peut-être vaut-il mieux réduire sa consommation de poulet frit ? Peut-être...

Tout dépend de l'allure que vous avez dans votre nouveau jean.

– Pour une tempête, c'est une tempête ! s'exclame Frank en démarrant dans la rue déserte.

Les flocons tombent, gras et pressés. Deux bons centimètres de blancheur duveteuse recouvrent déjà les trottoirs et la chaussée.

– Je ne comprends pas comment Cooper peut enquêter par ce temps, fait-il remarquer.

Frank est fasciné par la profession qu'exerce Cooper. La plupart des gens rêvent d'être des stars du rock. Eh bien, les stars du rock rêvent quant à elles d'être détectives. Ou, dans mon cas, de faire un quarante et de pouvoir manger tout ce que je veux.

Bien que je ne sois pas – *plus* – une rockeuse célèbre.

– Heather, j'espère que tu fais attention cette fois-ci, lance Patty d'une voix inquiète. Je veux dire... au sujet de la morte. Tu ne vas pas te mêler de l'enquête, hein ?

– Bon sang, non !

Patty n'a pas besoin d'être informée de mon expédition à la résidence des Tau Phi Epsilon. Elle a suffisamment de soucis comme ça, étant tout à la fois : ex-mannequin, épouse de rocker et mère d'un bambin qui, aux dernières nouvelles, a mangé, en une seule fois, un bagel aussi gros que sa tête.

Ça non plus, ça n'avait pas plu à la nounou !

– Tant mieux, dit Patty. Ils ne paient pas assez pour que tu risques la mort, comme la dernière fois.

Frank s'arrête devant la maison de Cooper et je constate, surprise, que certaines pièces sont éclairées. Il doit donc être chez lui...

Or, avant que j'aie pu sortir de la voiture, Frank me demande :

– Au fait, Heather, pour le concert au Joe's Pub...

Je me fige, la main sur la portière. Je n'en reviens pas (mais bon, tant de sang a coulé sous les ponts...) d'avoir oublié l'invitation de Frank à me produire avec lui et son groupe.

– Oh, dis-je, cherchant frénétiquement une excuse valable. Ouais. En effet... Je peux te rappeler ? Là, tout de suite, je suis trop fatiguée. Je peux pas réflé...

– Il n'y a pas à réfléchir ! rétorque gaiement Frank. Il y aura juste moi, les gars du groupe et à peu près cent soixante personnes... Que de la famille et des amis ! Viens, ça va être marrant !

– Frank ! s'écrie Patty, ayant visiblement surpris l'expression de mon visage. C'est peut-être pas le meilleur moment pour parler de ça.

Frank ignore sa femme.

– Allez, Heather ! insiste-t-il. Tu ne surmonteras jamais ton trac si tu ne remontes pas sur scène ! Pourquoi ne pas le faire entourée d'amis ?

Le trac ? Ce serait donc ça, mon problème ? Étrange, je pensais que c'était juste la peur de me faire huer et de me prendre des tomates pourries en pleine poire ! Ou pire : qu'on me ricane au nez, comme l'avaient fait Jordan et son père en ce funeste jour où j'avais interprété mes propres compositions, dans les bureaux des Disques Cartwright.

– Je vais y réfléchir, dis-je à Frank. Merci de m'avoir déposée.

Je bondis hors de la voiture et cours vers la porte d'entrée, tête basse pour me protéger de l'assaut des flocons.

Ouf ! Je l'ai échappé belle.

Lucy vient à ma rencontre dans le vestibule, excitée de me voir, mais pas d'une façon qui semble vouloir dire : « Sors-moi tout de suite ! » Quelqu'un lui a déjà fait faire sa promenade.

– Ohé ! je crie en retirant manteau et écharpe.

Personne ne répond. Mais une odeur inhabituelle me parvient aux narines. Il me faut un bon moment pour l'identifier. Et soudain, je réalise. Ça sent la bougie. Cooper et moi n'utilisons guère de bougies. Cooper, parce que c'est un garçon. Et moi, parce que je les ai vues provoquer tant de débuts d'incendie, à Fischer Hall, que ça m'a rendue parano et que je crains, moi aussi, de partir en oubliant de souffler dessus.

Alors, pourquoi aurait-on allumé une bougie dans cette maison ?

L'odeur provient d'en haut. Pas du séjour ou de la cuisine, ni du bureau de Cooper. Elle provient d'en haut... de là où Cooper dort.

C'est alors que je réalise. Cooper est à la maison. Et il reçoit.

Dans sa chambre.

À la lueur des bougies.

Ce qui ne peut signifier qu'une chose : il a une invitée.

Évidemment. C'est pourquoi il n'a pas pu m'attendre à la sortie du commissariat, et a dû appeler Frank et Patty. Il avait rendez-vous !

Je me fige en bas des marches, tentant de comprendre pourquoi cette constatation me plonge dans un tel désarroi. Après tout, ce n'est comme si Cooper SAVAIT que je suis folle de lui. Pourquoi n'aurait-il pas le DROIT de fréquenter d'autres gens ? Le fait qu'il NE VOIT PERSONNE (en tout cas à ma connaissance... Ce qui est sûr, c'est qu'il n'a jamais ramené quelqu'un ici) depuis que je me suis installée ne veut pas dire qu'il ne le DOIT PAS ou qu'il ne le PEUT PAS. Maintenant que j'y pense, on n'a jamais abordé la question d'un invité qui resterait pour la nuit. Le cas ne s'est jamais présenté.

Jusqu'à aujourd'hui.

Bon. Et alors ? Il passe la nuit avec quelqu'un. Ça ne me regarde pas. Je vais grimper au troisième et aller me coucher. Aucune raison de m'arrêter devant sa porte, de frapper et de lui demander comment ça va. Même si je meurs d'envie de savoir à quoi elle ressemble. Dans sa famille, Cooper a la réputation de ne sortir qu'avec des femmes super-brillantes et carrément splendides – voire franchement exotiques. Du genre neurologue qui se trouve être un ancien mannequin. Ce type de femmes, quoi...

Même si j'avais jamais pensé avoir la moindre chance avec Cooper, un seul coup d'œil à ses nombreuses ex me remettrait les idées en place. Car qui voudrait d'une ex-chanteuse ruinée qui travaille comme directrice adjointe d'un dortoir et fait du quarante-six (ou quarante-huit) quand il peut sortir avec une ex-Miss Amérique docteur en physique ?

Ouais, je sais... Personne. Enfin, à moins que la physicienne ne soit très rasoir. Et qu'elle n'aime pas Ella Fitzgerald. (Je connais, quant à moi, toutes ses chansons par cœur – y compris le scat.) Et qu'elle ne possède ni ma gentillesse ni mon humour...

Assez ! ÇA SUFFIT !

Je monte au deuxième étage aussi discrètement que possible, Lucy haletant à mes côtés, lorsque je remarque quelque chose d'étrange. La porte de la chambre de Cooper est ouverte, mais pas éclairée. Alors que la porte de la chambre d'amis, à l'autre bout du couloir, ouverte *et* éclairée, baigne dans une lueur vacillante... comme la flamme d'une bougie.

Qui diable peut se trouver dans notre chambre d'amis, avec une bougie ?

– Ohé ! je crie une nouvelle fois.

Après tout, si Cooper reçoit ses conquêtes dans notre chambre d'amis, c'est à ses risques et périls. Sa chambre est son sanctuaire, je n'ai jamais osé m'y aventurer... ne serait-ce que parce qu'il n'y est presque jamais. Et que les draps à mille dollars la pièce, ça m'angoisse !

Mais la chambre d'amis...

La porte est légèrement entrebâillée. D'un point de vue technique, on peut dire qu'elle est ouverte. C'est pourquoi je pousse sur la poignée afin de l'ouvrir un peu plus, tout en lançant un troisième :

– Ohé !

... avant de pousser un cri perçant, en voyant mon père dans la posture du chien.

16

L'amour, c'est une réplique dans un mauvais mélo
Le chagrin, une vieille chanson qui passe à la radio
Toi, tu m'as toujours fait souffrir
Quand ça vient de toi, je dois aimer ça...

« Sans titre »
Écrit par Heather Wells

– Le yoga me décontracte énormément, m'explique papa. Là-bas, au camp, j'en faisais matin et soir. Ça m'a permis de rester jeune.

Je le fixe, de l'autre bout de la pièce. Étrange d'entendre son père parler de la prison comme d'un camp militaire, surtout pendant qu'il pratique le yoga.

– Papa. Tu pourrais arrêter ça une minute, qu'on puisse discuter ?

– Bien sûr, ma chérie.

Papa se remet debout.

Je n'en reviens pas. Il a emménagé, c'est clair. Sa valise ouverte (et vide) repose sur la banquette de la fenêtre. Ses chaussures sont alignées au pied de la commode avec une rigueur toute militaire. Sur le bureau ancien, il y a une machine à écrire – une machine à écrire ! – et un tas bien net de papier à lettres. Papa porte un pyjama bleu clair avec liseré bleu foncé. Une grosse bougie verte se consume sur la table de nuit, à côté de la biographie d'Abraham Lincoln.

– Bon sang ! je m'exclame. Comment es-tu entré ici ? Tu as forcé la serrure ?

– Bien sûr que non ! rétorque papa, manifestement indigné. J'ai appris des tas de choses au camp, mais pas à crocheter les portes blindées. C'est ton galant qui m'a invité à venir ici.

– Mon... (Je lève les yeux au ciel.) Papa, je t'ai dit que ce n'était pas mon galant ! Tu ne lui as quand même pas parlé de ce que j'éprouve pour...

Papa semble affligé.

– Heather... Évidemment, non ! Je n'aurais jamais idée de trahir un tel secret. J'ai simplement déploré mes conditions de vie actuelles devant M. Cartwright, qui a proposé de m'héberger ici.

– Papa ! Tu n'as pas fait ça !

– Eh bien... l'hôtel Chelsea n'était pas un endroit très convenable pour un homme dans ma situation, dit-il d'une voix patiente. J'ignore si tu le sais, Heather, mais la plupart des gens qui l'ont fréquenté ont un casier judiciaire. Il a eu pour clients de véritables assassins. Ce n'est pas un environnement favorable pour qui cherche à se réinsérer. En plus, c'était bruyant. Cette musique assourdissante ! Et ces coups de klaxon ! Alors qu'ici... (Il balaie la pièce des yeux, le visage radieux.) Ça me ressemble beaucoup plus.

– Papa.

C'est plus fort que moi. Je ne tiens plus debout. Je me laisse tomber sur le bord du lit à deux places.

– Cooper a précisé combien de temps tu pouvais rester ?

– Oui, à vrai dire, répond papa en tendant la main pour caresser les oreilles de Lucy, qui m'a suivie dans la chambre. Il a dit que je pouvais rester le temps qu'il faudrait pour que je redémarre dans la vie.

J'ai envie de hurler.

– Papa, franchement, tu ne peux pas faire ça. Non que je ne souhaite voir évoluer notre relation... à toi et moi, je veux dire. C'est juste que... tu n'as pas le droit d'abuser ainsi de la générosité de Cooper.

– Qui te parle d'abuser ? réplique papa d'un ton posé. Je vais payer ma chambre en travaillant pour lui.

– Tu vas... quoi ?

– Il m'embauche dans l'Agence Cartwright, dit papa, un peu trop fièrement à mon goût. Comme toi. Je suis son employé. Je vais l'aider à effectuer ses filatures. Il dit que j'ai l'allure idéale... que je me fonds dans la foule... que je suis transparent.

Mon effarement ne fait que croître.

– *Transparent* ?

– C'est ça.

Papa ouvre le tiroir de la table de nuit et en sort une petite flûte en bois.

– Je m'efforce de prendre ça comme un compliment, poursuit-il. Le fait d'être transparent, je veux dire. Je sais que je faisais souvent cet effet à ta mère, mais j'ignorais que ce qui était vrai pour elle l'était aussi pour tout le monde. Bon, bon... Écoute ce petit air que j'ai appris au camp ! Il est très reposant. Et après la journée que tu as passée, je suis sûr que tu as besoin d'un peu de détente.

Il porte la flûte à ses lèvres et commence à jouer.

Je reste un moment assise là, à me laisser gagner par la mélodie plaintive, et étrangement reposante, en effet. Puis je me ressaisis.

217

– Papa !

Il cesse aussitôt de jouer.

– Oui, ma chérie.

Ce sont tous ces « chérie » qui me sortent par les yeux. Ou plutôt qui me donnent envie de lui arracher les siens.

– Je vais me coucher. On reparlera de ça demain matin.

– Très bien, dit-il. Mais je ne vois pas de quoi nous devrions reparler. Cooper sait ce qu'il fait. S'il veut m'embaucher, je ne vois pas pourquoi tu t'y opposerais.

Moi non plus, d'ailleurs. Sauf que... comment faire comprendre à Cooper que je suis la femme de ses rêves si mon père est constamment dans les parages ? Comment préparer un dîner romantique pour deux avec steak mariné, comme prévu ? Un dîner steak pour trois, ça n'a rien de romantique !

– Je suis conscient de ne pas avoir été le meilleur des pères, Heather, reprend papa. Ni ta mère ni moi n'avons constitué de très bons modèles. Mais j'espère que nous n'avons pas causé trop de ravages, et que tu es capable d'avoir avec les autres des relations aimantes. Parce que c'est mon vœu le plus cher : que toi et moi puissions entretenir de telles relations. On a tous besoin d'une famille, Heather.

Ah oui ? J'aurais besoin d'une famille, moi ? C'est ça, ce qui ne va pas chez moi ? Le fait que je n'aie pas de famille ?

– Tu as l'air fatiguée, fait remarquer papa. Rien d'étonnant, vu ta journée. Tiens, voilà qui va peut-être te réconforter.

Et il se remet à jouer de la flûte.

OK. De ça, c'est sûr, je n'ai pas besoin !

Je me penche, souffle la bougie de papa et la retire de la table de nuit.

– Risque d'incendie ! je lance de ma voix de directrice adjointe, avant de quitter la pièce d'un pas raide pour gagner mon appartement, à l'étage au-dessus.

Il neige encore le lendemain à mon réveil, comme je le constate en jetant un coup d'œil au-dehors. La neige tombe plus lentement, moins abondamment, mais toujours en gros flocons duveteux.

Et quand je me lève – un exploit, car mon lit est si douillet, avec Lucy couchée en travers – et me dirige vers la fenêtre, c'est un merveilleux paysage d'hiver que je contemple.

New York n'a plus la même allure après une tempête de neige. Une couche de deux centimètres suffit à la rendre méconnaissable, en recouvrant la crasse et les graffitis, conférant ainsi à toutes choses un air neuf et étincelant.

Et avec cinquante centimètres de neige – il semblerait que c'est ce que nous avons aujourd'hui – on se croirait carrément sur une autre planète. Le silence règne... Plus de coups de klaxon, plus d'alarmes de voitures. Tous les bruits sont étouffés, chaque branche ploie sous le poids de cette blancheur veloutée, chaque rebord de fenêtre en est revêtu. Soudain, je réalise.

L'alerte neige a dû être donnée.

Je bondis sur le téléphone pour appeler la hot-line météo de la fac. Oui. Les cours sont annulés aujourd'hui. La fac est fermée. La ville entière, à vrai dire. Personne ne devrait sortir, hormis le personnel d'urgence.

Sauf, bien entendu, les gens résidant à deux pas de leur lieu de travail – auquel cas, difficile de prétendre que l'on n'a pas pu y parvenir.

Mais bon... on peut arriver en retard.

Je m'accorde le temps de prendre un bain – pourquoi se laver debout quand on peut se laver couché ? – et de m'habiller. Je suis contrainte de me rabattre sur mon jean de secours, mon jean principal étant maculé de sang. À ma grande contrariété, je remarque qu'il me serre un peu. Enfin, plus qu'un peu... Il me faut recourir, pour le détendre, à l'un de mes vieux trucs : y coincer des chaussettes roulées en boule au niveau de la taille, pendant que j'effectue des flexions des jambes. Je me rassure en me disant qu'il vient à peine de sortir du sèche-linge. Il y a deux semaines !

Lorsque je retire les chaussettes, avant de descendre, le jean est un peu moins serré. Au moins, j'arrive à respirer.

C'est alors qu'une odeur peu familière s'insinue dans mes narines. Peu familière dans cette maison, en tout cas...

Ça sent le bacon. Et, sauf erreur de ma part, les œufs.

Je me précipite en bas des marches, Lucy pendue à mes basques. Et suis horrifiée quand, entrant dans la cuisine, je trouve Cooper lisant son journal tandis que mon père, vêtu d'un pantalon de velours marron et d'un pull en laine, est aux fourneaux. En train de préparer le petit déjeuner.

– Ça peut pas continuer comme ça ! dis-je à voix haute.

Papa se retourne et me regarde.

– Bonjour, mon trésor. Jus d'orange ?

Cooper replie une partie de son journal.

– Qu'est-ce que tu fais debout ? demande-t-il. Aux nouvelles, ils viennent d'annoncer que l'université de New York est fermée.

J'ignore ses paroles. Mais je ne peux ignorer Lucy qui gratte la porte donnant sur le jardin pour qu'on la laisse sortir. Je lui ouvre. Une bouffée d'air glacial entre dans la maison. Lucy paraît déçue de ce qu'elle voit mais, courageuse, trotte droit devant. Je referme derrière elle et, pivotant sur mes talons, fais face à mon père. Parce que j'ai pris une décision.

Et toutes les flûtes du monde ne me feront pas changer d'avis !

– Papa, dis-je, tu ne peux pas t'installer ici. Je suis désolée, Cooper. C'est sympa de ta part de l'avoir proposé. Mais c'est trop bizarre.

– Détends-toi ! réplique Cooper, derrière son journal.

Je sens ma pression artérielle monter de dix points. Pourquoi ça me fait toujours cet effet, quand quelqu'un me dit « détends-toi » ? Je poursuis :

– Non mais, sérieusement. Moi aussi, j'habite ici. Je travaille également pour l'Agence Cartwright. N'ai-je pas mon mot à dire ?

– Non, rétorque Cooper, le nez dans son journal.

Papa se retourne et me tend une tasse de café fumante.

– Bois ça, mon trésor ! Tu n'as jamais été du matin. Tu tiens de ta mère.

– Je ne tiens pas de maman !

Je prends quand même le café ; il sent si bon.

– C'est clair ? On n'a *rien* en commun, elle et moi. Tu vois, Cooper ? Tu as invité cet homme à s'installer ici, et regarde le résultat ! Il est déjà en train de me dire que je ressemble à ma mère ! Alors qu'on n'a rien en commun, elle et moi !

– Alors permets-lui de rester ici, réplique Cooper, ne daignant toujours pas lever les yeux de son canard. Afin qu'il s'en rende compte par lui-même.

221

– Ta mère est une femme charmante, Heather, dit papa en transférant des œufs au plat et du bacon sur une assiette. À part le matin. Un peu comme toi.

Il me tend l'assiette.

– Tiens ! C'est comme ça que tu les aimais quand tu étais petite. C'est toujours le cas, j'espère !

Je regarde l'assiette. Il a disposé les deux œufs et le bacon de façon qu'ils évoquent des yeux et une bouche – ainsi qu'il le faisait quand j'étais gamine.

Je suis prise d'une soudaine envie de pleurer.

Maudit soit-il ! Comment peut-il me faire ça ?

– C'est parfait, merci, je marmonne en me mettant à table.

– Eh bien, déclare Cooper, lâchant enfin son journal. Maintenant que tout est arrangé... ton père va habiter quelque temps avec nous, histoire de lui permettre de rebondir. Et c'est tant mieux, parce que j'ai besoin de lui. J'ai trop de boulot pour pouvoir m'en sortir seul, et ton père a les qualités requises pour faire un bon assistant.

– Il est *transparent* ! dis-je en mastiquant une tranche de bacon (exquis, d'ailleurs. Je ne suis pas seule à le penser. Lucy, que papa a fait rentrer en l'entendant gratter à la porte, se régale elle aussi du morceau que je lui ai passé sous la table).

– Précisément, confirme Cooper. Qualité qu'il ne faudrait jamais sous-estimer quand on travaille dans une agence de détectives.

Le téléphone sonne. Papa s'écrie :

– Je le prends !

Et sort de la cuisine pour aller répondre.

À peine a-t-il quitté la cuisine que Cooper poursuit, sur un tout autre ton :

– Écoute, si c'est réellement un problème, je peux lui trouver une chambre quelque part. Je n'avais pas réalisé que vos rapports étaient si... si houleux. Je pensais que ça pourrait te faire du bien.

Je le fixe, hébétée.

– Du *bien* ? Comment le fait de vivre avec mon ex-taulard de père pourrait-il me faire du *bien* ?

– Je ne sais pas, concède Cooper, embarrassé. C'est simplement que... tu n'as personne.

– On a déjà discuté de tout ça, dis-je d'une voix acerbe. Toi non plus, tu n'as personne.

– Mais ça ne me manque pas.

– À moi non plus !

– Heather, rétorque-t-il. Ce n'est pas vrai. Tu n'as pas, comme moi, hérité d'une maison de ville et d'une petite fortune. Ne le prends pas mal, mais vingt-trois mille dollars par an, à Manhattan, c'est une misère. Tu as besoin d'un maximum d'amis et de membres de ta famille...

– Même ceux qui ont fait de la prison ?

– Écoute. Ton père est un homme extrêmement intelligent. Je suis certain qu'il va retomber sur ses pieds. Et il serait bon que tu sois dans les parages le jour où ça arrivera, ne serait-ce que pour le culpabiliser assez pour qu'il te fasse un peu profiter de son argent. Il te doit au moins tes frais d'inscription à la fac.

– J'ai pas besoin de son argent, c'est gratuit pour moi vu que j'y travaille. T'as oublié ?

– Non, réplique Cooper avec une patience un peu forcée. Mais tu n'aurais pas besoin d'y travailler si ton père était prêt à payer tes frais d'inscription.

Je le regarde avec stupéfaction.

– Tu veux dire... que je pourrais démissionner ?

– Pour étudier à plein temps, si obtenir un diplôme est vraiment ton objectif prioritaire ? répond-il, sirotant son café. Oui.

C'est marrant mais, même si ce qu'il dit est très sensé, je n'imagine pas ne plus travailler à Fischer Hall. Je n'occupe mon poste que depuis six mois et des poussières ; et j'ai pourtant l'impression d'avoir fait ce job toute ma vie. L'idée de ne pas y aller tous les jours me perturbe.

Ce sentiment est-il propre à tous les employés de bureau ? Ou serait-ce que j'aime réellement mon boulot ?

– Très bien, dis-je d'une voix triste, les yeux rivés sur mon assiette vide. Tu as sans doute raison. C'est juste que... déjà que j'ai l'impression d'abuser de ton hospitalité... je ne tiens pas à ce que ma famille vive elle aussi à tes crochets.

– Laisse-moi le soin de me protéger des parasites, proteste Cooper. Je me débrouille très bien tout seul. Qui plus est, tu n'abuses pas de mon hospitalité. Ma comptabilité n'a jamais été aussi bien gérée. Les factures partent toujours à temps, pour changer, et sont toutes exactes. C'est pourquoi je n'en reviens pas qu'on t'oblige à suivre des cours de maths de rattrapage. Tu es si douée pour...

Aux mots « cours de rattrapage », je sursaute, me rappelant soudain quelque chose. Oh non !

– Quoi ?

– Mon premier cours a eu lieu hier soir, dis-je en plongeant mon visage dans mes mains. Ça m'était sorti de la tête ! Mon premier cours pour obtenir mon équivalence... et je l'ai loupé !

– Je suis certain que ton professeur comprendra, Heather. Surtout s'il lit le journal ces jours-ci.

Papa revient dans la cuisine, brandissant le téléphone sans fil.

– C'est pour toi, Heather. C'est Tom, ton chef. Quel charmant jeune homme ! On a eu une chouette discussion à propos du match d'hier soir. Pour une équipe de troisième division, vos joueurs ont vraiment assuré.

Levant les yeux au ciel, je lui prends le téléphone des mains. Si on me parle de basket une seconde de plus, je vais hurler !

Et que suis-je censée faire de ce que Kimberly m'a révélé hier soir ? Y avait-il quelque chose entre l'entraîneur et Lindsay Combs ? Et si oui, pourquoi cela aurait-il poussé Andrews à la *tuer* ?

– Je sais que la fac est fermée, dis-je à Tom. Mais je viens quand même.

Vu mon nouveau colocataire, la mousson elle-même ne m'empêcherait pas d'y aller. Alors ce n'est pas un petit vent de nord-est...

– Je n'en doute pas, réplique Tom.

De toute évidence, l'idée que je puisse faire ce que tous les New-Yorkais font aujourd'hui – rester chez eux – ne lui a pas effleuré l'esprit.

– C'est pour ça que je suis content d'avoir pu te choper avant que tu partes, continue Tom. Le docteur Jessup a téléphoné...

J'émets un grognement. C'est mauvais signe.

– Ouais, approuve Tom. Il appelait de sa maison de Westchester ou je sais plus quoi. Il tenait à s'assurer qu'un représentant du service du logement irait rendre visite à Manuel à l'hôpital aujourd'hui. Pour montrer que ça nous affecte. Et aussi pour lui apporter des fleurs, même si tous les fleuristes sont fermés du fait de la tempête. Il a suggéré que tu achètes quelque chose à la boutique-cadeaux de l'hôpital, et que je te rembourse avec l'argent de la cagnotte.

– Oh...

Je suis déconcertée. C'est une mission de tout premier plan. Et le docteur Jessup n'a pas coutume de demander aux directeurs adjoints de représenter le service du logement. Non qu'il ne nous fasse pas confiance. Il se trouve juste que je ne suis pas la plus populaire des employées depuis que j'ai négligé, pendant le stage de formation, de rattraper au vol la directrice adjointe de Wasser Hall.

– Tu es sûr qu'il veut que j'y aille, *moi* ?

– Eh bien... en fait, il n'a pas précisé. Mais il tient à ce que quelqu'un du service du logement s'y rende, pour donner l'impression que ça nous importe.

– Ça nous importe !

– Évidemment que ça nous importe. Je crois que son « nous » désignait l'ensemble du service du logement, et non nous autres, qui connaissions Manuel personnellement. J'ai songé que comme vous vous fréquentiez déjà avant, lui et toi, et que c'est quand même toi qui lui as sauvé la vie, et...

– ... et que je suis plus près de l'hôpital Saint-Vincent que n'importe quel autre employé de Fischer Hall, dis-je, concluant pour lui.

Tout s'éclaire.

– Tu m'as compris. Alors, tu veux bien ? Faire un crochet par là-bas avant de venir ici ? Tu peux prendre un taxi à l'aller et au retour – si tu en trouves un. Le docteur Jessup dit qu'on te remboursera si tu rapportes les factures...

– Tu sais que je suis contente de pouvoir le faire. (Toute occasion de dépenser de l'argent et de faire casquer le service me met en joie.) Sinon, ça va comment, toi ? je demande d'un ton faussement désinvolte.

Alors que sa réponse est vitale pour mon avenir et mon bonheur... Qui sait quel horrible nouveau chef on pourrait me coller si Tom décidait de partir ? Quelqu'un comme le docteur Kilgore, peut-être...

– Tu songes toujours à... Enfin, l'autre jour, tu as insinué que tu pourrais décider de rentrer au Texas.

– J'essaie juste de régler les choses au fur et à mesure, Heather, soupire Tom. Tu sais, ma formation en gestion du personnel étudiant ne prenait pas en compte les cas d'agression et de meurtre.

– D'accord, dis-je. Mais au Texas, ils n'ont pas ces blizzards tellement rigolos !

– C'est vrai, concède-t-il, sans pour autant paraître convaincu de la supériorité de New York sur le Texas. On se voit dans un moment. Couvre-toi bien !

– Merci.

Et je raccroche...

... pour constater que Cooper me regarde d'un air bizarre, par-dessus sa tasse de café.

– Tu vas rendre visite à Manuel à Saint-Vincent ? demande-t-il d'un ton léger. Trop léger.

– Oui, dis-je en détournant les yeux. (Je sais ce qu'il s'imagine. Et rien ne saurait être plus éloigné de la vérité. Quoi que « rien », c'est beaucoup dire.) Comme j'ai peu de chances de trouver un taxi, je vais monter me rajouter des épaisseurs.

– Tu vas juste transmettre tes vœux de prompt rétablissement à Manuel et repartir, pas vrai ? Tu n'as pas l'intention de... de traîner et de l'interroger à propos de ses agresseurs et de leur mobile, n'est-ce pas ?

Je ris de bon cœur à ses paroles.

– Cooper ! je m'exclame. Mon Dieu, ce que tu es drôle ! Pourquoi j'irais faire une chose pareille ! Tu imagines ? Ce pauvre garçon a été brutalement agressé à coups de couteau. Il a passé toute la nuit au bloc. Il n'aura probablement même pas repris connaissance. Je vais entrer vite fait, déposer les fleurs ou les ballons... et repartir aussi sec.

– Tant mieux. Car l'inspecteur Canavan t'a demandé de ne pas fourrer ton nez dans l'enquête sur la mort de Lindsay.

– Absolument.

Papa, qui a suivi notre échange avec la même concentration que le match de la veille au soir, semble perdu.

– Pourquoi Heather irait-elle se mêler du meurtre de cette malheureuse jeune fille ?

– Oh, disons que votre fille a tendance à un peu trop se soucier de la vie des étudiants de sa résidence, répond Cooper. Et de leur mort.

Papa me regarde avec gravité.

– Enfin, mon trésor. Tu devrais laisser ce genre de choses à la police ! Tu ne voudrais pas courir le risque d'être blessée, n'est-ce pas ?

Mon regard passe, à plusieurs reprises, de l'un à l'autre. Et soudain, je réalise : je suis en minorité ! Ils sont deux fois plus nombreux que moi !

Je laisse échapper un cri exaspéré et quitte la pièce d'un pas furibond.

17

Cette ville, c'est pas que de l'acier, du béton
Cette ville, c'est aussi des milliards d'histoires
« On m'a cassé des dents, ça m'empêche pas de sourire »
Voilà ce que dit le petit malin, le combattant des rues :
« Vas-y, mets-moi à l'épreuve ! »

« Combattant des rues »
Écrit par Heather Wells

Par chance, la boutique-cadeaux de l'hôpital est ouverte. Cela dit, les fleurs ne sont pas de toute première fraîcheur. Il n'y a pas eu de livraison ce matin, vu l'état des routes, si mauvais que je n'ai pas trouvé de taxi et qu'il m'a fallu marcher au beau milieu de la rue pour éviter des congères qui m'arrivent au genou.

En revanche, ils ont toutes sortes de ballons et le gonfleur à hélium fonctionne. Je me fais donc une joie de composer un énorme **bouquet** de ballons et, pour faire bonne mesure, y ajoute **un ours** en peluche « prompt rétablissement », après m'être assurée que le ruban arborant le message se détache, pour que Manuel puisse plus tard fourguer l'ours à une petite amie ou à une nièce. Faut garder ces choses-là à l'esprit, quand on offre une peluche à un homme.

Je me dirige vers les soins intensifs, où l'on a transféré Manuel. À mon arrivée, il est conscient, quoique groggy, et il a une quantité de drains et de sondes insérés dans le corps. Il y a pas mal de gens dans la chambre – notamment une femme, vraisemblablement sa mère, affalée sur une chaise à côté de Julio. Tous deux somnolent. Si je remarque deux flics, un posté à chaque entrée de l'unité de soins intensifs, je ne vois l'inspecteur Canavan nulle part. Soit il n'est pas encore parvenu en ville, soit il est déjà passé et reparti.

Deux autres types, qui m'ont l'air de représentants des forces de l'ordre, se tiennent, dos au mur, devant la chambre de Manuel. Vêtus de costumes trempés jusqu'au genou pour avoir eu, eux aussi, à affronter les congères, ils ont une tasse de café à la main. Comme je m'approche, l'un d'eux lance à son collègue :

– Canavan l'a interrogé au sujet de la clé ?

– Ouais. Et il a reçu à peu près la même réponse. Que dalle.

– Et au sujet de la fille ?

– Que dalle.

– On devrait peut-être demander à l'oncle du gamin de lui poser des questions, dit le plus âgé. Il réagira peut-être mieux face à un visage familier.

– Le gosse est complètement sonné, rétorque son collègue en haussant les épaules. On n'en tirera rien.

Tous deux s'aperçoivent au même moment de ma présence. Difficile de me rater, avec mon énorme bouquet de ballons. Et puis, il est clair que je les espionne.

– On peut vous aider, mademoiselle ? demande le plus jeune sur un ton d'ennui.

– Oh, salut ! dis-je. Je ne voulais pas vous déranger. Je viens voir comment se porte Manuel Juarez. Je travaille au service du logement de l'université. Ce sont eux qui m'envoient.

230

– Vous avez une carte de membre du personnel ? demande le plus vieux des deux inspecteurs (ou Dieu sait ce qu'ils sont), d'une voix aussi lasse que le premier.

Je farfouille pour retrouver ma carte, priant le plus jeune de me tenir mes ballons pendant ce temps.

– Joli, l'ours ! observe-t-il sèchement.

– Merci. C'est ce qu'il m'a semblé.

Ils vérifient mon identité. Puis le plus âgé me rend ma carte et dit, désignant la porte de la chambre :

– Allez-y, entrez.

Je reprends mes ballons et, après voir eu toutes les peines du monde à leur faire franchir la porte, je vais discrètement me poster au chevet de Manuel. Il m'observe sans dire un mot. Un seul son me parvient aux oreilles : le souffle régulier de son oncle et de la femme que je pense être sa mère. Et le cliquetis de toutes ces machines, près de son lit, occupées à remplir leurs mystérieuses fonctions.

– Ohé, salut, Manuel ! je lance avec un sourire, en lui montrant les ballons. Ils sont pour toi, de la part de tout le personnel de Fischer Hall. On espère que tu seras bientôt rétabli. Désolée pour l'ours en peluche, il est un peu... Enfin, tu vois. Mais ils n'avaient plus de fleurs.

Manuel parvient à esquisser un sourire. Encouragée, je poursuis :

– C'est pas la grande forme, hein ? Je suis navrée, Manuel. C'est vraiment ignoble, ce que t'ont fait ces gars.

Manuel ouvre la bouche pour dire quelque chose, mais il n'en sort qu'un grognement. Je vois qu'il désigne du regard un broc marron, sur sa table de chevet. À côté, des gobelets en carton.

– Tu veux de l'eau ? je demande. Personne ne t'a dit que tu n'étais pas censé en boire ? Parce que quelquefois, ils ne veulent pas qu'on en boive... au cas où on devrait subir une autre intervention, ou un truc dans ce goût-là...

Manuel secoue la tête. Alors, après avoir lâché le fil et laissé les ballons monter au plafond pour libérer ma main, je verse l'eau dans un gobelet.

– Tiens, dis-je.

Comme il est trop faible pour lever les mains, lestées par toutes les sondes qui y sont insérées, je porte le gobelet à ses lèvres. Il boit avec avidité.

Puis il fixe à nouveau le broc. Concluant qu'il en veut encore, je le remplis à nouveau. Il boit plus lentement cette fois-ci. Lorsqu'il a fini, je lui demande s'il désire que je le resserve. Manuel secoue la tête. Il peut enfin parler.

– J'avais une de ces soifs ! J'ai essayé de le faire comprendre à ces types... (Il agite la tête en direction des deux inspecteurs, dans le couloir.) Mais ils n'ont pas compris ce que je voulais. Je ne pouvais pas parler, j'avais la gorge trop sèche. Merci.

– Oh, je t'en prie.

– Et merci pour hier soir...

Il ne parle pas très fort – et il n'a jamais été, même au top de sa forme, du genre à parler fort. J'ai donc du mal à distinguer ses paroles. En me penchant un peu, j'y parviens tout de même.

– Oncle Julio dit que tu m'as sauvé la vie.

Je secoue la tête.

– Oh non. Ce sont les secouristes qui t'ont sauvé. Je me suis trouvée au bon endroit au bon moment, c'est tout.

232

– Eh bien, dit-il avec un sourire. J'ai eu de la chance, alors. Mais personne ne veut me le dire... On a gagné ou pas ?

– Le match de basket ? (Je ne peux m'empêcher d'éclater de rire.) Non. On s'est fait laminer en seconde mi-temps.

– C'est ma faute, dit Manuel, visiblement chagriné.

– Non, c'est pas ta faute, je rétorque, sans cesser de rire. Les Coquelicots ont été nuls !

– Ma faute... répète-t-il, la gorge nouée.

Je cesse de rire. Parce que je réalise qu'il pleure. De grosses larmes s'accumulent dans ses yeux, menaçant de ruisseler sur ses joues. Il semble avoir envie de les essuyer, mais n'en est pas capable.

– Ce n'est pas ta faute, Manuel. Où vas-tu chercher ça ? Les gars de l'équipe n'étaient même pas au courant, pour toi. Ce n'est que plus tard que l'entraîneur leur a dit que tu...

– Non ! (Les larmes commencent à couler sur son visage.) Je veux dire que c'est ma faute pour Lindsay. Si elle est morte, c'est à cause de moi.

Oh-oh...

– Manuel, dis-je. Tu n'y es pour rien, si quelqu'un a tué Lindsay. Pour rien du tout.

– C'est moi qui lui ai donné la clé, insiste-t-il.

Il parvient à bouger l'une de ses mains. Serre le poing et frappe le matelas avec une pathétique absence de force.

– Ça ne signifie pas que tu l'as tuée.

– Elle ne serait pas morte si je ne la lui avais pas donnée. J'aurais dû refuser quand elle me l'a demandée. Mais... mais elle pleurait.

– OK.

Je jette un coup d'œil en direction des deux détectives, dans le couloir. Ils ne sont plus là. Où sont-ils allés ? Je suis tentée de les rattraper, de leur dire de venir tout de suite. Seulement, je ne voudrais pas que Manuel cesse de parler...

– Ça, tu nous l'as dit hier soir. Quand est-elle venue te voir, Manuel ? Quand t'a-t-elle demandé la clé ?

– Juste avant que je rentre chez moi. Lundi soir. Après la fermeture de la cafétéria, à sept heures. J'avais fait un double service pour remplacer Fernando, qui devait se rendre à l'anniversaire de sa grand-mère. Elle est venue vers moi quand j'enfilais mon manteau pour repartir, et m'a dit qu'elle avait besoin de la clé de la cafèt', parce qu'elle y avait laissé quelque chose.

– Elle a précisé quoi ? je demande en regardant vers la porte. (Mais où sont passés les deux types ?) C'était quoi, ce qu'elle y avait laissé ?

Manuel secoue la tête. Il pleure toujours.

– J'aurais dû y aller avec elle. J'aurais dû l'accompagner, lui ouvrir la porte et attendre qu'elle ait récupéré ce qu'elle avait à récupérer. Mais j'étais censé retrouver quelqu'un (au ton sur lequel il dit cela, je devine qu'il s'agit d'une petite copine). Et j'étais limite en retard. Et puis... et puis c'était Lindsay.

– Ouais, je réplique d'une voix encourageante. Tout le monde la connaissait. Tout le monde lui faisait confiance.

Bien que je commence à penser qu'on n'aurait peut-être pas dû...

– Ouais, je sais que je n'aurais pas dû la lui donner, poursuit Manuel. Mais elle était si jolie, si gentille. Nous l'aimions tous. Je pouvais pas imaginer qu'elle voulait la clé pour de mauvaises raisons. Elle m'a dit que c'était très important... qu'elle avait quelque chose à rendre à... aux gens à qui elle l'avait emprunté. Que sinon, ils allaient lui en vouloir...

Mon sang se glace – comment expliquer, sinon, que j'aie soudain si froid ?

– Elle n'a pas dit qui *ils* étaient ?

Manuel fait non de la tête.

– Et elle a réellement dit « ils » avec un « s », comme s'ils étaient plusieurs ?

Il acquiesce.

Voilà qui était bizarre. À moins que Lindsay n'ait utilisé la troisième personne du pluriel pour ne pas, en disant « il » ou « elle », révéler le sexe de la personne dont elle parlait.

– Tu lui as donc donné la clé.

Il hoche tristement la tête.

– Elle a promis de me la rendre. M'a dit qu'elle me retrouverait à l'accueil le lendemain matin à dix heures et qu'elle me rendrait la clé. J'ai attendu. C'est là que j'étais quand la police est arrivée. Personne ne m'a informé de ce qui se passait. Ils sont passés devant moi comme si j'existais pas. Je l'attendais et, pendant ce temps, elle était là-dedans, morte !

Manuel s'interrompt. Il s'étouffe un peu, tant ses sanglots sont violents. L'une des machines auquel il est relié par un tuyau émet un signal. La femme que je suppose être sa mère s'agite dans son demi-sommeil.

– Si... reprend-il. Si...

– Manuel, ne parle plus ! dis-je. Et, à l'adresse de la femme, qui vient de se réveiller :

– Allez chercher une infirmière !

Elle écarquille les yeux et se précipite hors de la chambre.

– Si... répète Manuel.

– Manuel, ne dis plus rien !

Entre-temps, Julio s'est lui aussi réveillé et murmure à son neveu des paroles en espagnol.

Mais Manuel refuse de se calmer.

– Si ce n'est pas ma faute, réussit-il enfin à articuler, pourquoi auraient-ils essayé de me tuer ?

– Parce qu'ils croient que tu sais qui ils sont. Ceux qui ont tué Lindsay pensent que tu pourrais les identifier. Ce qui signifie qu'elle a dû te dire quelque chose qui le leur a fait croire. C'était quoi, Manuel ? Essaie de te rappeler.

– Elle a dit... elle a dit quelque chose au sujet d'un certain...

– Doug ? je m'écrie. Est-ce qu'elle a mentionné un type nommé Doug ? Ou Mark, peut-être ?

Le signal s'intensifie. Une doctoresse et deux infirmières entrent en toute hâte, talonnées par la mère de Manuel... et les deux inspecteurs.

– Non, répond Manuel, d'une voix faiblissante. Il me semble que c'était... Steve... Elle a dit que Steve allait lui en vouloir à mort.

Steve ? C'est qui, *Steve* ?

Ses yeux se ferment.

– Poussez-vous de là ! aboie la doctoresse.

Je m'écarte, pendant qu'elle traficote les tuyaux de Manuel. Dieu merci, le signal reprend un rythme plus normal. La doctoresse paraît soulagée. Manuel s'est de toute évidence endormi.

– Tout le monde dehors ! lance l'une des infirmières en nous indiquant la porte. Il a besoin de se reposer maintenant.

– Mais je suis sa mère ! proteste la femme.

– Vous, vous pouvez rester, concède l'infirmière. Les autres, dehors !

Je ne suis vraiment pas fière de moi. Je m'éloigne en traînant les pieds en compagnie des deux détectives, tandis que Mme Juarez et Julio restent avec Manuel.

– Que lui est-il arrivé ? me demande le plus jeune, une fois dans le couloir.

Alors, je lui raconte tout. Tout ce qu'a dit Manuel. Surtout ce qui concerne Steve.

Ça a l'air de les raser.

– Tout ça, on le sait déjà, rétorque le plus vieux d'un ton culpabilisant, comme si je tenais absolument à leur faire perdre leur temps.

Je suis choquée.

– Ce n'est pas vrai !

– Si, on le sait ! insiste le plus jeune, soutenant son collègue. C'était dans le rapport. Tous ces trucs à propos de la clé, il les a déjà dits hier soir.

– Pas ce qui se rapporte à Steve ! dis-je.

– Je suis quasiment sûr que le rapport mentionne un Steve, dit le plus âgé.

– Steve, confirme le plus jeune. À moins que ce ne soit John.

– Il n'y a pas de John, dis-je. Juste un Doug. Voire un Mark. Mark était le petit ami de la défunte. Enfin, à part qu'elle fréquentait en douce un certain Doug. Et à présent, il y a un Steve. Sauf que j'ai jamais entendu parler d'aucun Steve...

– Vous ne nous apprenez rien, répète le plus jeune, manifestement agacé.

Je les foudroie du regard.

– Où est l'inspecteur Canavan ?

237

– Il n'a pas pu arriver en ville ce matin. À cause de l'état des routes là où il habite.

– Eh bien, allez-vous l'appeler pour lui parler de ce Steve ? Ou dois-je le faire moi-même ?

– Mademoiselle, on vous l'a déjà dit. Nous savons... commence le plus jeune.

– Bien sûr qu'on va l'appeler ! l'interrompt son collègue.

Le premier paraît stupéfait.

– Mais Marty...

– On va l'appeler, répète le plus vieux en lui adressant un clin d'œil.

– Ah, OK, fait l'autre. Ouais, ouais, appelons-le !

Je reste plantée là à les regarder. L'inspecteur Canavan les a prévenus à mon sujet, c'est clair. Ce qui est tout aussi clair, c'est qu'il n'a pas fait mon éloge...

– Vous savez, dis-je d'une voix agressive, j'ai son numéro de portable. Je pourrais l'appeler moi-même.

– Qu'est-ce que vous attendez ? rétorque Marty, le plus âgé des deux policiers. Il sera content d'avoir de vos nouvelles, j'en suis certain !

L'autre s'esclaffe.

Je sens mes joues s'empourprer. Suis-je donc, aux yeux de Canavan, une telle emmerdeuse ? Certes, je m'en doutais un peu. Mais je n'aurais jamais pensé qu'il se plaignait de moi auprès des officiers du Central 6. Serais-je la risée du commissariat ?

C'est fort possible.

– Très bien, dis-je en faisant volte-face. Il faut que j'y aille, à présent.

– Une seconde ! Mademoiselle Wells ?

Je me retourne. Le jeune tient un stylo et un carnet.

– Désolé, mademoiselle Wells... j'ai failli oublier. (Il semble très sérieux.) Je peux avoir un autographe ?

Je le fixe avec étonnement. C'est une blague, ou quoi ?

– Je plaisante pas... J'ai dit à ma petite sœur que vous traîniez souvent au commissariat, et elle m'a demandé de lui rapporter un autographe, si c'était possible.

Il paraît sincère. Je prends le stylo et le carnet, m'en voulant de m'être montrée si irritable.

– Volontiers. C'est quoi, le prénom de votre sœur ?

– Oh, elle a juste besoin de la signature, répond l'officier. Elle dit que les autographes se vendent moins bien, sur eBay, quand ils sont personnalisés.

Je lui jette un regard noir.

– Elle veut un autographe pour pouvoir le vendre sur eBay ?

– Ben ouais. (Il a l'air très surpris que j'aie pu imaginer autre chose.) Qu'est-ce que vous voudriez qu'elle en fasse, de tous vos vieux CD ? Elle dit qu'elle aura plus de chances de les vendre si elle y ajoute un autographe. Que ça la distinguera des millions d'autres gens qui se débarrassent de leur collection de CD d'Heather Wells.

Je lui rends carnet et stylo.

– Au revoir, messieurs les inspecteurs ! dis-je en tournant les talons.

– Ohé, me crie le plus jeune. Heather ! Ne le prenez pas comme ça !

– On ne pourrait pas tous être amis ? demande Marty, riant tellement fort qu'il a du mal à articuler.

Parvenue à l'ascenseur, je fais volte-face pour leur dire ce que je pense d'eux. Avec mon majeur.

Ils s'esclaffent de plus belle.

C'est dans les moments de crise, prétend-on, que les New-Yorkais révèlent le meilleur d'eux-mêmes.

On raconte vraiment n'importe quoi !

18

Ne laisse pas l'amour filer comme un phare
Dans la nuit en emportant ton cœur
Pas la peine d'attendre que les choses arrivent
Allez, vas-y, bats-toi !

« Ne laisse pas l'amour... »
Écrit par Heather Wells

Je parviens à regagner Fischer Hall en un seul morceau – enfin, plus ou moins. Impossible de trouver un taxi. Il n'y en a pas. Les rares véhicules que je vois rouler sont des voitures de police. L'une d'entre elles effectue une marche arrière sur la Sixième Avenue puis reste bloquée là, ses roues patinant dans la neige. Un groupe de gens sort d'un salon de thé et d'un magasin Gap pour l'aider à se dégager.

Pas moi. Pour ce qui est des flics, j'ai eu ma dose aujourd'hui. Je suis toujours contrariée par cette histoire d'autographe quand je pénètre enfin dans mon bureau... pour y trouver Tom, assis à ma place, tandis que la porte de son bureau est fermée. J'entends chuchoter le docteur Kilgore.

– C'est pas vrai ! dis-je en retirant mon bonnet d'un geste vif. (Je sens mes cheveux flotter dans l'air, chargés d'électricité. Mais ça m'est égal.) Ne me dis pas qu'elle est revenue !

– Et va rester toute la semaine, je le crains, répond Tom d'une voix morose. Ne te laisse pas abattre ! Demain, c'est vendredi.

Je retire mon manteau et me laisse tomber sur la chaise de Sarah.

– N'empêche... J'ai l'impression qu'on viole mon espace vital. Elle est avec qui ?

– Cheryl Haebig.

– *Encore elle ?*

Il hausse les épaules.

– Sa future camarade de chambre a été assassinée. Elle est bouleversée, c'est normal.

Je lance un regard mauvais en direction de la repro de Monet, sur le mur.

– Lindsay était loin d'être aussi merveilleuse qu'on le raconte, dis-je malgré moi.

Tom écarquille les yeux.

– Pardon ?

– Je t'assure. Elle a baratiné Manuel jusqu'à ce qu'il lui donne sa clé de la cafèt'. Pourquoi en avait-elle besoin ? Elle lui a dit qu'elle y avait laissé quelque chose qu'il lui fallait récupérer. Dans ce cas, pourquoi n'est-elle pas allée trouver l'un des RE ? Ils auraient pu lui ouvrir aussi facilement que Manuel, puisqu'elle était censée entrer et sortir. Non. Elle est allée le voir parce qu'elle savait qu'il avait rendez-vous, qu'il n'aurait pas le temps de l'attendre pendant qu'elle récupérait son truc, et qu'il lui filerait la clé si elle la lui demandait. Bref, qu'elle pourrait la garder toute la nuit. Elle l'a embobiné. Comme elle embobinait tous les garçons. Et les filles aussi... Même Magda en était gaga.

– Tu as un problème avec Lindsay, on dirait. Tu devrais peut-être consulter le docteur Kilgore à ce sujet.

– La ferme !

– Tu as des messages, m'annonce-t-il avec un sourire narquois, avant de me les tendre.

– Jordan Cartwright. Jordan Cartwright. Jordan Cartwright. Tad Tocco.

Une seconde. C'est qui, Tad Tocco ?

– Je vais me chercher du café, déclare Tom en se levant, sa tasse à la main. Je t'en rapporte ?

– Ouais, dis-je d'une voix distraite. Bonne idée.

Qui est Tad Tocco, et pourquoi son nom m'est-il si familier ?

Tom sorti, je lui crie après :

– Rajoutes-y un peu de chocolat chaud !

– OK ! braille-t-il.

La porte de son bureau s'ouvre alors brusquement et le docteur Kilgore passe la tête dans l'embrasure.

– Pourriez-vous parler moins fort, je vous prie ? demande-t-elle d'un ton irrité. J'ai ici une étudiante très affligée.

– Oh, bien sûr ! dis-je d'une voix coupable. Je suis désolée.

Elle me foudroie du regard et claque la porte.

Je m'affale un peu plus sur ma chaise. Sarah a laissé, sur son bureau, un exemplaire du journal de la fac ouvert à la page « Sports ». On y voit une photo de l'entraîneur, frappant dans ses mains et hurlant quelque chose à l'attention d'une masse floue, sur le terrain. « Steven Andrews encourageant ses joueurs », lit-on en guise de légende.

Ça me glace le sang.

Steven. Steven *Andrews*.

En moins de temps qu'il n'en faut pour le dire, j'appelle le service des sports.

– Euh... salut, je bredouille lorsqu'on me répond enfin. M. Andrews est-il là, aujourd'hui ?

Mon interlocuteur est très mal luné... peut-être parce que, comme moi, on l'a obligé à venir travailler malgré l'alerte neige.

– Où voudriez-vous qu'il soit ? demande M. Grincheux. Un autre match va avoir lieu ce week-end, vous savez.

Le gars me raccroche au nez. Je m'en fiche. J'ai appris ce que je voulais apprendre. L'entraîneur est dans les parages. Ce qui signifie que je peux aller au centre sportif Winer l'interroger sur ses relations avec Lindsay.

Une seconde ! Je ne peux pas faire ça. J'ai juré. Oui, juré à tout le monde que cette fois-ci, je ne m'en mêlerais pas...

Mais j'ai aussi promis à Magda de ne pas permettre que le nom de Lindsay soit traîné dans la boue. Or, si Andrews couchait avec elle, comme l'a suggéré Kimberly, ça signifie qu'une personne ayant autorité profitait d'elle. Mais peut-on parler d'abus, en ce qui concerne les rapports entre un entraîneur et une pom-pom girl ? Quoi qu'il en soit, cette intimité était des plus déplacées...

Qu'avait bien pu oublier Lindsay à la cafétéria, qu'il lui fallait rendre de toute urgence à Andrews ?

Il n'y a qu'une façon de le savoir. C'est pourquoi je quitte le bureau de Sarah pour descendre au sous-sol et choisir, dans le tas de papiers à recycler au pied de la cage d'escalier, un carton de bonne taille. Je remonte précipitamment dans le hall et, alors que j'enroule mon écharpe autour de mon cou, je manque de percuter mon chef qui sort de la cafétéria avec deux tasses de café.

– Où tu vas ? demande Tom, en jetant un coup d'œil au carton.

– Les parents de Lindsay ont appelé.

C'est flippant de voir avec quelle facilité je mens, ces derniers temps. Rien d'étonnant à ce que je n'aie pas le cran de chanter en public. Je m'étais trompée de vocation.

– Ils veulent qu'on vide son casier au centre sportif.

Tom paraît surpris.

– Ah bon... Je croyais que Cheryl et ses copines s'en étaient déjà chargées. Quand elles sont allées chercher ce pull.

– Il faut croire que non, dis-je en haussant les épaules. Je me dépêche. À plus tard !

Sans lui laisser le temps de rien ajouter, je m'élance dans le froid et dans le vent, me servant du carton comme d'un bouclier anti-neige. Ma progression est lente. Personne n'a encore commencé à pelleter la neige sur les trottoirs car, bien que moins abondante, elle continue à tomber. Mais comme j'ai mis mes Timberland, je garde les pieds au sec et au chaud. De toute façon, j'adore la neige. Elle recouvre les sachets vides de marijuana et les très polluantes bombes aérosol qui jonchent les trottoirs, et étouffe le vacarme des sirènes et des coups de klaxon. Certes, les propriétaires des voitures ne pourront pas dégager leurs véhicules avant une semaine, étant donné que les chasse-neige – dont les lumières clignotantes blanches et orange se reflètent sur les tas de neige accumulés de part et d'autre de la chaussée – vont les recouvrir à nouveau.

N'empêche que c'est joli. Surtout Washington Square Park, où le bassin de la fontaine est entièrement rempli de neige, laquelle coiffe aussi les statues de George Washington de blanches perruques hivernales. Sur les arbres aux branches tortueuses où l'on pendait autrefois les condamnés étincellent des stalactites. Seuls les écureuils viennent troubler la blancheur immaculée entre les troncs – là où jadis, au lieu de bancs verts, se trouvaient des fosses communes. L'enclos à chiens est désert, tout comme les aires de jeux, où les balançoires à l'abandon oscillent tristement au vent. La seule activité provient du coin des joueurs d'échecs, comme toujours occupé par des SDF fuyant la sécurité toute relative du centre d'accueil d'urgence, et les joueurs invétérés prêts à braver les éléments pour disputer une bonne partie.

C'est ainsi que j'aime ma ville : habitants compris.

Bon sang, je suis décidément une vraie New-Yorkaise.

Si belle que soit la ville, je suis soulagée quand je pousse enfin la porte du centre sportif et retire la neige collée à mes bottes en tapant des pieds sur le paillasson. Mon visage se réchauffe lentement tandis que je montre ma carte de membre du personnel au gardien, qui me fait signe de franchir la borne biométrique. Dans le bâtiment flotte l'odeur habituelle, mélange de sueur et du chlore de la piscine. Il est quasiment désert. La plupart des étudiants ne sont vraisemblablement pas prêts à braver les éléments pour leur séance de sport quotidienne.

Les Coquelicots le sont, quant à eux. Comme je me penche au-dessus de la balustrade de l'atrium, je les vois sur le parquet du terrain de basket, qui s'exercent aux smashs qu'ils n'ont pas le droit de pratiquer pendant les matchs – en s'accrochant à l'anneau, par exemple. Le terrain paraît plus grand avec les gradins relevés. Pendant que je les observe, quelqu'un passe le ballon à Mark, que je reconnais à sa coupe en brosse.

– Shepelsky, dit son coéquipier. Tente un tir en course !

Mark saisit la balle d'une main experte, dribble et monte au panier. Je jurerais qu'il y a au moins un mètre entre le sol et la semelle de ses baskets. Quand il retombe, je perçois le couinement du caoutchouc sur une surface lisse et glissante, semblable à celui de la veille au soir, quand les agresseurs de Manuel ont pris la fuite.

Non que ça signifie quoi que ce soit. Toutes les baskets font ce bruit-là. Par ailleurs, Mark et ses camarades étaient sans doute dans les vestiaires en train de se faire remonter les bretelles par leur entraîneur lorsque Manuel a été poignardé. Ils ne peuvent donc pas être mêlés à son agression.

À moins que...

À moins qu'Andrews ne leur ait donné l'ordre d'agir.

Je me laisse emporter par mon imagination. Mieux vaut que je passe au bureau de l'entraîneur avec mon carton sous le bras et que je voie, par moi-même, si ma folle théorie tient le coup – avant d'échafauder des scénarios où Steven Andrews est une sorte de Svengali capable de convaincre des adolescents attardés de lui obéir au doigt et à l'œil...

Peut-être que dans les facs dotées d'équipes de première division, où l'entraîneur de basket est seul maître à bord après Dieu, un homme comme Andrews posséderait son propre assistant. Dans le cas présent, il a juste droit à un RE ronchon, assis dans la pièce d'accès au bureau des sports, le nez plongé dans un exemplaire défraîchi de *La Source vive*.

– Salut ! je lance. M. Andrews est dans le coin ?

Sans même lever les yeux, le gamin se contente de me désigner une porte ouverte d'un geste du pouce.

– Là-dedans, dit-il.

Je le remercie et me dirige vers la porte. Par l'embrasure, je vois Steven Andrews installé à son bureau, où s'empilent ce qui ressemble à des manuels de sport. La tête entre les mains, il fixe, découragé, une feuille couverte de X et de O. On dirait Napoléon dressant un plan de bataille.

Ou moi-même, quand je m'occupe de l'affectation des chambres, vu que je n'ai toujours pas compris le fonctionnement du logiciel du service du logement.

– Euh... Monsieur Andrews ?

Il lève les yeux.

– Oui.

Je retire mon bonnet. Lorsque mes cheveux chargés d'électricité retombent n'importe comment autour de mon visage, il paraît me reconnaître.

– Oh, bonjour. Vous êtes... Mary ?

– Heather, je rectifie en m'installant sur la chaise, de l'autre côté du bureau.

Je tiens ici à souligner que le mobilier du centre sportif Winer est beaucoup plus élégant que celui de mon bureau. Ici, pas de divan en vinyle orange, non monsieur, mais du cuir noir et du métal chromé.

Je parie que l'entraîneur gagne plus de vingt-trois mille dollars par an.

Bien qu'il n'ait pas droit aux esquimaux à volonté, lui.

Enfin, j'imagine.

– Ah oui. Désolé, Heather. Vous travaillez à Fischer Hall ?

– Oui. Là où vivait Lindsay.

J'étudie attentivement sa réaction au nom de « Lindsay ».

En vain. Il ne cille pas, ne blêmit pas. A juste l'air dubitatif.

– Euh...

Ah là là. Il cache bien son jeu !

– Oui, dis-je. Et je me demandais... Quelqu'un a vidé son casier ?

248

À présent, il semble perdu.

– Son casier ?

– Oui. Son casier, ici, au centre sportif. Elle devait bien en avoir un, non ?

– Très certainement, confirme l'entraîneur. Mais pour ça vous ne feriez pas mieux de vous adresser à Vivian Chambers, la coach des pom-pom girls ? C'est elle qui pourrait vous donner le numéro de casier de Lindsay et sa combinaison. Son bureau se trouve au bout du couloir. Seulement, je crains qu'elle ne soit pas là aujourd'hui. À cause de la neige.

– Oh, la coach des pom-pom girls. Très bien. Mais... puisque je suis là aujourd'hui. Et que j'ai apporté ce carton.

– Eh bien...

L'entraîneur tient manifestement à m'aider. Sans blague. Ce gars a un match super-important à préparer, et prend tout de même le temps de rendre service à une collègue de l'université. À une employée qui gagne beaucoup moins que lui.

– Je devrais pouvoir obtenir le numéro et la combinaison par le biais du service technique. Laissez-moi les appeler.

Se montre-t-il aussi serviable parce qu'il est réellement gentil ? Ou parce qu'il s'en veut de ce qu'il a fait à Lindsay ?

– Super ! C'est très sympa de votre part. Merci.

– Je vous en prie, réplique l'entraîneur en décrochant et en composant le numéro. Enfin, faut juste que les gars aient réussi à venir ici. Oh, Jonas ! s'exclame-t-il lorsque quelqu'un répond, à l'autre bout du fil. Tu es là, formidable. Écoute, j'ai ici une dame du service du logement qui a besoin de vider le casier de Lindsay Combs. Je me demandais si vous autres aviez accès à la combinaison. Oh, et aussi quel est le numéro de son casier, étant donné que Viv n'a pas pu être là ce matin. Tu l'as ? Super. Ouais, ce serait génial. OK, ouais, rappelle-moi !

Il raccroche et m'adresse un sourire radieux.

– Vous avez de la chance. Ils vont le chercher et rappeler pour nous le donner.

Je n'en reviens pas. Franchement.

– C'est... merci. C'était vraiment très aimable.

– Oh, c'est rien. Si je peux me rendre utile. Ce qui est arrivé à Lindsay est tellement épouvantable.

– N'est-ce pas ? D'autant plus que Lindsay... enfin... elle était si populaire. On imagine mal qu'elle ait eu des ennemis.

– Je sais, approuve l'entraîneur, se renversant sur sa chaise. C'est ce que je ne pige pas. Elle était aimée de tout le monde, sans exception.

– Enfin, presque... dis-je en pensant à Kimberly, qui ne semble franchement pas en avoir été dingue.

– Certes, à l'exception de la personne qui lui a fait ça, rectifie Andrews.

Il n'a pas l'air au courant de l'animosité entre Kimberly et Lindsay.

– Ouais, dis-je. Il est clair que quelqu'un ne l'aimait pas. Ou tenait à l'empêcher de parler.

– De parler de quoi ? réplique Steven Andrews en écarquillant ses candides yeux bleus. Lindsay était une fille bien. C'est pour ça que c'est si terrible. Enfin, pour moi. Pour vous, je suis sûr que c'est pire. Pour vous et votre patron... c'est quoi son nom, déjà ? Tom quelque chose ?

Je le fixe avec étonnement.

– Snelling. Tom Snelling.

– Ah ouais... Il est nouveau, non ?

– Il a commencé le mois dernier.

Une seconde ! Comment la conversation a-t-elle glissé de Lindsay à Tom ?

– Il vient d'où ? demande l'entraîneur.

– De l'université du Texas. Pour ce qui est de Lindsay...

– Waouh ! Il doit être drôlement dépaysé. Passer de College Station à la Grosse Pomme ! Dire que même pour moi ça a été dur, alors que je ne venais que de Burlington.

– Ouais. J'imagine. Mais Tom s'en sort très bien. (Je ne précise pas qu'il songe souvent à démissionner.) À propos de Lindsay, je me demandais si...

– Il n'est pas marié, n'est-ce pas ?

Il a dit cela sur un ton désinvolte. Trop désinvolte.

– Qui ça ? *Tom ?*

– Ouais, répond-il. (Soudain, je remarque que ses joues ont rosi.) Enfin... j'ai vu qu'il ne portait pas d'alliance.

– Tom est *homo*, dis-je.

D'accord, je parle à l'entraîneur d'une équipe de basket de troisième division. Mais être à ce point bas du front...

– Je *sais*. (À présent, il est franchement écarlate.) Je me demandais s'il avait quelqu'un dans sa vie.

Je secoue la tête.

– Nnn... non.

– Oh.

Il semble soulagé, voire heureux, d'entendre ça.

– Parce que j'avais pensé... poursuit-il. C'est dur de s'installer dans une nouvelle ville, de commencer un nouveau boulot et ainsi de suite. Si ça lui dit qu'un de ces quatre on aille boire une bière ou...

Son téléphone sonne. L'entraîneur répond.

– Andrews, annonce-t-il. Oh, super. Attendez, je prends un stylo.

Pendant que Steven Andrews griffonne le numéro et la combinaison du casier de Lindsay sur un bout de papier, je reste là, à réfléchir à ce que je crois avoir compris. À moins que je ne fasse fausse route, l'entraîneur est *homo*.

Et a manifestement envie de sortir avec mon chef.

– Formidable, merci beaucoup ! lance-t-il avant de raccrocher.

– Tenez, dit-il en me tendant les numéros. Longez le couloir jusqu'aux vestiaires des filles, et vous le trouverez. C'est le 625.

Je prends le bout de papier, que je plie et fourre dans ma poche, un peu sonnée.

– Merci.

– Je vous en prie. On en était où ?

– Je... je... je sais plus.

Je sens mes épaules s'affaisser.

– Ah oui, Tom ! reprend-il. Dites-lui de m'appeler... Vous savez, s'il a envie de sortir un soir...

– De sortir, je répète. Avec vous ?

– Ouais.

Sans doute mon expression l'inquiète-t-elle, car son ton est soudain anxieux :

– Attendez... Ce n'est pas convenable de vous demander ça à vous ? Je devrais peut-être l'appeler moi-même.

– En effet, dis-je d'une voix faible.

Il hoche la tête.

– Oui. Vous avez raison. C'est ce qu'il faut que je fasse. Je voulais juste... enfin, vous me comprenez. Vous avez l'air cool, et j'ai pensé que vous pourriez peut-être... Aucune importance.

Soit il s'agit d'un plan archi-élaboré pour détourner les soupçons de meurtre pouvant peser sur lui, soit l'entraîneur est homo.

Kimberly m'a-t-elle menti ? J'en ai bien l'impression. Surtout lorsque Steven Andrews murmure, en se penchant vers moi :

– Je voudrais pas vous paraître midinette, mais... j'ai absolument *tous* vos albums !

– Super ! À présent, je vais y aller.

– Au revoir ! lance-t-il d'une voix joyeuse.

Je prends mon carton et quitte le bureau. En toute hâte.

19

Il est quatre heures du mat', mais j'ai beau tendre le bras
Des taxis, y en a pas !
J'aurais dû me douter que pour aller faire dodo
Faudrait que j'me coltine le métro !

« Taxi »
Écrit par Heather Wells

– Appelle Andrews, l'entraîneur ! dis-je à Tom, de retour au bureau.

Il lève les yeux de son ordinateur, ou plutôt de *mon* ordinateur.

– Hein ?

Je m'effondre sur la chaise de Sarah et balance mon carton vide sur le sol. Tom avait dit vrai : quelqu'un avait déjà vidé le casier de Lindsay.

– Appelle Steven Andrews. Je crois qu'il a flashé sur toi.

Tom ouvre des yeux ronds comme des soucoupes.

– Tu te fous de ma gueule !

– Appelle-le, dis-je en retirant mon écharpe. Tu verras bien.

– L'entraîneur est *homo* ?

À voir la tête de Tom, on croirait qu'il vient de se prendre une claque.

– Il semblerait, oui. Pourquoi ? Ton radar à homos ne s'est pas déclenché ?

– Il se déclenche chaque fois que je vois un mec sexy, répond Tom. Ce qui ne signifie pas qu'il est fiable.

255

– En tout cas, il s'est informé à ton sujet. Ou ça fait partie d'un plan diabolique pour éviter que nous le soupçonnions du meurtre de Lindsay, ou bien il craque vraiment pour toi. Appelle-le, comme ça on saura à quoi s'en tenir.

Déjà, Tom tend la main vers le téléphone. Or, soudain, il se fige et me regarde, visiblement perdu.

– Une seconde ! Qu'est-ce qu'Andrews a à voir avec le meurtre de Lindsay ?

– Soit rien, soit tout. Appelle-le !

Tom secoue la tête.

– Non, non. Pas question de faire quelque chose d'aussi important en public. Même si le public, c'est toi. Je vais appeler de mon appartement. Et tout de suite !

Il repousse sa chaise en arrière et se lève.

– Tu me raconteras ce qu'il t'a dit, je m'écrie alors que Tom s'empresse de sortir et se précipite vers les ascenseurs.

Une fois Tom parti, je m'interroge. Jusqu'où l'entraîneur sera-t-il disposé à aller, au cas où il ne soit pas vraiment homo ? Jouera-t-il le jeu, avec Tom, et ce dans l'espoir de détourner les soupçons ? Un hétéro en serait-il seulement capable ? Sans doute, s'il est bi. Mais l'entraîneur ne me paraissait pas bi.

Bien sûr, il ne m'avait pas non plus paru homo, du moins pas avant aujourd'hui. Il cache parfaitement son jeu. Mais ça vaut mieux, j'imagine, quand on est l'entraîneur d'une équipe de basket. Enfin, si l'on tient à garder son job.

Je me demande si le président Allington se doute que son chouchou est une chochotte, lorsque Gavin McGoren entre dans le bureau d'un pas nonchalant.

– Quoi de neuf ? lance-t-il en se jetant sur le divan en face de mon bureau... ou de celui de Tom.

– Quoi, « quoi de neuf » ? dis-je. Il y a alerte neige aujourd'hui. Tous les cours sont annulés. Qu'est-ce que tu fais là ? Tu devrais pas être en train de prendre une cuite au fond d'un rade de Soho ?

– Je devrais, répond Gavin, sauf que ton chef m'a convoqué.

Il tire de la poche arrière de son pantalon une lettre disciplinaire crasseuse, pliée et repliée.

– Pour une « consultation consécutive à un incident lié à l'alcool ».

– Ah ! je m'exclame gaiement. Espèce de nul !

– On t'a déjà fait remarquer que ton attitude n'était pas très professionnelle ?

– On t'a déjà fait remarquer qu'il était extrêmement dangereux, pour ne pas dire débile, de boire vingt et une mesures d'alcool en une soirée ?

Il me jette un regard qui semble signifier : « Sans blague ! »

– Alors, pourquoi n'ont-ils pas encore chopé le gars qui a refroidi Lindsay ? demande-t-il.

– Parce que personne ne sait qui a fait le coup.

Et il y en a, parmi nous, qui se cassent la tête à essayer de le découvrir...

– Super ! réplique Gavin. Au moins, on a l'impression de vivre dans un endroit sûr ! Ma mère veut que je déménage à Wasser Hall, où les gens ne se font pas décapiter.

Je le fixe, réellement outrée.

– Tu ne vas pas faire ça !

– Pourquoi pas ? dit-il, détournant les yeux. C'est plus près de la fac de ciné.

Je n'en reviens pas.

– Bon sang. Tu es sérieux, ma parole !

– Ben ouais, quoi ! C'est pas cool de vivre au Dortoir de la mort.

– J'aurais pensé que si, pour quelqu'un qui aspire à être le prochain Quentin Tarantino.

– Eli Roth, rectifie-t-il.

– Comme tu voudras. Mais n'hésite pas, va t'installer à Wasser Hall, si tu as la trouille ! Tiens ! Commence à emballer tes affaires.

Je lui tends le carton que j'ai rapporté vide du centre sportif.

– J'ai pas la trouille ! proteste Gavin, repoussant le carton et redressant le menton (ce qui me permet de constater que son bouc est plus touffu). Et toi, tu ne flippes pas ?

– Non, dis-je. Je suis en colère. Je veux savoir qui a fait ça à Lindsay, et pourquoi. Je veux que les coupables soient arrêtés.

– Ils ont des pistes ? demande Gavin, me regardant enfin dans les yeux.

– Je ne sais pas. Si c'est le cas, je n'en ai pas été informée. Tu permets que je te pose une question ? Tu crois qu'Andrews, l'entraîneur, est homo ?

Gavin s'esclaffe.

– Homo ? Non !

Je secoue la tête.

– Pourquoi pas ?

– Ben... c'est un sportif !

– Il y a eu quelques homos dans l'histoire du sport, tu sais.

– Ouais... des golfeuses lesbiennes ! ricane Gavin.

– Non. Greg Louganis, par exemple.

Il semble déconcerté.

– C'est qui, ça ?

– Laisse tomber ! Il se pourrait que l'entraîneur soit homo, et qu'il ne tienne pas à ce que tout le monde le sache. Ça risquerait de stresser les joueurs.

– Tu m'étonnes !

– Mais toi, tu ne le crois pas homo ?

– Qu'est-ce que j'en sais ? demande Gavin. Je l'ai jamais vu ! Tout ce que je sais, c'est qu'il est entraîneur de basket, et que les entraîneurs sont pas homos. En général.

– Bon... Tu n'as jamais entendu parler d'une histoire entre Andrews et Lindsay ?

– Une histoire de cœur, tu veux dire ?

– Ouais.

– Non. Ce serait dégueu ! Il a... je sais pas, moi... dans les trente ans.

Je le fixe, stupéfaite.

– Ah ouais, c'est un vieux croûton !

Gavin a un sourire sarcastique.

– Enfin, bref... Je croyais que Lindsay était à la colle avec Mark Shepelsky.

– Plus trop, à ce qu'on dirait. Ces derniers temps, elle fréquentait un certain Doug Winer. Tu le connais ?

– À peine, répond-il en haussant les épaules. Je connais mieux son frère, Steve.

Soudain, c'est comme si la terre tremblait sous mes pieds.

– *Quoi ?*

Ce que je viens d'entendre me sidère.

Surpris par ma réaction, Gavin bredouille :

– Ste... Steve. Ouais, Steve Winer. Pourquoi, tu ignorais que...

– *Steve* ? Doug Winer a un frère prénommé *Steve* ? Tu parles sérieusement ?

– Ouais, confirme Gavin, me regardant bizarrement. On a suivi le même cours de ciné, le semestre dernier. On a bossé ensemble sur un projet, assez nul d'ailleurs. Ce qui n'a rien de surprenant, vu que Steve est lui-même assez nul. Mais on a pas mal traîné ensemble. Il est plus âgé. Il vit dans le bâtiment de la Tau Phi Epsilon.

– Il fait lui aussi partie de la fraternité ?

– Ouais, je crois qu'il est leur président, ou un truc dans ce goût-là. Ce qui est logique, vu qu'il doit être le plus vieux. Ce gars a vingt-cinq ans et suit toujours des cours du genre « Introduction au travail social ». Steve voudrait gagner plein d'oseille, comme son papa. Mais il est trop bête et trop flemmard pour y parvenir autrement qu'en dealant. C'est pourquoi il vend de la coke et du shit aux gosses de riches de la fac pendant que papa – et l'université de New York, si tu veux mon avis – fait semblant de ne rien voir. Pas étonnant que la fac ne réagisse pas, car le père Winer leur a fait don du centre sportif. (Il glousse.) Dommage que ses propres gosses soient trop souvent défoncés pour s'en servir.

– Alors, comme ça, les frères Winer sont de gros dealers ? je demande.

Soudain, l'entraîneur m'intéresse nettement moins...

– « Gros », je ne sais pas, répond Gavin en haussant les épaules. Ils dealent tous les deux, ça c'est sûr. Mais les revendeurs ne sont pas censés tester leur marchandise... Steve, quant à lui, n'arrêtait pas, pendant la période où je suivais ce cours avec lui. Du coup, il dormait tout le temps. Il tombait comme une masse, alors qu'on était censés bosser sur le pro-

260

jet. C'est moi qui ai dû me taper quasiment tout le boulot. On a eu un « A », bien sûr. Mais pas grâce à Winer.

– Il deale de quoi ? je demande.

– Tout ce que tu veux, le Winer te le trouve. Bien qu'il ait des principes. Il ne vend qu'aux gens prêts à expérimenter les dimensions alternatives de la réalité, dimensions que la drogue peut les aider à atteindre.

Gavin lève les yeux au ciel.

– Des principes... répète-t-il. Tu sais ce que ce gars adorait faire, quand il était gosse ? Enterrer des chats jusqu'au cou, dans son jardin, puis leur rouler sur la tête avec la tondeuse à gazon.

– C'est immonde, dis-je, les yeux écarquillés.

– C'est pas tout. Steve aimait aussi attacher une brique à leur queue et les balancer dans la piscine. Ce type est sadique. Et puis il a ce délire, au sujet du fric. Leur paternel a fait fortune dans le bâtiment. Et il veut que ses gosses suivent l'exemple. Tu sais, qu'ils fondent leur propre entreprise et tout le bordel... Il a donc l'intention de leur couper les vivres dès qu'ils auront obtenu leur diplôme. C'est pourquoi Steve essaie d'exploiter le filon le plus longtemps possible.

Je le dévisage.

– Gavin, comment es-tu au courant de tous ces trucs ?

– Quels trucs ?

– Ces histoires à propos des Winer.

Gavin paraît déconcerté.

– Je sais pas. J'ai fait la fête avec eux.

– Tu as fait la fête avec eux ?

– Ouais. Je considère Steve comme un nul mais ce gars a des relations, tu sais. C'est pourquoi j'ai pas coupé les ponts même s'il a complètement merdé sur notre projet. Quand j'aurai fondé ma propre compagnie de production, il me faudra des investisseurs. Et mieux vaut de l'argent sale que pas d'argent du tout ! Je serai pas obligé de demander d'où il vient. Et puis il y a toujours des poules canon dans les soirées de la Tau Phi. Il y en a une ce soir...

Il s'interrompt et me jette un coup d'œil inquiet.

– Je voulais dire des filles, pas des poules. Des filles.

– Tu as dit qu'il y avait une fête, ce soir, à la résidence des Tau Phi ?

– Euh... oui.

Soudain, je comprends où je vais devoir passer la soirée !

– Tu peux m'y amener ?

– Hein ? demande Gavin, manifestement perdu.

– À la soirée. Pour que j'y rencontre Steve Winer.

Les yeux perpétuellement ensommeillés de Gavin sont pour une fois grands ouverts.

– Tu veux acheter de la coke ? Oh, la vache ! Et moi qui ai toujours cru que t'étais clean ! Avec toutes ces pubs contre la drogue que tu faisais quand t'étais célèbre...

– Je ne veux pas de coke !

- Attention, la cocaïne, ça bousille la santé ! L'herbe, ça, c'est cool. Je peux t'avoir de l'herbe de première ! Ça va t'aider à te détendre parce que franchement, Heather, ce que tu peux être coincée, quelquefois ! Tu m'as toujours fait cette impression...

– Je ne veux pas d'herbe ! Je veux juste poser à Steve Winer quelques questions sur Lindsay Combs. Car je pense qu'il pourrait savoir des choses.

Les yeux de Gavin reprennent leur aspect habituel.

– Ah oui... C'est pas à la police de faire ça ?

– C'est ce que tu penses, pas vrai ? dis-je avec un petit rire amer. Mais la police n'a pas l'air de s'en soucier, d'après ce que j'ai pu constater. Alors, t'en dis quoi ? Tu crois que tu pourras me le présenter ?

– Bien sûr. C'est pas un problème. Si t'es d'accord, je t'emmène à la fête ce soir.

Je me penche au-dessus du bureau de Sarah.

– Vraiment ? Tu ferais ça ?

– Ben ouais... bredouille Gavin, comme s'il s'inquiétait de ma santé mentale. Je vois pas où est le problème.

– Super !

Je le scrute. J'ignore s'il cherche à s'insinuer dans mes bonnes grâces pour pouvoir monter un nouveau coup tordu, ou s'il veut réellement se rendre utile.

– Ce serait génial. Je suis encore jamais allée à une soirée organisée par une fraternité. Ça commence à quelle heure ? Faut que je m'habille comment ?

Je m'efforce de ne pas songer à ce « DEHORS, LES GROS-SES ! » s'étalant sur le mur en lettres géantes. L'inscription sera-t-elle toujours là ? Et si l'on refuse de me laisser entrer sous prétexte que je suis trop grosse ? Ce serait la honte !

Pour eux, évidemment.

– T'es jamais allée à une soirée de fraternité ? demande Gavin, carrément choqué. T'es jamais allée à la fac, ou quoi ?

Je préfère ne pas lui répondre.

– Le genre pouffiasse, c'est bon ? Il faut que je me sape dans le genre pouffiasse ?

– Ouais, approuve Gavin, évitant de croiser mon regard. Le genre pouf, ça le fait ! En général, ça ne démarre pas avant onze heures. Je passe te prendre à onze heures ?

– À onze heures ? je m'écrie.

Me rappelant alors le docteur Kilgore – elle s'entretient avec quelqu'un dans le bureau de Tom, comme l'indiquent des voix discrètes, derrière la grille –, je baisse d'un ton.

– Onze heures ?

D'habitude, c'est le moment où je sors ma guitare pour travailler sur mes derniers morceaux, juste avant de faire un bon dodo.

– Onze heures, c'est hyper tard !

Gavin me fixe à nouveau, un grand sourire aux lèvres.

– Va falloir mettre son réveil, hein, grand-mère ?

– Non, dis-je, fronçant les sourcils. (C'est moi qu'il appelle « grand-mère » ?) Si c'est pas possible plus tôt...

– Non.

– OK, très bien. Et mieux vaut que tu ne viennes pas me chercher. On se retrouve devant Waverly Hall à onze heures.

– C'est quoi, le problème ? T'as peur que ton petit copain nous voie ensemble ?

– Je t'ai déjà dit que c'était pas mon...

– Ouais, ouais, c'est ça, c'est pas ton petit copain. Après, tu diras que tu n'es pas en train de me demander de sortir avec toi !

– Je ne te demande pas de sortir avec moi ! Je croyais que tu avais compris. C'est une mission d'exploration pour découvrir la vérité sur le meurtre de Lindsay Combs, pas un rendez-vous galant ! Même si j'apprécie vraiment ton...

– Nom de Dieu ! explose Gavin. Je te faisais marcher ! Pour-quoi faut-il que tu sois tout le temps comme ça ?

– Comment, comme ça ?

– Chiante et professionnelle !

– Tu me disais, il y a un instant, que mon attitude n'était pas pro !

– Justement ! T'arrêtes pas de souffler le chaud et le froid ! C'est quoi, ton problème ?

Il prononce ces mots quand Tom entre dans le bureau, le visage radieux.

– Quelqu'un a un problème ? demande-t-il en se glissant sur la chaise, derrière mon bureau.

À son expression, je devine que son coup de fil à Steve Andrews s'est bien passé.

Que dois-je en conclure ? M'étais-je trompée de Steve, pour finir ?

Mais pourquoi Kimberly m'aurait-elle menti ?

– Cette chose, dit Gavin en agitant la lettre disciplinaire sous le nez de Tom. Écoute, mec, je suis conscient d'avoir merdé. Mais faut vraiment que j'en passe par là ? J'ai pas besoin d'une théra-pie anti-alcool, mec ! Je l'ai faite aux urgences de Saint-Vincent.

– Eh bien, Gavin, dit Tom en se renversant sur ma chaise, tu as de la chance. Car, vu que je n'ai pas accès à mon bureau en ce moment et que je me trouve être d'excellente humeur, tu es dispensé, cette semaine, de suivi psychologique.

Gavin n'en revient pas.

– Une seconde. C'est vrai ?

– J'ai bien dit *cette* semaine. Je vais reporter les séances. À présent, file ! lance Tom en désignant la porte. Reprends ta liberté !

– Bordel de merde ! s'exclame gaiement Gavin.

Puis il se tourne et me montre du doigt.

– À plus tard, bébé !

Quand il a détalé, Tom me regarde.

– « Bébé » ?

– Cherche pas à comprendre ! Je t'en prie. Alors, je suppose que Steve et toi...

– Sept heures ce soir, dit Tom, le sourire jusqu'aux oreilles. On dîne chez Po, le restaurant italien.

– Romantique.

Tom rougit.

– J'espère que ce le sera !

Moi aussi... pour son bien. Parce que s'il s'avère que je me suis trompée et que l'entraîneur n'est pas homo, ça signifie qu'il y a du vrai dans ce que Kimberly m'a raconté hier soir, dans les toilettes des filles. Avant d'en être assurée, je me concentre sur mon unique autre piste : ce mystérieux « Steve » mentionné par Manuel... qui se trouve, par une trop troublante coïncidence, être le prénom du frère de Doug Winer. S'il sait des choses au sujet de la mort de Lindsay, je m'en rendrai compte... Du moins, je l'espère.

À supposer qu'on ne jette pas les grosses dehors !

20

Comme Michael Jackson et son fond de teint
OJ Simpson et son gant plein de sang
Toi et moi on s'accorde parfaitement
Pour former un couple aberrant !

« Accord parfait »
Écrit par Heather Wells

Ne m'étant encore jamais rendue à la soirée d'une fraternité, je ne sais pas trop comment je suis censée m'habiller. J'ai compris que « pouffiasse » était le mot d'ordre. Mais jusqu'à quel point faut-il l'être ? Et puis, il fait froid dehors... Pas un temps pour se balader en collants et minijupe ! Ce genre de tenue est-il seulement convenable, pour une femme de mon âge ? Sans parler de ces nombreux capitons qui, depuis peu, se multiplient sur mes cuisses...

Qui plus est, je n'ai personne pour m'éclairer. Je ne peux pas appeler Patty, de crainte qu'elle ne se souvienne que je n'ai toujours pas donné de réponse à Frank, pour le concert au Joe's Pub. Et Magda n'est pas de bon conseil. Quand je l'ai appelée pour lui demander si je pouvais porter une minijupe, elle s'est contentée de répondre : « Bien sûr ! » Quand je lui ai demandé s'il fallait que je porte un pull avec, elle a rétorqué : « Un pull ! Ça va pas, la tête ! T'aurais pas un petit top résille ? Ou à motif léopard ? »

Je finis par arrêter mon choix sur une minijupe noire un peu juste et un chemisier un peu transparent (mais pas résille) qui cache le gros bourrelet que forme mon ventre au-dessus de la taille de la jupe, en dépit de ma gaine-culotte amincissante. J'enfile une paire de bottes noires très ajustées (que le sel de la neige va aussitôt bousiller) et vais me coiffer. Je tiens à sembler aussi différente que possible de celle que j'étais lors de ma dernière visite à la résidence des Tau Phi. J'opte donc pour un look décoiffé mais sexy... Décoiffée, je le serai de toute façon forcément, quand je retirerai mon bonnet.

Un nuage de parfum et le tour est joué. Me voilà prête.

Il y a juste une chose que je n'ai pas prévue : tomber sur Jordan Cartwright en sortant de chez moi.

Franchement... Qu'est-ce que j'ai fait pour mériter ça ? Alors que j'ai réussi à descendre discrètement l'escalier sans que les deux autres hommes de ma vie ne remarquent quoi que ce soit... Papa est dans sa chambre à souffler dans sa flûte, et Cooper dans la sienne à traficoter Dieu sait quoi. Une chose est sûre : quelle que soit la nature de ses activités, il doit porter un casque ou des boules Quiès, car je ne vois pas ce qu'il pourrait parvenir à faire en écoutant ce que papa est en train de jouer... Or, que vois-je, une fois le seuil franchi ? Une silhouette emmitouflée, semblable à un yéti, cherchant à gravir les marches du perron chaussée d'une paire de skis de fond !

– Heather ?

Le yéti lève les yeux vers moi, dans la lueur qui se répand par la porte que je viens d'ouvrir.

– Dieu merci, c'est toi !

Sa voix a beau être étouffée par la quantité d'écharpes qu'il s'est enroulées autour du cou, je la reconnais.

– *Jordan !*

Je m'empresse de fermer et de verrouiller la porte derrière moi, avant de descendre avec précaution les marches du perron – un véritable exploit, entre le verglas et mes talons aiguilles de huit centimètres.

– Qu'est-ce que tu fais là ? Et ça, ce sont... des *skis* ?

Jordan baisse les écharpes, ce qui me permet de distinguer sa bouche, et retire les lunettes de ski qui dissimulaient son regard.

– Tu ne réponds pas à mes messages. Il faut absolument que je te parle. Papa a pris la limousine, et on ne trouve pas de taxis, ou bien ils refusent de franchir les ponts. J'ai dû skier tout le long de la Cinquième Avenue pour arriver jusqu'ici.

Je le fixe, hébétée.

– Jordan, tu aurais pu prendre le métro.

À la lueur du réverbère, je vois ses yeux s'écarquiller.

– Le *métro* ? À cette heure-ci ? Pour me faire dépouiller ?

Je secoue la tête. Bien qu'il ait enfin cessé de neiger, il fait encore un froid de canard. J'ai déjà les jambes gelées, sous le nylon des collants qui les protègent à peine.

– Jordan, dis-je d'une voix impatiente. Qu'est-ce que tu veux ?

– Je... je me marie après-demain, répond-il.

– Oui. En effet. J'espère que tu n'as pas fait tout ce chemin pour me le rappeler et me supplier d'assister à la cérémonie. Car je n'ai toujours pas l'intention d'y aller.

– Non.

C'est difficile à dire vu le peu de lumière, mais il n'a pas l'air en grande forme.

– Heather. Je me marie après-demain, répète-t-il.

– Je sais.

Tout à coup, je comprends ce qu'il est venu faire ici.

Et je réalise qu'il est bourré.

– Oh non, dis-je en levant ma main gantée. Non. Ne me fais pas ça, Jordan, pas maintenant ! J'ai rendez-vous.

Un éclair passe dans ses yeux.

– Avec qui ? Tu as l'air... tu t'es faite belle ! Heather, tu as un petit ami ?

– Bon sang !

J'y crois pas... Heureusement, ma voix ne résonne pas dans la rue. Les soixante centimètres de neige recouvrant tous les véhicules garés en atténuent la portée.

– Jordan, si tu as finalement décidé de ne pas l'épouser, c'est à elle que tu dois parler, pas à moi ! Je me fiche de ce que tu fais. On est séparés, tu te souviens ? Ou, plus précisément, c'est toi qui m'as quittée. Pour *elle* !

– L'erreur est humaine, murmure Jordan.

– Non, Jordan. Notre rupture n'était pas une erreur ! Nous avions besoin de rompre ! Nous avons eu raison de rompre ! Nous ne sommes pas faits l'un pour l'autre.

– Mais je t'aime encore.

– Bien sûr. Et moi aussi, je t'aime encore. Comme un frère. C'est pour ça qu'il *fallait* qu'on se quitte, Jordan. Parce que, quand on est frère et sœur, on n'est pas censés... tu sais quoi. C'est dégueu.

– C'était pas dégueu, le soir où on l'a fait là, dit-il en agitant la tête vers la porte de la maison.

– Ah oui ? je rétorque d'un ton sarcastique. C'est pour ça que tu as filé aussitôt après ? Parce que c'était pas dégueu ?

– C'était pas dégueu, insiste-t-il. D'accord, c'était peut-être bizarre... enfin, un peu...

– Parfaitement, dis-je. Tu veux être avec moi pour une seule raison : tu me connais par cœur. C'est facile. On est sortis si longtemps ensemble. On a quasiment grandi ensemble. Mais ça ne suffit pas, pour que deux personnes restent ensemble. Pour ça, il faut de la passion. Entre nous, il n'y en a pas. Alors qu'à mon avis, entre Tania et toi...

– Ouais, réplique Jordan d'une voix amère. Elle suinte la passion par tous les pores, ça, c'est sûr. J'ai du mal à suivre.

Ce n'est vraiment pas le genre de trucs qu'on a envie d'entendre sur la nouvelle petite copine de son ex, même si on considère ce dernier comme un frère. Enfin, presque.

– À présent, skie jusqu'à Uptown. Rentre chez toi, prends de l'aspirine et va te coucher ! Tu y verras plus clair demain matin, crois-moi.

– Tu vas où ? demande Jordan d'un ton lugubre.

– Il faut que j'aille à une soirée, dis-je en ouvrant mon sac pour vérifier que j'emporte bien mon rouge à lèvres et mon aérosol de défense.

– Comment ça, « il faut » ? C'est pour ton travail, ou quoi ?

Jordan skie à mes côtés, tandis que je marche prudemment sur le trottoir.

– Oui, en quelque sorte.

– Oh.

Jordan glisse auprès de moi jusqu'à ce que nous ayons atteint l'angle, où un feu de signalisation passe tristement d'une couleur à l'autre dans une rue où ne circulent plus les voitures. Par un temps pareil, même Reggie ne sort plus de chez lui. Soufflant du parc, le vent nous fouette. Je commence à avoir des doutes sur mon entreprise, et regrette de ne pas être dans mon bain à lire le dernier Nora Roberts plutôt qu'au coin de cette rue déserte avec mon ex.

– Bien, dit-il enfin. Alors, au revoir.

– Au revoir, Jordan.

Je suis soulagée de le voir partir.

Pendant qu'il glisse lentement en direction de la Cinquième Avenue, je m'engage dans le parc, en m'en voulant à mort de ne pas m'être mise en jean. Évidemment, je ne serais pas aussi séduisante. Mais j'aurais drôlement moins froid.

Traverser le parc est un cauchemar. Je n'admire plus toute cette blancheur nouvelle. Les allées, mal déblayées, sont déjà à nouveau recouvertes d'une neige plus récente. Mes bottes ne sont pas imperméables, étant avant tout conçues pour être portées à l'intérieur, de préférence sur une peau d'ours, devant un feu de cheminée. Du moins, c'est comme ça que la fille les portait, sur la photo du catalogue. Je sais que j'aurais dû m'aventurer dans les innombrables boutiques de la Huitième Rue au lieu de les acheter sur Internet. Mais commander en ligne est tellement moins risqué : aucune enseigne néon n'indique « Chauds, les beignets ! » sur mon écran d'ordinateur.

J'espère presque que Gavin ne sera pas au rendez-vous, et que je pourrai faire demi-tour et rentrer chez moi.

Mais il est là, frissonnant dans les rafales glacées. Comme je m'approche en vacillant sur mes talons aiguilles, il me lance :

– Tu me revaudras ça, frangine ! Je me gèle les couilles.

– Tant mieux, dis-je en parvenant à son niveau. De toute façon, elles ne t'ont jamais causé que des ennuis.

Pour conserver mon équilibre pendant que je secoue la neige de mes bottes, je suis contrainte de poser une main sur son épaule. Jetant un coup d'œil à mes jambes, il émet un sif-flement.

– Bon sang, bébé ! C'est ce qui s'appelle se faire une beauté !

Je retire ma main et m'en sers pour lui donner une tape sur la nuque.

– Regarde devant toi, Gavin ! On est en mission, ce soir. Il n'y a rien à reluquer ! Et arrête de m'appeler « bébé » !

– C'est pas vrai, j'ai pas relu... pas reculé... Tu dis comment ?

– Allez, viens !

Je réalise que je rougis. C'est que la situation commence à m'embarrasser sérieusement. À cause de la minijupe, certes, mais aussi parce que j'ai mis Gavin à contribution. Une direc-trice adjointe responsable a-t-elle le droit de se comporter ainsi ? De retrouver des étudiants – même âgés de vingt et un ans – en pleine nuit, pour aller à des soirées ? Gavin a déjà fait preuve d'une immaturité prononcée en consommant de l'alcool de façon abusive. L'accompagner à une fête comme celle de ce soir, n'est-ce pas cautionner sa conduite ? L'encou-rager dans ses errements ? Si, hélas !

– Écoute, Gavin... dis-je alors que nous traversons la cour du bâtiment et nous dirigeons vers l'entrée.

Je ne distingue plus les sous-vêtements ornant les arbustes, désormais dissimulés sous une couche de neige. Mais j'entends la musique provenant des étages, si forte que je la sens se répercuter dans ma poitrine.

– ... c'était peut-être pas une très bonne idée. Je ne voudrais pas qu'à cause de moi tu aies des ennuis...

– Qu'est-ce que tu racontes ? demande-t-il en m'ouvrant la porte, avec sa galanterie habituelle. Quel genre d'ennuis ?

Un courant d'air chaud nous atteint, depuis le vestibule.

– Eh bien, avec tes problèmes d'alcool...

– Frangine, je boirai plus jamais une goutte d'alcool. Tu crois que j'ai pas retenu la leçon de l'autre soir ?

– Soit vous entrez, soit vous refermez la porte ! grogne le gardien, au poste de sécurité.

Nous nous empressons donc d'entrer.

– Et puis... je lui chuchote tandis que le gardien nous foudroie du regard. Si Steve et Doug ont réellement à voir avec ce qui est arrivé à Lindsay, ce sont des individus extrêmement dangereux.

– C'est juste, approuve Gavin. C'est pourquoi, une fois que nous serons entrés, tu ne dois rien boire que tu n'aies débouché ou que tu ne te sois servi toi-même. Et ne laisse pas traîner ta bière, pas même une seconde.

– Ah oui ? je demande en ouvrant grand les yeux. Tu crois vraiment...

– Je ne crois pas, répond-il. *Je sais.*

– Eh bien, je...

Derrière nous, la porte s'ouvre, et Nanouk l'Esquimau fait son entrée.

Sauf que ce n'est pas Nanouk. C'est Jordan.

Il relève ses lunettes de ski puis pointe un doigt sur moi.

– Ah, Ah ! dit-il. Je le savais !

Je n'en reviens pas.

– Jordan ! Tu ne m'as tout de même pas suivie ?

Jordan a du mal à franchir la porte, avec ses skis.

– Si. Et j'ai bien fait. Et toi qui prétends ne pas avoir de petit copain !

– Refermez la porte ! braille le vieil agent de sécurité bourru.

274

Jordan tente de s'exécuter, mais ses skis ne cessent de se coincer dans l'embrasure. Agacée, je l'aide en tirant un bon coup sur l'un de ses bâtons. La porte se referme enfin.

– C'est qui, ce type ? demande Gavin.

Avant d'ajouter, sur un tout autre ton :

– Nom de Dieu ! Vous êtes *Jordan Cartwright* ?

Jordan enlève ses lunettes de ski.

– Oui.

Il jette un coup d'œil à Gavin, remarque le bouc et les vêtements grunge.

– Tu les prends au berceau, Heather ?

– Gavin est l'un de mes *résidents*. Ce n'est pas mon petit ami.

Celui-ci affiche un léger sourire. Je devrais en conclure que ce qu'il va dire ne me plaira pas :

– Ma *mère* a adoré ton dernier album, mec ! Et ma grand-mère, j'en parle même pas. C'est ta plus grande fan.

Jordan, ses écharpes déroulées autour du cou, lui lance un regard noir.

– Va te faire foutre, mon gars !

Gavin feint d'être offensé.

– Est-ce une façon de parler au fils d'une des seules personnes à avoir acheté ton dernier CD ? Tu crains, mec !

– Je suis sérieux, réplique Jordan. J'ai traversé la ville en skis de fond pour arriver jusqu'ici et je ne suis pas d'humeur à plaisanter.

Gavin a l'air étonné. Puis se tourne vers moi, hilare.

– Attention ! Jordan Cartwright n'est pas d'humeur à plaisanter !

– Ça suffit ! Arrêtez, tous les deux ! dis-je. Jordan, remets tes skis ! On va à une soirée, et tu n'es pas invité. Gavin, appelle un de tes potes pour qu'il nous inscrive sur le registre !

– Les fraternités ne tiennent pas de registre des visites.

– Ne dis pas de bêtises ! Tous les résidents du campus sont tenus d'inscrire le nom de leurs visiteurs. Je leur montrerais bien ma carte de membre du personnel pour qu'ils nous laissent entrer, mais je ne tiens pas à ce qu'ils sachent qu'une représentante du service du logement s'apprête à monter.

Puis, m'adressant à mon ex, toujours occupé avec ses nombreuses écharpes :

– Jordan. Honnêtement... Gavin et moi sommes ici en mission, et tu n'es pas invité.

– Quel genre de mission ? demande Jordan.

– Le genre qui nous oblige à être discrets. Ce que nous ne pourrons pas être si nous entrons accompagnés de Jordan Cartwright.

– Je sais être discret, proteste Jordan.

– Dans les fraternités, il n'y a pas obligation de signer le registre pour faire entrer des invités, dit Gavin d'une voix lasse.

Je jette un coup d'œil à l'agent de sécurité.

– Vraiment ?

– N'importe qui peut monter, confirme le gardien en haussant les épaules, manifestement aussi ennuyé que Gavin. Ce que je pige pas, c'est qu'on puisse en avoir envie.

– Ça a un rapport avec la fille qui est morte ? demande Jordan. Heather, Cooper est-il au courant de tout ça ?

276

– Non, je réponds en serrant les dents. (C'est plus fort que moi, il m'agace tellement.) Et si tu le lui dis, je... je dirai à Tania que tu l'as trompée.

– Elle le sait déjà, rétorque Jordan. Je lui ai tout raconté. Elle a répondu que c'était pas grave, du moment que je ne recommençais pas. Écoute, pourquoi je ne peux pas venir avec vous ? Je suis sûr que je ferais un détective du tonnerre !

– Tu parles !

Je suis encore sous le choc de ce que je viens d'apprendre. La fiancée de Jordan sait qu'il l'a trompée ! Sait-elle seulement que c'était avec moi ? Si oui, rien d'étonnant à ce qu'elle me regarde de travers chaque fois que nous nous croisons. D'un autre côté, Tania regarde tout le monde de travers.

– Tu es incapable de te fondre dans la foule, dis-je à Jordan.

Il paraît vexé.

– Si, j'en suis capable !

Il baisse les yeux vers les skis et les bâtons qu'il a dans les bras, qu'il s'empresse de caler contre le mur.

– Vous voulez bien les surveiller ? demande-t-il à l'agent de sécurité.

– Non, répond ce dernier.

Il s'est remis à mater Dieu sait quoi sur sa télé miniature.

– Tu vois ? Je peux me fondre dans la foule, fait Jordan en tendant les bras.

Il porte un manteau en peau d'agneau, une multitude d'écharpes, un jean, des chaussures de ski, un pull en laine à motif « flocons de neige » et une cagoule militaire.

– On peut monter maintenant ? lance Gavin d'un ton nerveux, les yeux rivés vers la porte. Il y a des tas de gens qui arrivent. On ne rentre qu'à trois dans l'ascenseur, et j'ai pas envie d'attendre.

Fatiguée de me disputer avec Jordan, je hausse les épaules et me tourne vers l'ascenseur.

– Allons-y.

Je suis presque certaine d'entendre Jordan murmurer :

– Chouette alors !

Impossible...

Ou bien ?

21

Quand la fête s'achève
Aux premières lueurs de l'aube
On sait qu'il y a déjà un bout de temps
Qu'on devrait être chez soi !

« Party Song »
Écrit par Heather Wells

Je n'ai jamais trop aimé les soirées. La musique y est toujours trop forte pour qu'il soit possible d'avoir une conversation normale.

Quoique dans une soirée comme celle de la Tau Phi, c'est sans doute préférable. Personne, ici, ne m'a l'air d'être un brillant causeur, si vous voyez ce que je veux dire. Il n'y a que des gens archi-séduisants. Les filles ont les cheveux lisses et raides comme des baguettes, les garçons des boucles savamment travaillées au gel pour produire un effet décoiffé et donner l'impression qu'ils viennent de se lever – quand il est clair qu'ils sortent à peine de la douche.

Et il a beau geler dehors, on ne s'en douterait pas, à voir les filles habillées de tops à paillettes et de jeans à taille si basse qu'ils feraient rougir une strip-teaseuse. Je ne vois pas une seule paire de bottes fourrées. Les gosses de l'université de New York suivent de très près les tendances de la mode.

Quand nous parvenons à l'ascenseur bringuebalant, je constate avec dépit que les mots « DEHORS, LES GROSSES ! »

279

s'étalent toujours le long du couloir, même si les efforts pour les effacer n'ont pas été totalement vains : la peinture ne semble pas aussi vive que la dernière fois.

N'empêche qu'ils sont là...

Et que je ne vois, parmi les invitées, personne qui fasse du quarante-huit ou plus. À vue d'œil, je dirais que les filles font en moyenne du trente-quatre.

Je me demande comment elles arrivent à trouver des strings au rayon enfants, où la plupart d'entre elles doivent forcément se fournir pour trouver des vêtements à leur taille.

Leurs tailles sont incroyablement fines. Comment tous leurs organes rentrent-ils là-dedans ? Le foie, et tout le reste, ne sont-ils pas comprimés ? Ne faut-il pas faire au moins soixante-quinze centimètres de tour de taille pour que tout ait la place de fonctionner normalement ?

Mais il y en a à qui ça ne fait pas peur. Jordan, par exemple, qui ne tarde pas à beaucoup s'amuser ! Car à peine a-t-il franchi la porte qu'une Taille trente-quatre se précipite vers lui en s'écriant :

– Oh, mon Dieu ! Tu n'es pas Jordan Cartwright ? Tu n'étais pas dans Easy Street ? Oh, mon Dieu, j'ai tous tes CD !

Il est bientôt entouré d'autres trente-quatre qui tortillent leurs étroites hanches androgynes en glapissant. L'une d'entre elles lui offre, dans un verre en plastique, de la bière qu'elle tire d'un fût. J'entends Jordan expliquer :

– Ouais, vous savez, suite à la sortie de mon premier album solo, la critique a réagi très violemment. C'est que les gens n'aiment pas qu'on montre un autre aspect de soi...

Et je réalise qu'il est perdu pour nous, aspiré dans la Zone trente-quatre !

– Laisse-le, dis-je à Gavin, qui fixe Jordan d'un air inquiet. (Ça se comprend, on dirait que ces filles n'ont rien mangé depuis des jours.) C'est trop tard. Il va devoir s'en tirer tout seul. Tu as vu Doug quelque part ?

Gavin balaie la salle des yeux. Elle est pleine de monde et si faiblement éclairée que je ne sais pas comment il fait pour distinguer quoi que ce soit. Il repère néanmoins Doug Winer, occupé à tripoter une fille dans un coin, près des larges fenêtres. Je ne sais s'il s'agit de Dana, sa chérie de l'autre matin. Ce qui est sûr, c'est qu'elle accapare Doug... assez pour que je n'aie pas à craindre qu'il lève les yeux et me reconnaisse – du moins pour le moment.

– Très bien. À présent, montre-moi Steve.

Gavin jette un nouveau coup d'œil alentour. Cette fois, il désigne du doigt la table de billard et dit :

– C'est lui. En train de jouer au billard. Le grand, avec les cheveux blonds.

– OK.

Les fortes pulsations de la musique m'obligent à crier pour me faire entendre. C'est de la techno-pop, que j'aime plutôt bien. Pour danser. Malheureusement, personne ne danse. Ce n'est peut-être pas tendance, de danser aux soirées de la fac.

– On y va. Tu me présentes, hein ?

– D'accord. Je dirai que tu es ma petite amie.

Je secoue la tête.

– Il ne va jamais le croire. Je suis trop vieille pour toi.

– Tu n'es pas trop vieille pour moi ! proteste Gavin.

Je déboutonne ma veste et retire mon bonnet.

– Tu m'as appelée « grand-mère » !

– Je déconnais, rétorque Gavin, l'air penaud. Tu n'as pas vraiment l'âge d'être ma grand-mère. Tu as quel âge, d'ailleurs ? Vingt-cinq ans ?

– Euh... ouais, à quatre ou cinq ans près. N'empêche. Dis-lui que je suis ta sœur !

Le bouc de Gavin en frémit d'indignation.

– On se ressemble pas du tout !

– Mon Dieu...

La techno-pop me donne la migraine. Qu'est-ce que je fais là ? Je devrais être chez moi, au lit, comme toute personne frôlant la trentaine. C'est l'heure du show de David Letterman, et je suis en train de le louper ! Je tiens ma veste sur mon bras, car je ne sais pas où la mettre. Il n'y a pas de vestiaire et je n'ose pas la laisser traîner. Qui sait qui vomirait dessus ?

– Bien. Dis que je suis une amie qui cherche à altérer son état de conscience.

Gavin hoche la tête.

– OK. Mais fais en sorte de ne pas te retrouver seule avec lui. S'il te le demande.

Malgré moi, je suis flattée. Enfin, vaguement. Je remets en place les mèches échappées de ma coiffure.

– Tu crois qu'il le fera ?

– Steve saute sur tout ce qui bouge, répond Gavin de façon déroutante. C'est un animal !

J'arrête aussitôt de faire la coquette et, tirant sur ma mini-jupe, je l'allonge d'un bon millimètre.

– OK. Allons-y !

Nous frayant un chemin à travers la foule de corps qui se tortillent, nous rallions la table de billard, où deux gars jouent à tour de rôle, devant un public admiratif de Taille trente-quatre. D'où viennent toutes ces créatures chétives ? Y aurait-il une espèce d'île où on les tient prisonnières pour ne les libérer qu'à la nuit tombée ? Parce que je ne les vois jamais, pendant la journée...

Soudain, ça me revient. L'île s'appelle Manhattan, et si je ne les croise jamais quand il fait jour, c'est que toutes effectuent des stages chez Condé Nast.

Gavin attend poliment qu'un grand gars ait empoché la boule 6 – coup salué par les soupirs d'extase des Taille trente-quatre – avant de s'écrier :

– Eh, Steve !

Le type lève la tête et je reconnais les yeux bleu pâle de Doug Winer – en tout et pour tout. Sinon, Steve Winer est aussi élancé que son frère est râblé. Si l'un a un corps de joueur de basket, l'autre a un corps de lutteur.

Steve porte un pull noir en cachemire, aux manches relevées sur de beaux avant-bras aux muscles saillants, un jean trop effiloché pour ne pas être de marque, et arbore la même coiffure soigneusement ébouriffée que les autres garçons de la soirée – à l'exception de Gavin, décoiffé parce qu'il a réellement négligé de se coiffer ce matin.

– McGoren, répond Steve, tandis qu'un grand sourire illumine son visage régulier. Ça faisait un bout de temps, mec !

Gavin s'avance pour serrer la main que Steve lui tend, au-dessus de la table de billard. C'est alors que je remarque que le jean taille basse de ce dernier tombe assez sur ses hanches pour révéler dix bons centimètres d'un ventre plat et musclé.

C'est la vue de son ventre qui me fait cet effet – plus les quelques touffes de poils dépassant du jean. C'est comme si je venais de prendre un coup de poing dans l'estomac. Steve

Winer, étudiant et assassin potentiel, est par là doublement intouchable...

N'empêche qu'il est super bien balancé.

– Salut, mec ! lance Gavin, de son habituelle voix traînante et ensommeillée. Comment va la forme ?

– C'est chouette de te voir, mon pote ! réplique Steve tandis qu'ils claquent l'une contre l'autre leurs deux mains droites. Ça se passe bien, à la fac ? T'étudies toujours le cinéma ?

– Ah ça, ouais. J'ai réussi à passer en cinéma expérimental niveau supérieur, le trimestre dernier.

– Sans blague ! (Steve n'a pas l'air surpris.) Mais bon. Si quelqu'un pouvait y arriver, c'est bien toi. Tu le revois, quelquefois, ce Mitch chépluquoi qui était avec nous en techniques du cinéma ?

– Pas trop. Il s'est fait choper pour trafic de méthadone.

Steve secoue la tête.

– Merde ! Ça craint un max.

– Ouais, mais ils l'ont envoyé dans une prison d'État à sécurité minimale, pas dans une prison fédérale.

– Là, il a eu du bol.

– Ouais. Ils l'ont autorisé à emporter deux articles de sport. Il a embarqué un footbag et un frisbee. Il a déjà monté une équipe de frisbee hallucinante. La première dans le monde carcéral.

– Mike n'a jamais fait les choses à moitié, fait remarquer Steve.

Il tourne les yeux vers moi. Je m'efforce d'afficher le même air absent que les Taille trente-quatre que je vois autour de moi. Ce n'est pas difficile. Je me contente d'imaginer que, comme elles, je n'ai pas mangé depuis vingt-quatre heures.

– Qui est ton amie ? demande Steve à Gavin.

– Oh, ça c'est Heather. Elle est dans mon atelier d'écriture de scénario.

Je suis légèrement prise de panique face à cette improvisation de Gavin. Un atelier de scénario, je ne vois même pas à quoi ça peut ressembler. Je me penche donc, en m'assurant que mes seins, dans leur soutien-gorge balconnet noir à dentelles, frottent le plus possible l'étoffe transparente de mon chemisier.

– Enchantée de te rencontrer, Steve, dis-je. Je crois qu'on a une amie commune.

Steve semble obnubilé par ma poitrine. Eh ouais, n'en déplaise aux Taille trente-quatre !

– Vraiment ? demande-t-il. Et c'est qui ?

– Oh, cette fille... Lindsay. Lindsay... Combs, si je me souviens bien.

Près de moi, Gavin manque de s'étouffer. J'imagine qu'il n'apprécie pas plus mon impro que je n'ai apprécié la sienne.

– Je ne connais personne de ce nom-là, réplique Steve en s'arrachant à la contemplation de mon décolleté pour me fixer droit dans les yeux.

Preuve que les experts en langage corporel de *Us Weekly* disent n'importe quoi lorsqu'ils s'acharnent à répéter que les menteurs ne soutiennent jamais votre regard quand ils vous racontent des bobards !

– Ah oui ?

Je fais mine de ne pas me rendre compte que les Taille trente-quatre se sont rapprochées et murmurent entre elles. *Elles* savent qui est Lindsay Combs, aucun doute là-dessus.

– Mon Dieu, ce que c'est bizarre ! Elle m'a encore parlé de toi, la semaine dernière. Oh, une minute ! Elle a peut-être dit *Doug* Winer.

Est-ce que je me fais des idées, ou est-ce qu'il paraît soudain soulagé ?

– Ouais. C'est mon frère. C'est sûrement de lui qu'elle t'a parlé.

Je glousse comme une idiote.

– Oh ! Désolée. Au temps pour moi ! Je me suis trompée de Winer !

– Attends... me lance, dans un hoquet, une Taille trente-quatre paraissant un peu plus soûle (ou défoncée) que les autres. Tu sais ce qui lui est arrivé, n'est-ce pas ? À Lindsay ?

Je copie son expression : yeux écarquillés mais visage atone.

– Non. Il lui est arrivé quoi ?

– Oh, mon Dieu ! dit la fille. Elle a été assassinée.

– Assassinée de chez assassinée, renchérit son amie, qui n'est pas loin de faire un petit trente-six. On a retrouvé sa tête dans une cocotte, sur la cuisinière du Dortoir de la mort.

Un « beurk » unanime s'élève du groupe des Taille trente-quatre et trente-six.

Je prétends avoir le souffle coupé.

– Nom de Dieu ! je m'écrie. Pas étonnant que je ne l'aie pas vue à notre dernier cours sur les effets sonores.

Derrière moi, Gavin est devenu aussi blême que la boule blanche.

– Lindsay étudiait la comptabilité, me chuchote Gavin à l'oreille.

Merde ! J'avais oublié !

Mais ça n'a pas d'importance : la musique est si forte que je crois que personne, à part lui, ne m'a entendue. Steve Winer, pour sa part, tend la main vers son gin-vermouth – je ne blague pas, ce type boit du gin-vermouth à une soirée d'étudiants ! – tandis que son adversaire joue un coup qui oblige les spectateurs que nous sommes à reculer d'un pas.

Puis nous nous approchons à nouveau de la table, afin de voir Steve jouer après que son adversaire a raté son coup. C'est alors que, craignant d'avoir laissé tarir la conversation, je dis :

– Mon Dieu ! Qui aurait l'idée de faire une chose pareille ? Tuer Lindsay, je veux dire ? Elle était tellement gentille.

Je remarque que plusieurs Taille trente-quatre échangent des regards inquiets. L'une d'entre elles quitte même la table, prétextant une envie de faire pipi.

– Cela dit, j'avais entendu qu'il y avait un truc entre elle et l'entraîneur de basket.

Je balance ça comme ça, histoire de voir ce qui se passe.

Leur réaction ne me surprend guère. Les Taille trente-quatre ont l'air désaxées.

Une brune secoue la tête.

– Lindsay et *Andrews* ? J'ai jamais entendu parler de *ça*. Ce qu'on racontait sur elle, par contre, c'est qu'il ne fallait pas laisser traîner sa came quand elle était dans le coin...

La brune s'interrompt lorsque son amie lui donne un petit coup de coude.

– Chut ! fait-elle, jetant à Steve un regard nerveux.

Mais c'est trop tard. Steve a complètement raté son coup. Et ça ne l'amuse manifestement pas. Il regarde Gavin.

– On peut dire qu'elle cause, ta copine.

– Normal, elle est apprentie scénariste, rétorque Gavin, pas décontenancé.

Les yeux bleu pâle de Steve sont rivés sur moi. Il y a en lui, malgré sa beauté, quelque chose de réellement flippant – je ne parle pas de ses abdos en béton.

– Ah ouais ? demande-t-il. On t'a jamais dit que tu ressemblais beaucoup à... c'est quoi son nom, déjà ? Cette chanteuse de variétés qui se produisait dans les centres commerciaux ?

– Heather Wells !

Taille trente-six n'étant pas aussi bourrée (ou défoncée) que ses copines – sans doute une masse corporelle légèrement supérieure lui permet-elle de mieux assimiler l'alcool –, elle est moins longue à la détente.

– Mon Dieu ! C'est vrai qu'elle ressemble à Heather Wells ! Et... et tu as dit qu'elle s'appelait Heather ? ajoute-t-elle à l'adresse de Gavin.

– Ouais. Ouais, j'entends souvent ça. Puisque je m'appelle Heather. Et que je ressemble à Heather Wells.

– Quelle drôle de coïncidence ! s'exclame une Taille trente-quatre qui, tenant à peine debout, est contrainte de s'agripper à la table. Parce que vous n'imaginerez jamais qui est là. Jordan Cartwright ! Du groupe Easy Street. Pas juste un sosie qui porte le même prénom... L'original !

Les autres poussent des petits cris incrédules et lui demandent aussitôt où elle l'a vu. Elle le leur désigne. Les spectatrices de Steve se déplacent alors en masse, et d'un pas chancelant, pour prier Jordan de leur signer un autographe... sur les seins.

– Eh bien ! dis-je, une fois toutes les filles parties. On ne devinerait jamais que Jordan Cartwright reste aussi populaire, à voir les ventes de son dernier CD.

– Ce type est homo, déclare l'adversaire de Steve.

Il a gardé la main depuis que Steve a raté son coup et empoche, une par une, toutes les boules de ce dernier qui, à l'autre bout de la table, est vert de rage.

– J'ai entendu dire que son mariage avec Tania Trace, c'était du bidon. Pour qu'on ne sache pas qu'en fait, il se tape Ricky Martin.

– Waouh ! dis-je, excitée qu'une telle rumeur circule, même si je suis sûre qu'elle est fausse. Vraiment ?

– Oh ouais, répond l'adversaire de Steve. Et ses cheveux ? Ce sont des implants ! Ce gars est chauve comme une boule de billard !

– Waouh ! je répète. Ils arrivent drôlement bien à le cacher, quand il passe sur MTV.

– Bon, dit Gavin en me tirant soudain par le bras. Désolés d'avoir troublé votre partie. On y va, maintenant.

Appuyé sur sa queue de billard depuis deux ou trois minutes, Steve n'a cessé de m'observer.

– Restez un peu ! J'aime bien ta copine. Tu t'appelles Heather, c'est bien ça ? Heather comment ?

– Snelling, dis-je sans broncher. (J'ignore pourquoi le nom de mon chef m'est si facilement sorti de la bouche. Mais c'est comme ça. Soudain, je m'appelle Heather Snelling.) C'est polonais.

– Ah oui. Ça sonne plutôt anglais.

– Eh bien, ça ne l'est pas ! Et Winer, ça vient d'où ?

– C'est allemand, répond Steve. Alors comme ça, tu as rencontré Lindsay dans un cours d'écriture de scénario.

– À un cours sur les effets sonores, je rectifie. (Que je ne m'emmêle pas dans mes mensonges, au moins...) C'était quoi, ce que racontait cette fille, il y a un instant ? Comme quoi Lindsay était sympa, tant qu'on laissait pas traîner sa came...

– Décidément, Lindsay t'intéresse, dit Steve.

Entre-temps, son adversaire a enfin échoué à empocher une boule, et attend avec impatience que Steve se décide à jouer.

– C'est ton tour, lui lance-t-il toutes les cinq secondes.

Mais Steve l'ignore. Tout comme j'ignore Gavin, qui s'obstine à me tirer par le bras en répétant :

– Allez, viens, Heather ! Je vois des copains à moi. Je voudrais te présenter.

De toute façon, ce sont des bobards...

– En tout cas, dis-je en fixant Steve dans les yeux, elle était spéciale, comme fille.

– Ça, c'est sûr, elle était spéciale, approuve-t-il.

– Je croyais que tu ne la connaissais pas ?

– OK, crache Steve en lâchant sa queue de billard et en s'avançant rapidement vers moi et Gavin, dont la main s'est resserrée sur mon bras comme un étau. C'est qui cette garce, bordel, McGoren ?

– Bon sang ! s'exclame une voix – hélas familière – dans notre dos.

Tournant la tête, j'aperçois Doug Winer, un bras passé sur l'épaule d'une Taille trente-huit très peu vêtue (je constate avec plaisir que les Winer n'aiment pas que les maigrichonnes). Le visage cramoisi, Doug me montre du doigt :

– C'est la nana qui accompagnait le mec qui a failli me casser la main hier !

L'expression de Steve n'a plus rien d'affable.

– Alors, dit-il non sans satisfaction. Comme ça, c'est une copine de classe ?

Cela s'adresse à Gavin. Et le ton n'est pas des plus aimables. Je regrette aussitôt de m'être mise dans cette situation. Non parce que je voudrais être sur mon lit à jouer de la gratte, Lucy couchée à mes pieds, mais parce que j'ai mêlé Gavin à tout ça. Certes, il s'est porté volontaire. Pourtant, je n'aurais pas dû accepter sa proposition. L'éclair qui passe dans le regard de Steve achève de m'en convaincre : ses yeux sont aussi durs et froids que les statues de George Washington, dans le parc au-dessous de nous.

Je ne sais pas si ce gars a tué Lindsay. Ce que je sais, c'est qu'on est mal barrés. Très mal barrés.

Gavin n'a pas l'air de se rendre compte qu'on va s'en prendre plein la gueule. En tout cas, c'est très calmement qu'il rétorque :

– Qu'est-ce qui te prend, mec ? Heather est une amie. Elle voulait juste t'acheter un peu de coke.

Une seconde ! *Je voulais quoi ?*

– Foutaises ! ricane Doug. Elle était avec le mec qui est venu dans ma chambre me poser toutes ces questions sur Lindsay. C'est une putain de flic !

Gavin ignorant ce à quoi Doug fait allusion, son indignation n'est pas feinte :

– Eh, mec ! dit-il, pivotant sur ses talons et foudroyant du regard le plus petit des frères Winer. T'aurais pas un peu trop testé ta propre marchandise ? Le crack, ça détraque, tu sais !

Steve croise les bras sur sa poitrine. Ses bras sont très hâlés. Sans doute a-t-il séjourné, récemment, dans un endroit chaud.

– Je ne deale pas de crack, tête de nœud !

– C'est une façon de parler, rétorque-t-il avec un sourire sarcastique.

Je l'observe d'un œil admiratif. Il est en fac de cinéma pour devenir metteur en scène, mais comme acteur, il est carrément bon.

– Écoute, tu me prends la tête. Si c'est comme ça, je me casse.

Steve esquisse un sourire.

– Tu sais ce que tu es, McGoren ?

Ça n'a pas l'air d'inquiéter Gavin.

– Non, mec. Je suis quoi ?

– Une balance.

À l'instant où Steve prononce ces mots, deux silhouettes s'extirpent de deux canapés en cuir noir d'où – sans que je les aie remarqués auparavant – ils étaient occupés à regarder un match de basket sur le téléviseur à écran large. Les filles qui sont allées demander un autographe à Jordan reviennent peu à peu. Elles ont cessé de glousser, et c'est bouche bée qu'elles assistent à la scène se déroulant sous leurs yeux, comme s'il s'agissait d'une émission de télé-réalité.

– Les balances, on n'aime pas ça ! annonce l'un des Tau Phi.

Un peu plus jeune que Steve, il a aussi de bien plus gros biscoteaux.

– Ouais, approuve son jumeau (du moins, en matière de biceps).

Mon regard passe de l'un à l'autre. Probablement sans être de la même famille, ils se ressemblent comme deux gouttes d'eau, avec leur ensemble jean et pull en cachemire – tout comme Steve. Et ces yeux bleus sans la moindre nuance de chaleur ou d'intelligence.

– Bon sang, Steve ! dit Gavin, assez méprisant pour sembler vexé par une telle insinuation.

Il me désigne du pouce. (Il n'a toujours pas lâché mon bras.)

– C'est juste une copine. Elle voulait t'acheter de la came. Mais si vous tenez à vous comporter comme des enfoirés, on oublie. Allez, on s'arrache. Viens, Heather !

Sa tentative de fuite est stoppée net par Doug Winer, qui se plante devant nous.

– Personne ne menace un Winer et s'en tire comme ça ! me lance Doug. Qui que tu sois, on va te le faire regretter !

– Ah ouais ?

Je ne sais pas ce qui me prend. Gavin a beau me tirer par le bras, je reste plantée là et refuse de bouger. Pire encore, je m'entends demander :

– Comme on l'a fait regretter à Lindsay ?

Quelque chose arrive alors à Steve. Son visage devient aussi rouge que les lumières que je vois clignoter sur les pylônes d'antennes, derrière lui, par-delà les vitres sombres.

– Va te faire foutre ! hurle-t-il.

Je ne devrais donc pas m'étonner, une seconde plus tard, que la tête de Doug vienne percuter mon ventre. Après tout, j'avais tout fait pour. Enfin, si on veut...

22

La vérité, c'est que c'est nul
D'avoir le gars
Quand une autre
À la bague au doigt

« Chanson de mariage »
Écrit par Heather Wells

Se prendre dans le ventre les quatre-vingt-dix kilos d'un membre d'une fraternité est une drôle d'expérience, que j'aurais du mal à décrire. À dire vrai, c'est une chance que je sois bien en chair. Je n'aurais sans doute pas survécu si j'avais fait un trente-quatre.

Mais vu que Doug n'est – ne nous voilons pas la face ! – guère plus lourd que moi et que j'ai eu le temps de le voir venir et de me préparer au coup, je me retrouve simplement étendue sur le sol, le souffle coupé. Je ne souffre d'aucune blessure interne – me semble-t-il, en tout cas.

Gavin, quant à lui, ne s'en tire pas aussi bien. Oh, il s'en serait sorti s'il s'était contenté de rester planté là. Mais il a fallu qu'il commette l'erreur de vouloir m'aider à me dégager de Doug. Celui-ci se bat de façon archi-brutale. À peine Gavin l'a-t-il saisi par les épaules que Doug fait volte-face et mord l'un de ses doigts comme s'il allait le lui arracher d'un coup de dents.

Décidée à ne pas laisser un de mes résidents être dévoré vivant, je ramène une de mes jambes en arrière et, tenant toujours d'une main ma veste et mon sac à main, balance un talon à Doug dans cette région du corps où les hommes, en général, n'aiment pas recevoir un coup de talon ! Je ne pratique peut-être pas le yoga, ni tout autre sport, d'ailleurs, mais comme toute New-Yorkaise qui se respecte, je sais comment on peut, grâce à ses souliers, faire très mal à quelqu'un.

Une fois Doug effondré sur le sol, les mains sur ses parties intimes, c'est le déchaînement total, la mêlée généralisée... Objets et corps sont propulsés à travers la pièce. Derrière les étagères du bar, les miroirs volent en éclats sous l'impact d'une boule de billard. Gavin parvient à envoyer valser un Tau Phi dans le téléviseur à écran large, qui se renverse avec fracas dans un jaillissement d'étincelles. Les Taille trente-quatre poussent de hauts cris et s'enfuient dans le couloir, passant devant « DEHORS, LES GROSSES ! » à l'instant où un flipper s'écroule sous le poids de Jordan. (Je ne demande pas ce qu'il trafiquait dessus... ni pourquoi il a le pantalon baissé jusqu'aux chevilles.)

Par chance, le chaos est tel que je réussis à empoigner Gavin et à lui hurler : « Partons ! » Puis, chacun de nous saisissant Jordan par un bras, car il n'est pas en état de se déplacer seul, nous l'entraînons hors de la salle, et dans le couloir...

... alors que se déclenche automatiquement le système d'extinction à eau, à cause du début d'incendie provoqué par la chute du téléviseur.

Tandis que les Taille trente-quatre glapissent parce que leurs cheveux lissés risquent de frisotter, nous franchissons une sortie portant la mention « escalier ». Nous ne cessons de courir, tout en traînant un ex-membre de boys band à moitié inconscient, jusqu'à débouler enfin dans la rue.

– Putain de merde ! s'exclame Gavin, comme un air glacial pénètre nos poumons. T'as vu ça ! Non mais, t'as vu ça !

– Ouais, dis-je, chancelant un peu dans la neige. (Jordan ne pèse pas trois tonnes, mais il n'est pas léger non plus.) C'était pas cool.

– Pas cool ? Comment ça, pas cool ?

Gavin secoue joyeusement la tête pendant que nous dérapons le long de Washington Square, nous efforçant d'aller vers l'ouest.

– Je regrette de n'avoir pas eu ma caméra vidéo ! Aucune de ces filles ne portait de soutif. Quand elles ont été aspergées...

Je m'empresse de l'interrompre :

– Gavin, cherche un taxi ! Il faut qu'on ramène Jordan là où il habite, dans l'Upper East Side.

– Il n'y a pas de taxis, rétorque Gavin avec dédain. Il n'y a personne dans la rue, à part nous.

Il a raison. Le parc est une zone de non-vie. Dans les rues alentour, la neige n'a même pas été déblayée. Pas de taxi en vue, ou bien trop loin, sur la Huitième Avenue. J'ai beau agiter le bras frénétiquement, leurs chauffeurs ne nous voient pas.

Je suis très embêtée. Que vais-je faire de Jordan ? Il avait raison : les taxis refusent de franchir les ponts. Pas question que j'appelle son père (l'homme qui m'a dit que personne ne voulait écouter mes « nullités de rockeuse rebelle ») pour lui demander de passer ici avec la limousine de la famille.

Si Jordan est gai comme un pinson, alors qu'il titube entre Gavin et moi, il n'en est pas moins dans un sale état. Je ne peux pas l'abandonner devant une porte – si tentant que cela puisse être. Il mourrait de froid. Et des blocs entiers (de longs blocs, pas des petits pâtés de maisons) nous séparent du métro qui, par ailleurs, se trouve dans la direction opposée. Pour atteindre Astor Place, il nous faudrait donc repasser devant Waverly House.

Or, pas question de courir le risque de croiser des Tau Phi en colère. D'autant plus que je distingue, dans le lointain, le mugissement des sirènes. Les pompiers doivent être alertés automatiquement, dès que le système d'extinction se déclenche.

Entre nous, Jordan relève la tête et s'exclame joyeusement, ayant lui aussi entendu les sirènes :

– Ohé ! V'là les flics !

– J'en reviens pas, que tu aies pu être fiancée à ce type, fait remarquer Gavin, dégoûté (révélant ainsi, malgré lui, qu'il m'a cherchée sur Google !). Un abruti pareil !

– Il n'a pas toujours été comme ça, j'assure à Gavin.

Sans y croire : Jordan a toujours été comme ça. C'est juste que je ne m'en rendais pas compte, parce que j'étais jeune et bête. Et entichée de lui.

– Et puis, il se marie après-demain. Normal qu'il soit un peu nerveux.

– Pas après-demain, rectifie Gavin. Demain. Il est minuit passé. On est déjà vendredi.

– Merde !

Les Cartwright doivent se demander ce qui est arrivé à leur fils cadet. Tania est probablement au désespoir – enfin, si elle a remarqué qu'il n'était plus là. Impossible de le lui renvoyer dans un tel état – avec la braguette ouverte et des traces de rouge à lèvres partout sur le visage. Mon Dieu, pourquoi ne peut-il pas ressembler un peu plus à son frère ?

Mon Dieu ! Son frère... Cooper me tuera lorsqu'il découvrira où je suis allée. Et je vais être obligée de le lui dire. Je ne peux pas traîner Jordan jusque chez nous sans explication.

Et il faut que je le ramène chez nous. C'est le seul endroit possible. Je crois que je ne pourrai pas le porter plus longtemps. Et puis, je meurs de froid. Les collants nylon ne sont décidément pas un vêtement adapté pour se balader en pleine nuit à Manhattan, à la mi-janvier, juste après un blizzard. Je ne sais pas comment toutes ces filles en jean taille basse supportent le froid. N'ont-elles pas le nombril gelé ?

– OK, dis-je à Gavin lorsque nous atteignons l'angle nord-ouest du parc de Washington Square. Voilà ce qui se passe : on le ramène chez moi.

– Pour de bon ? Je vais voir où tu habites ? Génial !

À la lueur rosée des réverbères, le sourire de Gavin m'inquiète.

– Non, Gavin, ce n'est pas génial ! C'est même tout le contraire. Le frère de Jordan, qui est mon propriétaire, sera fâché – *très* fâché – s'il nous entend entrer et voit Jordan comme ça. Il va falloir qu'on soit discrets. Archi-discrets.

– Pas de problème, m'assure galamment Gavin.

– Parce que Cooper n'est pas la seule personne que je crains de réveiller. Mon... euh... mon père habite là, lui aussi.

– Je vais rencontrer ton père ! Celui qui a fait de la prison ?

Pas de doute. Gavin a bien tapé mon nom sur Google.

– Non, tu ne vas pas le rencontrer. Avec un peu de chance, lui aussi dormira, comme Cooper. Et on ne le réveillera pas. Pigé ?

– Pigé, soupire Gavin.

– Heather... marmonne Jordan, traînant les pieds.

– Tais-toi, Jordan ! dis-je. On est presque arrivés.

– Heather, répète Jordan.

– Jordan... Je te jure que si tu vomis sur moi, je t'étrangle !

– Heather, lance Jordan pour la troisième fois. Je crois que quelqu'un a versé quelque chose dans mon verre.

Je le regarde, un peu inquiète.

– Tu veux dire que tu n'es pas tout le temps dans cet état, après une soirée ?

– Bien sûr que non, bafouille-t-il. J'ai bu une seule bière !

– Ouais. Mais combien de verres de vin avant de venir ici ?

– Une dizaine à peine, répond-il d'une voix candide. Eh, à propos... Où sont mes skis ?

– Oh, je suis sûre que personne n'y touchera, Jordan. Tu n'auras qu'à aller les chercher dans la matinée. Pourquoi aurait-on versé quelque chose dans ton verre ?

– Pour pouvoir abuser de moi, évidemment ! Tout le monde me veut... Tout le monde veut sa part du gâteau !

Gavin – qui, avec ces paroles, reçoit en pleine figure l'haleine de bière de Gavin – fait la grimace.

– Pas moi ! dit-il.

Nous nous trouvons devant la maison. M'arrêtant pour chercher mes clés dans mon sac, j'en profite pour mettre les choses au clair :

– Une fois à l'intérieur, j'explique à Gavin, nous coucherons Jordan sur le divan du séjour. Et puis je te raccompagnerai à Fischer Hall.

– J'ai pas besoin d'un chaperon ! proteste Gavin d'un ton arrogant et sûr de lui, se remettant à parler comme un chef de gang maintenant que les Tau Phi sont loin.

– Ces gars de la fraternité sont vraiment en colère. Et ils savent où tu vis.

– Tu parles, frangine ! À part mon nom, Steve sait que dalle sur moi. J'ai jamais été assez cool à son goût, vu que j'aime pas me foutre des produits chimiques dans le corps.

– Non, juste vingt et une mesures d'alcool.

– OK, à part l'alcool.

– Bien. On se chamaillera plus tard. Tout d'abord, on va coucher Jordan sur le divan. Et puis on se chargera de te ramener chez toi.

– J'habite à deux pas.

– Heather.

– Pas maintenant, Jordan ! dis-je. Gavin, je refuse que tu...

– Heather, répète Jordan.

– Quoi, Jordan ?

– Cooper nous regarde.

Je lève les yeux.

En effet, le visage de Cooper s'encadre dans la fenêtre, près de l'entrée. Une seconde plus tard, nous entendons déverrouiller la porte.

– OK, dis-je à Gavin, mon cœur battant à tout rompre. Changement de plan. À trois, on lâche Jordan et on court le plus vite possible ! Un, deux...

– N'y songez même pas ! lance Cooper en sortant sur le perron.

Il porte un pantalon en velours côtelé et un pull en laine. Paraît chaleureux, calme, sensé. Je n'ai qu'une envie : me précipiter vers lui, enfouir mon visage contre son torse, respirer son odeur et lui confier que j'ai passé une soirée terrible... Au lieu de ça, je dis :

301

– Je peux tout t'expliquer.

– Je n'en doute pas, répond Cooper. Allez, entrez. Amenez-le à l'intérieur.

Nous traînons Jordan dans la maison, non sans peine, d'autant plus que Lucy apparaît et, tout excitée, se met à bondir autour de nous. Heureusement, j'ai les jambes si glacées que je ne sens pas ses griffes labourer mes collants.

Lucy s'élance pour lécher la main de Jordan lorsque ce dernier s'anime soudain et, voyant Cooper dans le vestibule, s'exclame :

– Oh ! Salut, frangin ! Qu'est-ce qui se passe ?

– Ta fiancée a appelé, répond Cooper, claquant et refermant la porte derrière nous. Voilà ce qui se passe. Tu es parti comme ça, sans dire à personne où tu allais ?

– Exactement, confirme Jordan, comme nous le lâchons et qu'il tombe sur le divan rose et un peu délabré de son grand-père, où Lucy lui lèche la main de plus belle.

– Oh, le gentil chien-chien ! Empêche la pièce de tourner, s'il te plaît !

– Comment est-il parvenu jusqu'ici ? demande Cooper. Il n'y a pas de taxis. Et je peux pas croire qu'il ait pris le métro.

– Il a skié, j'explique d'une voix piteuse.

Il fait merveilleusement chaud, dans la maison. Mes cuisses frémissent en se réchauffant.

Cooper écarquille les yeux.

– Il a skié ? Où sont ses skis ?

– Il les a perdus, dit Gavin.

Cooper semble tout juste remarquer sa présence.

– Oh, encore toi ?

– Faut pas en vouloir à Heather, explique Gavin. Tout est la faute de ce mec. Vous comprenez, elle a essayé de le des-soûler en lui faisant faire une bonne balade dans le parc, mais il a rechigné. Par chance, je passais là par hasard et je l'ai aidée à l'amener ici. Qui sait ce qui aurait pu arriver sinon ! Ce gars aurait pu crever de froid. Ou pire. Il paraît qu'il y a un médecin qui saute sur tous les ivrognes qu'il trouve dans le parc et récolte leurs reins pour les fourguer à des Boliviens sous dialyse. Tu te réveilles un matin, t'as mal partout sans comprendre pourquoi, et... boum ! Il s'avère qu'on t'a piqué un rein !

Waouh... Gavin est vraiment le roi de l'impro ! Il ment avec un tel naturel, et de façon si convaincante, que je ne peux m'empêcher de me demander dans quelle proportion les his-toires qu'il me raconte depuis des mois sont des fables, comme celle qu'il vient tout juste d'inventer.

Cooper n'a cependant pas l'air très impressionné.

– OK, fait-il. Merci du coup de main. Je crois qu'on va pou-voir se débrouiller, à présent. Alors, au revoir !

– Je te raccompagne, dis-je.

Avant d'être interrompue par une voix :

– La voilà enfin !

Mon père entre dans la pièce, en pyjama et robe de chambre. À voir une mèche hérissée, sur sa nuque, il est clair qu'il s'était endormi. Mais le coup de téléphone de Tania l'a réveillé en même temps que Cooper.

– Heather, on s'est tellement inquiétés ! Quand Tania a appelé et qu'on ne t'a pas trouvée... Ne nous refais plus jamais ça, jeune fille ! Si tu dois sortir, tu as intérêt à dire à l'un d'entre nous où tu vas.

Mon regard sidéré passe de Cooper à mon père.

– Tu parles sérieusement ? je demande, incrédule.

– C'est moi qui raccompagne Gavin, déclare Cooper, prouvant qu'il a anticipé mon action suivante – l'esquive. Heather, va chercher des couvertures pour Jordan. Allan, rappelle Tania et dis-lui que Jordan dort ici cette nuit.

Papa hoche la tête.

– Je prétendrai qu'il était à une soirée surprise pour l'enterrement de sa vie de garçon. Et qu'il est venu dormir ici pour ne pas la déranger.

J'en reste bouche bée. D'abord parce que j'avais oublié le prénom de mon père, que Cooper vient de prononcer. Ensuite, à cause de l'absurdité de cette proposition.

– Jordan n'a pas d'amis, dis-je enfin. Qui irait lui préparer une soirée surprise ? Et jamais il n'aurait la délicatesse de ne pas déranger Tania !

– Si, j'ai des amis ! proteste Jordan depuis le divan, où Lucy lui lèche désormais le visage. Vous deux, vous êtes mes amis ! Ou vous six... ou Dieu sait combien vous êtes.

– Je n'ai pas besoin qu'on me raccompagne ! insiste Gavin, tandis que Cooper tend la main vers sa veste.

– Peut-être bien, rétorque sombrement Cooper, mais moi, j'ai envie de prendre l'air. Allons-y.

Tous deux sortent, me laissant seule avec Jordan et mon père... Deux hommes qui m'ont abandonnée au moment où j'avais le plus besoin d'eux, et sont revenus me supplier de les reprendre quand je n'avais plus du tout besoin d'eux.

– Toi, je te retiens ! dis-je à Jordan, en retournant dans le séjour avec une couverture et un saladier, au cas où il voudrait vomir.

Même si je suis certaine qu'il aura tout oublié demain matin, j'ajoute :

– Et je n'ai toujours pas l'intention de venir à ton mariage.

Puis, à l'adresse de mon père :

– Quand tu auras Tania au téléphone, ne lui dis pas que j'étais avec lui.

– J'ai peut-être passé deux décennies en prison, Heather, réplique-t-il d'un ton de dignité offensée. Mais je me rappelle encore comment marchent ces choses-là.

– Eh bien, tant mieux pour toi.

J'appelle Lucy et me hâte de grimper les marches menant à ma chambre, dans l'espoir de parvenir à refermer ma porte et à me glisser dans mon lit avant le retour de Cooper. Je sais que Sarah interpréterait cela comme une stratégie d'évitement.

Mais bon, quand il s'agit de Cooper, la fuite est parfois la seule solution !

23

Et quand il l'aura épousée
Et pas toi
Vous serez deux à jouer
Le mauvais rôle

« Chanson de mariage »
Écrit par Heather Wells

Le lendemain, je décide de filer en douce pour éviter Cooper. À cette fin, je me réveille – chose exceptionnelle ! – à huit heures. Et je fais en sorte d'être sur le perron à huit heures et demie, après m'être lavée et habillée. C'est si loin de mes horaires habituels (je ne suis jamais en bas avant neuf heures moins cinq) que je parviens à éviter tout le monde, y compris mon père – qui joue, sur sa flûte indienne, un air intitulé « Ode au matin » lorsque je passe discrètement devant sa chambre en tenant mes bottes de neige à la main pour empêcher que le plancher ne craque.

Cooper n'est pas dans les parages. Glissant un œil par la porte entrouverte de sa chambre, j'aperçois son lit fait avec soin. Aucune trace de Jordan non plus, ce qui est plus inquiétant. Les couvertures sous lesquelles il a dormi sont pliées à l'extrémité du divan. Le saladier est posé dessus. Vide, Dieu merci ! Je ne tarde pas à comprendre ce qui s'est passé : Cooper a réveillé son frère et, en ce moment même, le ramène en voiture à Uptown. Impossible que Jordan se soit levé de si bon matin par ses propres moyens après une bringue comme celle d'hier soir. Le Jordan que j'ai connu se levait à quatre heures de l'après-midi les lendemains de fête. Notre aversion des réveils matinaux était l'une des rares choses que nous partagions – ça et un faible pour les assortiments de biscuits vendus par les girl-scouts (lui, les menthe-chocolat noir ; moi, les sablés).

Avec l'impression d'avoir gagné à la loterie, je laisse sortir Lucy pour qu'elle fasse ses besoins dehors, et prends une barre protéinée aux pépites de chocolat, qui m'apportera l'énergie nécessaire pour le trajet à pied jusqu'au bureau. Puis, après avoir rouvert à Lucy, je m'apprête à sortir.

C'est alors que je vois le mot, scotché sur la porte d'entrée.

On peut y lire, dans l'écriture soignée mais microscopique de Cooper (que j'ai été forcée d'apprendre à décrypter, en ma qualité de comptable) :

« Heather, il faut qu'on parle. »

« Heather, il faut qu'on parle » ? « Heather, il faut qu'on parle » ? Peut-on imaginer mots plus inquiétants que ceux-ci : « Il faut qu'on parle » ? Franchement, qui aurait envie de trouver un billet pareil scotché sur sa porte d'entrée ?

Personne.

C'est pourquoi je l'arrache, le chiffonne et le fourre dans ma poche en franchissant le seuil.

De quoi peut-il bien avoir envie de me parler ? Du fait que j'ai traîné son frère ivre mort chez lui hier soir, pour qu'il cuve son vin sur son divan, alors que Cooper a clairement signifié qu'il ne voulait plus avoir affaire aux membres proches de sa famille ? Que j'ai enquêté en douce sur le meurtre de Lindsay, sans dire à personne où j'allais, après avoir juré de laisser les pros faire leur boulot sans intervenir ? Ou que j'ai mis en danger, en désobéissant ainsi, la vie de l'un de mes résidents ?

Mais ça n'a peut-être rien à voir avec qui s'est passé hier soir. Qui sait s'il n'a pas décidé qu'il avait assez supporté les Wells et leurs extravagances – papa et sa flûte indienne et ma tendance à ramener à la maison des chanteurs de variétés bourrés et des étudiants de vingt et un ans portant des pantalons baggy et se prenant pour des chefs de gang ? Et s'il nous fichait tous à la porte ? Il y en a, parmi nous, qui le mériteraient bien.

Et je ne parle pas de Lucy et de papa.

Je suis donc d'humeur sombre et méditative tandis que je me dirige vers Fischer Hall. Même la barre protéinée me donne davantage l'impression de mâcher du carton qu'une barre chocolatée ordinaire. Je ne veux pas que Cooper me jette dehors. C'est le seul vrai foyer que j'aie jamais eu, si l'on excepte l'appartement où j'ai vécu avec Jordan, dont le souvenir est souillé à jamais par l'image de la bouche de Tania Trace comprimant le...

– Heather !

Reggie, qui a retrouvé son coin de rue habituel, semble surpris de me voir dehors de si bonne heure. Je suis moi-même étonnée de constater qu'il a repris le boulot. Même si le blizzard a cessé et que les chasse-neige ont un peu déblayé la voie, la chaussée praticable reste une bande étroite, entre de vastes tas de neige.

– Bonjour, Reggie ! je lance en sortant de derrière une congère de près de deux mètres recouvrant la voiture d'un malchanceux. Sacrée tempête, hein ?

– J'ai pas trop aimé, fait remarquer Reggie.

Il est emmitouflé dans une parka Tommy Hilfiger et tient un gobelet en carton de café fumant.

– Quelquefois, je me dis que je ferais mieux de retourner dans les îles, ajoute-t-il.

– Pour y faire quoi ? je demande avec un intérêt sincère.

– Mes parents possèdent une bananeraie. Je pourrais les aider à la diriger. Il y a déjà pas mal de temps qu'ils me supplient de rentrer au pays. Mais ici, je gagne plus d'argent.

Je ne peux m'empêcher de comparer mentalement les situations respectives des frères Winer et de Reggie. Le père de Doug et de Steve veut qu'ils réussissent seuls, et ses fils se sont mis à vendre de la drogue. Les parents de Reggie souhaitent qu'il reprenne l'affaire familiale, mais ce dernier gagne mieux sa vie en vendant de la drogue... Tout cela n'a aucun sens.

– Je crois que tu ferais mieux de travailler à la bananeraie, Reggie. Même si c'est moins rentable. C'est drôlement moins risqué.

Reggie paraît se pencher sur la question.

– Sauf pendant la saison des ouragans. Mais si j'y retournais, je regretterais de ne plus voir ton visage radieux tous les matins, Heather.

– Je pourrais venir te rendre visite, dis-je. J'ai jamais mis les pieds dans une bananeraie.

– Ça ne te plairait pas, rétorque Reggie avec un sourire qui dévoile ses dents en or. Là-bas, on se lève très tôt, avant l'aube. À cause des coqs.

– Mon Dieu ! Quelle horreur ! Pas étonnant que tu préfères vivre à New York !

– Et puis, celui qui réussit ici peut réussir n'importe où !
ajoute Reggie en haussant les épaules.

– Cent pour cent d'accord. Eh, tu as entendu des trucs au
sujet de ce gars dont je t'ai parlé, ce Doug Winer ?

Reggie cesse de sourire.

– Non, répond-il. Mais il paraît qu'il y a eu un fichu chahut
dans une des fraternités, hier soir.

J'ouvre tout grands les yeux.

– Ah oui ? Comment ça ?

– À ce qu'il semblerait, ton ex, Jordan Cartwright, était de la
partie. Mais c'est sûrement une rumeur. Qu'irait faire le
célèbre Jordan Cartwright dans une soirée d'étudiants l'avant-
veille de son mariage ?

– Tu as raison, dis-je. C'est sûrement une rumeur. Bon, il
faut que j'y aille. Je voudrais pas être en retard !

– Non, approuve Reggie d'un ton grave. Pas toi !

– À plus tard ! Ne prends pas froid !

Je lui adresse un joyeux signe de la main puis, parvenue au
coin, prends vers l'ouest de la place. Oh là là... Je l'ai échappé
belle ! Je n'en reviens pas que le récit des événements d'hier
soir ait déjà atteint les oreilles des dealers. Je me demande si
ça finira dans la rubrique « Potins ». Par bonheur, les fraternités grecques ne sont pas tenues de signaler le nom de leurs
visiteurs. J'aurais de gros soucis au boulot, s'il venait à être
découvert que j'y étais...

Lorsque je franchis les portes de Fischer Hall à neuf heures
moins vingt, Pete manque de s'étrangler avec son bagel.

– Qu'est-ce qui t'arrive ? demande-t-il d'un ton faussement
inquiet. Serait-ce la fin du monde ?

– Très drôle ! Ce n'est pas la première fois que j'arrive à l'heure, tu sais.

– Ouais. Mais tu n'es jamais arrivée *en avance* !

– Qui sait si je ne suis pas en train de tourner une nouvelle page ?

– Qui sait si je ne vais pas être augmenté cette année ? rétorque Pete, riant de bon cœur de sa plaisanterie.

Je lui fais une grimace, puis je passe voir l'étudiant de service à l'accueil pour y récupérer les rapports des RE de la veille au soir. Je me dirige ensuite vers mon bureau, constatant avec plaisir que la porte donnant sur le couloir est fermée à clé. Eh oui, je suis la première ! C'est Tom qui va être étonné !

Après avoir retiré manteau et bonnet, je vais me chercher un café et un bagel à la cafétéria. Je suis heureuse de voir que Magda a retrouvé son poste habituel. Et sa bonne mine, pour la première fois de la semaine. Elle a ombré ses paupières de rose fluo, ses cheveux se dressent sur une bonne quinzaine de centimètres au-dessus du front, et son eye-liner noir charbon ne déborde pas. Elle sourit à mon entrée.

– La voilà ! s'écrie-t-elle. Ma petite pop star ! Ta Magda t'a manqué ?

– Tu penses ! Tu as bien profité de ton jour de repos ?

– Oui, répond Magda, retrouvant son calme. J'en avais besoin. Tu vois ce que je veux dire. Ça m'a fait du bien, de ne pas avoir à penser à cet endroit... et à ce qui s'y est produit.

Un frisson la parcourt. Puis, lorsque deux étudiants s'avancent, derrière moi, Magda s'exclame avec une tout autre voix :

– Regarde ! Voici deux de mes petites stars de ciné. Bonjour, mes petites stars !

Les étudiants la dévisagent, mal à l'aise, pendant qu'elle insère leur carte de cafétéria (qui tient aussi lieu de carte d'étudiant) dans son scanner. Une fois les cartes restituées et les gamins repartis, Magda dit, reprenant une voix normale :

– Il paraît que tu es allée rendre visite à Manuel. Il va comment ?

– Euh... quand je l'ai vu, pas trop bien. Mais le soir, quand je suis repartie, on m'a dit qu'on l'avait sorti des soins intensifs et que son état était considéré comme stable.

– Tant mieux. Et la police n'a toujours pas retrouvé ceux qui lui ont fait ça ?

Je suis tentée de dire à Magda que moi, je suis à peu près certaine de savoir qui ils sont. Or je dois d'abord découvrir comment s'est passé le rendez-vous de Tom.

– Non. Mais je suis sûre que ça ne saurait tarder.

Magda prend l'air renfrogné.

– Ils ne sont pas près de découvrir qui a tué la petite Lindsay, dit-elle. Trois jours maintenant, et toujours pas d'arrestation... C'est parce que c'est une fille, précise-t-elle d'un ton sinistre, en appuyant son menton dans ses mains. Si c'était la tête d'un homme qu'ils avaient retrouvée là-dedans, ils auraient déjà arrêté quelqu'un. La police ne se soucie pas de ce qui arrive aux filles. Surtout aux filles comme Lindsay.

– Tu te trompes, Magda. Ils se donnent beaucoup de mal. Ils procéderont bientôt à une arrestation, crois-moi. Parce que, enfin... hier, la neige les a contraints à rester chez eux, comme toi.

Magda n'en demeure pas moins sceptique. Je réalise qu'il est vain de vouloir la faire changer d'avis quand elle est si convaincue d'avoir raison. Je prends donc mon bagel (avec

313

fromage frais et bacon, évidemment) et mon mélange café-chocolat, et m'en retourne à mon bureau.

Je suis assise là, à me demander qui est Tad Tocco et pourquoi il souhaite que je le rappelle – le préfixe de l'université de New York indique qu'il s'agit d'un numéro interne – quand Tom entre en titubant dans la pièce, encore à moitié endormi. Il paraît surpris de me voir.

– Waouh... s'exclame-t-il. Je rêve, ou quoi ?

– Non. Je suis vraiment là. Je suis à l'heure.

– Tu es en avance ! (Tom secoue la tête.) Les miracles ne cesseront donc jamais !

– Alors... dis-je, l'examinant avec attention. Ça s'est passé comment ? Avec l'entraîneur, je veux dire.

Il sort ses clés de sa poche afin d'ouvrir la porte de son bureau. Je distingue son sourire, à peine esquissé, avant qu'il n'ait pu le réprimer.

– Bien, répond-il d'une voix neutre.

– Oh, arrête ! Crache le morceau !

– Je ne voudrais pas que ça me porte la poisse. Sérieusement, Heather, j'ai tendance à brusquer les choses. Mais pas cette fois-ci. Il n'en est pas question.

– Alors... (Je scrute son visage.) Si tu es décidé à faire en sorte que ça n'aille pas trop vite, c'est que ça a dû coller entre vous.

– Ça s'est très bien passé, confirme Tom, ne contenant plus son sourire. Steve est... eh bien, il est incroyable. Mais comme je te l'ai dit, nous ne sommes pas pressés.

Nous. Il parle déjà à la première personne du pluriel.

Bien sûr, je suis heureuse pour lui. Mais j'avoue que ça m'embête quand même un peu. Pas parce que, moi aussi, je voudrais un jour pouvoir dire « nous » – même si ça me plairait, évidemment.

Ça m'embête parce que ça m'oblige à me demander pourquoi Kimberly m'a menti... à moins que Steven Andrews ne soit aussi bon acteur qu'Heath Ledger, ce dont je doute.

Je me réjouis néanmoins pour Tom.

– Si lui et toi comptez prendre votre temps, c'est que tu n'as pas l'intention de repartir tout de suite, n'est-ce pas ?

Il hausse les épaules et pique un fard.

– On verra, dit-il avant d'entrer dans son bureau.

Ce qui me rappelle quelque chose...

– Où est le docteur La Mort ? je lui demande. Elle vient aujourd'hui ?

– Dieu soit loué, non ! Il a été décidé, au service de soutien psychologique, que si d'autres étudiants traumatisés avaient besoin de consulter un conseiller, ils n'auraient qu'à traverser le parc.

– Laisse-moi deviner ! Cheryl a rendu quelques visites de trop au docteur Kilgore, c'est ça ?

– Je crois même qu'elle a failli la rendre dingue ! réplique joyeusement Tom. Je récupère enfin mon bureau ! Mon bureau à moi ! Je vais à la cafèt' chercher un plateau – un plateau ! – pour pouvoir prendre le petit déjeuner dans mon bureau !

– Tu as bien raison ! dis-je, moi aussi guillerette.

C'est vraiment cool d'avoir un chef comme Tom, qui trouve que le fait de prendre son petit déjeuner à son bureau n'a rien de choquant. Rayon chefs, j'ai eu du bol avec lui. Je suis contente qu'il ne songe plus à partir. Du moins, pas pour le moment.

Je commence à parcourir les rapports des RE quand Gavin fait son entrée, manifestement mal à l'aise.

– Euh... Salut, Heather, bredouille-t-il, planté devant mon bureau. Tom est dans les parages ? Je suis censé reporter ma consultation, pour mon problème d'alcool.

– Ouais, il est là. Il est juste allé chercher un truc à manger à la cafèt'. Assieds-toi. Il ne va pas tarder.

Gavin s'installe sur le divan, à côté de mon bureau. Mais au lieu de se vautrer dedans jambes écartées, comme par le passé, il se tient bien raide, regardant droit devant lui. Il ne tripatouille pas, ainsi qu'il en a l'habitude, les trombones ou les figurines *Toy Story 2* qui traînent sur mon bureau.

Je le fixe.

– Gavin ? Ça va ?

Il se tourne vers la repro de Monet qui orne le mur, évitant délibérément de croiser mon regard.

– Moi ? Oui, très bien. Pourquoi ?

– Je ne sais pas. Tu m'as simplement l'air un peu... un peu distant.

– Je ne suis pas distant. Je ne veux pas te mettre sous pression, c'est tout.

– Tu ne veux pas quoi ?

Il me fixe enfin.

– Tu comprends, réplique-t-il. Je veux pas te mettre sous pression. Hier, ton copain Cooper m'a dit qu'il fallait te laisser du champ. C'est ce que j'essaie de faire.

Soudain, je sens comme un courant d'air froid. Une sorte d'appréhension...

– Une seconde. Cooper t'a dit qu'il fallait me laisser du champ ?

316

Gavin hoche la tête.

– Ouais. Hier soir. Pendant qu'il me raccompagnait ici. Ce qui n'était pas nécessaire, soit dit au passage. Après tout, j'ai vingt et un ans. J'ai pas besoin d'un chaperon pour rentrer au dortoir.

– À la résidence, je rectifie. Et il t'a dit quoi d'autre, à mon sujet ?

Gavin hausse les épaules, embarrassé, et se tourne à nouveau vers le Monet, sur le mur en face de lui.

– Ben, tu sais... Que tu as beaucoup, beaucoup souffert quand son frère Jordan t'a trompée. Que ça t'avait déstabilisée, que tu n'avais pas fini de faire ton deuil et que tu n'étais pas prête à démarrer une nouvelle relation...

– QUOI ? Il a dit *quoi* ?

Gavin me regarde d'un air perplexe.

– Ben... enfin, vu que tu es toujours amoureuse de lui...

J'ai l'impression que mon cœur explose.

– *Amoureuse de* QUI ?

– Ben... de Jordan Cartwright, évidemment, répond Gavin, décontenancé. Oh, merde ! ajoute-t-il en voyant mon expression. J'ai oublié ! Cooper m'a demandé de ne pas te répéter ce qu'il m'a dit... Tu lui diras pas que je te l'ai dit, hein ? Il me fiche un peu la frousse, ce mec.

Gavin s'interrompt et me dévisage, manifestement inquiet. J'ignore pourquoi. Peut-être parce que je reste là, assise à mon bureau, bouche bée, les yeux exorbités.

– Enfin... C'est pour ça que tu ne veux pas assister au mariage de Jordan, demain ? bafouille Gavin. Parce que tu es toujours amoureuse de lui et que ça te fait trop mal de le voir épouser quelqu'un d'autre ? C'est ce que pense ton ami

Cooper, en tout cas. Il pense que c'est pour ça que tu n'es pas encore ressortie avec quelqu'un... parce que tu n'as pas surmonté la douleur de la rupture, et qu'il va te falloir un bout de temps pour t'en remettre...

Je sens le cri partir de mes pieds et s'élever lentement, telle la vapeur dans une bouilloire électrique. Je m'apprête à rejeter la tête en arrière pour l'expulser quand Tom entre dans la pièce, chancelant, aussi blanc que la neige qui recouvre la ville. Il ne porte pas son plateau de petit déjeuner.

– On vient de retrouver ce qui manquait d'elle.

Je ravale mon cri.

– Qui ça, elle ? demande Gavin.

– Lindsay, dit Tom.

24

On dit que seul le temps le dira
Mais ces jours-ci, ma vie est un enfer
J'sais plus quoi dire, j'sais plus quoi faire
Comment j'ai pu prendre autant de poids ?

« La balance »
Écrit par Heather Wells

Devant sa caisse, Magda sanglote.

– Magda, je répète pour la cinquième fois peut-être. Parle-moi. Raconte-moi ce qui s'est passé.

Magda secoue la tête. Malgré la laque et toutes les lois physiques, sa coiffure s'est affaissée et ses cheveux retombent tristement sur un côté du visage.

– Magda. Dis-moi ce qu'ils ont trouvé. Tom refuse d'en parler. Gerald ne laisse personne entrer dans la cuisine. Les flics vont arriver. Allez, dis-le-moi !

Elle en est incapable. Le chagrin l'étouffe. Pete ne rencontre aucune opposition, tandis qu'il donne ordre aux résidents d'évacuer la cafétéria. Tous partent de leur plein gré, tout en jetant des regards nerveux en direction de Magda.

À entendre ses effrayantes lamentations, je les comprends.

– Magda, dis-je. Tu es hystérique ! Il faut que tu te calmes.

C'est au-delà de ses forces. C'est pourquoi, après avoir poussé un long soupir, je lui balance une claque.

Or voilà qu'elle m'en flanque une, elle aussi !

– Aïe ! je m'écrie, choquée, en portant la main à ma joue. Qu'est-ce qui te prend ?

– C'est toi qui m'as frappée la première ! rétorque Magda d'un ton furibard, portant elle aussi la main à sa joue.

Magda a de la force dans les bras. Je vois des étoiles.

– Ouais, mais tu étais hystérique ! Je cherchais simplement à te calmer. Tu n'avais pas à me rendre ma gifle !

– On ne gifle pas les gens parce qu'ils sont hystériques ! réplique Magda. On ne t'a donc rien appris dans ces prétendus cours de secourisme qu'on t'a obligée à prendre ?

– Magda... (Des larmes finissent enfin par jaillir de mes yeux.) Dis-moi ce qu'ils ont trouvé.

– Je vais te montrer, dit Magda en tendant une main – pas celle avec laquelle elle m'a giflé.

Là, niché dans sa paume, se trouve un étrange objet. En or, il ressemble à une boucle d'oreille, en plus grand et plus arrondi, et le bout est orné d'un diamant. L'or est tout bosselé, comme s'il avait été mâchouillé.

– Qu'est-ce que c'est que ça ? je demande en l'examinant.

– OÙ AVEZ-VOUS TROUVÉ ÇA ?

La réaction de Cheryl Haebig – lorsqu'elle et son petit ami Jeff passent devant nous en sortant de la cafétéria – nous fait sursauter, Magda et moi. Cheryl écarquille les yeux, fixés sur l'objet dans la main de Magda. Pete, qui s'efforce de faire évacuer les lieux, semble mécontent.

– Cher, dit Jeff en tirant sa petite amie par le bras. Viens ! Ils veulent qu'on s'en aille.

– Non ! proteste Cheryl en secouant la tête, le regard toujours rivé sur ce que tient Magda. Où avez-vous trouvé ça ? Dites-le-moi !

– Tu sais ce que c'est, Cheryl ? je demande. (Alors que sa réaction indique clairement que oui.) C'est quoi ?

– C'est le piercing de nombril de Lindsay, répond-elle, le visage aussi blanc que le chemisier qu'elle porte. Oh, mon Dieu... Où l'avez-vous trouvé ?

Magda serre les lèvres. Et referme le poing.

– Oh non ! dit-elle de cette voix chantante qu'elle n'a qu'en présence des étudiants. Quelle importance... Va en cours, à présent, tu risquerais d'être en retard.

Or Cheryl s'avance d'un pas et, avec une expression aussi dure que le sol de marbre sous nos pieds, dit :

– Je veux savoir.

Magda avale sa salive, me jette un coup d'œil, puis commence, de sa voix habituelle :

– Il était coincé au fond du broyeur à déchets. Celui qui ne fonctionnait pas bien cette semaine. Le directeur du service technique a fini par venir voir. Et il a trouvé ça.

Elle retourne le bijou. Sur l'autre face est gravé le prénom Lindsay – à peine visible tant l'or est bosselé. Mais visible tout de même.

Cheryl pousse un gémissement et chancelle. Pete et Jeff l'aident à s'asseoir sur une chaise voisine.

– Dis-lui de laisser retomber la tête entre les genoux, je glisse à Jeff.

Il acquiesce, apparemment paniqué, et fait ployer le corps de sa petite amie, jusqu'à ce que ses longs cheveux couleur de miel balaient le sol.

Me tournant à nouveau vers Magda, je baisse les yeux vers le piercing.

– Ils ont mis le corps dans le broyeur à déchets ? je chuchote.

Magda secoue la tête.

– Ils ont essayé. Mais la machine a refusé de broyer les os.

– Tu veux dire que... *ils y sont toujours* ?

Magda hoche la tête. Nous parlons à voix basse, pour éviter
que Cheryl ne nous entende.

– L'évier était bouché. Personne n'a songé à se demander
pourquoi, du fait que ça arrive tout le temps. On s'est simplement servi de l'autre.

– Et la police n'a pas non plus cherché par là ?

Magda fait une grimace.

– Non. L'eau était toute... enfin, tu sais comment c'est, quelquefois. Et puis lundi soir, au menu, il y a eu du chili con
carne...

Je suis sur le point de vomir.

– Mon Dieu !

– Je sais, déclare Magda en regardant le bijou de nombril.
Qui a pu faire ça à une si jolie, à une si gentille fille ? Qui,
Heather ? *Qui* ?

– Je vais le découvrir, dis-je.

Détournant d'elle mes yeux baignés de larmes, je me dirige
à grands pas vers Cheryl – qui a toujours la tête entre les
genoux – et m'agenouille auprès d'elle.

– Cheryl. Lindsay et Andrews couchaient-ils ensemble ?

– HEIN ? (C'est Jeff qui paraît le plus stupéfait.) L'entraîneur
et Lind... IMPOSSIBLE !

Cheryl se redresse. Elle est très rouge à cause du sang qui lui
est monté à la tête. Ses joues portent la trace de pleurs et de
nouvelles larmes brillent encore sur ses longs cils.

– Andrews, l'entraîneur ? demande-t-elle en reniflant. Nnn...
non. Bien sûr que non.

– Tu en es certaine ?

Cheryl hoche la tête.

– Ouais. L'entraîneur est... enfin...

Elle lève les yeux vers Jeff. Celui-ci a l'air effrayé.

– Quoi ? L'entraîneur est *quoi*, Cher ?

Celle-ci soupire et se tourne à nouveau vers moi.

– Eh bien, aucune d'entre nous n'en est certaine. Mais on a
toujours supposé qu'Andrews était homo.

– QUOI ? (C'est Jeff, à présent, qui semble sur le point d'éclater en sanglots.) Andrews, homo ? Impossible. IMPOSSIBLE !

Cheryl me fixe de ses yeux mouillés.

– Vous comprenez pourquoi on préférait garder nos soupçons pour nous.

– Je comprends, dis-je en lui tapotant le poignet. Merci.

Je file aussitôt, bousculant Pete au passage, pour foncer
droit vers les ascenseurs.

Magda me court après, juchée sur ses talons aiguilles.

– Heather ? Tu vas où ?

J'appuie sur le bouton « montée » et les portes s'écartent.

Pete me suit lui aussi dans le hall, manifestement soucieux.

– Heather. Que se passe-t-il ?

Les ignorant tous les deux, je m'engouffre dans la cabine et
appuie sur le bouton du douzième étage. Alors que les portes
se referment, je vois Magda qui s'avance, voulant m'empêcher
de partir seule.

Mieux vaut qu'elle ne vienne pas. Elle n'apprécierait guère
ce que je m'apprête à faire. Je n'apprécie pas moi-même ce que
je m'apprête à faire.

Mais quelqu'un doit bien s'en charger.

Lorsque les portes s'ouvrent, au douzième étage, je sors de la cabine et me dirige à grands pas vers la chambre 1218. Dans le couloir (que le RE, fan de Winnie l'Ourson, a décoré à l'effigie du tigre Tigrou, mais un Tigrou second degré, puisque coiffé de dreadlocks), il règne un silence de mort. Il est à peine plus de neuf heures, et les étudiants qui ne sont pas en cours dorment encore.

– Bureau de la direction ! je hurle en frappant du poing sur la porte.

Nous ne sommes pas autorisés à entrer dans les chambres sans nous être annoncés.

Ça ne signifie pas pour autant qu'on doive attendre que le résident nous ouvre. Ce dont je me passe. J'introduis mon passe dans la serrure, puis tourne la poignée.

Kimberly est couchée, comme je l'espérais. Le lit jumeau de sa camarade de chambre (même les couvre-lits aux couleurs de l'université, blanc et or, sont identiques) est vide. Kimberly se redresse, visiblement sonnée.

– Que... que se passe-t-il ? demande-t-elle d'une voix ensommeillée. Oh, mon Dieu. Qu'est-ce que *vous* fichez là ?

– Lève-toi ! lui dis-je.

– Hein ? Pourquoi ?

Même à peine sortie d'une nuit de sommeil, Kimberly Watkins est ravissante. Sa peau n'est pas, comme la mienne au réveil, tartinée de crèmes anti-boutons ou anti-rides et, loin de se dresser comiquement d'un côté, ses cheveux retombent, parfaitement lisses, de part et d'autre de son visage.

– Il y a le feu ? demande-t-elle.

– Il n'y a pas de feu, dis-je. Dépêche-toi !

Kimberly s'est extirpée de son lit et se tient devant moi, dans un tee-shirt de l'université de New York trop grand pour elle, un boxer, et des chaussettes grises tire-bouchonnant sur ses mollets.

– Une minute ! lance-t-elle en ramenant une mèche derrière son oreille. On va où ? Il faut que je m'habille. Il faut que je me brosse les...

Or je l'ai saisie par un bras et l'entraîne déjà vers la porte. Elle tente de me résister. Mais voyons les choses en face : c'est moi la plus grosse des deux. Et, contrairement à elle, je suis bien réveillée.

– Où... où est-ce que vous m'emmenez ? bredouille-t-elle en trottant pour ne pas tomber tandis que je la tire jusqu'à l'ascenseur.

Elle n'a pas le choix, puisque je ne la lâcherai pas, ce dont elle semble pleinement consciente.

– J'ai un truc à te montrer, dis-je en guise de réponse.

Kimberly me jette un regard anxieux.

– Je... je ne veux pas le voir.

L'espace d'un instant, je suis tentée de la balancer contre le mur le plus proche, tel un ballon de handball. Au lieu de ça, je rétorque :

– Eh bien tu le verras quand même. Tu le verras et ensuite on discutera, toi et moi. Pigé ?

L'ascenseur est toujours au douzième étage. Je pousse Kimberly dans la cabine, j'entre et appuie sur le bouton du rez-de-chaussée.

– Vous êtes cinglée, bafouille-t-elle d'une voix tremblante, tandis que nous descendons. (Elle commence à émerger pour de bon.) Vous savez quoi ? À cause de ça, vous serez virée !

Je m'esclaffe :

– Ah ouais ! C'est la meilleure de la journée !

– Je ne plaisante pas. Vous n'avez pas le droit de me traiter comme ça. Le président Allington sera furieux quand il l'apprendra.

– Le président Allington peut aller se faire voir ! je réplique tandis que s'ouvrent les portes de l'ascenseur, au rez-de-chaussée.

Dépassant mon bureau, je l'entraîne dans le hall, en direction de l'accueil, où l'étudiante de service lève les yeux du *Cosmopolitan* piqué dans le courrier de quelqu'un, pour me fixer d'un air choqué. Pete, qui fait signe aux pompiers d'entrer dans le bâtiment, se fige en m'apercevant. Pourquoi, chaque fois que nous appelons les secours pour une urgence, qu'il s'agisse d'un étudiant défoncé à la méthadone ou d'ossements humains retrouvés dans un broyeur à déchets, faut-il que les pompiers soient toujours les premiers arrivés ?

– J'espère que tu sais ce que tu fais, déclare Pete, comme je passe près de lui, tirant Kimberly.

– Ne restez pas planté là ! lui crie celle-ci. Vous êtes aveugle, ou quoi ? Vous ne voyez pas qu'elle refuse de me lâcher ? *Elle me fait mal au bras !*

Le talkie-walkie de Pete grésille. Il le porte à ses lèvres.

– Non, dit-il. Tout est calme dans le hall.

– Espèce d'agent de sécurité à deux balles ! lui lance Kimberly, sarcastique, alors que je lui fais franchir la porte de la cafétéria.

Magda, qui se tient devant l'entrée en compagnie de son chef Gerald et de plusieurs pompiers, est interloquée. La main ouverte, elle leur montre sa trouvaille. Je vois Cheryl assise non loin d'elle, flanquée d'un Jeff Turner au visage aussi grave que livide. Saisissant Kimberly par la nuque, je la force à regarder ce qui se trouve dans la paume de Magda.

– Tu vois ça ? je demande. Tu sais de quoi il s'agit ?

Kimberly cherche en vain à se dégager.

– Non, rétorque-t-elle sombrement. Je sais pas de quoi vous parlez ! Vous feriez mieux de me lâcher.

– Montre-lui, dis-je à Magda.

Cette dernière s'exécute, lui fourrant le piercing sous le nez.

– Alors ? Tu le reconnais ?

Les yeux de Kimberly, ronds comme des soucoupes, sont rivés sur le bijou.

– Ouais, concède-t-elle d'une voix à peine audible. Je le reconnais.

– C'est quoi ? je demande en lui lâchant le cou.

Je n'ai plus besoin de ça pour l'obliger à regarder. À vrai dire, elle semble incapable de détourner la tête.

– C'est un piercing de nombril.

– Et à qui appartient ce piercing ?

– À Lindsay.

– C'est exact, dis-je. À Lindsay. Tu sais où on l'a trouvé ?

– Non.

Kimberly a la gorge nouée. J'ignore si elle va fondre en larmes ou si elle est à deux doigts de vomir.

– Dans le broyeur à déchets. Ils ont voulu réduire ta copine en bouillie, Kimberly. *Comme si c'était un déchet.*

– Non, répète Kimberly.

Elle s'exprime d'une voix de plus en plus faible, chose inhabituelle chez une pom-pom girl.

– Et tu sais ce que les personnes qui ont tué Lindsay ont fait à Manuel Suarez l'autre soir, dis-je. Juste parce qu'ils craignaient que Lindsay lui ait parlé d'eux. Qu'est-ce que tu penses de ça, hein, Kimberly ?

Parlant toujours aussi bas, le visage à présent bouffi par les larmes, Kimberly marmonne :

– J'ai rien à voir là-dedans.

– Ne te fiche pas de moi, Kimberly ! Pour commencer, tu as voulu me faire croire que la camarade de chambre de Lindsay l'avait tuée par jalousie. Plus tard, tu as cherché à me faire avaler qu'Andrews et Lindsay étaient amants, quand tu sais parfaitement que l'entraîneur préfère les individus de son sexe...

Derrière moi s'élève un petit cri. Cheryl Haebig, à coup sûr.

– Reconnais-le, Kimberly, dis-je sans me retourner. Tu sais qui a tué Lindsay.

Elle secoue la tête si fort que ses cheveux lui retombent dans les yeux.

– Non, je...

– Tu veux y jeter un œil, Kimberly ? Au broyeur à déchets par où ils ont essayé de faire passer Lindsay ? Il est bouché, avec ses os et son sang. Mais je peux te le montrer, si ça te chante.

Kimberly laisse échapper un gémissement. Les pompiers me dévisagent comme si j'étais une espèce de maniaque. Sans doute ont-ils raison. Je dois être tarée, puisque traiter Kimberly ainsi ne me pose pas le moindre problème de conscience.

– Tu veux savoir ce qu'ils ont fait à Lindsay, Kim ? Tu veux le savoir ?

Elle a beau secouer la tête de plus belle, je continue :

– D'abord quelqu'un l'a étranglée. Avec une telle force et pendant si longtemps que les capillaires sanguins ont éclaté autour de ses yeux. Elle devait suffoquer, mais son agresseur, qui s'en fichait bien, ne l'a pas lâchée. Alors, elle est morte. Mais ça ne s'arrête pas là. Ensuite, ils l'ont découpée... Et, après l'avoir découpée, ils ont fourré les différentes parties de son corps dans le broyeur...

– Non ! s'exclame Kimberly, à présent secouée de sanglots. Non, ce n'est pas vrai !

– C'est on ne peut plus vrai. Et tu le sais. Et faut que tu saches autre chose, Kimberly : la prochaine, c'est toi ! Tu es la prochaine sur leur liste.

Elle écarquille ses yeux baignés de larmes.

– Non ! Vous dites ça juste pour me faire peur !

– Lindsay. Manuel. Et puis toi.

– Non !

Kimberly s'écarte de moi. Mais, manque de bol, se retrouve face à Cheryl Haebig, qui s'est relevée et, plantée là, foudroie Kimberly du regard.

Sans prêter attention au regard noir, celle-ci s'écrie, en voyant Cheryl :

– Oh, Dieu soit loué ! Dis-lui, Cheryl. Dis à cette garce que je ne suis au courant de rien.

Cheryl fait non de la tête.

– Tu lui as raconté que Lindsay et l'entraîneur avaient une liaison ? rétorque-t-elle. Pourquoi ça ? Pourquoi ? Tu sais que c'est un mensonge.

Constatant que Cheryl ne lui apportera pas le soutien espéré, Kimberly recule, sans cesser de secouer la tête.

– Tu... tu ne peux pas comprendre, bredouille-t-elle entre deux hoquets.

– Oh, si. Je comprends très bien.

Pour chaque pas en avant de Cheryl, Kimberly en fait un en arrière – jusqu'à finir plaquée contre le comptoir de Magda, où elle se fige et fixe craintivement l'autre jeune fille, qui poursuit :

– Je comprends que tu as toujours été jalouse de Lindsay. Je comprends que tu as toujours voulu être aussi appréciée et populaire que Lindsay. Mais ça ne risquait pas d'arriver, vu que tu n'es qu'une saleté de...

Cheryl est forcée de s'interrompre. Car Kimberly s'est effondrée devant la caisse, glissant lentement sur le comptoir jusqu'à s'étaler sur le sol, telle une flaque blanc et or.

– Non, sanglote-t-elle. Je n'y suis pour rien. Je n'ai rien fait. Ce n'est pas moi qui l'ai tuée !

– Mais tu sais qui l'a tuée. N'est-ce pas, Kimberly ?

– Non ! Je jure que je sais pas ! Tout ce que je sais... Tout ce que je sais, c'est ce qu'a fait Lindsay.

Cheryl et moi échangeons un regard perplexe.

– Lindsay a fait quoi, Kimberly ? je demande.

Les genoux remontés jusqu'au menton, celle-ci murmure :

– Elle lui a volé sa came.

– Elle a *quoi* ?

– Elle a volé sa came ! Vous êtes bouchées, ou quoi ? Elle lui a volé toute sa réserve, plus de dix grammes de coke. Elle était furieuse contre lui parce qu'il était archi-radin. En plus, il se tapait d'autres filles. Elle en avait marre.

À ces mots, Cheryl recule machinalement d'un pas.

– Tu mens ! lance-t-elle à Kimberly.

330

– Une seconde, dis-je, un peu perdue. La came de qui ? De Doug Winer ? C'est de Doug Winer que tu parles ?

Kimberly hoche tristement la tête.

– Oui. Elle pensait qu'il ne s'en rendrait pas compte. Ou qu'il penserait, si c'était le cas, qu'un des gars de la fraternité l'avait prise. Oh, pas la peine de me regarder comme ça, Cheryl ! Lindsay n'était pas une sainte, bordel ! Même si toi et les autres filles tenez tellement à penser le contraire. Bon sang, je sais pas pourquoi vous n'avez jamais voulu voir ce qu'elle était vraiment... Elle n'a eu que ce qu'elle méritait !

Les sanglots de Kimberly se sont mués en halètements. Le front pressé sur les genoux et les genoux collés au buste, elle se tient le ventre comme si elle faisait une crise d'appendicite.

Si Cheryl a battu en retraite, horrifiée, je n'ai quant à moi pas l'intention de lâcher Kimberly.

– Mais Doug s'est rendu compte que la coke n'était plus là, dis-je. Il s'en est rendu compte et il est venu la chercher, pas vrai ?

Kimberly hoche à nouveau la tête.

– C'est pourquoi Lindsay avait besoin d'aller dans la cafèt'. Pour rendre sa coke à Doug. Elle l'y avait cachée, pas vrai ? Parce qu'elle s'était dit qu'il n'était pas prudent de la garder dans sa chambre, où Ann risquait de la trouver. (Hochement de tête de Kimberly.) Elle a donc soutiré la clé à Manuel, s'est introduite dans la cafèt', a fait entrer Doug dans le bâtiment d'une manière ou d'une autre et... et ensuite ? Si elle lui a rendu la came... pourquoi l'a-t-il tuée ?

Kimberly relève lentement la tête, comme si elle était très lourde.

– Qu'est-ce que j'en sais ! Tout ce que je sais, c'est que Lindsay méritait de finir comme ça !

– Espèce de...

Cheryl la fusille du regard, son torse se soulevant et s'abaissant rapidement sous l'effet de l'émotion, ses yeux brillant de larmes contenues...

– Espèce de... de... espèce de *salope* !

C'est alors que Cheryl rejette un bras en arrière pour gifler Kimberly, qui se recroqueville...

Mais la main de Cheryl est saisie au vol avant d'avoir pu atteindre la joue de Kimberly.

– Ça suffit comme ça, mesdames ! dit calmement l'inspecteur Canavan, surgi derrière nous.

25

Sur moi voilà qu'une tempête s'abat
Vents violents, mer démontée, et moi, l'accro au chocolat
Combien de temps je vais le maintenir à flot
Mon pauvre petit bateau ?

« Dans la tempête »
Écrit par Heather Wells

– Alors, ça y est ! dis-je à Pete, comme nous nous installons à une table poisseuse, au fond du Corbeau-Ivre, après le boulot. On l'a, notre mobile, clair comme le jour.

À l'expression de l'agent de sécurité, je comprends qu'il est au moins aussi perdu que Magda.

– Quoi ? me demandent-ils tous les deux d'une même voix.

– C'est pour ça qu'il l'a tuée, j'explique patiemment. Partout où elle allait, Lindsay racontait à ses amis que Doug dealait. Il a été contraint de la réduire au silence, s'il ne voulait pas risquer de se faire choper.

– On n'est pas obligé de couper la tête de quelqu'un pour le faire taire ! s'exclame Magda, indignée.

– Ouais, approuve Pete. C'est une solution un peu extrême, tu ne trouves pas ? C'est pas parce que ta petite amie cause un peu trop qu'il faut la tuer !

– Il a peut-être voulu que ça serve de mise en garde, lance Sarah depuis le bar, où elle s'est assise pour suivre un match de basket universitaire sur l'un des téléviseurs. Pour que ses autres clients ferment leur gueule de crainte de subir le même sort. Oh mon Dieu ! Il a chargé ! Il a chargé ! L'arbitre est aveugle, ou quoi ?

– C'est possible, concède Pete.

Il pique de sa fourchette le *burrito* réchauffé au micro-ondes acheté chez le traiteur au coin de la rue. Tel est le prix à payer, quand on ferme la cafétéria sur votre lieu de travail, pour que les équipes médicolégales puissent extirper des fragments de corps humain du broyeur de l'évier. Le *burrito* est la première chose que Pete peut se mettre dans le ventre depuis le petit déjeuner. Pour moi, c'est de bière et de pop-corn dont je me régale à présent.

– Ou qui sait si ce n'est pas le genre de trucs qui fait rigoler un malade comme Winer ? conclut-il.

– On n'est pas certains que Winer soit derrière tout ça, proteste Magda.

Nous la fixons, Pete et moi.

– Eh bien... poursuit-elle. Ce n'est pas parce que cette fille affirme que Lindsay devait le rencontrer que c'est forcément lui qu'elle a retrouvé. Vous avez entendu ce qu'a dit cet inspecteur.

Je lui rafraîchis la mémoire :

– Il nous a dit de nous mêler de nos affaires. Il n'a pas précisé s'il soupçonnait ou non Doug ou son frère.

J'avais pourtant pris Canavan à part et, après lui avoir raconté ce que j'avais pu observer la veille lors de la soirée des Tau Phi Epsilon, j'avais ajouté :

– Il est clair que Doug, et Steve (puisque, d'après Manuel, c'était le prénom qu'avait mentionné Lindsay) l'ont tuée pour qu'elle arrête de causer, et ont laissé traîner la tête en guise d'avertissement au reste de leur clientèle. Il faut que vous les arrêtiez. Il le faut !

L'inspecteur Canavan n'avait cependant pas apprécié de s'entendre dire ce qu'il devait faire. Il s'était contenté de me jeter un regard de reproche et de rétorquer :

– J'aurais dû me douter que c'était vous, à cette fête, hier soir. Vous arrive-t-il d'aller où que ce soit sans provoquer des catastrophes ?

Ça m'a vexée. Il y a des tas d'endroits que je fréquente sans que ça tourne au désastre. Des tas. Celui où je suis en ce moment même, par exemple, le bar en face de Fischer Hall...

Certes, il est à peine plus de dix-sept heures, la plupart des gens sont encore au boulot et, à part nous, il n'y a presque personne dans le café.

Mais je n'ai pas provoqué de catastrophe. Pour l'instant.

– Ils attendent quoi, alors, pour arrêter ces garçons ? demande Magda.

– À supposer qu'ils les arrêtent, nuance Pete.

– Mais il le faut ! dit Magda en levant rapidement les yeux de son cocktail (un russe blanc, mélange vodka-lait-café, que ni Pete ni moi ne pouvons regarder sans avoir un haut-le-cœur). Enfin... ils ont emmené cette Kimberly pour l'interroger après qu'elle a dit toutes ces choses devant nous... Même si plus tard elle leur a menti, ils ont entendu ce qu'elle nous a dit dans la cafétéria.

– Mais est-ce que c'est une preuve ? demande Pete. Ce serait pas plutôt... Comment ils appellent ça, dans *New York Section criminelle* ? Une preuve par ouï-dire ?

– Vous voulez dire qu'ils n'ont pas réussi à récupérer une seule empreinte digitale, dans cette cuisine ? s'étonne Magda.

Pas même un cheveu sur lequel ils pourraient faire un test ADN pour découvrir l'assassin ?

– Qui sait ce qu'ils ont trouvé ? dis-je en fourrant tristement dans ma bouche une poignée de pop-corn rassis. (Même rassis, ce que c'est bon... Surtout avec une bière fraîche !) On sera probablement les derniers à être informés.

– En tout cas, Manuel va s'en sortir, fait remarquer Pete. D'après Julio, son état s'améliore de jour en jour. Bien qu'ils aient laissé des agents postés devant sa chambre d'hôpital.

– Il fera comment, une fois qu'ils l'auront laissé sortir ? demande Magda. Ils ne vont pas poster un agent devant sa maison, non ?

– D'ici là, il faudra qu'ils aient arrêté Doug, lance Sarah depuis le bar. Parce que, enfin... c'est sûrement lui qui l'a étranglée. La seule question, c'est de savoir si c'était un accident. Peut-être l'a-t-il étranglée au cours d'un jeu sexuel qui aurait mal tourné, et il a paniqué ? À vous entendre, ce type ne semble guère capable de maîtriser sa colère...

– Ouais. Je vous ai raconté qu'il m'avait balancé un coup de tête dans le ventre ? je demande.

– Mais de là à mettre son corps découpé dans un broyeur pour effacer les preuves... (Sarah secoue la tête.) Doug est trop bête pour ça – même si ça n'a finalement pas marché, vu que la machine a cassé. Oh, mon Dieu ! Faute ! FAUTE !

M'arrachant à mon cornet de pop-corn, je constate que Pete et Magda ne sont pas les seuls à fixer Sarah d'un air incrédule. Belinda, la barmaid, une petite punkette en salopette et au crâne rasé, l'observe elle aussi avec stupéfaction.

Sarah s'en rend compte et, promenant son regard alentour, dit, un peu sur la défensive :

– Excusez-moi, mais on a le droit d'avoir des centres d'intérêt variés. C'est pas parce qu'on se passionne pour la psycho qu'on ne doit pas aimer le sport ! C'est ce qui s'appelle être équilibré, les amis.

– Encore du pop-corn ? demande Belinda, très effrayée pour quelqu'un qui a autant de piercings au nez.

– Non, dit Sarah. Ce truc a un sale goût.

– Euh, moi, je vais en reprendre, dis-je. Merci.

Pete se lève.

– Sur ce, je vous quitte. Faut que je sois chez moi avant que mes gosses n'aient mis la maison sens dessus dessous. Magda, je te dépose au métro ?

– Oh oui ! fait Magda en se levant elle aussi.

– Attends ! je proteste. Il me reste encore du pop-corn !

– Désolée, mon chou, réplique Magda, enfilant avec peine sa veste en faux lapin. Mais il doit faire moins dix, dehors. Pas question de marcher jusqu'au métro. À lundi.

– Salut, les amis ! je lance avec tristesse tandis qu'ils s'éloignent.

Je rentrerais bien, moi aussi. Si mon verre n'était encore à moitié plein. Et ça ne se fait pas, d'abandonner ainsi sa bière... C'est anti-américain.

Sauf qu'une minute plus tard, je regrette de ne pas être partie quand j'en avais l'occasion, car la porte s'ouvre et que pour mon malheur entre...

Jordan.

– Ah, tu es là ! s'exclame-t-il, me repérant tout de suite.

Ce qui n'est pas difficile, étant donné que je suis seule dans le bar, à l'exception de Sarah et de deux gars du département de mathématiques qui disputent une partie de billard. Jordan se glisse sur la chaise que Pete vient de quitter et m'explique, tout en retirant sa veste :

– Cooper m'a dit que tu venais ici, quelquefois, après le bureau.

Je lui jette un regard noir, Dieu sait pourquoi. Peut-être parce qu'il a mentionné le prénom « Cooper ». Et que celui-ci n'est pas, pour le moment, en tête de ma liste d'amis.

Son frère non plus, d'ailleurs.

– C'est sympa, ici ! fait remarquer Jordan en balayant la salle des yeux.

Il parle de manière ironique, c'est sûr. L'idée que Jordan se fait d'un endroit sympa, c'est le bar des Four-Seasons. Qui n'est pas (plus) vraiment dans mes moyens.

– Tu me connais, dis-je d'un ton plus léger que mon humeur. Il me faut toujours ce qu'il y a de mieux !

– Ouais.

Jordan cesse d'observer le décor pour se concentrer sur moi. En un sens, c'est pire. Je sais que je suis loin d'être ravissante en ce moment, et la folle équipée d'hier soir n'a guère arrangé les choses. J'ai les yeux cernés et je ne me suis pas lavé les cheveux ce matin, puisque je me suis fait un shampooing la veille, après la fête, pour me débarrasser de l'odeur de fumée de la résidence des Tau Phi Epsilon. Et quand je me couche avec les cheveux mouillés, ils sont tout collés le lendemain matin. Ajoutez à cela que, n'ayant pas eu le temps de remplacer l'autre, je porte toujours mon jean de rechange, qui me moule l'entrejambe au point que c'en est gênant, et vous voyez le tableau.

Mais Jordan est lui aussi dans un sale état. Là où j'ai des cernes, il a des valises. Et, son bonnet retiré, il se révèle encore plus mal coiffé que moi, avec ses cheveux blonds qui se hérissent par touffes.

– Tu prends une bière ? je demande, car Belinda semble attendre notre commande.

– Oh non ! répond Jordan en frissonnant. Plus question de boire une goutte d'alcool, après ce qui s'est passé hier soir. Je crois réellement qu'on a versé quelque chose dans mon verre. Je n'ai bu qu'une...

– Tu m'as dit avoir bu dix verres de vin avant de venir.

– Ouais, réplique-t-il avec une expression qui semble signifier : « Et alors ? » C'est ce que je bois presque tous les soirs. N'empêche que j'ai jamais été aussi bourré qu'hier soir.

– Pourquoi quelqu'un aurait voulu te faire prendre la drogue du viol ? C'est pas comme si tu rechignais à coucher avec des inconnues !

Il me foudroie du regard.

– Ohé, c'est pas gentil de dire ça ! Et j'ignore qui voudrait me faire ça. Peut-être une fille moche, ou quelqu'un avec qui je n'irais pas normalement.

– Je n'ai pas vu une seule fille moche à la soirée.

Soudain, j'ai une illumination :

– C'est sûrement un des mecs ! Les fraternités sont des nids d'homosexuels refoulés, c'est bien connu !

Jordan grimace.

– Je t'en prie, Heather. On pourrait parler d'autre chose ? Je ne boirai plus jamais une goutte d'alcool, point final.

– Eh bien... ça va être gai, demain, quand vous ouvrirez le champagne.

Évitant mon regard, Jordan caresse du doigt les initiales que quelqu'un a gravées dans le bois de la table.

– Écoute, Heather, dit-il. À propos d'hier soir...

– J'ignore où sont passés tes skis, Jordan. J'ai téléphoné à Waverly Hall et le gardien m'a répondu que personne n'avait laissé de skis, ce qui signifie qu'on a dû te les voler. Je suis sincèrement désolée, mais tu sais...

Il tressaille. Je parle sans doute trop fort pour lui.

– Rien à faire de ces fichus skis ! rétorque-t-il. C'est de nous que je veux parler.

Je le fixe, étonnée. Puis réalise que Cooper l'a probablement ramené chez lui ce matin....

Oh non !

– Jordan, dis-je aussitôt. Je ne suis plus amoureuse de toi ! Je me fiche de ce que Cooper a pu te raconter, c'est clair ? J'ai été amoureuse de toi, c'est sûr. Mais c'était il y a longtemps. Je suis passée à autre...

– Cooper ? De quoi tu parles ?

– Il ne t'a pas ramené en voiture ce matin ?

– Ouais. Mais on n'a pas parlé de toi. On a parlé de papa et maman. C'était bien. Il y a longtemps qu'on n'avait pas discuté comme ça, en tête à tête. Je crois qu'on a réglé des choses... au sujet de nos divergences, je veux dire. On s'est accordés sur le fait qu'on était très différents. Mais ce n'est pas un problème. Quels que soient ses rapports avec papa et maman, il n'y a pas de raison qu'on ne s'entende pas, lui et moi.

Je suis soufflée de ce que j'entends. Cooper ne supporte pas Jordan. Au point de ne pas vouloir répondre au téléphone quand il appelle, ni ouvrir quand il sonne à la porte.

– Waouh. C'est... eh bien... c'est un progrès. Tant mieux pour toi.

– Ouais, reconnaît Jordan, caressant toujours les initiales gravées. Je crois avoir réussi à le convaincre de venir au mariage demain. Enfin, il n'a pas accepté d'être mon témoin, comme je le lui demandais. Mais il a dit qu'il viendrait.

Je suis sous le choc. Cooper ne peut pas blairer sa famille, et voilà qu'il compte assister en leur compagnie à un fastueux mariage à la cathédrale Saint-Patrick, suivi d'une réception au Plaza ? C'est tellement peu son genre...

– Bon. (Je ne sais vraiment pas quoi dire.) C'est... c'est étonnant, Jordan. Franchement. Je suis si heureuse pour toi.

– C'est si important pour moi ! Je n'aurais pas pu espérer mieux, si ce n'est... eh bien, si ce n'est ta présence, demain, au mariage.

Je crispe les doigts autour de ma bière.

– Oh, Jordan. C'est très gentil, mais...

– C'est pourquoi il m'est très difficile de te dire ce que je vais te dire, poursuit-il comme s'il ne m'avait pas entendue. Or voilà, Heather...

Il tend la main pour prendre la mienne – celle qui ne serre pas la chope de bière – et me fixe droit dans les yeux.

– Ça me fend le cœur de devoir te dire ça, mais... je ne peux pas te laisser assister à mon mariage demain.

– Jordan, je...

– Je t'en prie, laisse-moi finir. Ce n'est pas que je ne veux pas que tu viennes, Heather. Je veux que tu viennes, plus que n'importe qui ! Je n'ai jamais été aussi proche de quelqu'un pendant aussi longtemps. S'il y a une personne au monde que je souhaite avoir à mes côtés en ce jour, le plus important de ma vie, c'est bien toi !

– Euh, Jordan, je suis flattée. Franchement. Mais la personne que tu souhaites le plus avoir à tes côtés ce jour-là, est-ce que ça ne devrait pas être...

– C'est Tania ! m'interrompt Jordan.

– Parfaitement ! C'est ce que je pense. C'est Tania qui devrait être celle que tu souhaites le plus voir à tes côtés ! Vu que c'est elle que tu...

– Non ! Tu n'as pas compris. C'est Tania qui ne veut pas que tu viennes. C'est à cause d'hier soir. Ça ne lui a pas fait plaisir d'apprendre que j'avais passé la nuit avec toi...

J'explose :

– Bon sang, Jordan ! (Je jette un rapide coup d'œil en direction de Sarah et de Belinda pour m'assurer qu'elles n'ont pas entendu.) Tu n'as pas passé la nuit avec moi ! Tu l'as passée sur le divan du salon de ton frère !

– Je sais, réplique Jordan en ayant le bon goût de piquer un fard. Mais Tania ne le croit pas. Elle pense, vois-tu, que tu es toujours amoureuse de moi et...

– Nom de Dieu ! Pourquoi est-ce que tout le monde pense que je suis encore amoureuse de toi ? Impossible de l'être moins ! J'ai cessé de t'aimer bien avant le jour où j'ai surpris Tania avec ta...

Jordan baisse la tête tandis que les deux matheux se tournent vers nous, intrigués.

– Oh, c'est bon ! Tu n'es pas obligée de parler comme ça.

– Sincèrement, Jordan, j'ai cessé de t'aimer lors de cette tournée qu'on a faite au Japon, tu te souviens ? Où tu passais ton temps à aller visiter des temples. Sauf que tu ne visitais pas réellement des temples, n'est-ce pas ?

Jordan est cramoisi à présent.

– Non. J'ignorais que tu étais au courant. Tu ne m'en as jamais parlé.

Je hausse les épaules.

– Qu'est-ce que j'aurais pu dire ? Et puis, je pensais que ça te calmerait peut-être. Ça n'a pas été le cas.

– Je n'aurais jamais imaginé qu'une femme puisse faire des choses pareilles avec une balle de ping-pong... murmure-t-il d'un ton songeur.

– Oui, je rétorque. Heureusement pour toi, Tania possède de multiples talents...

Le prénom de sa fiancée l'arrache à sa rêverie, comme je m'y attendais.

– Alors, c'est vrai ? Ça ne te dérange pas de ne pas pouvoir assister au mariage ? me demande-t-il, le visage soucieux.

– Jordan, je n'ai jamais eu l'intention de venir à ton mariage. Tu te souviens ? Je te l'ai dit au moins cinq fois !

Il prend à nouveau ma main.

– Heather, commence-t-il, plongeant ses yeux rouges de fatigue dans mes yeux rouges de fatigue. Si tu savais ce que ça signifie pour moi. Ça prouve que, quoi que tu prétendes, je ne te suis pas indifférent. Et j'espère que tu me crois quand je te dis que je suis désolé de la manière dont les choses se sont passées. Mais il est temps pour moi de débuter une nouvelle existence avec une nouvelle partenaire. Si ça peut te réconforter, je te souhaite de trouver un jour, toi aussi, quelqu'un avec qui partager ta vie...

– J'ai trouvé ce quelqu'un, Jordan. Son nom, c'est Lucy.

Jordan fait une grimace et me lâche la main.

– Je voulais parler d'un homme, Heather, pas d'un chien ! Pourquoi ne peux-tu jamais rien prendre au sérieux ?

– Je ne sais pas, dis-je dans un soupir. C'est ma nature, j'imagine. Dieu soit loué, tu y as échappé.

Jordan me fixe tristement et secoue la tête.

– Tu ne redeviendras jamais la fille que tu étais quand on s'est connus, pas vrai ? Tu étais tellement charmante, alors. Pas cynique pour un sou.

– C'est qu'à l'époque, mon petit copain ne regrettait pas que je ne sache pas faire des trucs avec mon vagin et une balle de ping-pong !

Jordan remet sa veste et se lève.

– Ça suffit. J'y vais. On se verra... eh bien... plus tard.

– Oui, quand tu reviendras de ta lune de miel. Tu pars où, d'ailleurs ?

– Au Japon, répond Jordan, en évitant de croiser mon regard. Tania y donne des concerts.

– Eh bien. *Ja mata.*

Jordan sort en trombe, le visage furieux. Une fois qu'il est parti, Sarah détourne son attention du match (pendant la publicité).

– Nom de Dieu ! s'exclame-t-elle. Tu lui as dit quoi ?

Je hausse les épaules.

– Je lui ai dit « au revoir ».

26

Mon cœur était un livre à la reliure brisée
Mon âme déchirée, pas digne d'un regard
Mais j'ai su, dès que je t'ai croisé
Que j'avais trouvé l'oiseau rare.

« Le livre »
Écrit par Heather Wells

Après une journée comme celle-ci, j'aspire à passer la soirée seule. J'ai l'intention de sortir ma vieille guitare, de faire une bonne série d'exercices, d'allumer un feu de cheminée et, blottie sur le divan, de regarder toutes les émissions de télé que j'ai enregistrées cette semaine. Il me semble qu'il reste, dans le frigo, de la nourriture de chez l'Indien. Je vais manger des samoussas et des nans devant *America's Next Top Model*. Imagine-t-on meilleure façon de passer un vendredi soir ? Surtout à la fin d'une semaine pleine de corps sans tête et de jeunes dégénérés.

Sauf que, parvenue devant chez Cooper, je réalise que j'ai oublié un petit détail.

Le fait que je vive avec mon père, désormais...

À peine ai-je franchi la porte que l'odeur me parvient aux narines. Je la reconnaîtrais entre mille. Quelqu'un est en train de faire cuire mes steaks marinés ! Ceux que j'ai achetés pour Cooper et moi, mais que je n'ai pas eu l'opportunité de préparer à cause de... enfin, de tout ce qui est arrivé.

Je retire ma veste en hâte et entre dans la cuisine d'un pas ferme. Papa est là, devant la cuisinière, un tablier noué autour de la taille. Dans une poêle en fonte, mes steaks, avec les oignons et les champignons que j'avais pris en même temps. Papa a mis la table pour deux. La totale, avec serviettes et chandelles... Lovée dans un de ses nombreux paniers (ce n est pas moi qui les achète, mais Cooper, qui les trouve trop mignons...), Lucy lève la tête et remue la queue à mon arrivée. C'est tout. On l'a manifestement déjà promenée.

– Eh bien ! dis-je, obligée de parler très fort, papa écoutant de la musique de Bollywood sur la chaîne de Cooper. Tu attends de la visite ?

Papa sursaute et pivote sur ses talons. Il boit l'un de mes Coca light. Il se retourne si brusquement que du liquide gicle hors de la canette.

– Heather ! s'écrie-t-il. Te voilà enfin ! Je ne t'ai pas entendue entrer.

Je regarde les steaks d'un œil noir. C'est plus fort que moi. Ils étaient dans *mon* frigo, en haut, dans mon appartement. D'accord, je ne le ferme jamais à clé, mais ça ne signifie pas que j'autorise les étrangers à venir y rôder et à fouiner dans mes affaires.

Parce que papa *est* un étranger. À mes yeux, du moins.

– J'espère que tu ne vas pas m'en vouloir, dit papa à la vue de mon expression. J'ai pensé qu'il valait mieux les cuisiner plutôt que les laisser se gâcher. J'étais dans ton appartement, je cherchais le numéro de téléphone de ta mère.

– Dans le frigo ?

– J'étais curieux de voir ce que tu manges, explique-t-il d'un ton affable. J'ai l'impression de te connaître si peu. Je suis désolé. Tu gardais ces steaks pour une occasion particulière ? Parce que dans ce cas, tu aurais mieux fait de les mettre au congélateur, où ils se conservent plus longtemps.

L'odeur de la viande et des oignons qui grésillent est si exquise que j'en ai le tournis.

– En un sens, oui. Je les gardais pour... mais ça n'a pas d'importance, j'ajoute d'une voix piteuse.

Ça n'a pas d'importance puisque, selon Gavin, Cooper s'imagine de toute façon que je suis toujours raide dingue amoureuse de son frère. Lui faire à dîner ne changera rien. J'ai plus de chances de me retrouver sur scène à expulser des balles de ping-pong de mon minou, que de faire admettre que je ne suis plus amoureuse de Jordan.

– Tant mieux. C'est presque prêt. Tu aimes ta viande saignante, n'est-ce pas ?

J'écarquille les yeux, sincèrement surprise.

– Attends. C'est pour moi que tu les as préparés ?

– Pour qui, à ton avis ? réplique papa, déconcerté.

– Eh bien... (Je me mordille la lèvre.) Pour une bonne amie, peut-être ?

– Heather. Je suis sorti de prison il y a une semaine. Où aurais-je trouvé le temps de rencontrer une femme ?

– Ç'aurait pu être pour Cooper, alors.

– Cooper est sur une enquête. On est juste toi et moi, j'en ai bien peur. Je n'étais pas certain que tu serais là ce soir, bien sûr, mais j'ai risqué le coup. Assieds-toi. Il y a une bouteille de vin. J'espère que ça ne te dérange pas de boire seule. Moi, je m'en tiens au soda, ces jours-ci.

347

Sous le choc, je tire une chaise et m'y laisse tomber. Autant parce que je ne tiens plus debout que parce qu'il m'a invitée à m'asseoir.

– Papa, dis-je en contemplant la table dressée avec soin. Tu n'es pas obligé de me préparer à dîner. Ni de me faire mon petit déj', d'ailleurs.

– C'est la moindre des choses.

Il sort les steaks de la poêle et les dispose sur deux assiettes, avec les champignons et les oignons.

– Il faut les faire reposer une petite minute, explique-t-il. C'est meilleur. Plus juteux.

Il tire sa chaise et s'installe en face de moi.

– Alors, tu as passé une bonne journée ?

Je le fixe pendant un long moment. Je suis réellement tentée de rétorquer : « Eh bien, papa, pas si bonne, à vrai dire. On a trouvé ce qu'ils avaient fait du corps de Lindsay Combs et c'était pas joli-joli. Et puis j'ai malmené une étudiante et quand mes supérieurs l'apprendront, je me ferai sûrement virer. »

Au lieu de ça, je dis :

– Très bonne. Et toi ?

Parce que je n'ai pas vraiment envie de parler de tout ça.

– Oh oui. Cooper m'a chargé de suivre un homme qui sortait de son bureau pour se rendre à son rendez-vous de midi, et vice-versa.

J'ouvre des yeux ronds comme des soucoupes. Je n'en reviens pas, de pouvoir enfin découvrir à quoi Cooper passe ses journées.

– Ah oui ? Qui l'a engagé pour suivre le gars ? Et ce type, il a fait quoi, au juste ?

– Oh, je ne peux rien te dire à ce sujet, répond gentiment papa. Tiens.

Il verse du vin dans un verre, qu'il me tend.

Je proteste :

– Mais moi aussi, je suis employée par l'agence ! Le secret professionnel devrait s'étendre à moi !

– Non, je ne pense pas, réplique papa en secouant la tête. Cooper m'a expressément demandé de ne pas t'en parler.

– C'est pas juste !

– Il m'a dit que tu dirais ça. Je suis désolé, mon trésor. Mais il semble vraiment préférer que tu l'ignores. Je crois que c'est à cause de ta tendance à fourrer ton nez là où tu ne devrais pas. Comme cette affaire de meurtre, dans ton dortoir. J'ai l'impression que les steaks sont prêts...

Papa se lève pour aller les chercher. Je sirote mon vin, boudant à la lueur de la bougie.

– Résidence universitaire ! dis-je tandis qu'il pose devant moi une assiette contenant un steak cuit à la perfection.

– Je te demande pardon ?

– C'est une résidence, pas un dortoir. Le mot « dortoir » n'évoque pas la chaleur de la vie en communauté, ce à quoi nous aspirons. Enfin, ces crimes absurdes mis à part.

Je me coupe un morceau de viande et le mâche. Un vrai délice. Mariné à la perfection.

– Je vois, dit papa. C'est comme nous, qui appelions Eglin un camp pour ne pas avoir à le désigner comme ce que c'était vraiment : une prison.

– C'est ça, j'approuve en prenant une gorgée de vin. Ça vous permettait d'oublier les surins et de vous concentrer sur les sautoirs.

– Oh, personne n'avait de surin, réplique papa dans un gloussement. Le steak te plaît ?

– C'est exquis. (J'engouffre une autre bouchée.) Bon, puisqu'on en est à plaisanter sur nos lieux de travail ou d'incarcération... Il y a quoi, derrière tout ça, papa ? Pourquoi es-tu venu ici ? Ce n'est pas parce que tu n'as nulle part où aller. Je sais que tu as plein d'amis riches chez qui tu pourrais loger. Et ce prétendu désir de mieux connaître ta fille... Désolée, mais je ne marche pas. Alors, dis-moi franchement : qu'est-ce que tu traficotes ? Et n'oublie pas que je suis plus forte que toi !

Papa pose sa fourchette et pousse un soupir. Puis, après avoir bu un peu de Coca light :

– C'est fou ce que tu peux ressembler à ta mère !

J'éprouve un sentiment d'irritation (comme toujours lorsqu'il dit cela) que je m'efforce cette fois-ci de réprimer :

– Ouais, on a déjà abordé le sujet. Passons à autre chose maintenant, si tu veux bien... Pourquoi as-tu cherché le numéro de téléphone de maman dans mon appartement ?

– Parce que je travaille, depuis quelques années, à une sorte de... programme. Ceux qui choisissent de le suivre doivent passer par plusieurs étapes s'ils espèrent atteindre la révélation. L'une d'elles consiste à demander pardon à ceux à qui l'on a fait du tort. C'est pourquoi je voulais appeler ta mère. Pour tenter de me faire pardonner.

– Papa... C'est maman qui t'a quitté ! Tu ne penses pas que ce serait plutôt à elle de nous demander pardon, à toi et à moi ?

Papa secoue la tête.

– Lorsque j'ai épousé ta mère, je lui ai juré de l'aimer et de la soutenir. Pas seulement d'un point de vue affectif. J'ai juré

350

de la soutenir matériellement parlant, tandis qu'elle resterait à la maison pour s'occuper de toi. Quand on m'a envoyé en prison, j'ai manqué à ma parole. C'est ma faute, en vérité, si ta mère a dû te faire faire des tournées pour subvenir à vos besoins à toutes deux.

– C'est ça, dis-je d'un ton sarcastique. Elle pouvait pas juste se dégoter un job de réceptionniste dans un cabinet médical ou un truc dans ce goût-là. Il fallait qu'elle exhibe sa petite chanteuse de fille dans les centres commerciaux comme un phénomène de foire !

Papa émet une sorte de « tssss » de protestation.

– Enfin, Heather, dit-il. Ne refais pas l'histoire à l'envers. Tu adorais te produire en public. On n'arrivait pas à te faire quitter la scène. J'ai essayé, crois-moi. Ta mère a agi de la façon qui lui semblait la meilleure... et tu ne t'en es pas plainte.

Je repose ma fourchette.

– Papa, j'avais onze ans. Tu penses vraiment que c'était à moi de décider de ce genre de choses ?

Papa baisse les yeux sur son assiette.

– Eh bien, c'est une question qu'il te faudra aborder avec ta mère. À cette époque, je n'étais hélas plus en mesure de jouer un rôle actif dans ton éducation.

– En effet.

Je doute fort de pouvoir un jour aborder cette question, ou d'autres, avec ma mère. Ça me paraît un peu compliqué par téléphone. Bien que pour papa, ce ne soit visiblement pas un problème.

– Alors ? Tu as trouvé son numéro ?

– Oui. Il était dans ton carnet d'adresses. Parmi tes numéros, il y en a qui datent sérieusement, d'ailleurs. Tu devrais t'acheter un nouveau calepin. Je peux m'en charger pour toi, demain, si tu veux.

J'ignore la proposition.

– Tu l'as appelée ?

– Oui.

– Et tu lui as demandé pardon ?

– J'ai essayé. Mais ta mère est parfois très dure, comme tu le sais. Elle a refusé d'admettre que je lui avais, de quelque façon que ce soit, fait du tort. Elle m'a même rappelé – ainsi que tu viens de le faire – que c'était elle qui m'avait quitté et que si quelqu'un devait chercher à se faire pardonner, c'était elle. Sauf qu'elle s'en souciait comme d'une guigne parce que, d'après elle, je n'avais eu que ce que je méritais.

Je hoche la tête.

– Ouais, c'est maman tout craché. Ça craint vraiment, au fait, quand tu dis que je lui ressemble. Si tu me demandais de te pardonner, je serais beaucoup plus réceptive.

– Tant mieux, dit papa. Car tu es la suivante sur ma liste.

Je hausse les épaules.

– C'est bon, je te pardonne.

– Je n'ai encore rien fait pour me faire pardonner.

– Mais si ! Ce dîner suffit amplement. Il est absolument délicieux.

– Comment ce dîner pourrait-il suffire ? Tu as été privée d'une figure paternelle pendant toute ton adolescence. Un seul bon dîner ne saurait guérir ce genre de blessures.

– Eh bien... puisque tu habites ici désormais, tu pourrais peut-être la guérir avec des tas de bons dîners. Tous les vendredis soir, par exemple. Et tu n'es pas obligé de t'en tenir au steak : j'adore les côtes de porc. Oh, et le poulet frit !

– Heather, réplique papa avec tristesse. La nourriture ne peut réparer tout le mal que je t'ai fait. Je suis conscient que, de tous ceux à qui j'ai fait du tort en enfreignant la loi, c'est toi qui as le plus souffert. T'avoir laissée seule avec ta mère, qui t'a embarquée dans cette tournée des centres commerciaux... Même si ça t'amusait, ce n'est pas une vie pour une enfant, vivre dans une caravane et aller d'un centre commercial à un autre, exploitée par la personne qui, entre toutes, aurait dû veiller sur tes intérêts.

– C'était plus drôle qu'aller à l'école. Et comme tu l'as dit toi-même... on ne pouvait pas m'arracher à la scène.

– Oui, mais tu as été frustrée des joies habituelles de l'enfance. Et je ne peux m'empêcher de penser que ce manque est en partie responsable de ta situation actuelle.

Je le fixe avec stupéfaction.

– Pourquoi ? Qu'est-ce qui ne va pas, dans ma situation actuelle ?

– Eh bien, pour commencer, tu as bientôt trente ans et tu n'as ni mari ni enfants. Tu n'as pas l'air de réaliser que la famille est la chose la plus importante du monde... et non cette guitare dont je t'entends gratouiller jusque tard dans la nuit, ni ton boulot. La *famille*, Heather. Crois-le, venant d'un homme qui a perdu la sienne... la famille, ça compte plus que tout.

– Papa, dis-je d'une voix douce en reposant ma fourchette. Il existe toutes sortes de familles, de nos jours. Toutes ne consistent pas en un mari, une épouse et des enfants. Certaines se composent d'une fille, de son chien, d'un détective privé, de son papa, de sa meilleure amie, et des différentes personnes avec qui elle travaille. Sans mentionner le dealer du coin...

Mon sentiment sur la question, c'est qu'il suffit d'aimer les gens pour qu'ils deviennent automatiquement votre famille.

– Mais ne crains-tu pas de n'avoir personne pour s'occuper de toi quand tu seras vieille, si tu n'as pas d'enfants ? demande papa après avoir mis quelques instants à digérer mes propos.

– Non. Je pourrais avoir des enfants et si ça se trouve, plus tard, ils me détesteraient. Ma vision des choses, c'est que si j'ai des amis qui se soucient de moi maintenant, j'aurai probablement des amis qui se soucieront de moi quand je serai vieille. On s'occupera les uns des autres. Et en attendant, je mets le plus d'argent possible dans mon livret d'épargne, ainsi que dans un plan retraite.

Papa me fixe, par-dessus son steak. Je constate, troublée, qu'il est au bord des larmes.

– C'est très profond, Heather. D'autant plus que j'ai le sentiment que ces pseudo-membres de ta pseudo-famille t'ont mieux traitée que ceux de ton sang.

– Certes. Aucun d'entre eux n'a fui le pays en emportant mes économies. Pas encore, du moins.

Papa lève son Coca.

– Je bois à leur santé. (Je choque mon verre de vin avec sa canette.) Alors, comme ça, dit-il lorsque nous avons fini de trinquer, tu veux bien que je reste un peu pour essayer de me faire pardonner – même si tu prétends que c'est déjà fait ?

– Pas de problème. À condition que tu comptes pas sur moi pour m'occuper de toi quand tu seras vieux. Parce que... il n'y a que deux mois que je cotise à mon livret d'épargne. Il ne contient déjà pas assez d'argent pour moi, alors imagine, avec un parent âgé...

– Je te propose une chose : pourquoi ne pas nous soutenir mutuellement d'un point de vue strictement affectif ?

– Ça me semble une bonne idée, dis-je en enfonçant ma fourchette dans mon dernier morceau de viande.

– Tu m'as l'air prête pour la salade ! lance papa.

Il se lève et se dirige vers le frigo, d'où il sort le saladier dans lequel Jordan n'a, par chance, pas gerbé hier soir. J'y distingue différentes sortes de salades, des tomates cerises et, à ma grande joie, des croûtons.

– Je vais mélanger, déclare papa en s'exécutant. Tu aimes la sauce au bleu, j'espère ?

Sans attendre la réponse (et il a bien raison, car qui pourrait ne pas aimer la sauce au bleu ?) il poursuit :

– À présent, pour ce qui est de toi et Cooper...

Je manque de m'étouffer avec une gorgée de vin.

– ... ce n'est jamais que mon avis, continue papa, et je reconnais que mon dernier rendez-vous galant remonte à un bail, mais si tu souhaites réellement que les choses prennent un tour romantique entre vous, est-ce que tu ne devrais pas un peu moins fréquenter son frère cadet ? Je réalise que Jordan et toi êtes sortis ensemble pendant très longtemps, et qu'il ne doit pas être facile de renoncer à vous voir. Or j'ai l'impression que Cooper est plus ou moins en conflit avec sa famille. À ta place, j'éviterais d'avoir trop de rapports avec eux. En particulier Jordan.

Je pique ma fourchette dans un morceau de laitue.

– Super, papa ! Merci pour le tuyau.

Qu'est-ce que vous voudriez que je dise ? Pas question de discuter de ma vie sentimentale – ou plutôt, de mon absence de vie sentimentale – avec mon père !

Il ne devine manifestement pas mes pensées, car il embraye :

– Je pense qu'une fois que Jordan sera marié, et Cooper conscient que tu as tourné la page, tu auras de bien meilleures chances de le conquérir. (Il se rassied et attaque sa salade.) Même si tu n'aurais rien à perdre à essayer d'être plus aimable le matin.

– C'est bon à savoir. Je suivrai tes conseils.

– Cependant, il m'a semblé que tu lui faisais de l'effet hier soir.

Je cesse de mâcher.

– Hier soir ? Tu veux dire quand il m'a surprise à traîner chez lui son frère ivre mort ?

– Non. Je fais allusion au fait que tu portais une jupe. Tu devrais t'habiller comme ça plus souvent. Les garçons adorent les filles en jupe. J'ai bien vu que Cooper regardait.

Je ne me donne pas la peine de rétorquer que si Cooper me regardait, ce n'est pas parce qu'il apprécie de me voir en jupe, mais parce qu'elle était si courte que j'avais l'air d'une pute. Sans doute s'efforçait-il de ne pas éclater de rire.

Mais ce n'est pas là le genre de choses qu'on peut dire à son père.

Un peu plus tard, alors que nous en sommes au dessert (des esquimaux chocolat-vanille, évidemment), mon père s'enquiert :

– Je n'ai même pas pensé à te le demander, mais tu avais peut-être prévu quelque chose, ce soir ? Je ne voudrais pas contrarier tes plans.

– Non. À part *America's Next Top Model*.

– C'est quoi ? fait mon père d'un ton candide.

– Oh, papa...

Je vais lui montrer. S'il tient tant que ça à se faire pardonner, regarder *America's Next Top Model* avec moi est un très bon début.

27

Ne commencez pas le compte à rebours
Qui est-ce que j'entends compter ?
Je ne ferai pas partie du bilan des victimes
Pas question pour moi de sombrer.

« Compte à rebours »
Écrit par Heather Wells

Après quatre épisodes d'affilée d'*America's Next Top Model*, papa dort. Comment le lui reprocher ? Alors que les femmes ne se lassent pas du spectacle de jolies filles s'entre-déchirant par tous les moyens (telles Cheryl et Kimberly aujourd'hui, à la cafétéria), l'homme hétéro lambda – comme papa ou Frank, le mari de Patty – ne peut supporter cela plus de quelques heures sans que l'ennui ne le fasse sombrer dans le sommeil.

Celui de mon père est assez profond pour que la sonnerie du téléphone ne le trouble pas. Le yoga a peut-être ça de bon, après tout : vous permettre de si bien dormir que même une sonnerie de téléphone ne vous réveille pas.

Je décroche, après avoir jeté un coup d'œil au cadran – c'est un numéro masqué.

– Allô, dis-je à voix basse.

– Allô, Heather ? demande une voix masculine vaguement familière.

– Oui. Qui est-ce ?

– Allez, un petit effort. Qui pourrait t'appeler à minuit, un vendredi ?

Je me penche sur la question. Personne, parmi mes connaissances, n'appellerait à une heure pareille. Sauf Patty. Mais à présent, avec son impitoyable nounou à demeure, elle ne doit plus oser décrocher son téléphone si tard.

Et puis Patty n'a pas une voix d'homme !

– Est-ce que c'est... (je sais que c'est ridicule, mais c'est tout ce que je trouve à dire) Tad Tocco ? Je suis désolée de ne pas vous avoir rappelé plus tôt, j'ai été très occupée.

Un rire convulsif se fait entendre, à l'autre bout de la ligne. Mon interlocuteur, quel qu'il soit, s'amuse manifestement beaucoup.

Aussitôt, je soupçonne une blague d'étudiants.

D'étudiants bourrés.

– Non, ce n'est pas Tad, reprend la voix. On a sympathisé hier soir. Ne me dis pas que tu as oublié !

Je suis soudain assaillie par le souvenir de son regard bleu et glaçant.

Mon sang reflue vers mon cœur. Je reste, transie, le téléphone à la main, assise entre mon père et Lucy, tous les deux assoupis.

– Bonsoir, Steve, je parviens à dire, bien que mes lèvres soient gelées. Comment tu as eu mon numéro ?

– C'est le petit oiseau qui me l'a dit. Tu veux lui parler ? Il est juste à côté de moi.

Brusquement lui succède une voix qui est indéniablement celle de Gavin McGoren, lançant une longue série de jurons. Je reconnaîtrais n'importe où ses « Fils de pute ! ». J'y ai eu droit chaque fois que j'ai surpris Gavin en train de surfer dans la cage d'ascenseur.

Puis je distingue un claquement – une gifle, à coup sûr – et Steve s'écrie :

– Dis-lui, connard ! Dis-lui ce qu'on t'a dit de lui dire !

– VA TE FAIRE FOUTRE !

Telle est la réponse de Gavin, vite suivie par des bruits de bagarre et de nouveaux claquements. Quand Steve reprend la parole, c'est d'une voix essoufflée :

– Bon... Je crois que t'as pigé l'idée, de toute façon. On fait une autre petite fête. Et cette fois-ci, tu es invitée. Comme on veut être sûrs que tu viendras, on garde ton copain Gavin avec nous. Si tu ne fais pas exactement ce que je te demande, ça va saigner. Et ce n'est pas ce que tu désires, pas vrai ?

Mon horreur est telle que j'ai du mal à respirer.

– Non !

– C'est ce que je pensais. Voilà le deal. Tu vas venir ici. Seule. Si tu préviens les flics, il va souffrir. Si tu ne viens pas, il...

– NE VIENS PAS, HEATHER ! j'entends brailler Gavin, avant que sa voix ne soit rapidement étouffée.

– ... pourrait souffrir encore davantage. Tu piges ?

– Je pige. Je vais venir. Mais où, au juste ? À la résidence des Tau Phi ?

– Je t'en prie... réplique-t-il d'une voix lasse. On est *ici*, Heather. Je suis certain que tu sais où.

– À Fischer Hall, dis-je, regardant en direction des fenêtres du séjour, qui donnent sur l'arrière du bâtiment de vingt étages où je travaille.

Il est encore tôt, selon les critères des résidences de la fac de New York. La plupart des fenêtres sont donc éclairées, leurs occupants se préparant à sortir sans se douter que des choses innommables sont sur le point de se produire au rez-de-chaussée, dans la cafétéria fermée à clé.

C'est alors que je cesse d'être transie et que la colère m'envahit. Comment osent-ils ? Franchement ! Comment osent-ils s'imaginer qu'on va les laisser remettre ça ? Croient-ils vraiment que je vais rester là, à me tourner les pouces, pendant qu'ils transforment Fischer Hall en Dortoir de la mort ?

Bon, d'accord, c'est déjà le Dortoir de la mort. Mais ce n'est pas pour ça que ça doit le rester.

– Heather ?

La voix de Steve est suave à souhait. C'est fou ce que les *serial killers* peuvent être charmants quand ils s'en donnent la peine.

– Tu es toujours là, Heather ?

– Oh, je suis là. Je viens tout de suite.

– Super, dit Steve, manifestement satisfait. On a hâte de te voir. Toute seule, donc.

– T'inquiète ! Je serai seule.

Comme si j'avais besoin d'aide pour lui botter le cul, à ce grand haricot ! Steve Winer commet une grosse erreur, en me défiant sur mon propre terrain. Il a peut-être pu zigouiller une maigrichonne comme Lindsay, mais s'il pense qu'une fille comme moi va tomber sans avoir lutté – et fait assez de raffut pour que tous les résidents viennent frapper à grands coups aux portes de la cafétéria – il se met le doigt dans l'œil.

C'est sûr que lui et son frère n'ont pas inventé le fil à couper le beurre.

– Bien, dit-il. Et souviens-toi : pas de flics. Ou ton petit copain est un homme mort.

Je distingue un bruit sourd, suivi d'un cri. Je reconnais la voix de Gavin.

Si bête soit-il, il ne faut pas que je sous-estime Steve.

Je raccroche et, me retournant, vois mon père se redresser, le visage ensommeillé.

– Heather ? Que se passe-t-il ?

– Il se passe un truc au dortoir, j'explique en saisissant une feuille où je note un numéro de téléphone. Euh... à la résidence. Une sale histoire... J'ai besoin que tu appelles cette personne pour lui dire de rappliquer là-bas le plus vite possible. Dis-lui que je le retrouve à la cafèt'. Et qu'il va falloir des renforts.

Papa fixe le numéro de téléphone.

– Tu vas où ?

– À Fischer Hall, je réponds en saisissant ma veste. Je reviens dès que je peux.

Papa semble déconcerté.

– Ça ne me plaît pas, Heather. On ne te paie pas suffisamment pour que tu t'y précipites, comme ça, en pleine nuit.

– Ça c'est sûr ! dis-je.

Et je file.

Jamais le trajet à pied jusqu'à Fischer Hall ne m'a paru aussi long. J'ai beau marcher au pas de course, j'ai l'impression qu'il me faut une éternité pour y parvenir. Sans doute à cause des trottoirs glissants, mais aussi, j'en suis certaine, parce que mon cœur bat à tout rompre. S'ils font le moindre mal à Gavin, s'ils ne lui font ne serait-ce qu'un bleu...

Je suis si pressée d'y arriver que je n'aperçois pas Reggie avant de lui être rentrée dedans.

– Ohé, petite dame ! s'écrie-t-il. Où cours-tu si vite, à une heure pareille ?

– Bon sang, Reggie, dis-je en m'efforçant de reprendre mon souffle. Tu ne rentres jamais chez toi ?

– Le vendredi, c'est mon meilleur soir. Heather, qu'est-ce qui t'arrive ? Tu es blanche comme... comme une fille blanche.

Je réponds, pantelante :

– Ce sont ces gars, ceux dont je t'ai parlé. Ils ont pris un de mes résidents en otage. Dans la cafétéria. Ils vont lui faire du mal si je n'arrive pas à...

– Oh, oh, oh...

Reggie me saisit par les bras et paraît décidé à ne pas me lâcher.

– Tu parles sérieusement, Heather ? Tu penses pas qu'on devrait appeler la police ?

J'agite violemment les bras pour réussir à me dégager.

– C'est bon ! Mon père appelle les flics. Mais en attendant, il faut que quelqu'un y aille.

– Et pourquoi faut-il que ce soit toi ? demande Reggie.

Trop tard. Je me suis déjà remise à courir, mes bottes de neige martelant le trottoir fraîchement désenneigé, mon cœur battant la chamade.

Quand j'ouvre la porte de Fischer Hall et que j'aperçois l'agent de sécurité, je comprends aussitôt comment Doug, son frère, et leurs copains de la fraternité ont pu s'introduire dans le bâtiment et tuer Lindsay sans que leurs noms soient inscrits sur le registre.

– Carte d'étudiante ? me demande-t-il.

Il ne me reconnaît même pas.

– Vous étiez à Waverly Hall hier soir ? dis-je, hors d'haleine, en pointant sur lui un doigt accusateur.

– Ouais, répond Vieux-Gardien-Bourru, avec un haussement d'épaules. C'est mon poste habituel. Mais je fais aussi des remplacements sur d'autres postes, comme ce soir. Si vous voulez passer, il faut me montrer votre carte.

J'ouvre mon portefeuille et exhibe ma carte de membre du personnel.

– Je suis la directrice adjointe de cette résidence. Je sais que vous y avez laissé entrer des membres de la Tau Phi Epsilon, ce soir, sans leur faire signer le registre. De même que vous l'avez fait lundi soir, quand ils ont tué quelqu'un.

Vieux-Gardien-Bourru – on peut lire « Curtiss » sur l'étiquette qui porte son prénom – pousse un grognement.

– Je sais pas de quoi vous voulez parler.

– Ouais, c'est ça. Eh bien, vous n'allez pas tarder à le savoir, croyez-moi. En attendant, je veux que vous téléphoniez au directeur de la résidence pour lui dire de descendre à la cafèt'. Et quand les flics débouleront, faudra les y envoyer eux aussi.

– Les flics ? demande Vieux-Curtiss-Bourru. Qu'est-ce que...

Je suis déjà loin devant.

Je ne fonce cependant pas droit vers la cafèt'. Pas question de tomber aveuglément dans le piège qu'ils m'ont tendu – si naze soit-il. Je me rue donc dans le hall et, dépassant mon bureau, le bureau des délégués étudiants et le bureau du directeur de la cafétéria, je parviens à l'entrée de service de la cuisine. Elle est fermée, ainsi que je le prévoyais.

Mais j'ai mon passe. Je le sors de ma poche et, mon autre main crispée autour d'un aérosol de défense, ouvre la porte aussi discrètement que j'en suis capable et me faufile dans la cuisine.

Il y fait noir. Comme je m'y attendais, ils sont dans la salle à manger. Ils n'ont pas songé à poster quelqu'un dans la cuisine. Ne se sont même pas donné la peine d'y allumer les lumières. Bande d'amateurs !

J'avance en tâtonnant, l'oreille tendue. J'entends murmurer des voix masculines, dans la pièce voisine. Et il y a de la lumière... mais pas la lumière des lustres. Ils n'ont pas non plus allumé les néons. Au lieu de ça, des lueurs vacillantes... Des lampes de poche, peut-être ?

Ou des flammes ?

S'ils ont allumé des bougies, ils vont avoir des ennuis. L'usage des bougies est interdit dans toutes les résidences.

Je n'ai pas de plan précis. Je crois que je vais tenter de m'approcher autant que possible des comptoirs de service et jeter un coup d'œil par-dessus, pour voir ce que ces gars traficotent. Puis je rebrousserai chemin et rapporterai ce que j'ai vu à l'inspecteur Canavan quand il sera arrivé avec les renforts. Comme ça, ils pourront se faire une idée précise du nombre de personnes à appréhender.

Je longe à l'aveuglette l'arrière des plaques chauffantes, en me disant qu'il va falloir que je dise deux mots à Gerald parce que c'est vraiment cradingue par ici. Franchement... Les genoux de mon jean sont dégoûtants et mes mains se posent sur un truc mou que j'espère de tout cœur être un beignet de pommes de terre moisi.

Sauf qu'on n'a jamais vu un beignet de pommes de terre bondir en poussant un petit cri.

Je parviens à grand-peine à ne pas hurler.

Et c'est tant mieux. Car, quand je regarde au-dessus des plaques chauffantes, un spectacle aussi stupéfiant qu'effrayant s'offre à moi.

Une douzaine de silhouettes portant des robes à large capuche – comme celles des moines, à part qu'elles sont rouge sang – se tiennent autour d'une des tables, déplacée pour l'occasion afin d'occuper le centre de la salle et recouverte d'un drap également rouge sang. Dessus ont été disposés plusieurs objets, dont je ne distingue pas clairement les contours, parmi lesquels doit se trouver un chandelier, la lumière vacillante provenant effectivement de bougies. Je suis assez près pour pouvoir identifier la silhouette assise sur un des côtés, les poignets liés derrière le dossier d'une chaise, du ruban adhésif sur la bouche.

Ça va lui faire super mal quand je le retirerai et que ça collera aux poils de son bouc...

Bien sûr, je comprends très vite à quoi j'ai affaire. Je suis abonnée à toutes les chaînes ciné du câble, après tout. C'est une espèce de rituel initiatique entre membres d'une même fraternité comme on en voit dans le film *The Skulls, société secrète*.

Et je n'ai pas la moindre envie d'y participer. Gavin a l'air d'aller bien – du moins, il ne paraît pas courir de danger imminent. Je décide que la meilleure chose à faire, pour moi, c'est de battre en retraite et d'attendre les renforts.

Je reviens donc à tâtons sur mes pas lorsque la poche de ma veste accroche un bol à mixer en acier rangé trop bas sur une étagère. Il tombe bruyamment sur le sol crasseux. En moins de temps qu'il n'en faut pour le dire, je me retrouve avec, devant moi, une paire d'Adidas dépassant de l'ourlet d'une robe rouge sang.

– Voyez un peu ce que nous avons ici ! s'exclame une voix masculine grave.

Une seconde plus tard, des mains se glissent sous mes bras et me soulèvent du sol.

Pas question, bien sûr, de me laisser faire sans résister ! Je brandis l'aérosol de façon à diriger un jet de gaz au poivre dans la capuche, mais le spray m'est arraché d'un coup de poing. Et puis, comme je porte des Timberland à coquille de protection métal, les chaussures les mieux adaptées aux intrépides directrices adjointes de dortoir, je flanque un grand coup de pied dans les tibias de mon agresseur – lequel pousse des jurons carabinés.

Malheureusement, il ne me lâche pas, et le seul résultat est qu'un deuxième type en robe vient l'aider à me maîtriser. Une quantité d'autres bols à mixer roulent à terre, dans un vacarme de tous les diables.

Or, c'est justement ce que je souhaite ! Je veux que tous les résidents accourent jusqu'ici. C'est pourquoi je me mets à hurler comme une folle pendant que l'on m'entraîne jusqu'à la table de cérémonie dressée par les Tau Phi Epsilon.

En tout cas jusqu'à ce que Steve Winer – du moins un type que je suppose être Steve, vu que c'est le plus grand et qu'il a une sorte de liseré doré autour de la capuche de sa robe, ainsi qu'il sied au président d'une fraternité – s'avance vers Gavin et le frappe violemment au visage avec une sorte de sceptre.

Je cesse de crier. La tête de Gavin a basculé en arrière et, l'espace d'une minute, demeure dans cette position. Puis il redresse lentement la tête et j'aperçois l'entaille laissée sur sa joue, et la colère brillant dans ses yeux.

Les larmes, aussi...

– Ça suffit, les hurlements ! ordonne Steve, un doigt pointé sur moi.

– Elle m'a aussi donné un coup de pied, précise Adidas, à côté de moi.

– Ça suffit, les coups de pied ! ajoute Steve. Tu recommences à donner des coups de pied ou à crier, et le gamin prend une autre torgnole, c'est clair ?

– Les flics vont arriver d'une minute à l'autre, dis-je d'une voix qui me semble relativement calme. Je sais que vous m'aviez dit de ne pas les appeler mais... c'est trop tard.

Steve rejette un peu sa capuche en arrière pour mieux m'observer. L'unique source lumineuse (il s'agit effectivement d'un chandelier, disposé au centre de l'autel de fortune) a beau être peu intense, je distingue assez bien son expression. Il n'a pas du tout l'air inquiet.

Et c'est bien ce qui m'inquiète, moi.

C'est encore pire lorsque, une seconde plus tard, la porte à deux battants de la cafétéria s'ouvre, et qu'entre Vieux-Curtiss-Bourru en traînant les pieds. Il a l'air ennuyé et tient un reste de sandwich à la main. Je crois que c'est un jambon-fromage-crudités.

Mon préféré, surtout avec les pickles épicés.

– Vous ne pouvez pas être plus discrets ? Les gens commencent à se demander ce qui se passe, ici.

Je le fixe, horrifiée. Voyant ma tête, Steve s'esclaffe.

– Eh oui, Heather ! Il y a des membres loyaux de la Tau Phi Epsilon dans le monde entier. Certains travaillent même

369

comme agents de sécurité dans les universités des grandes villes.

– Des flics sont venus, me dit Curtiss, prenant une autre bouchée de son sandwich et parlant la bouche pleine. Je leur ai dit que je comprenais rien à leur histoire, que j'avais passé toute la soirée ici et que je t'avais pas vue. Alors, ils sont partis. Ils avaient l'air assez emmerdés. À mon avis, ils reviendront pas.

Je le fusille du regard.

– Vous êtes viré.

Ça fait rire Curtiss. Visiblement, il s'amuse comme un petit fou.

– Viré, glousse-t-il. Ouais, c'est ça.

Il pivote sur ses talons et repart comme il est venu, en traînant les pieds.

Je jette un coup d'œil à Steve.

– OK, réglons cette affaire. Mais libère Gavin. C'est avec moi que tu as un problème, pas avec lui.

– Nous n'avons aucun problème, explique Steve d'une voix polie. Ni avec l'un, ni avec l'autre.

Je balaie la pièce des yeux, passant les Tau Phi en revue. Je me demande lequel est Doug.

– Dans ce cas, qu'est-ce que je fais là ?

– Oh, je ne te l'ai pas expliqué au téléphone ? demande Steve. J'ai dû oublier.

Il s'avance et saisit un long couteau ornemental sur l'autel qu'il a fabriqué. Ornemental, dans la mesure où son manche est en or incrusté de pierres semi-précieuses.

La lame a l'air vraie, cependant. Et affûtée.

– Frères, dit Steve, le moment est venu.

Alors émergent des ténèbres une autre demi-douzaine de silhouettes en robes rouges, qui devaient être tapies au fond de la salle, près de la caisse de Magda.

– Le moment de quoi ? je demande, intriguée.

– De l'initiation, répond Steve.

28

– C'est pas vrai, vous me faites marcher ! je m'exclame d'un ton de dégoût.

Steve m'ignore.

– Frères, le moment est venu pour vous de prouver votre dévouement à la maison des Tau Phi Epsilon.

– Franchement, dis-je. C'est ridicule, votre truc.

Steve me prête enfin attention :

– Si tu ne la fermes pas, d'abord on bute ton amoureux, et puis ce sera ton tour !

Je voudrais pouvoir me taire. Pour de bon. Mais...

– Gavin n'est pas mon amoureux. Et entre nous, vous ne trouvez pas qu'il y a eu assez de meurtres comme ça ?

L'un des frères rejette sa capuche en arrière. Je suis stupé-faite de voir le petit copain de Cheryl Haebig, Jeff Turner.

– Euh... je suis désolé. Mais qu'est-ce qu'elle fait là ? demande-t-il.

Steve se tourne vers Jeff et lui jette un regard noir.

– La ferme ! Personne ne t'a donné la permission de parler.

373

– Mais mec... insiste Jeff. C'est la directrice adjointe de la résidence. Elle va raconter...

– Elle ne va rien raconter du tout, l'interrompt Steve. Les morts, ça ne cause pas !

Jeff n'est pas seul à être choqué par la réponse de Steve. Quelques autres frères gigotent nerveusement.

– Mec, dit Jeff. C'est une blague, ou quoi ?

– SILENCE, FRÈRES ! rugit Steve. Pour appartenir à notre fraternité, il faut être prêt à accomplir certains sacrifices.

Je me hâte de répliquer, tant que j'ai encore les Tau Phi – ou du moins, Jeff – de mon côté :

– Ah, d'accord. C'est ce que tu dirais, au sujet de Lindsay Combs, Steve ? Que c'était un sacrifice ? C'est pour ça que tu l'as tuée ?

Nouvelles gesticulations embarrassées. Steve me fusille du regard.

– Cette salope a trahi un membre de notre ordre. Elle méritait d'être punie !

– Très bien, dis-je. Comment ça ? En lui coupant la tête et en fourrant son corps dans le broyeur à déchets ?

Jeff se tourne vers Steve, l'air horrifié.

– Eh, mec, c'était toi ?

– Ça oui, c'était Steve, je confirme. Juste parce que Lindsay lui avait piqué...

– Quelque chose qui ne lui appartenait pas ! grogne Steve. Quelque chose qu'elle refusait de rendre...

J'insiste :

– Elle a essayé ! Elle a fait entrer ton frère ici...

– Et il n'y avait plus rien ! me hurle-t-il à la figure. Elle prétendait que quelqu'un la lui avait volée. Comme si on allait la croire ! C'était une menteuse, en plus d'être une voleuse. Elle méritait d'être mise à mort pour trahison !

Le visage de Jeff exprime un mélange de douleur et d'incrédulité.

– Eh, mec ! Lindsay était la *meilleure amie* de ma petite copine.

– Dans ce cas, tu devrais me remercier, rétorque Steve, catégorique. Parce que si ta petite copine avait continué à fréquenter une fille comme elle, ça lui aurait donné des idées et elle aurait fini par te trahir, toi aussi, tout comme a été trahi un de tes frères !

Jeff met un bon moment à enregistrer. Mais une fois qu'il a percuté, il n'hésite plus une seconde.

– C'est bon, dit-il en secouant la tête. J'ai eu ma dose. Si j'ai voulu appartenir à cette connerie de fraternité, c'est uniquement parce que mon père en a fait partie. Sûrement pas pour tuer des gens. Vous voulez me botter le cul à coups de pagaie ? Très bien. M'obliger à descendre vingt-quatre canettes de bière ? C'est pas un problème. Mais tuer des gonzesses ? Même pas en rêve. Vous êtes complètement tarés, les gars...

Tout en prononçant ces mots, il se baisse pour retirer sa robe. Steve l'observe en secouant tristement la tête. Puis fait signe à deux des silhouettes qui forment un cercle autour de son autel. Toutes deux traversent la salle et donnent à Jeff plusieurs coups de poing dans le ventre – alors qu'il essaie encore de se dépatouiller de sa robe. Lorsque Jeff s'effondre, les deux types se mettent à le frapper à coups de pied, sourds à ses hurlements de douleur. À la vue du traitement brutal infligé à l'un de leurs pairs, les autres frères demeurent figés sur place.

Ils ne sont pas les seuls à être tétanisés. Je n'en crois pas mes yeux. Où sont les flics ? Ils n'ont tout de même pas ajouté foi à ce que leur a dit ce crétin de Curtiss ?

Consciente qu'une seule personne peut tenter de mettre un terme à tout cela (même si elle doit y laisser sa peau), je lance d'une voix forte aux autres frères, qui restent plantés là, à regarder leur copain se faire démolir le portrait :

– Vous savez, ce que c'était, le truc que Lindsay a volé ? C'était le stock de coke de Doug.

Il m'est impossible de deviner comment les garçons réagissent à cette information, leurs visages étant dissimulés par les capuches. Mais leur gestuelle trahit le malaise.

– Ne l'écoutez pas ! ordonne Steve. Elle ment. C'est ce qu'ils font tous... Ils essaient de diaboliser notre ordre en faisant circuler des sales rumeurs.

– Euh, on n'a pas besoin de vous diaboliser, les gars. Vous vous en chargez très bien tout seuls. Ne me dis pas que ton frère Doug a étranglé sa petite copine parce qu'elle lui a piqué sa coke !

L'un des types occupés à passer Jeff à tabac s'interrompt. Une seconde plus tard, Doug Winer s'avance vers moi à grands pas, le visage découvert.

– Retire ce que tu viens de dire ! s'écrie-t-il, les yeux lançant des éclairs. C'est pas moi ! Je l'ai pas tuée !

Steve saisit son frère cadet par le bras.

– Doug...

– C'est pas moi ! répète ce dernier. Tu n'as aucune preuve !

Puis, à l'adresse de Steve :

– Elle n'a aucune preuve !

– Au contraire, on n'en manque pas.

Je cherche à gagner du temps. Sans doute Steve en est-il conscient. Mais il paraît avoir oublié Gavin et son intention de se servir de lui pour me réduire au silence. Et c'est tout ce que je souhaite.

– On a retrouvé son corps aujourd'hui, figure-toi. Enfin, ce qu'il en reste.

Steve me fixe, incrédule.

– De quoi tu parles, bordel ?

– Du corps. Le corps de Lindsay. Tu comprends, tu as négligé un détail : les broyeurs à déchets ne broient pas les os... ni les piercings de nombril. On a retrouvé celui de Lindsay ce matin.

Doug émet le genre de sons que font certaines filles en apprenant qu'elles n'auront pas la chambre individuelle tant convoitée. Un bruit à mi-chemin entre la protestation et le soupir.

Steve serre plus fort le manche du couteau. La lame brille à la lueur des bougies.

– Elle bluffe. Et même si c'était vrai... Ça change quoi ? Rien n'a pu leur permettre de remonter jusqu'à nous. Pas après le ménage qu'on a fait.

À présent, je transpire. J'ai tellement chaud dans ma parka. Ou bien ce n'est pas la chaleur. Ce sont les nerfs. J'ai une boule à l'estomac – j'aurais peut-être pas dû manger ce deuxième esquimau ? Jeff gît sur le sol, totalement immobile. Soit il est inconscient, soit il fait mine de l'être pour que les coups cessent de pleuvoir.

– Ouais. Vous êtes peut-être doués pour la fête et les rituels initiatiques chichiteux, mais pour le ménage, faudra repasser ! Ils ont carrément trouvé des cheveux !

Doug se tourne vers son frère, pris de panique.

– Steve !

– La ferme, Doug ! rétorque l'aîné. Elle bluffe.

Dans sa robe rouge sang, Doug est pâle comme un fantôme.

– Non, elle bluffe pas ! Elle sait ! Elle était au courant pour la coke !

– Votre première erreur a été de laisser la tête, je reprends sur un ton décontracté. Vous auriez pu vous en tirer, si vous n'aviez pas laissé la tête sur la cuisinière. Ils auraient découvert le piercing, les os et tout le reste, mais ne les auraient probablement pas identifiés comme tels. La mort de Lindsay aurait été assimilée à une banale disparition. Personne n'aurait deviné que vous étiez venus ici, et on ne se serait pas demandé comment vous étiez entrés. Votre seconde erreur a été d'essayer de liquider Manuel. Il n'aurait jamais rien dit au sujet de la clé si vous ne lui aviez pas fichu une telle frousse. Et même s'il l'avait fait... quelle importance ? Il est agent d'entretien. Qui écoute ce que racontent les agents d'entretien ? (Je secoue la tête.) Mais non. Il a fallu que vous fassiez les malins.

– Steve, gémit Doug. Tu disais que personne saurait que c'était nous ! Tu disais que personne saurait ! Si papa apprend ce qu'on a fait...

– La ferme ! hurle Steve.

Je sursaute, de même que les types qui me retiennent toujours par les bras.

– Ferme ta sale gueule de petit merdeux, pour une fois dans ta vie !

Doug n'a pas l'intention de s'exécuter.

– Nom de Dieu, Stevie ! braille-t-il. Tu m'avais dit que papa ne l'apprendrait jamais ! Tu m'avais dit que tu t'occuperais de tout !

– Je m'en suis occupé, petit merdeux ! rétorque Steve. Comme je m'occupe de réparer toutes tes conneries.

– Tu m'avais dit de ne pas me faire de souci. Tu m'avais dit que tu réglerais tout, espèce de fils de pute ! glapit Doug, à deux doigts de fondre en larmes. T'as rien réglé du tout ! Maintenant, Lindsay est morte, on va se faire arrêter, et je sais toujours pas où est passée ma came !

Ne réalisant visiblement pas que son frère les a tous incriminés, Steve s'écrie :

– Ouais, d'accord... Mais c'est qui, pour commencer, l'enfoiré qui a tué cette garce ? Est-ce que je t'ai demandé de la tuer ? Je te l'ai demandé, bordel ? Non !

– C'est pas ma faute si elle est morte !

Soudain, Doug s'avance en titubant et, à ma grande horreur, se cramponne au col de ma veste. Une seconde après, le voilà qui me sanglote au visage.

– Je ne voulais pas la tuer ! Sincèrement, je voulais pas. Mais ça m'a rendu dingue, qu'elle me pique ma came comme ça ! Et ensuite, elle voulait pas me la rendre ! Tout ce baratin, comme quoi quelqu'un la lui aurait volée ici... Des putains de bobards ! Si seulement elle me l'avait rendue quand je la lui ai demandée... Mais non ! Moi qui croyais que Lindsay était différente. Je pensais qu'elle m'aimait bien pour de bon, pas comme ces autres filles qui sortent avec moi seulement pour mon nom de famille. Je voulais pas serrer si fort...

– La ferme, Doug ! crie Steve. Tu entends ? Ferme ta grande gueule !

Doug me lâche, fait volte-face et, le visage ruisselant de larmes, s'adresse à son frère :

– Tu m'avais dit que tu arrangerais tout, Steve ! Tu m'avais dit de pas m'inquiéter ! Qu'est-ce qui t'a pris de faire ça avec sa tête, hein ? Je t'avais dit de pas...

– La ferme !

Je vois à ses mains qui tremblent que Steve va péter un câble. Les doigts toujours crispés sur le manche du couteau, il le braque tantôt vers Doug, tantôt vers moi. Je me demande si Steve Winer serait capable de poignarder son propre frère.

Au fond, qui sait si je ne l'espère pas ?

– Tu t'attendais à ce que je fasse quoi, hein, petit merdeux ? siffle Steve, fou de rage. Tu m'appelles au beau milieu de la nuit et, en chialant comme un bébé, tu me racontes que tu as tué ta putain de petite copine. Faut que je me lève et que je vienne jusqu'ici nettoyer tes saloperies. Et toi, tu as le culot de me critiquer ? De dénigrer mes méthodes ?

Doug me désigne, dans un geste d'impuissance.

– Nom de Dieu, Steve. Cette putain de DIRECTRICE DE DORTOIR a tout deviné. Combien de temps il faudra, tu crois, pour que la police en arrive aux mêmes conclusions ?

Steve me jette un coup d'œil et, la pointant comme le fait un serpent, se passe nerveusement la langue sur les lèvres.

– Je sais. C'est pour ça qu'on doit se débarrasser d'elle.

C'est alors qu'un des types, à côté de moi, s'agite et lance :

– Ohé, mec, on était juste censés leur fiche la frousse, comme à cet agent d'entretien...

– Lui fiche la frousse ? Il a failli y passer ! je m'écrie.

– Si tu l'ouvres encore, je te tue tout de suite, au lieu de faire les choses en douceur, dit Steve en pointant sur moi la lame du couteau. Puis il l'écarte et s'en sert pour désigner le verre qui se trouve sur l'autel – rempli d'eau, à première vue.

– Bois ça ! ordonne-t-il.

Je regarde le verre. Je ne sais pas ce qu'il contient. Mais j'ai ma petite idée, vu ce qui est arrivé l'autre soir à Jordan. Du Rohypnol, également appelé « drogue du viol », un sédatif très répandu sur le campus. Une dose, déjà dissoute dans l'eau, devrait me rendre beaucoup plus docile, quand viendra le moment de me découper.

C'est alors que je décide que j'ai eu ma dose. J'ai chaud, j'ai mal au ventre et je me fais beaucoup de souci pour Gavin et Jeff. Je regrette de ne pas avoir laissé Cooper massacrer Doug Winer quand il en avait l'opportunité. Je regrette de ne pas lui avoir moi-même écrasé la tête sous un de ses oreillers jusqu'à ce qu'il ait cessé de se débattre.

Non... C'est encore trop clément. Je regrette de ne pas avoir entouré son cou épais de mes deux mains, et serré, serré jusqu'à ce qu'il soit mort – comme lui-même avait serré le cou de Lindsay.

– Allez, Heather, dit Steve en agitant le couteau. On n'a pas que ça à faire.

– Euh... Steve, dit l'autre gars qui me colle de près. Franchement, mec, ça devient glauque.

– La ferme ! rétorque Steve à son camarade Tau Phi.

Il prend le verre, me l'apporte et me le fourre sous le nez.

– BOIS !

Je détourne le visage.

– Non.

Steve Winer n'en revient pas.

– *Quoi ?*

– Non, je répète.

Je sens que la salle est avec moi. Les Tau Phi commencent à réaliser que leur leader a perdu les pédales. Ils ne le laisseront pas me faire du mal, j'en suis sûre.

– Non, je ne boirai pas.

– Comment ça, tu ne boiras pas ? demande-t-il, avec un léger sourire qui revient sur ses lèvres. Tu es aveugle ou quoi ? Tu as un couteau sur la gorge.

Je hausse les épaules.

– Et alors ? Ça change quoi ? Tu as l'intention de me tuer de toute façon.

Ce n'est pas ce que Steve a envie d'entendre. Son sourire s'efface et il n'a plus du tout l'air de s'amuser lorsqu'il donne le verre au gars qui est à ma droite, se retourne, se dirige vers Gavin, le saisit par les cheveux, fait basculer sa tête en arrière et brandit le couteau sur sa gorge exposée...

– Steve ! Arrête, mec ! hurle l'un de mes gardiens, au moment où je m'écrie :

– C'est bon. Je bois. Je bois.

Je prends le verre et j'en vide le contenu.

– Ça suffit ! dit le gars qui le tenait. Je me tire. Jeff a raison, vous êtes des tarés de première !

Et il sort de la cafétéria, suivi par toute une bande de Tau Phi Epsilon. Jeff Turner gît toujours, comme mort, sur le sol.

– Ne les laissez pas sortir ! lance Steve aux types qui ont mis Jeff Turner KO – mais même eux hésitent. Vous avez entendu ?

Steve lâche les cheveux de Gavin et reste planté là, à regarder, hébété, les membres de sa fraternité s'éloigner un à un.

– Eh, les gars, vous ne pouvez pas faire ça ! Vous avez prêté serment de loyauté absolue. Où est-ce que vous... Vous ne pouvez pas...

Doug commence à avoir peur.

– Nom de Dieu, Steve, laisse-les s'en aller ! Laisse...

Doug n'achève pas sa phrase. Car Steve a lâché le couteau et, plongeant la main dans les profondeurs de sa robe, s'est débrouillé pour en tirer un petit revolver, qu'il tient à hauteur du torse de son frère.

– Douglas, dit-il. J'en ai ras le bol, de toi et de tes jérémiades !

– Nom de Dieu, Steve ! répète Doug.

Mais cette fois, la frayeur et les larmes contenues dans sa voix poussent les autres Tau Phi Epsilon à se retourner pour regarder.

C'est alors que je fais ce que je sais devoir faire. Après tout, personne ne prête attention à moi. Tous les yeux sont rivés sur Steve, qui me tourne le dos.

C'est pourquoi, lorsque je vois son doigt se poser sur la détente, je plonge, bras écartés, sur le sol. Car je sais quelque chose que Steve Winer ne saura jamais, à propos du sol de la cafétéria : il est d'une propreté irréprochable. Julio n'est peut-être pas responsable du pourtour des plaques chauffantes, mais c'est lui, en revanche, qui est chargé de l'entretien de la salle à manger – et le sol ciré est lisse comme de la glace. Ce qui signifie que je glisse en travers telle une patineuse olympique qui aurait atterri sur le ventre, jusqu'à atteindre les jambes de l'aîné des Winer, que j'enserre de mes bras. Tirant dessus, j'entraîne Steve vers le sol.

Alors je tends un bras et, saisissant son poignet, y enfonce les dents, le contraignant à lâcher son arme. Il hurle et se tortille de douleur et de frayeur.

Doug semble être le premier à se remettre de la stupéfaction générale suscitée par ce que je viens d'accomplir – peut-être parce que lui seul n'a pas eu la présence d'esprit de se baisser quand Steve agitait son revolver ; et que lui seul est, par conséquent, encore debout. Il avance en titubant, et ses doigts se referment sur la crosse de l'arme que son frère a laissé tomber. Il la brandit d'une main tremblante et vise...

Me vise, moi !

– Non ! crie Steve d'une voix rauque. Ne tire pas, petit con ! Tu risquerais de me toucher !

– Je veux te toucher ! pleurniche Doug. (Il pleure pour de bon, les larmes ruissellent sur son visage.) J'en ai tellement marre de t'entendre répéter que je suis qu'un nul ! OK, je suis peut-être un nul... Mais au moins, je suis pas un tordu comme toi ! Ouais, j'ai tué Lindsay, mais j'en avais pas l'intention. C'est toi, le connard pervers qui a trouvé que ce serait une bonne idée de laisser sa tête sur la cuisinière. Comment on peut concevoir des saloperies pareilles, Steve ? Comment ? Et c'est toi qui nous as ordonné de poignarder ce malheureux agent d'entretien... Et maintenant, tu veux qu'on tue cette jeune dame... Pourquoi ? Pour te donner une image de gros dur auprès de tes potes de la fraternité ? Parce que papa était un gros dur quand il était à la Tau Phi Epsilon ?

Le canon de l'arme que Doug pointe sur nous oscille entre Steve et moi, mettant mes nerfs à rude épreuve. Sous moi, ce dernier commence à transpirer. Abondamment.

– Doug, dit-il. Dougie. Je t'en prie. Donne-moi ce...

– Mais papa n'a tué personne, Steve ! Il n'a pas découpé de gens en morceaux ! Il n'a pas eu besoin de faire ce genre d'horreurs pour être un vrai dur ! Pourquoi tu ne t'en rends pas compte ? Pourquoi tu ne réalises pas que, quoi que tu fasses, tu ne seras jamais comme papa !

– Très bien. Je ne serai jamais comme papa. À présent, pose cette arme.

– Non ! hurle Doug. Parce que je sais ce qui va se passer ! Tu vas retourner la situation et te débrouiller pour que tout retombe sur moi. Comme tu fais toujours ! Comme tu as toujours fait ! Mais je ne veux plus avoir à supporter ça. Pas cette fois-ci !

Il vise alors son frère, au beau milieu du front.

Quand une voix calme et étrangement familière s'élève, depuis le seuil de la cafétéria :

– Laisse tomber ton arme, mon garçon !

Doug lève les yeux, avec une expression d'étonnement et d'indignation mêlés. Tournant la tête, je ne sais plus quoi penser lorsque je vois Reggie – oui, Reggie, le dealer du coin ! – braquer un volumineux et étincelant Glock 9 mm sur la poitrine de Doug Winer.

– Lâche-la ! dit Reggie. (Bizarrement, son accent jamaïcain a complètement disparu.) Je ne voudrais pas risquer de te blesser. Mais s'il le faut, je n'hésiterai pas. On le sait tous les deux, pas vrai ?

Toujours écrasé sous mon poids, Steve s'écrie :

– Oh, monsieur l'agent, vous êtes là, Dieu merci ! Ce type a pété un câble ! Il a voulu me tuer !

– Mmmh, répond Reggie d'un ton impassible. Donne-moi ce revolver, mon garçon.

Doug jette un coup d'œil à son frère, qui hoche la tête en signe d'encouragement.

– Allez, Dougie. Donne ton arme au gentil policier !

Doug, secoué de sanglots, n'est de toute façon plus en mesure de tirer.

– Tu es vraiment un salopard, Steve ! dit-il en remettant son arme à Reggie.

Celui-ci la passe à l'inspecteur Canavan qui se tient derrière lui, dans l'entrée, lui aussi l'arme au poing.

– Vous ne le savez peut-être pas, monsieur l'agent, mais vous venez de me sauver la vie, serine Steve Winer. Mon frère voulait me tuer...

– C'est ça, dit Reggie, en prenant les menottes qu'il porte à sa ceinture. Heather, pousse-toi pour permettre à M. Winer de se dégager.

Je lui obéis gentiment. Ce faisant, je constate que la salle semble tourner autour de moi, ce qui n'est d'ailleurs pas désagréable.

– Reggie ! je m'écrie, toujours vautrée par terre. Tu es un flic infiltré ! Pourquoi tu ne m'as rien dit avant ?

– Parce que c'est un agent fédéral ! répond l'inspecteur Canavan.

Se dressant au-dessus de moi, il donne ordre à une vingtaine d'agents en uniforme de passer les menottes à tout ce qui porte une robe rouge.

– Avec votre aplomb habituel, Wells, vous vous êtes débrouillée pour tomber au beau milieu d'une opération d'infiltration sur laquelle les stups travaillaient depuis des mois. Félicitations, au fait !

– Inspecteur ! je m'écrie. Pourquoi avez-vous mis tout ce temps ?

– On a eu du mal à entrer. L'agent de sécurité s'est montré... réfractaire. Et personne n'arrivait à trouver la clé. C'est assez caractéristique de cet endroit, d'ailleurs. Pourquoi avez-vous les pupilles dilatées ?

386

– Parce que ça me fait plaisir de vous voir ! je m'exclame, me redressant afin de me jeter à son cou, tandis qu'il se penche pour m'aider à me relever. Je vous aime tant !

– Euh... dit l'inspecteur Canavan, alors que je m'accroche à lui (parce que la pièce tourne vraiment beaucoup, à présent). Wells ? Vous êtes sous l'influence de quelque chose ?

– Ils lui ont fait boire un truc.

C'est Gavin qui a dit cela ; lequel vient à peine d'être détaché. Deux ambulanciers, apparemment tombés du ciel, sont en train d'examiner son entaille au visage. Comme je l'avais prévu, le ruban adhésif a laissé une trace rouge vif autour de la bouche et arraché un peu de ses poils duveteux et irréguliers, les rendant encore plus clairsemés.

– Gavin ! dis-je en lâchant l'inspecteur pour enlacer mon résident, à la grande contrariété des secouristes qui s'efforcent de nettoyer sa plaie. Toi aussi, je t'aime ! Mais juste comme un ami !

Ça ne paraît pas lui faire autant plaisir que ça devrait.

– Je crois que c'est la drogue du viol, dit-il en tentant de se dégager de mon étreinte.

Ce que je trouve incroyablement grossier, si vous voulez mon avis.

L'inspecteur Canavan me prend par le bras :

– OK, allons-y !

– Où ça ? je demande.

– Oh, répond l'inspecteur. L'hôpital me semble, pour l'instant, la destination qui s'impose. On va vous laver un peu l'estomac.

– Mais je suis propre ! En revanche, je mangerais bien un esquimau ! Ohé, quelqu'un veut un esquimau ? Il y en a, là, dans le congélateur. Ohé, les gars ! je hurle en tournant la tête. Prenez tous un esquimau ! C'est ma tournée !

– Allez, Wells ! dit l'inspecteur, la main toujours crispée sur mon bras. Ça suffit comme ça !

Mais alors, tandis qu'il m'entraîne vers le hall, je vois une chose qui me fait oublier tous les esquimaux de la terre... Ce n'est pas le spectacle de Vieux-Curtiss-Bourru portant les menottes, bien que ça réchauffe le cœur ! Ni la moitié des résidents rassemblés là, à essayer de comprendre ce qui se passe. Ni Tom, ni les RE, ni Sarah – laquelle s'acharne à leur rappeler qu'on est vendredi soir et qu'ils ont du pain sur la planche...

Non. C'est mon père.

– Papa ! je m'écrie, tout en m'arrachant à l'étreinte de Canavan pour me précipiter dans ses bras.

– Heather ! s'exclame-t-il, manifestement surpris (mais heureux) de mon accueil. Dieu merci, tu es saine et sauve.

– Je t'aime *tellement*.

– Elle aime beaucoup tout le monde en ce moment, explique l'inspecteur. Elle est sous Rohypnol.

– Ce n'est pas pour ça que je t'aime ! (Je rassure mon père, soucieuse de ne pas le blesser.) C'est pas non plus parce que tu as appelé les flics et empêché que je me fasse décapiter !

– Eh bien, réplique papa dans un gloussement. C'est bon à savoir. Elle a la bouche en sang... Pourquoi a-t-elle la bouche en sang ?

C'est alors que je réalise qu'il n'est pas seul. Cooper se tient à ses côtés ! Il tire de sa poche un de ses sempiternels mouchoirs. Les mouchoirs sont apparemment un accessoire essentiel, en matière d'investigation privée.

– Oh, répond Canavan. C'est rien. Elle a mordu un type, c'est tout.

– Cooper ! dis-je en le serrant contre moi tandis qu'il en profite pour essuyer, sur ma bouche, le sang de Steve Winer. Ce que ça me fait plaisir de te voir !

– J'ai l'impression ! Ne bouge pas, tu as encore...

Il rit lui aussi, Dieu sait pourquoi.

– Je t'aime tellement ! je reprends. Même si tu es allé raconter à Gavin que j'étais toujours amoureuse de ton frère. Qu'est-ce qui t'a pris, Cooper ? Je ne suis plus amoureuse de Jordan. Plus du tout !

– OK, rétorque Cooper. On te croit sur parole. Une seconde, ne bouge pas !

– Du tout du tout du tout ! j'insiste. Je n'aime pas Jordan. C'est toi que j'aime ! Pour de bon !

Reggie reparaissant dans mon champ de vision à l'instant où Cooper finit de faire ma toilette, je m'écrie :

– Reggie, je t'aime ! Je t'aime à la folie ! Je veux venir te rendre visite dans ta bananeraie !

Lui aussi s'esclaffe. Qu'est-ce qu'ils ont tous à rigoler comme ça ? Si je suis tellement drôle, je devrais peut-être laisser tomber la chanson et me lancer dans le *one woman show* comique.

– Je n'ai pas vraiment de bananeraie, Heather. Je viens de l'Iowa.

– C'est pas grave, dis-je, tandis que les ambulanciers détachent délicatement mes bras du cou de Cooper. Je t'aime

389

quand même. Et les autres aussi ! Toi, Tom... et Sarah... et aussi le docteur Kilgore. Où est-elle, au fait ?

Puis tout se met à tournoyer plus vite – très vite – autour de moi, et une torpeur m'envahit, à laquelle il m'est impossible de résister davantage.

Après ça, je ne me souviens plus de rien.

29

Tu as dit que tu m'aimais
Et ces trucs, ça peut pas venir de nulle part
Moi j'te le dis, ça vient du cœur !

« La chanson de Gavin »
Écrit par Heather Wells

Mon cœur bat à tout rompre.

Sérieusement.

Ça n'a rien de drôle.

Je n'en reviens pas que des gens puissent prendre cette drogue pour s'amuser ! Si c'est ce que Jordan éprouvait hier (ce n'était qu'hier ? Incroyable !) au Corbeau-Ivre, je comprends qu'il n'ait pas eu envie d'une bière. Moi-même, je jure de ne plus jamais boire. Pas même de l'eau. Pas même...

– Heather ?

J'ouvre un œil. Et qui vois-je là, près de mon lit roulant ? Mon chef ! En reprenant connaissance, je vois un visage, et il faut que ce soit celui de mon chef ! Je veux dire, j'aime beaucoup Tom, bien sûr...

Mais pas à ce point-là !

– Tu te sens comment ? demande-t-il.

– Dans un état de merde.

– Désolé pour toi.

Il tient un bouquet de ballons de la boutique-cadeaux portant le message « PROMPT RÉTABLISSEMENT ! »

391

– De la part du personnel.

Je pousse un grognement et referme les yeux. Franchement, c'est mauvais signe, quand les couleurs des ballons vous éblouissent...

– Tu devrais bientôt te sentir mieux, annonce Tom d'une voix tremblante. Ils t'injectent des tas de fluides et des vitamines B.

– Je veux rentrer chez moi !

J'ai tant d'aiguilles insérées dans les veines que je ne peux même pas lever le bras.

– Eh bien, tu as de la chance. Ils ne vont pas te garder. Encore quelques heures d'intraveineuses ici, aux urgences, et tu devrais pouvoir rentrer chez toi.

Nouveau grognement. Je n'en reviens pas ! Me voici aux urgences de Saint-Vincent, ces mêmes urgences où j'ai tant de fois rendu visite à des étudiants qui étaient dans l'état où je suis maintenant.

Mais je n'avais jamais réalisé, avant aujourd'hui, à quel point ils souffraient.

– Écoute ! dit Tom d'une voix pleine de joie contenue. Je tiens à ce que tu sois la première au courant...

Je rouvre un œil.

– Tu démissionnes pour de bon ? je demande.

– Pas du tout, glousse-t-il. Je suis promu au poste de coordinateur de secteur.

J'ouvre l'autre œil.

– HEIN ?

– La manière dont j'ai géré l'affaire Lindsay a tellement impressionné Stan qu'il m'a promu, explique Tom avec exaltation. Je reste au service du logement, mais je serai désormais affecté à Waverly Hall. Les fraternités, Heather. Stan a réalisé que le bâtiment nécessitait la présence de personnel sur place... Ça représente une augmentation de dix mille dollars par an. Bien sûr, je vais devoir me coltiner des tarés comme les Tau Phi Epsilon. Mais maintenant que Steve et Doug sont hors circuit... Et Steven – je veux dire Andrews, l'entraîneur – dit qu'il sera très heureux de me filer un coup de main...

Je referme les yeux. Incroyable ! J'avais enfin un chef qui me plaisait, et voilà qu'on me le prend !

Et puis, pardonnez-moi, mais ce n'est pas Tom qui a « géré l'affaire Lindsay ». C'est moi qui ai failli me faire tuer quand j'ai poussé les tueurs à cracher le morceau. Elle est où, *ma* promotion ?

En un sens, je regrette qu'ils ne m'aient pas tuée. Au moins, ma tête ne me ferait pas autant souffrir.

– Waouh ! C'est génial, Tom.

– Ne t'inquiète pas, dit Tom en me tapotant la main. Je vais me débrouiller pour que tu aies un chef de première ! OK ?

– Ouais. Super.

Sans doute me suis-je assoupie alors. Car, quand je rouvre les yeux, Tom n'est plus là. À sa place se tiennent Magda, Sarah et Pete.

– Allez-vous-en ! je leur lance.

– Dieu soit loué ! s'exclame Magda, manifestement soulagée. Elle va bien.

– Je ne plaisante pas. J'ai l'impression que ma tête va exploser.

– Ça fait ça, quand l'effet de la benzodiazépine s'atténue, explique Sarah d'une voix guillerette. Elle déprime le système nerveux central. Pendant quelque temps, tu vas être dans un état lamentable.

Je lui jette un regard noir.

– Merci.

– On voulait juste voir comment tu allais, glisse Pete. Et te dire de ne pas t'inquiéter.

– Oui, embraye Magda en s'agrippant au bord de mon lit roulant en bondissant d'excitation. Ils ont retrouvé la cocaïne !

– C'est exact, confirme Pete. Ils l'ont retrouvée. Le stock de Doug Winer. Celui que Lindsay avait volé.

À ces mots, j'ouvre grand les yeux.

– Ah oui ? Il était où ?

– À ton avis ? demande Sarah. Dans la chambre de Kimberly !

– Mais... (Je sais que je suis sonnée. N'empêche que je n'y comprends plus rien !) Kimberly était dans le coup avec Lindsay ?

Sarah secoue la tête.

– Non. Lindsay avait scotché la came sous sa table préférée, à la cafétéria. Et ne l'a pas retrouvée en revenant la chercher pour la rendre à Doug, quand il a pigé que c'était elle qui l'avait. Parce que quelqu'un l'avait trouvée avant elle. Quelqu'un qui partage – ou plutôt, partageait – régulièrement cette table avec elle.

Je la fixe, hébétée.

– *Kimberly Watkins* ? C'est Kimberly qui avait la coke de Doug pendant tout ce temps ?

Comme Sarah hoche la tête, je lui demande :

– Comment vous avez découvert ça ?

– Grâce à Cheryl, explique Magda. Elle était dans un tel état de rage, à cause de ce qu'avait raconté Kimberly au sujet de Lindsay et d'Andrews et, plus tard, de ce qui est arrivé à son pauvre Jeff (il va s'en tirer, au fait, il a juste quelques côtes cassées), qu'elle est allée demander des explications à Lindsay et... eh bien... disons qu'elles ne se sont pas comportées comme des stars de ciné...

– À moins que tu ne fasses allusion à Paris Hilton et Nicole Richie, fait remarquer Sarah.

– Cheryl a flanqué une dérouillée à Kimberly, poursuit Pete, et Kimberly a avoué. Elle avait l'intention de lancer son propre petit trafic, semblerait-il. Elle a vu Lindsay cacher la coke et l'a volée à la première occasion. Sauf qu'après ce qui est arrivé à Lindsay, elle a eu peur de faire quoi que ce soit avec. Elle était terrorisée à l'idée que les Winer découvrent qu'elle avait la came et lui fassent subir le même sort qu'à Lindsay.

– C'est pourquoi elle n'a cessé de m'envoyer sur de fausses pistes...

– Parfaitement, confirme Sarah. Quoi qu'il en soit, Cheryl est tout de suite allée répéter aux flics ce qu'elle avait appris, et Kimberly a elle aussi été arrêtée. J'imagine que les stups cherchaient depuis des mois à démanteler ce réseau de trafiquants – qu'ils considèrent comme le plus important sur le campus. Seulement, jusqu'au meurtre de Lindsay, ils ne savaient absolument pas où les gamins se procuraient la came. C'est pour ça qu'ils ont envoyé Reggie infiltrer le groupe des dealers du parc. Ils espéraient qu'il récolterait des infos... ce qui a été le cas, quand tu lui as parlé des frères Winer. Mais ils n'avaient toujours pas de preuves.

Sarah hausse les épaules.

– À présent, en plus d'être inculpés pour possession et trafic de drogue, ils sont accusés de meurtre et tentative de meurtre... de même que deux autres gars de leur fraternité. Papa Winer a déjà engagé, pour les défendre, un ténor du barreau. Mais je vois mal comment ils pourraient être acquittés avec toi comme témoin. Oh, et aussi Kimberly, qui a accepté d'être témoin à charge, en échange de l'abandon des poursuites pour possession de drogue...

– Mais elle est virée de la fac ?

– Ouais, répond Magda. Ils sont tous virés. Y compris les Winer.

– Tant mieux, dis-je d'une voix faible, mes yeux se fermant à nouveau. On aura davantage de lits disponibles la semaine prochaine, quand il faudra s'occuper des changements de chambre.

Tout redevient sombre pendant un petit moment – ce doit être mon système nerveux central qui déprime... Lorsque j'émerge, l'inspecteur Canavan et Reggie se tiennent là, devant moi.

– Tu m'as menti ! dis-je à Reggie.

Il sourit. Avec un pincement au cœur, je constate qu'il n'a plus de dents en or.

– Désolé, dit-il. Ma mission m'y obligeait.

– Brian est agent spécial du Bureau fédéral de lutte contre la drogue, explique l'inspecteur Canavan. Il y a plus d'un an qu'il est infiltré dans le parc et qu'il tente de découvrir d'où provient la drogue qui circule sur le campus. Grâce à votre tuyau sur les Winer, Brian a fait envoyer l'une de ses collègues, déguisée en femme de ménage, à la résidence des Tau Phi Epsilon. Elle a pu récolter les preuves nécessaires à l'arrestation des Winer pour trafic de drogue, mais aussi pour meurtre et coups et blessures.

Je regarde Reggie.

– Brian ?

Il hausse les épaules.

– Reggie, dans la rue, ça passait mieux.

– Tu es déjà allé en Jamaïque ? je lui demande.

– Mon Dieu, non ! Dès que j'ai des vacances, je pars à la montagne. J'adore skier.

Je me tourne à nouveau vers Canavan.

– On ne va pas me donner une médaille ou un truc dans ce goût-là ?

– Euh... Non, dit l'inspecteur. Mais je vous ai apporté ça, dit-il en me tendant une barre chocolatée. Un esquimau aurait fondu, explique-t-il.

Je lève la main (celle qui est pleine d'intraveineuses) et lui arrache la barre chocolatée.

– Cette ville est plutôt radine, pour ce qui est des médailles du courage !

Ils se retirent et je mange ma barre chocolatée. Elle est exquise. Tellement exquise que je me rendors. Quand je rouvre les yeux, Gavin m'observe d'un air amusé.

– Bien, bien, bien ! dit-il avec un grand sourire. Joli dénouement ! Pour une fois, c'est toi qui es dans le lit roulant, pas moi. Je dois t'avouer que j'aime mieux ça.

– Qui t'a laissé entrer ?

Gavin hausse les épaules.

– Je suis un patient, pas un visiteur.

Il bouge la tête pour me montrer sa joue, là où Steve l'a frappé.

– Sept points de suture. Qu'est-ce que t'en dis ? Ça va laisser une jolie cicatrice, non ?

Je ferme les yeux.

– Ta mère va me tuer !

– Qu'est-ce que tu racontes ? s'esclaffe Gavin. Tu m'as sauvé la vie.

– À cause de moi, tu as été kidnappé et battu, dis-je en rouvrant les yeux. Gavin, tu... tu ne peux pas savoir à quel point je regrette. Je n'aurais jamais dû te mêler à tout ça.

Autour de la bouche de Gavin, les traces rouges ont disparu. Tout comme son bouc. Il s'est visiblement rasé avant de venir me voir. Ça devrait me mettre la puce à l'oreille, quant à ce qui va suivre, mais mon esprit est encore embrumé par la drogue.

– Il y aurait un moyen de te faire pardonner, si tu le souhaites.

– Ouais ? Lequel ?

Je crois sincèrement qu'il va me demander une chambre individuelle avec vue sur le parc.

Au lieu de quoi, il m'invite à sortir avec lui.

– Tu sais... de temps en temps, comme ça. On pourrait traîner ensemble. Aller jouer au billard, ou ce genre de trucs. Quand tu seras rétablie. Pas forcé que ce soit un vrai rendez-vous... Je sais que tu es toujours raide dingue de Jordan Cartwright. Mais on pourrait tenter le coup, pour voir ce que ça donne...

Je ne le jurerais pas, mais je suis presque certaine d'être la première directrice adjointe d'une résidence de l'université de New York qu'un type invite à sortir avec lui tandis qu'elle se rétablit, allongée sur un lit d'hôpital, après qu'on lui a fait prendre la drogue du viol.

– Gavin ! Je ne peux pas sortir avec toi. Tu es un résident. Je n'ai pas le droit de sortir avec les résidents.

Gavin se penche sur la question et hausse les épaules.

– Je vais me prendre un appartement.

– Gavin ! dis-je, écarquillant les yeux. Tu as une idée du prix des loyers, à Manhattan ? De toute façon, tu restes un étudiant, et le personnel de l'université n'est pas autorisé à sortir avec les étudiants.

Gavin médite un bon moment.

– Très bien, reprend-il d'un ton calme. L'année prochaine, alors... Quand j'aurai obtenu mon diplôme. Tu voudras bien sortir avec moi ?

Je suis trop épuisée pour résister davantage.

– Oui, un soir je sortirai avec toi, quand tu auras obtenu ton diplôme, dis-je en refermant les yeux.

Ça a l'air de lui faire plaisir.

– Cool. Tu m'as dit que tu m'aimais, tu sais ?

Je rouvre les yeux, stupéfaite.

– J'étais sous l'effet de la drogue, Gavin.

– Je sais, dit-il, l'air toujours content. Mais ces trucs, ça vient pas de nulle part. Moi j'te le dis, ça vient du cœur !

Me réveillant pour la énième fois, je vois Frank et Patty.

– Salut, je lance d'une voix rauque.

– Tu aurais pu m'avouer que tu te sentais pas encore prête à te produire en public, au lieu de te donner tout ce mal pour ne pas avoir à participer à mon concert !

– Frank ! l'interrompt Patty, exaspérée. Ne l'écoute pas, Heather ! On vient à peine d'apprendre ce qui s'est passé. Tu te sens comment ?

399

– Oh, super ! dis-je, toujours affreusement enrouée.

– Tu sais, on joue toute la semaine au pub. Si tu n'as pas la pêche ce soir, il reste encore demain soir, et le soir d'après...

– Frank ! proteste Patty, manifestement contrariée. Laisse-la tranquille avec ça ! Tu ne vois pas que la dernière chose qu'elle ait envie de faire, c'est de chanter ?

– C'est pas vrai !

Frank et Patty me regardent bizarrement.

– Qu'est-ce qui est pas vrai, ma chérie ? demande Patty.

– J'ai envie de chanter !

Ce n'est qu'une fois les mots sortis de ma bouche que je réalise que je suis sincère.

– J'ai envie de participer à ce concert. Mais je ne chanterai qu'une seule chanson.

Patty secoue la tête.

– Oh, Heather, tu es encore sous l'influence de la drogue.

– Non, réplique Frank, avec un grand sourire. Elle est sérieuse. Tu parles sérieusement, pas vrai, Heather ?

– Mais pas ce soir, OK ? J'ai tellement mal au crâne !

Frank sourit de plus belle.

– C'est génial ! Tu vas chanter quoi, alors ? Un truc que tu as composé ? Une nouvelle chanson ?

– Non. Du Ella.

Frank cesse de sourire.

– Tu as raison, chuchote-t-il à Patty. Elle n'a pas encore atterri.

– Elle veut dire Ella Fitzgerald, lui souffle Patty. Souris et hoche la tête !

Frank s'exécute.

Je ferme les yeux et ils disparaissent.

Quand je me réveille, un peu plus tard, papa est là, qui m'observe. Il a l'air inquiet.

– Ma chérie ? C'est moi, papa.

– Je sais. Ça va, papa ?

Chaque parole est comme une plaie qui s'ouvre dans ma tête.

– Oui. Je suis tellement content que tu ailles bien. J'ai appelé ta mère, pour la tenir au courant.

J'ouvre un œil.

– Pourquoi, papa ? Elle ne savait même pas que j'étais... Laisse tomber.

– Il me semble qu'elle a le droit de savoir. Elle reste ta mère. Elle t'aime, vois-tu. À sa façon.

– Oh, ouais. Sûrement. Merci d'avoir prévenu l'inspecteur Canavan.

– C'est à ça que sert la famille, ma chérie. Écoute, j'ai discuté avec le médecin. Ils ne vont pas tarder à te laisser rentrer à la maison.

– Ils ne vont pas me donner quelque chose pour le mal de tête ? C'est tout juste si j'arrive à garder les yeux ouverts, avec ce martèlement...

– Je vais voir si je peux trouver un médecin, dit papa. Heather. C'est bien, ce que tu as fait. Je suis vraiment fier de toi, ma chérie.

– Merci, papa.

Si j'ai les larmes aux yeux, le mal de tête n'est pas seul responsable.

– Papa, où est Cooper ?

– Cooper ?

– Ouais. Tout le monde est venu me rendre visite sauf lui. Il est où ?

Il me déteste. Je le sais. Je lui ai dit un truc... Seulement, j'ai oublié quoi. Mais je sais que j'aurais pas dû ! Et maintenant, il me déteste à cause de ça.

– Eh bien, il est au mariage de Jordan, ma chérie. Tu te rappelles ? On est samedi. Il est resté très longtemps, pendant que tu dormais. Pour finir, il a été obligé de partir. Il a fait cette promesse à son frère, tu comprends ?

J'éprouve – même si c'est ridicule – une terrible déception.

– Oui, bien sûr.

– Oh, voici ton médecin ! Voyons un peu ce qu'il va nous dire.

On me libère dans la soirée. Après plus de douze heures sous intraveineuse, je ne suis pas au top de ma forme, mais au moins ma migraine a disparu et la chambre ne tourne plus autour de moi. Un coup d'œil au miroir des toilettes m'en dit long sur les effets du Rohypnol sur le teint des filles : je suis livide, j'ai les lèvres gercées et de tels cernes qu'on dirait que j'ai les yeux au beurre noir.

N'empêche que je suis en vie.

La malheureuse Lindsay Combs ne peut pas en dire autant.

Je signe une décharge et me dirige vers la sortie, emportant pour tout souvenir un sachet de paracétamol – ils n'ont pas trouvé mieux. Je m'attends à retrouver mon père dans le hall.

Au lieu de ça, c'est Cooper que je vois.

En smoking.

À sa vue, mon cœur bondit dans ma poitrine avec une telle violence que je suis tentée de me faire réadmettre aux urgences : ce n'est sûrement pas normal. Mon système nerveux central n'a sans doute pas eu sa dose de fluides.

Quand il m'aperçoit, il se lève et sourit.

Oh là là... Certains sourires devraient être interdits par la loi. Étant donné leur effet sur les filles – enfin, sur les filles comme moi.

– Surprise ! s'exclame-t-il. J'ai laissé ton papa rentrer. Il a passé toute la nuit ici, figure-toi.

– Toi aussi, à ce qu'on m'a dit.

Je n'ose pas le regarder en face. D'abord, parce que mon cœur bat la chamade. Ensuite, parce que je suis très gênée. Que lui ai-je dit, au juste ? Je suis quasiment certaine de lui avoir fait une déclaration d'amour...

Mais papa prétend que j'en ai fait à tout le monde... y compris aux deux arbustes en pots, devant Fischer Hall.

Cooper s'est sûrement dit que c'était à cause de la drogue.

Même si la drogue, dans ce cas précis, ne changeait rien à l'affaire.

– Ouais, fait Cooper. Tu as tendance à m'empêcher de dormir, ces derniers temps.

– Je suis désolée. Tu es en train de louper la réception, non ?

– J'ai accepté d'aller au mariage. J'ai rien dit au sujet de la réception. Je ne raffole pas du saumon. Et la danse des canards, c'est carrément pas mon truc !

J'ai en effet du mal à l'imaginer faisant la danse des canards.

– Oh. Eh bien, merci, dis-je.

– Je t'en prie.

Nous marchons dans le froid jusqu'à l'endroit où il a garé sa voiture, dans la Douzième Rue. Une fois à l'intérieur, il met le contact et laisse le chauffage tourner un peu. Il fait déjà sombre – alors qu'il est à peine cinq heures – et les réverbères projettent une lumière rosée sur la neige amassée le long de la rue. Elle a perdu sa beauté première, désormais souillée par la suie et la crasse.

– Cooper, je m'entends dire, tandis qu'il embraye. Pourquoi es-tu allé raconter à Gavin que j'étais encore amoureuse de ton frère ?

Je n'en reviens pas de cette soudaine audace. Je ne sais d'où est sortie cette question. Peut-être reste-t-il du Rohypnol dans mon système nerveux central ? Faut-il que je retourne à l'hôpital pour qu'on finisse de m'en débarrasser ?

– Encore ça ? demande Cooper d'un ton badin.

– Oui, encore ça !

Qu'est-ce que tu voulais que je lui dise ? Qu'il avait ses chances ? Je suis désolé d'avoir à te l'annoncer, Heather, mais ce type craque complètement pour toi. Et en lui demandant de t'emmener à des soirées d'étudiants, tu ne fais que renforcer ses sentiments ! J'ai voulu lui dire quelque chose qui puisse tuer son amour dans l'œuf. Je croyais que tu m'en serais reconnaissante.

Je prends soin de ne pas croiser son regard.

– Alors, tu ne le penses pas vraiment ? Ce truc, au sujet de ton frère et moi ?

Cooper reste quelques instants silencieux. Puis :

– À toi de me le dire. Enfin, j'ai quand même du mal à imaginer qu'il n'y a rien entre vous quand, chaque fois que je tourne le dos, je vous retrouve ensemble.

– C'est lui ! je rétorque d'un ton catégorique. C'est pas moi ! Je n'éprouve plus rien pour ton frère. Point final

404

– Très bien, réplique Cooper sur un ton réconfortant, comme on pourrait s'adresser à une personne atteinte de troubles mentaux. Je suis content qu'on ait réglé le problème.

– On n'a rien réglé du tout, je m'entends dire.

QU'EST-CE QUI ME PREND ?

Cooper, qui était sur le point de quitter sa place de parking, met le pied sur le frein.

– Comment ça, on n'a rien réglé ?

– Non, on n'a rien réglé du tout !

Je n'en reviens pas, des mots qui me sortent de la bouche. Mais ils s'échappent malgré moi, sans que je puisse rien faire pour les contenir. C'est sûrement le Rohypnol. Sûrement !

– Comment se fait-il que tu ne m'aies jamais proposé de sortir avec toi ? Je ne t'intéresse pas de cette façon-là, c'est ça ?

– Tu es l'ex-fiancée de mon frère, répond Cooper d'une voix amusée.

– Exactement ! dis-je en frappant du poing sur le tableau de bord. Ex-fiancée. *Ex* ! Jordan est marié, désormais. Avec une autre. Tu es au courant, tu as assisté à son mariage. Alors, où est le problème ? Je sais que je suis pas vraiment ton genre...

Mon Dieu... ça va de mal en pis. Mais impossible, à présent, de faire machine arrière.

– ... mais on s'entend tellement bien. Enfin, en général.

– Heather... (Il y a dans sa voix comme un soupçon d'impatience.) Tu sors à peine d'une relation difficile, qui a duré des années...

– Ça fait un an !

– Tu commences un nouveau boulot...

– Ça fait presque un an !

– Tu retrouves un père que tu ne connaissais pour ainsi dire pas...

– Tout se passe très bien avec papa. On a eu une super discussion hier soir.

– ... et tu luttes pour découvrir qui tu es et ce que tu veux faire de ta vie, conclut Cooper. Je suis presque certain qu'un petit ami est la dernière chose dont tu aies besoin ! Et encore moins si c'est le frère de ton ex. Avec qui tu cohabites. Je crois que ta vie est assez compliquée comme ça.

Je finis par pivoter sur mon siège et le regarder droit dans les yeux.

– Tu ne penses pas que c'est à moi d'en juger ? je lui demande.

Cette fois-ci, c'est lui qui détourne la tête.

– OK, dit-il. C'est *ma* vie qui est trop compliquée. Heather, je n'ai pas envie d'être un amour-pansement. C'est juste que... ça ne me ressemble pas. Je ne fais pas la danse des canards. Et je n'aime pas jouer les lots de consolation.

Je suis estomaquée. Un amour-pansement ? Un lot de consolation ?

– Cooper, Jordan et moi avons rompu il y a un an...

– Et avec qui es-tu sortie depuis ? demande Jordan.

– Eh bien, je... je... Personne !

– Qu'est-ce que je te disais ! Tu es mûre pour un amour-pansement. Et ce ne sera pas moi !

Je le fixe.

Pourquoi ? J'aimerais pouvoir le lui demander. *Pourquoi ne veux-tu pas être mon pansement ? Parce que je ne te plais pas ?*

Ou parce que tu voudrais davantage ?

Tout en le regardant, je réalise que je ne le saurai probablement jamais.

En tout cas... pas tout de suite.

Je réalise aussi qu'il est préférable que je ne le sache pas.

Parce que si la seconde hypothèse est la bonne, je m'en rendrai bien compte un de ces jours.

Et si c'est la première...

Alors, je n'aurai plus du tout envie de vivre !

– Tu sais quoi ? dis-je en détournant les yeux. C'est toi qui as raison. Tout va bien.

– Vraiment ? demande Cooper.

Je me tourne à nouveau vers lui. Et lui souris.

Bien qu'il me faille, pour cela, rassembler le peu de forces qu'il me reste.

– Vraiment ! Rentrons à la maison.

– OK.

Et il me rend mon sourire.

Et ça me suffit.

Du moins, pour le moment.

30

Tad Tocco
Professeur adjoint
Horaires de réception : de 14 à 15 heures
Du lundi au vendredi

C'est ce qu'on lit sur la plaque.

C'est pourquoi, ouvrant la porte et voyant un dieu grec, je mets un moment à comprendre ce qu'il fait là.

Sans blague. Le type assis devant un ordinateur a de longs cheveux blonds – à peu près aussi longs que les miens ; une allure et un visage rayonnants de santé ; une affiche au-dessus de son bureau vantant les mérites du FRISBEE TUEUR ; et les manches de sa chemise relevées sur des avant-bras si beaux et si musclés qu'il me semble être entrée par erreur dans une boutique de surf des neiges, et pas dans un bureau.

– Salut, dit-il avec un sourire, dévoilant des dents blanches et régulières.

Mais tout de même pas parfaites. Ce qui me laisse libre d'imaginer qu'il a dû se battre avec des parents qui voulaient lui imposer le port d'un appareil dentaire.

Et que c'est lui qui a gagné.

– Une minute, ne dites rien ! Vous êtes Heather Wells, c'est ça ?

Il a mon âge. Quelques années de plus, peut-être. Trente, trente et un ans. Il ne doit pas avoir plus, bien qu'il porte des lunettes... de ravissantes lunettes à montures en métal doré. Et sur une étagère, au-dessus de sa tête, il y a une boîte à goûter Scooby-Doo, visiblement pas toute neuve. La boîte d'origine, celle qu'avaient tous les gamins quand j'étais en sixième.

– Euh... ouais. Comment est-ce que vous...

Je m'interromps soudain. Ah oui, c'est vrai ! Il m'arrive d'oublier que mon visage a autrefois tapissé les murs des chambres des adolescentes – et même de leurs frères, parfois.

– En fait, je vous ai vue sur scène, l'autre soir, avec Frank Robillard et son groupe.

J'ai comme un haut-le-cœur.

– Oh, vous avez vu ça ?

– A priori, je suis pas trop fan de jazz, dit le gars. Mais j'ai adoré cette chanson que vous avez interprétée...

– C'était une reprise d'Ella Fitzgerald.

À présent, j'ai vraiment envie de vomir. *I Wish I Were In Love Again* se trouve être une des chansons préférées de Cooper. Ce n'est pas forcément pour ça que je l'avais choisie, mais... c'était peut-être l'une des raisons.

Par chance, il avait été appelé pour une mystérieuse urgence et avait dû filer en catastrophe. Je crois que je n'aurais pas osé chanter en le sachant dans le public.

– Frank et moi... je bafouille. On... on a juste fait ça pour rigoler.

Enfin, Frank peut-être. Moi, j'avais été on ne peut plus sérieuse... Du moins, jusqu'à ce que je réalise que personne n'allait nous huer. Alors, je m'étais un peu détendue et j'avais même commencé à m'amuser. À la fin, les gens avaient applaudi. Bien sûr, c'était à Frank que leurs applaudissements s'adressaient. (Même si Patty m'assure qu'ils m'étaient tout autant destinés à moi. Mais seulement parce que j'avais eu le cran de monter sur scène, j'en suis sûre, et non pour ma voix... Je suis rouillée. Je n'avais pas manqué de remarquer, d'ailleurs, que c'était mon père qui applaudissait le plus fort. Quoi qu'il en soit, c'est quand même bon de savoir que j'ai au moins un parent qui veille sur moi.)

– En tout cas, ça m'a paru génial ! dit M. Dieu-Grec. Alors, vous avez fini par avoir mes messages ?

– Euh... je crois. J'ai eu un message d'un certain Tad Tocco...

– C'est moi.

Il sourit de plus belle. Se lève et me tend la main. Il est plus grand que moi. Peut-être même plus lourd. C'est un gars robuste et musclé.

– C'est moi, votre prof de maths, pour les cours de rattrapage. (Ma main est happée par la sienne.) Je voulais me présenter, l'autre soir, après le concert. Mais c'est comme si vous vous étiez évaporée après votre chanson.

Je dis quelque chose... je ne sais même pas quoi. Sa main est calleuse. À force d'avoir trop manié le frisbee tueur, sans doute !

Il finit par lâcher ma main et se rassied, à l'instant où je sens mes genoux fléchir. Je me laisse tomber sur la chaise en face de la sienne.

– En tout cas, je dois vous dire que vous avez une bien meilleure excuse que la plupart de mes étudiants pour avoir séché. C'est la première fois que quelqu'un manque ma première semaine de cours parce qu'il est occupé à démasquer un assassin !

J'en reste bouche bée.

– Vous êtes mon... vous êtes mon...

Ça y est, je ne sais plus parler.

– Je suis votre prof de maths, annonce gaiement Tad. J'ai cherché à vous contacter pour qu'on fixe des séances de rattrapage – vous savez, pour rattraper les cours que vous avez loupés ? Je ne veux pas que vous preniez du retard. J'ai pensé qu'on pourrait se voir en dehors du cours. Si ça vous convient, bien sûr. Après le boulot, ça vous irait ? Il y a un bar, à côté de l'endroit où vous travaillez... Fischer Hall, c'est ça ? On est un petit groupe à se réunir là-bas pour jouer aux fléchettes, alors ça m'arrange si on peut s'y retrouver, vu qu'on a tous les deux plus de vingt et un ans. (Et voilà qu'il me fait un clin d'œil. *Un clin d'œil !*) Je trouve que l'algèbre passe mieux avec du pop-corn et une bière. Ça vous irait ?

Je ne peux que le contempler. Il est tellement... sexy.

Mille fois plus sexy que Joli-Serveur.

Tout à coup, je me dis que je vais aimer la fac.

À la folie.

– Et comment, que ça m'irait ! dis-je.

D'autres livres

www.wiz.fr
Logo Wiz : Cédric Gatillon

Composition Nord Compo
Impression Bussière en juin 2008
Éditions Albin Michel
22, rue Huyghens, 75014 Paris
ISBN-13 : 978-2-226-18332-3
ISSN : 1637-0236
N° d'édition : 17187/04 – N° d'impression : 081894/4
Dépôt légal : mai 2008
Loi n° 49-956 du 16 juillet 1949 sur les publications destinées à la jeunesse.
Imprimé en France.